新選明文東洋古典
②

中國古典漢詩人選②
改訂增補版
新 譯

陶淵明

張基槿 譯著

明文堂

▲ **도연명 좌상**(坐像)
41세로 벼슬길을 떠나 고향인 강서성 구강(九江)에서 전원생활을 하며 궁핍하게 살아간 도연명은 당시에는 특이한 시인으로 알려져 있었는데 당(唐)·송(宋) 이후에야 높이 평가되었다. 목판채색(木版彩色)인 이 그림은 작자 미상.

▲ **도연명 입상**(立像)
국화와 국화주(菊花酒)를 유난히 좋아했던 도연명의 입상 뒤에 국화가 그려져 있다. 역시 작자는 미상이다.

◀**도연명의 사당**
그의 시호를 따서 '도정절사(陶靖節祠)'라고 한다. 강서성 구강시(九江市) 면양산(面陽山)에 있었는데 근년에 현성(縣城) 안으로 옮겼다. 오류선생(五柳先生)이란 호에 어울리게 사당 주위에는 버드나무가 많이 심어져 있다.

여산(廬山)**과 그 남쪽 기슭의 취석**(醉石)
여산은 강서성 구강시(九江市) 남쪽에 있는 명산이다.
그 남쪽 기슭에 도연명이 놀았다는 취석(醉石:上)이
란 큰 바위가 있다. 표면이 평평한 이 돌 위에서 도연
명은 〈귀거래사(歸去來辭)〉를 읊었다는데 송(宋)·원
(元) 때 문인들의 각문(刻文)도 있다.

▲ 정절선생상(靖節先生象)

▲ 도정절선생소상(陶靖節先生小象)

▼ **왕희지**(王羲之)**의 글씨**
서성(書聖)으로 불리는 왕희지는 도연명이 태어나던 해(365년)에 세상을 떠났다.
오른쪽 4행은 평안첩(平安帖)이고 다음 3행은 하여첩(何如帖)이다.
24.7cm×46.8cm. 고궁박물원(故宮博物院) 소장.

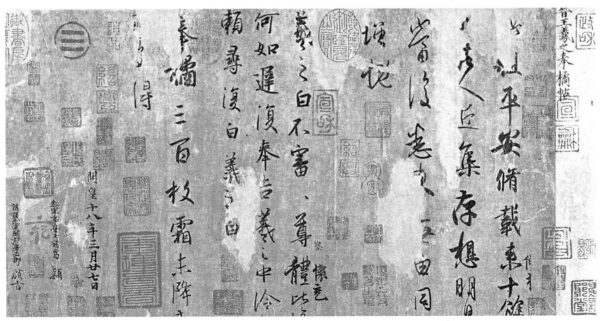

개정증보판(改訂增補版) 서언(序言)

이 책은 《중국고전 한시인선, 도연명(陶淵明)》을 개정하고 증보한 것이다.

구판 《도연명》의 종서(縱書)를 횡서(橫書)로 개편했으며, 한시 원문 위에, 한글로 자음을 달았다. 아울러, 구판에 수록하지 못한 '도연명의 중요한 시'를 약 15수 더 증보했다.

기타 체제는 대략 구판의 체제와 같으며, '원문(原文), 한글 풀이, 어석(語釋), 대의(大意) 및 해설' 순으로 꾸몄다.

구판 《도연명》은 1975년에 초판이 나온 이래, 오늘까지 약 25년 간 이상을 두고, 많은 인현(仁賢)들이 꾸준히 찾고, 애독(愛讀)해 주시고, 또 전화나 서신으로 문제점을 지적해 주시기도 했다. 이에 필자는 감사하며 약간이나마 미비한 점을 보충하려고 생각했었다.

마침, 옛날부터의 지기(知己)이신, 명문당(明文堂) 김동구(金東求) 사장님이 개정증보판의 출판을 승낙해 주심으로 서둘러 편찬하여, '한시동호가(漢詩同好家)' 제위의 학습자료로 제공하는 바이다.

이 책은 판형을 크게 확대하여 시각적인 효과를 줌으로써, 편리하게 독해(讀解)할 수 있도록 제작했는데 이는 독자 제현의 편의를 도모코자 한 것이다. 동시에 여러 가지로 부족하고 미비하여 송구한 마음으로, 대방 제위의 너그러운 용서를 비는 바이다.

2002년 7월 현옥련서재(玄玉蓮書齋)에서
장기근(張基槿) 삼가 씀

서언(序言)

천도(天道)는 일통(一統)된 것이다. 나에게 좋은 것은 집에 좋고, 더 나아가서는 국가와 세계의 평화와 번영에 기여하는 것이어야 한다. 상호간에 모순이 있을 때는 큰 것을 위하여 작은 것을 버려야 한다. 즉 대아(大我)를 위해 소아(小我)를 버려야 한다. 공자(孔子)는 '살신성인(殺身成仁)'하라 했고 맹자(孟子)는 '사생취의(捨生取義)'하라고 가르쳤다.

'인(仁)'과 '의(義)'는 무엇일까? 인은 부자간의 육친애를 바탕으로 한 인류애이자 동시에 사랑을 바탕으로 한 협동(協同)이다. 인은 하늘에서 부여받은 인간의 본성에 근원하는 휴머니즘(Humanism)이다. 이것이 있으므로 해서 인류는 사랑의 협동으로 인류의 역사와 문화를 계승하고 발전시킬 수가 있었다. 한편 의는 하늘의 올바른 도리다. 의를 지킨다고 하는 것은 천도(天道)를 지킨다는 뜻이다. 따라서 '인의(仁義)'를 지킨다 함은 바로 '인류가 사랑으로써 협화단결하여 하늘의 도를 바르게 따라 인류의 평화와 번영을 구현하는 것'이다.

한편 인은 효(孝)를 바탕으로 한 시간적인 흐름에서 본 '사랑의 협동'이고 의는 공간적 차원에서 본 '정의의 협동'이다. 공간은 우(宇)고 시간은 주(宙)다. 따라서 인의는 끝없이 발전하는 일대생명체(一大生命體)인 우주의 진리이기도 하다. 그것은 바로 '공생(共生)·공존(共存)·공진화(共進化)'의 원리(原理)이기도 하다.

일통된 천도는 우리가 사는 지구에서 만민(萬民)·만물(萬物)이 조화 속에서 '공생·공존·공진화'하는 진리이며, 그것은 바로 '생·

육·화·성(生育化成)'하는 하늘의 뜻에서 나온 도이기도 하다. 그리고 노자(老子)가 '도는 자연에서 법도를 따른다(道法自然)'라고 했듯이, 결국은 '스스로 이루어지는[自然]' 경지에 통하게 마련이다.

'무위자연(無爲自然)'이란 결국 편협하고 자의적인 인간의 작위(作爲)를 버리고 우리의 감관적 인식을 초월한 절대존재, 즉 '하늘[天: 一大]에 귀일(歸一)하자'는 뜻이다.

우리는 땅 위에서 살고 있다. 따라서 '하나의 가장 큰 도[大道]'는 무엇일까? 그것은 《예기(禮記)》에서 '대도의 구현은 천하를 공적인 것으로 삼는다(大道之行也 天下爲公)'라고 한 '대동(大同)'이다. 물론 대동은 천도에 일통되는 것이다.

동양의 전통적 지식인은 바로 이러한 천도를 가장 잘 받들고 따랐다. 따라서 그들은 도가 있으면 나가서 충성을 다했고 도가 없으면 물러나 은퇴했다. 그들은 자기의 학문과 인덕을 인류평화와 국가발전을 위해 바치기를 서슴지 않았다. 돈이나 명예를 위해서 일하는 것이 아니라 도의 구현을 위해 최선을 다하고자 했다. 그러나 현실은 언제나 이상적으로만 나타나는 것은 아니었다. 공자가 그 높은 학식과 덕성으로 충성을 바쳐 나가서 일을 하려고 해도 그를 받아줄 나라나 임금이 없었다. 뒤집어 말하면 천하에 도가 없으니까 공자는 나가서 일할 수가 없었다. 이럴 때 동양의 전통적 지식인은 어떻게 했는가?

'안빈낙도(安貧樂道)'했다. 가난을 겁내지 않고 우주(宇宙)의 영원한 진리, 즉 천도(天道)에 안주(安住)하는 것이었다. 공자는 말했다. '도를 깊이 믿고 배우기를 즐기고 죽을 때까지 도를 지키고 또 착하게 실천하라. 위태롭고 흐트러진 나라에는 가서 벼슬하지 말라. 천하에 도가 있으면 나가서 참여하되, 도가 없으면 물러나 은퇴하라. 나라에 도가 있는데 나가서 일 못하고 따라서 빈천한 꼴로 뒤처졌다면 창피한 노릇이다. 반대로 나라가 무도한데 그 속에서 자기 혼자 부귀를 누리고 산다는 일도 수치스러운 노릇이다(子曰 ; 篤信好學 守死善道. 危邦不入 亂邦不居. 天下有道則見 無道則隱. 邦有道 貧且賤焉 恥也 ; 邦無道 富且貴焉 恥也)'《論語》〈泰伯篇〉

'출처진퇴(出處進退)', 그것은 오직 도(道)를 따라 했다. 명리(名利)와 더불어 하지 않았다. 그러나 특히 도를 지키고자 은퇴한다는 일은 쉬운 일이 아니었다. 그러므로 동양에서는 은퇴의 슬기를 높이 쳤던 것이다.

은퇴는 절대로 패배(敗北)나 태만 또는 포기가 아니다. 우리나라의 대학자 이퇴계(李退溪)는 '염치를 높이고, 절의를 지키기(崇廉恥 勵節義)' 위해 은퇴했던 것이다. 따라서 은퇴야말로 출사(出仕)보다도 더 적극적인 용기와 의연한 신념이 있어야 하는 것이다.

속세에서 은퇴를 하면 어디로 가나? 자연(自然)으로 돌아간다. 자연 속에 풍물이 아름답고 한정(閑靜)하고 속세의 번거로움이 없어서만은 아니다. 인간사회의 굴레를 벗어나 자연 속에서 천도(天道)를 따라 살 수가 있기 때문인 것이다.

자연에 묻혀 천도를 따라 산다는 것은 어떻게 하는 것일까? 우리는 그 생활 표본을 바로 도연명(陶淵明)에게서 찾아볼 수가 있다.

도연명은 한창 젊은 나이에 '출사(出仕)'와 '은퇴(隱退)'의 갈등과 모순 속에서 다섯 번이나 들락날락하다가 마침내 결정적인 은퇴를 하고 죽을 때까지 '고궁절(固窮節)'을 지켰다. 추위에 떨고 굶주림에 시달리고 또 손수 논밭을 갈아 먹으면서도 그는 오직 도를 지킬 수 있으므로 해서 언제나 유연히 남산을 바라볼 수(悠然見南山) 있었다.

그 비결이 무엇일까? 동양의 전통적 은일(隱逸)·탈속(脫俗)의 특징은 다름이 아니라, 노장(老莊)의 두둑한 배짱이다. 우리가 감관으로 인지할 수 있는 현상세계(現象世界)는 유한(有限)한 것이다. 그보다는 인지할 수 없는 무한(無限)한 본연의 실재·실체에 귀의(歸依)하

8

는 편이 영생할 수 있고 또 본연의 자세를 찾을 수 있다고 한다. 우리의 삶은 모르는 무(無)에서 와서 한 백 년쯤 이승에 나그네같이 잠시 들렀다가 다시 영겁의 무로 돌아가는 것이다. 그러니까 진짜로 길게 있는 것은 무이고 이승의 삶은 잠시 꿈같이 번쩍이는 현상에 불과하다. 그 현상에 집착할 필요가 없다. 또 우리의 육신도 오묘한 기가 모였다 흩어졌다 하는 것이다. 물화(物化)의 한 과정에서 있기도 하고 없기도 하는 것이다. 그것에 집착하는 것은 미망(迷妄)이다. 그러니 명예나 이득 같은 것은 더 허무한 것이 아니겠는가?

자연의 도, 천도를 타면 '유와 무[有無]' '삶과 죽음[生死]'도 초월하고 무극(無極)·태극(太極)에 귀일한다.

서양에서는 이러한 경지를 신앙으로서 하느님 속에서 찾으려고 했다. 그러나 동양의 지식인들은 신앙이 아닌 이성과 생활 속에서 스스로 이러한 경지를 실천함으로써 체득하였던 것이다.

도연명의 시는 바로 그러한 체득의 기록이다. 신앙이 아니라, 산 인간의 생생한 고백이기도 하다. 따라서 우리는 그 속에서 '해탈'만을 보는 것이 아니라 때로는 '고뇌(苦惱)'도 보게 될 것이다.

현실세계에서 실망하고 이탈해도 무한하게 즐기며 살 수 있는 다른 세계가 있다. 그리고 그 다른 세계가 현실세계보다 더 본연의 세계이자 영원한 세계라고 하니, 얼마나 기쁘고 고무적이겠는가?

도연명의 시를 통해 우리도 '도화원(桃花源)'에 갈 수 있다는 희망을 갖기로 하자!

乙卯年 10月

仁旺書齋에서 張基槿 謹識

차 례

제 2 장　음주飮酒와 초탈超脫

제 3 장　출사出仕와 은퇴隱退

제 4 장　궁경躬耕과 낙도樂道

形影神-3수 병서(並書) 형영신

제 5 장　만년의 울분

제 6 장　생生과 사死의 자화상

서 장

전원시인田園詩人 도연명

풀 자라니 온화한 봄철인 줄 알겠고
나무 시들자 바람이 찬 겨울임을 아노라
비록 달력 같은 기록은 없어도
사계절 변천으로 1년을 알 수 있노라
草榮識節知 木衰知風厲
雖無紀歷志 四時自成歲

바라건대 사뿐히 바람을 타고
높이 올라 나의 이상을 찾으리
顧言躡輕風 高舉尋吾契

1. 도연명(陶淵明)의 본령(本領) — 추상적 소묘(素描)

　도연명(365~427년)은 서기 365년(晉 哀帝 興寧 3年)에 태어났는데 이름은 잠(潛), 자가 연명(淵明)이다. 그의 증조부는 진(晉)의 명장(名將) 도간(陶侃)이었고, 외조부는 당시에 풍류인으로서 이름이 높았던 맹가(孟嘉)였다.

　고궁절(固窮節)을 지키면서 몸소 농사를 지었던 억척 같은 성격과 한편 도연히 술에 취해 속세를 해탈하고 '동쪽 울타리의 국화를 따며 유연히 남산을 바라보던(採菊東籬下　悠然見南山)' 은일(隱逸)의 풍류가 바로 무인인 증조부와 묵객(墨客)이었던 외조부로부터 이어받은 것이라 할 수가 있다. 그러나 도연명이 태어났을 때의 그의 집안은 완전 몰락하여 오늘날까지 도연명의 부친 이름도 밝혀지지 않고 있다.

　도연명은 현 강서성(江西省) 구강시(九江市) 일대에 있던 심양(潯陽) 시상(柴桑)이라는 마을에서 출생했다. 시상은 양자강(揚子江)의 중류에 있으며 북으로는 명산(名山)인 여산(廬山)을 등에 업고 남으로는 파양호(鄱陽湖)를 바라보고 있는 명승지이다. 송(宋)대의 유명한 성리학자(性理學者) 주자(朱子)가 그곳을 찾아 전에 도연명이 술 마시던 큰 바위, 즉 '취석(醉石)'에서 시를 읊었다고도 한다.

　도연명이 살던 때는 동진(東晉)의 왕실이나 사족(士族)들의 세력이 약화되고 차츰 무력적 신흥 군벌들이 대두하여 서로 각축을 다투던 때였으며, 특히 그의 나이 30세 이후에는 군벌 세력에 의해 사회가 좌우되었을 때였다. 더욱이 그가 42세에 〈귀거래사(歸去來辭)〉를 쓰고 아주 농촌으로 은퇴한 전후기에는 군벌들의 손에 동진의 왕이 유폐(幽閉)되거나 또는 시살(弑殺)되기까지 하였다. 게다가 그들 군벌들 자신이 서로 엎치락뒤치락 흥망성쇠(興亡盛衰)를 거듭했으며 한편으로는 외부로부터는 이민족의 침략, 내부에서는 농민봉기 등이 끊이질 않아 국가사회와 백성들의 생활은 문자 그대로 도탄(塗炭)에 빠져 허덕이고 있었을 때다.

도연명의 문벌은 대단치는 않았다. 그러나 그의 집안은 역시 진나라의 사족에 속했고 또 그의 학식은 보수적 문인계층에 속했다. 그러므로 그는 결국 신흥의 횡포한 군벌들과는 어울릴 수가 없었다. 불의(不義)에 가담하여 잘 사느냐? 가난을 각오하고 은퇴하느냐?

도연명은 의연하게 후자의 길을 택했던 것이다.

도연명은 어려서부터 한바탕 나서서 이름을 떨치고 나라를 위해 공을 세우겠다는 '맹지(猛志)'가 있었다. 그리고 또 그의 사상적 바탕은 '달통하면 나서서 천하를 구제하고, 막히면 할 수 없이 물러나 자신을 착하게 산다(達則兼善天下 窮則獨善其身)'는 유가(儒家)였다. 따라서 그는 나서서 자기의 학덕(學德)을 활용하여 백성을 안락하게 다스리는 데 이바지하고자 했다.

즉 '수기치인(修己治人)'은 선비의 의무이기도 했다. 그러므로 그는 여러 차례 벼슬살이를 했다. 그러나 번번이 오래 있지 못하고 즉시 자리를 버리고 전원으로 물러나 손수 농사를 지었다. 공자는 나라의 도(道)가 없으면 물러나라고 가르쳤는데, 그는 그 가르침에 충실히 따랐다.

써 주면 나가서 일하고 물러나면 은퇴하는 것이 '용행사장(用行舍藏)'이다. 물러난 도연명에게는 고답(高踏)한 노장(老莊) 철학이 심오한 진리의 문을 열고 기다리고 있었다. 우주만물의 근원인 도(道)는 '무위자연(無爲自然)'이다. 인간은 영원한 실재(實在)인 '무(無)'에서 왔다가 잠시 현상계(現象界)인 이승에 나그네로 기우(寄寓)하고 다시 '본집(本宅 ; 眞宅)'인 '무'로 되돌아가는 것이다. 또 만물은 도를 따라 물화(物化)하게 마련이다. 그러므로 인간은 현실적 속세, 이욕

(利欲)과 추악(醜惡)에 엉킨 타락세계에서 악착같이 발버둥칠 것이 아니라 '무위자연'이라고 하는 '참세상[眞]'에 몸을 맡기고 유유자적(悠悠自適)하면 된다. 이것이 바로 해탈(解脫)이라는 것이었고 은퇴(隱退)의 높은 경지였다. 그의 정신은 높푸른 가을 하늘과 같이 맑고 높았다.

그러나 도연명도 육신을 가진 인간이었다. 정신만으로 살 수는 없었다. 육신은 음식과 옷을 필요로 했다. 엄동설한에도 시들지 않는 송백(松柏) 같은 절개를 지킨 도연명이었으나, 물질생활의 궁핍을 견디어 내는 데는 무척 고심하고 가난을 겪어야 했다. 육신을 가진 사람이기에 굶주림과 추위와 아픔과 쓰라림을 느껴야 했다. 더욱 정신의 명을 따라 의(義)를 지키기 위해 겪는 육체적 고생이라 억울하고 분통스럽기까지 했다. 그러나 그는 굽히지 않았다. 비록 아사(餓死) 일보 직전에서 자기를 이해해 줄 만한 사람에게 구걸까지 한 일은 있었으나, 그는 끝까지 '고궁절(固窮節)'을 지키고 또 힘껏 '스스로 농사를 지어[窮耕]' 견디어냈다.

도연명은 스스로 '수졸(守拙)'한다고 했다. 인간적인 교지(巧智)나 간교(奸狡) 또는 권모술수를 쓰지 않고 소박한 대자연의 순수한 덕성(德性)을 지켰다는 뜻이다. 그는 솔직하고 순수한 인간이자 또 시인이었다. 그러므로 그는 정신과 육신을 가진 이원적 존재로서의 자신의 갈등(葛藤)과 모순(矛盾)을 숨김없이 내놓고 시에 적었다. 어떠한 평자(評者)는 도연명의 시나 문학에는 자기모순이 너무나 많고 인격의 통일성이 없다고 혹평하는 자도 있다. 그러나 그 평자야말로 의식적으로 도연명을 이해하지 못하는 입장에서 욕하고자 한 것이다.

위대한 철인(哲人)이자 시인(詩人)인 도연명은 한마디로 난세에 태어났다. 흙탕 속에 육신을 빼앗겼고 따라서 그 욕(辱)과 괴로움[苦]을 솔직하게 호소도 했다. 그리고 좋아하는 술로 아픔을 달래기도 했다. 그러나 그는 결국 고고(孤高)하고 청일(淸逸)한 정신으로 탈속하고 '무위자연'의 도를 따라 '참세상[眞]'에서 유연히 소요(逍遙)했다.

도연명은 서기 427년 향년 63세에 〈자제문(自祭文)〉을 지어 놓고 이승을 떴다.

> 아무개는 바야흐로 임시로 몸 담았던 여관을 떠나
> 영원히 본래의 집으로 돌아가고자 한다
> (陶子將辭逆旅之館 永歸於本宅)

그러면서도 도연명은 약한 인간이었다. 또 이승에서 너무나 심하게 고생을 해서 겁에 질렸다고나 할까? 〈자제문〉 맨 끝에서 그는 너무나 솔직히 털어놓았다.

> 한평생 살기가 참으로 힘들었거늘, 죽은 후 저승의 세계는 어떠할는지?
> 아! 애처롭고 슬프도다!
> (人生實難 死此之何? 嗚呼哀哉!)

영원히 눈을 감으며 나는 참으로 해탈했다고 말하는 사람이 있다면, 그는 사람이 아니고 신(神)일 것이다. 도연명은 사람이었다. 그러기에 그는 솔직히 죽음 앞에 겁을 냈던 것이다.

2. 도연명의 출생과 배경

도연명의 전기는 《송서(宋書)》〈은일전(隱逸傳)〉, 《진서(晉書)》〈은일전(隱逸傳)〉, 《남사(南史)》〈은일전(隱逸傳)〉 등에 보이고, 특히 도연명과 친교했던 안연지(顔延之 : 384～456년)가 쓴 《도징사뢰(陶

徵士誄)》와　양(梁)　소명태자(昭明太子)　소통(蕭統 : 501~531년)이 쓴 《도연명전기》와 《도연명집》의 서문이 중요한 기록이다. 그러나 그보다도 도연명 자신이 쓴 〈오류선생전(五柳先生傳)〉을 소홀히 할 수가 없다. (이것을 남의 글이라고 하는 논자도 있다)

〈오류선생전〉에서 스스로 그린 자화상은 추상적이다. 성명도 출신도 밝히지 않았다. 다만 집둘레에 버들이 다섯 그루가 있어 '오류선생(五柳先生)'이라 했다. 한정(閑靜)한 성격에 말이 적고 영리(榮利)를 좋지 않고 마음 내키는 대로 시(詩)·서(書)를 즐겼다. 집이 가난하여 떨어진 옷을 걸치고 또 이따금 굶기도 했으나 태연했다. 술은 좋아했으나 가난한 처지라 자주 먹지 못했고, 혹 친구가 술대접을 해주면 사양 않고 가서 마냥 마시고 취했고, 취하면 홀연히 하직하고 돌아왔다. 평생을 제 뜻대로 자유롭게 살았고, 마음 내키는 대로 글을 짓다가 죽었다. 이것은 역시 〈은일전(隱逸傳)〉에나 쓸 영상(映像)이다. 다음에서 초점을 보다 현실에 맞추어 보겠다.

도연명의 인생은 대략 3기로 나눈다. 제1기는 29세 이전으로 면학(勉學)과 농사를 짓고 살았을 때다. 제2기는 29세에서 41세까지로 그가 여러 차례 벼슬에 나갔다가 이내 그만두고 은퇴했던 가장 착잡했던 시기였다. 제3기는 42세에서 죽을 때까지로 그가 철저히 은퇴했던 시기다. 특히 그의 만년에는 유유(劉裕)가 절대권력을 장악하고 마침내는 진(晉)의 왕을 죽이고 나라를 찬탈하여 새로운 왕조를 설립한 때로서, 오직 음모와 참극만이 전개되었던 시기이다. 그러므로 도연명은 자기가 잘 아는 유유에게도 접촉하지 않고 철두철미하게 은둔생활을 하며, 참다운 정신적 자유를 구가했던 것이다.

(1) 제1기(29세까지)

도연명의 어렸을 때나 성장기에 대해서는 상세히 알 수가 없다. 12

세경에 서모를 잃고 외롭게 살았으며 또 일찍부터 집이 가난했다.

한편 진(晉)나라도 도연명이 태어나기 이미 50년 전에 북방민족에게 쫓겨 낙양(洛陽)을 잃고 남쪽 건강(建康：現 南京)으로 천도해 왔다. 그리하여 동진(東晉)시대에 수차례 북벌(北伐)을 시도했으나 모두 실패하고 그 위세가 저하되었었다. 이통에 북으로부터는 이민족이 침략해왔고, 안으로는 새로운 군벌들이 일어나 나라가 더욱 혼란에 빠졌다. 도연명이 17세 되던 해에 비수(淝水)의 전투에서 사현(謝玄)이 북방의 침략군을 격퇴하여 잠시 진의 위세를 되찾는 듯했으나, 진나라의 쇠퇴는 막을 길이 없었다.

결국 사회는 전쟁·세금·징용으로 피폐했고, 지방에서는 군벌이 대두하는가 하면 생활고에 시달린 농민들의 봉기까지 일어났다. 특히 도연명의 나이 21세 때 진나라는 혹심한 기근이 들어 인민의 고생은 극에 달했다고 한다.

이러한 때에 도연명은 가난하나마 글을 배울 수 있었는데 주로 유가(儒家)의 교육을 받았다. 즉 '어려서부터 속세의 일을 멀리하고 오직 육경을 배웠다(少年罕人事 游好在六經)'〈飲酒 其十六〉.

본래 그는 태어날 때부터 산을 좋아하는 인자(仁者)의 성품을 지녔었다. '일찍부터 속세의 기풍에 맞지 않았고, 본성이 산을 사랑했노라(少無適俗韻 性本愛丘山).'〈歸園田居 其一〉 어진 성품에 자연을 좋아한 그는 글공부와 음악을 가지고 성정(性情)을 더욱 고상하게 닦았으며, 속세의 이득이나 가난조차 크게 문제삼지 않았다. '어려서부터 저속한 일을 도외시하고 뜻을 책과 거문고에만 두었으며, 떨어진 옷을 걸치고도 자조자득했고, 쌀이 떨어져도 태연했노라(弱齡寄事外 委懷在琴書. 被褐欣自得 屢空常晏如)'〈如作鎭參軍 經曲阿作〉.

저속한 무리들과 떨어져 높은 경지를 찾던 도연명은 그런대로 큰 포부가 있었다. 온갖 고난을 무릅쓰고 공부를 한 것도 결국은 나라를 구하고 백성들을 잘살게 해줌으로써 공을 세우고 이름을 내자는 것이었다.

　　돌이켜 보건대 어려서 나는
　　속세의 낙이 없어도 혼자 흥겨웠고
　　세찬 뜻을 사해에 떨치어 내고
　　날개를 펴고 멀리 날고자 했다
　　(憶我少壯時　無樂自欣子
　　猛志逸四海　騫翮思遠翥)　〈雜詩 其五〉

　　젊어서 세차고 억셌노라
　　칼을 차고 멀리 갔노라
　　아주 멀리 유력했노라
　　장액에서 유주까지 돌았노라
　　배고프면 수양산 고사리 따고
　　목마르면 역수의 물 마셨노라
　　(少時壯且厲　撫劍獨行遊
　　誰言行遊近　張掖至幽州
　　飢食首陽薇　渴飮易水流)　〈擬古 其八〉

　장액(張掖)은 감숙성(甘肅省)이고 유주(幽州)는 하북성(河北省)이다.

　대망(大望)에 부풀은 그의 젊은 모습은 말년의 은일상과는 너무나 대조적이다. 때를 잘못 타고난 도연명의 젊은 시절은 그런대로 흘렀다.

(2) 제2기(29세~41세)

한마디로 이 시기는 모순과 악순환의 연속이었다. 출사(出仕)와 은퇴(隱退)를 다섯 번이나 되풀이했으며, 더욱이 그가 벼슬을 얻은 군벌들이 서로 엎치락뒤치락했던 것이다. 이는 망신이 아닐 수 없었다. 그러나 이 시기에 그의 사상과 신념이 굳게 다져지기도 했다는 사실을 잊어서는 안되겠다.

첫 번째 벼슬은 그의 나이 29세, 즉 동진(東晉) 효무제(孝武帝) 태원(太元) 19년(서기 393년)에 얻은 강주(江州)의 좨주(祭酒)였다. 강주의 도읍이 심양(潯陽)이므로 그는 바로 고향에서 벼슬을 얻었고, 그것도 교육감(敎育監)이라 할 수 있는 좨주인지라 그만하면 그의 관직의 출발은 무난한 것이었다. 《송서(宋書)》〈은일전(隱逸傳)〉에는 대략 '집안 어른이 늙고 집이 가난하여 주(州)의 좨주가 되었으나, 벼슬일을 감당할 수가 없어 며칠 후에 스스로 물러나서 돌아왔다'고 했다. 또 〈음주(飮酒) 기십구(其十九)〉에서도 대략 '오래 굶주렸으므로 농사를 버리고 벼슬에 올랐으나, 역시 가족을 부양할 길이 없고 추위와 굶주림은 여전했다. 당시 30세를 바라본 나는 평소의 신조에 비추어 창피한 바 있어 의연히 결심을 하고 옷 털고 농촌으로 되돌아왔다(疇昔苦長飢投耒去學仕. 將養不得節 凍餒固纏己. 是年向立年 志意多所恥. 遂盡介然分 拂衣歸田里)'고 읊었다.

도연명은 본래가 벼슬살이에 맞는 성품이 아니었다. 가난에 몰리어 할 수 없이 출사의 길에 오르기는 해도, 한편으로는 내키지 않는 심정과, 은퇴하여 농사지어 먹고 살자는 생각이 떠올랐다. '벼슬살이로 출세할 내가 아니다. 역시 장저(長沮)·걸익(桀溺)같이 농사를 지었으면 좋겠다. 감투를 벗어던지고 농촌으로 돌아가, 녹작(祿爵)에 얽매이지 말리라. 초가집에서 참삶[眞生]을 지키며 착한 일로써 이름을 내자(商歌非吾事 依依在耦耕. 投冠旋舊墟 不爲好爵縈. 養眞衡茅下 庶以善自名)'〈辛丑歲七月 赴假還江陵夜行塗口〉. 휴가를 마치고 벼슬자리에 돌아가며 부른 노래다. 또 〈귀원전거(歸園田居)〉에서도 '새장에 갇힌 새는 옛숲을 그리고, 연못에 갇힌 고기는 옛늪을 그리노라. 나도 어리석은 척 벼슬 버리고 들밭이나 갈며 살겠노라(羈鳥戀舊林 池魚思故淵. 開荒南野際 安拙歸園田)'고 했다.

두 번째 벼슬은 35세 때 진군장군(鎭軍將軍)인 유로지(劉牢之)의 참군(參軍 : 參謀)이 된 것이다. 그간 도연명은 주(州)의 주부(主簿 : 文書官)로 초빙을 받은 일도 있었으나 그것을 거절하고 약 6년간을 은퇴했었다. 유로지는 원래 사현(謝玄)의 부하였으나 당시는 최대의 군사력을 지닌 실력자로 수도 건강(建康) 부근 경구(京口)를 중심으로 포진하고 있었다.

유로지의 참군이 된 도연명은 처음부터 내키지 않는 벼슬임을 시에서 읊었다. 즉 부임하러 가면서 다음과 같이 읊었다.

'구름을 타고 자유로이 나는 새를 보니 부끄럽고, 물속에 멋대로 노는 물고기에게도 창피하게 느껴진다. 본래 나는 참뜻을 깊이 간직하고 있노라. 절대로 외형적인 속세에 구속되지 않으리라. 잠시 세상의 조화를 타고 벼슬을 살기는 하지만, 결국은 반표(班彪)같이 원두막 생활로 돌아오겠노라(望雲慚高鳥 臨水愧游魚. 眞想初在襟 誰謂形迹拘. 聊且憑化遷 終反班生廬)'〈始作, 經曲阿作〉.

처음부터 내키지 않는 참군에 있던 도연명은 마침 손은(孫恩)의 대대적인 농민 봉기를 계기로 물러나고 말았다. 즉 융안(隆安) 3년(서기 399년) 천사도(天師道)라는 종교를 내세우고 손은이 절강성(浙江省) 일대를 휩쓸었다. 이들은 생활고에 시달리던 농민들과 합세하여 수십만의 세력으로 확대되었고, 마침내는 수도 건강까지 위협하게 되었다. 이를 유로지가 간신히 진압하기는 했으나, 그로 인해 사회는 더욱 혼란했고 백성들은 한층 더 고난에 빠졌다. 〈음주(飮酒) 기십(其十)〉을 보면 도연명이 유로지의 토벌군을 좇아 손은을 치기 위하여 동해(東海) 깊숙이까지 간 듯하다.

세 번째 출사는 37세 때 형주자사(荊州刺史) 환현(桓玄)의 막하(幕下)가 된 일이다. 환현은 환온(桓溫)의 아들로 강릉(江陵)을 중심으로 한 대군벌이었다. 그는 천하를 찬탈하고자 북부(北府)의 장인 왕공(王恭)과 결탁하여 진나라의 수도 건강을 포위한 일이 있었다. 그러나 북부군의 웅장(雄將) 유로지의 배반으로 환현이 패하고, 이 통에 유로지가 크게 세력을 잡고 일어났던 것이다. 그러나 손은의 반란으로 유로지가 동쪽에서 시달리는 틈에 환현이 다시 서부에서 세력을 부활시켜 동진(東晉)의 판도를 3분지 2나 손아귀에 넣었다.

한편 도연명의 외조부 맹가(孟嘉)는 환온의 장사(長史)를 지낸 일이 있었고, 환현도 유로지보다는 제법 글을 아는 자로 문사(文士)들을 높이 대접해 주었다. 그러므로 도연명도 횡포한 유로지를 떠나 환현에게 갔는지도 모른다. 물론 이때에도 그는 내키지 않는 심정을 토로했다. 앞에서 보인 〈신축세칠월(辛丑歲七月)……〉의 시에 잘 나타나 있다.

환현은 마침내 서기 402년에 야망을 달성하여 수도 건강에 입성했고, 유로지는 자결했다. 유로지 밑에 있던 동북부(東北府)의 장군들 거의 모두가 환현에 의해 처형되었다. 그러나 유로지 밑에서 도연명과 같이 참군을 지냈고 또 손은의 반란을 진압하는 데 크게 공을 세운 유유(劉裕)만은 도리어 환현에게 발탁되어 무군장군(撫軍將軍) 환수(桓脩)의 중병참군(中兵參軍)이 되었다. 문자 그대로 아비규환(阿鼻叫喚)의 난세이자 음모(陰謀)와 흉계(凶計)가 판을 치던 말세였다. 도연명이 얼마 동안 거점인 강릉(江陵)에 있었는지는 알 길이 없다. 그러나 그는 미처 2년도 못 되어 벼슬을 버리고 다시 고향으로 돌아왔다. 마침 그때에 그는 어머니의 상(喪)을 당했다.

당시의 은퇴생활을 그는 〈계묘세시춘 회고전사(癸卯歲始春 懷古田舍)〉에서 다음같이 읊었다. '옛날의 스승 공자께서 가르치셨다. 도를 걱정하지 가난을 근심하지 말라고(先師有遺訓 憂道不憂貧)'. '쟁기를 들고 철따라 즐겁게 농사를 짓고, 미소지으며 농군들에게 격려를 한다(秉耒歡時務 解顏勸農人)'. '해가 지면 함께 돌아와 술마시며 이웃과 피로를 푼다. 사립문 닫고 시를 읊으며, 농민생활 즐기리(日入相與歸 壺漿勞近鄰. 長吟掩柴門 聊爲隴畝民)'.

〈권농(勸農)〉이란 시에서는 더욱 '스스로 농사지어 먹겠다(躬耕)'는 신념을 굳히고 있다. 또 〈자식을 책망한다(責子)〉는 시에서 그는 귀여운 아이들과 어울려 주어진 운명을 감수하며 술잔을 기울이고 있음을 잘 알겠다. '천운이 이러니 술이나 들자(天運苟如此 且進杯中物).'

환현(桓玄)이 제위에 올라 국호를 '초(楚)'라고 고친 것이 원흥(元興) 2년(서기 403년)이었다. 그러나 바로 원흥 3년(서기 404년)에는 전에 유로지의 부하였던 유유(劉裕)가 일어나 수도 건강(建康)을 점령했고 환현은 쫓기어 심양(潯陽)을 거쳐 강릉(江陵)으로 후퇴했다가 마침내는 유유의 손에 죽고 말았다. 이렇게 하여 천하의 실권은 유유의 손에 들어갔다.

유유는 본래 건달이자 노름꾼 출신이었고 포악하고 무식했다. 전에 유로지의 밑에서 도연명과 같이 참군을 지내다가 손은의 반란을 진압하는 데 공을 세워 두각을 나타냈다. 한편 환현은 문벌 출신이고 학문과 예술을 이해했다. 따라서 도연명으로서는 환현이 실각하고 유유가 일어섰다는 것은 반가운 일이 아니었다. 당시 도연명은 모친 상중에 있었으나 상징적인 시로 환현의 실각을 애석하게 여겼다. 동시에 걷잡을 수 없는 변란을 겪은 그는 더욱 난세로부터 몸을 뽑아 은둔생활을 하며 명철보신(明哲保身)하고자 했다. 당시의 심정을 〈연우독음(連雨獨飮)〉 같은 시에서 읽을 수가 있다.

네 번째 출사는 건위장군(建威將軍) 유경선(劉敬宣)의 참군이 된 것이다. 유경선은 유로지(劉牢之)의 아들이었고 당시 강주(江州)의 자사였다. 따라서 도연명은 자기 고향인 심양에서 벼슬을 얻어 궁색을 면할 생각이었으리라. 때는 그의 나이 40세(404년) 되는 늦가을이었을 것이다. 그리고 이듬해 초봄 3월에는 도연명이 수도 건강으로 유경선의 사표를 전하러 여행한 일이 있고, 그 후에는 다시 벼슬에서 물러났다.

'나는 어쩌자고 이렇게 열심히 고생스런 벼슬에 붙어 있는고? 하기야 몸은 매여 있는 듯해도 본래의 뜻은 변함이 없노라! 매일 꿈에 그리는 고향의 전원을 오래 버려둘 수가 있으랴! 마지막 소망은 운둔생활이다! 서리에도 변치 않는 송백같이 되리라!(伊余何爲者 勉勵從玆役. 一形似有制 素襟不可易. 園田日夢想 安得久離析. 終懷在壑舟 諒哉宜霜柏)'〈乙巳歲三月 爲建威參軍 使都經錢溪)〉

이 시를 통해 도연명이 절박한 추위와 굶주림을 면하기 위해 욕스런 벼슬에 올랐음을 알 수가 있다. 그는 죽지 못해 벼슬에 나섰고 수도로 행차하였을 것이다. 유경선이 강주자사를 사직한 이유는 유유의 부하 유의(劉毅)라는 장군과 의견충돌이 있었음이라고 한다. 그리하여 도연명은 유경선의 사표를 수도에 가서 전했고, 돌아오자 그도 벼슬에서 물러났던 것이다.

다섯 번째의 벼슬은 유명한 팽택령(彭澤令) 자리였다. 유경선의 사표를 내고 돌아온 의희(義熙) 1년(서기 405년) 도연명은 41세였다. 약 12년간의 '출사(出仕)'와 '은경(隱耕)'의 악순환을 되풀이하던 모순(矛盾)의 마지막이 될 팽택령에 올랐다. 동기는 물론 가난을 메꾸어 보자는 것이었다. 우선 〈귀거래사(歸去來辭)〉의 서문을 보면 잘 알 수가 있다. 그러나 그는 이 벼슬에도 오래 견디지 못했다. 8월에 취임했다가 11월에 그만두었다.

《송서(宋書)》〈은일전(隱逸傳)〉에 보면 '생계를 위해 팽택령이 되었고, 공전(公田)에 술을 빚을 차조(秫稻)를 심게 했다. 그러자 독우 (督郵 : 감찰관)가 현으로 내려오니 의관속대(衣冠束帶)하고 맞이하라고 했다. 이에 도연명은 "내 어찌 다섯 말의 쌀 때문에 촌뜨기 아이놈에게 허리를 굽힐 수가 있겠느냐!(我豈能爲五斗米折腰向鄕里小兒)"라며 그날로 인수(印綬)를 풀어던지고 말았다'고 했다.

그러나 〈귀거래사〉 서문에는 '이내 돌아가고 싶은 생각이 간절했다. 이유는 바로 본래 내 성품이 자연무위를 따랐고 억지로 고쳐질 수가 없었다. 아무리 굶주림과 추위에 시달린다 해도, 본성을 어기고 벼슬을 살자니 모든 병이 다 돋아나는 듯했다(及少日 眷然有歸與之情. 何則質性自然 非矯厲所得. 飢凍雖切 違己交病)'고 했다. 그래도 그 해 가을 타작이나 넘기고 벼슬에서 물러나고자 했거늘, 정씨(程氏)에게 출가했던 누이동생이 죽자 그는 이내 자리에서 물러났다. 즉 80일간의 벼슬이었다.

당시 도연명에게는 말 못할 보다 큰 이유가 있었을 것이다. 그것은 천하가 마구잡이 유유(劉裕)의 손안에 들어가고 악덕이 횡행하던 때였다는 점이다. 도연명은 일찍부터 유유의 인간됨을 잘 알고 있었다. 따라서 유유가 실권을 잡은 세상은 절망과 어둠에 싸인 무덤이나 같았으리라. 이에 도연명은 크게 각성했고 굳게 결심을 하고 다시는 속세에 나오지 않았던 것이다.

파란과 모순투성이의 그의 제2기가 막을 내림과 동시에 도연명의 모습도 속세에서 떠나 은일한 전원으로 숨어 들어갔다.

(3) 제3기(41세~63세)

은일(隱逸)의 철인(哲人)이자 시인(詩人)으로서 유유자적(悠悠自適)했던 때다. 그러나 그의 은퇴는 불로도식(不勞徒食)이 아니었다. 자연에 몸을 맡긴다는 것은 '천지의 대덕인 생산(天地之大德曰生)'에 힘쓰는 것이었다. 그는 근면했고 손수 밭에 나가 농사를 지었다. 즉 궁경(躬耕)했다. 이 점이 도연명을 더욱 위대하게 해준 점이다. 속세의 악덕과 타협하지 않고 은퇴하되 천지의 대덕인 삶을 스스로의 힘으로 영위한다는 것은 쉬운 일이 아니다. 다른 은둔자들은 근로를 하지 않고 비꼬는 말이나 또는 공론만을 시끄럽게 떠들어댄다. 그러나 도연명은 무위자연(無爲自然)에 몸을 맡긴, 즉 임진(任眞)한 경지에서 스스로 흙을 갈아먹었다. 그의 이상향 '도화원(桃花園)'을 스스로 영위했던 것이다.

도연명이 최종적으로 벼슬에서 물러난 후의 진나라는 더욱 혼란했었다. 환현의 잔재세력과 농민들의 봉기가 끈질기게 일어났고 군벌들은 물론, 유유의 진영 안에서도 암투가 계속되었다. 그러는 중에서도 오직 냉혈한(冷血漢)이자 흉계(凶計)에 뛰어난 유유만이 그 세력을 뻗어나갔다. 그는 표면적으로는 이름뿐인 진(晉)의 안제(安帝)를 인정했으나 실권은 자기가 독차지했었다.

의희(義熙) 12년(서기 466년)에는 북벌(北伐)하여 낙양(洛陽)을 함락시켰고 이듬해에는 장안(長安)을 공략하여 진(秦)을 멸했다. 그리고 몇년 후인 서기 420년에는 진의 마지막 황제 공제(恭帝)를 유폐하고 유유 자신이 제위에 올라 국호를 송(宋)이라 개칭했다. 이때 도연명의 나이 56세였다. 그가 〈귀거래사〉를 짓고 은퇴한 지 어느덧 15년이 지났고 또 앞으로 7년을 더 살아야 했던 때였다.

제3기에 처한 도연명은 55세 때 저작랑(著作郞)이란 벼슬에 초청된 일이 있었고, 62세 때 강주자사 단도제(檀道濟)로부터 출사를 요청받은 일이 있으나 그는 깨끗이 거절하고 보내온 예물을 말끔히 돌려주었다. 다시는 '벼슬'에 흔들리지 않고 '고궁절(固窮節)'을 잘 지켰다. 따라서 이때의 시가 가장 알차고 깊이가 있었으며, 또 많은 작품이 이때에 지어지기도 했다. 그러나 귀중한 그의 문학유산이 그의 불우한 삶을 제물로 하고 승화된 결정(結晶)임을 우리는 잊어서는 안 되겠다.

※ 권말에 있는 연표 참조.

3. 도연명의 전래(傳來)

'모든 사람이 다 의지할 바 있거늘, 나만은 외로운 구름, 기댈 데가 없노라. 아득아득 하늘에 깜박이며, 언제나 길게 빛을 보리?(萬族 皆有託 孤雲獨無依 ; 曖曖空中滅 何時見餘暉?)'

도연명이 살아 있을 때 그를 가장 잘 이해해 준 사람은 안연지(顏延之 : 384~456년)였다. 그는 〈도징사뢰(陶徵士誄)〉라는 글을 지었다. 징사(徵士)란 부름을 받고도 벼슬에 나가지 않은 선비란 뜻이다. 글에서 안연지는 대략 도연명을 다음과 같이 그렸다. 은둔자, 고고한 정신의 소유자, 학문이나 생활을 자유롭게 한 사람, 가난하여 손수 밭 갈아 먹은 선비, 부모에게 효도하고 가족에게 인자로웠으며 타고날 때부터 술을 좋아했다 등등.

도연명이 죽은 후 약 60년이 지나 심약(沈約)이 지은 《송서(宋書)》〈은일전(隱逸傳)〉을 바탕으로 양(梁)나라 소통(蕭統)의 《도연명전》과 시집의 서문이 나왔다. 소통은 '연명의 문장은 일반 수준을 뛰어넘어 정채롭다(淵明文章不群 辭采精拔).' '적절하게 그리는 듯 현실을 비판하고 넓고 참된 경지에서 회포를 풀고, 아울러 굳은 정절로써 도에 안주하고 절개를 지켰으며, 스스로 농사짓는 것을 부끄럽게 여기지 않고, 재산 없음을 걱정하지 않았다.(語時事則指而可想 論懷抱則曠而且眞 加以貞志不休 安道守節 不以躬耕爲恥 不以無財爲病)'라고 하여 인격과 문학을 동시에 높였다.

간문제(簡文帝 : 503~551년)도 도연명을 특히 좋아했다. 대체로

양(梁)대의 문풍은 섬세하고 기염(綺艶)했던 궁체(宮體)를 따랐다. 그럴수록 그들 귀족문인들은 흙냄새가 풍기는 소박한 도연명의 시를 좋아하고 노상 책상 옆에 두고 애독했는지도 모르겠다.

종영(鍾嶸 : ?~552년)은 가장 높게 도연명의 시를 평했다. '도연명의 시문은 문체가 간결하고 말쑥하며 정신은 돈독한 옛날의 진실을 좇았다. 글 속에 깊은 뜻을 지니게 했고 그의 글을 보면 그의 인덕을 알 수가 있다(陶潛詩文體省淨 殆無長語 篤意眞古 辭興婉愜 每觀其文想其人德).' '고금의 은일시인의 으뜸이다(古今隱逸詩人之宗也).'

종영의 말대로 우리는 시를 읽으면 도연명의 모습과 인덕을 연상할 수가 있다. 말쑥하고 높푸른 하늘의 노오란 국화꽃을 따며 남산을 멀리 바라보는 유연한 모습, 밤늦게 이슬을 맞으며 흙묻은 보습을 등에 지고 조각달을 길동무로 삼고 돌아오는 농군의 모습, 가난에 쪼달리고 남루한 옷차림인데도 망건에 술을 걸러 이웃과 나누어 마시며 도연히 취해 미소를 짓는 도연명의 인간상을 우리는 그의 시에서 역력히 그려볼 수가 있다.

북제(北齊)의 양휴지(陽休之)는 '연명의 글은 문장이 빛나고 우아하지는 못해도 신기하고 방일하며 고고한 경지에 도달했다(淵明之文辭采雖未優 而往往有奇絶異語 放逸之致 而棲託仍高)'고 했다.

당(唐)대의 많은 시인들은 도연명을 잘 이해했다. 그의 탈속과 은퇴에 공감하여 화창(和唱)한 시를 많이 지었다. 그 중에서도 백거이(白居易 : 樂天)는 가장 열렬한 도연명의 찬미자였다. 백거이는 도연명의 시를 본따서 16수의 시까지 지었다. 그리고 도연명의 고향인 강주(江州)의 사마(司馬)로 부임해 간 백거이는 도연명의 옛집을 찾아가 시를 짓기도 했다.

그 시에서 백거이는 읊었다. '이제 그대의 옛집을 찾아 숙연한 마음으로 그대 앞에 있노라. 허나 나는 단지에 있는 술이 그리운 것도 아니고, 또는 줄 없는 그대의 거문고가 그리운 것도 아니다. 오직 그대가 명예나 이득을 버리고 이 산과 들에서 스러져 간 것이 그립노라(今來訪故宅 森若君在前 不慕樽有酒 不慕琴無絃 慕君遺榮利 老死此丘園).'

도연명의 고결청정(高潔淸淨)한 은둔생활을 그리는 마음은 백거이뿐만이 아니었다. 특히 송(宋)대의 대문호 소식(蘇軾 : 東坡, 1039~1112년)이 더없이 도연명을 높였던 것이다. 중국 역사상 도연명을 소동파만큼 높인 사람도 없었을 것이다. 그는 109편의 화작시를 지었다. 소동파는 말했다.

"도연명은 벼슬하고 싶으면 나가서 했고, 그렇다고 꺼리는 일이 없었다. 또 은퇴하고 싶으면 은퇴했고, 그렇다고 고결하다고 자처하지도 않았다. 배가 고프면 남의 집 문을 두드리어 밥을 찾기도 했으며, 살림이 넉넉하면 닭이나 술을 빚어 놓고 손님을 청해 대접도 했다. 옛날이나 오늘이나 그의 태도를 높이는 것은 바로 무위자연에 귀일한 그 '참삶[眞]'이라 하겠다(淵明欲仕則仕 不以求之爲嫌 欲隱則隱 不以去之爲高 飢則扣門而求食 飽則雞黍以迎客. 古今賢之 貴其眞也)."

없으면 구하고, 있으면 나누어 주는 솔직하고 담담한 태도, 즉 '참[眞]'을 이해 못하면 도연명의 인품과 시를 알 수도 없고 더구나 공감할 수도 없을 것이다. 허구(虛構)와 가식(假飾)에 사는 사람들과는 너무나 동떨어진 그의 세계다. 잠시 기우(寄寓)하다가 다시 무(無)로 돌아갈 몸이거늘, 무엇을 어쩌자고 허구와 가식, 나아가서는 모략과 흉계를 써서 이승을 어지럽히는 것일까? 악덕한 짓을 해서 제왕의 자리를 빼앗아서 어쩌자는 것일까?

구양수(歐陽修)는 '진에는 글이 없고 오직 도연명의 〈귀거래사〉만이 있다(晉無文章 唯陶淵明歸去來辭而已)'라고 했다. 황정견(黃庭

堅)도 '자로 재지 않고도 저절로 맞는 경지의 시(淵明詩不煩繩墨而
自合)', '연명은 시를 지은 것이 아니라, 자기 가슴속의 오묘한 경지를
그렸을 따름이다(淵明不爲詩 寫其胸中之妙耳)'라고 했다. 너무나 적
절한 평이다. 시나 문학은 만들고 꾸미는 것이 아니다. 가슴속의 오묘
한 경지를 그려낼 뿐이다. 문학은 기교가 아니라, 사상이며 덕(德)이
다.

　이러한 의미에서 송(宋)대의 위대한 성리학(性理學)의 대성자 주
자(朱子)가 도연명의 시를 좋아했다는 것은 잘 이해가 될 것이다. '도
연명의 시는 평담(平淡)하고 자연스럽게 이루어진 것이다(淵明詩平
淡 出於自然).'

　※ 주자가 도연명의 고향을 찾아가 서당을 짓고 취석(醉石)을 보았
　　다는 것은 전술했음.

　송대의 대학자, 대문호의 칭찬을 받은 도연명은 이제는 선비들의
좌우에 노상 있는 정신의 벗이 되었던 것이다.

　우리나라에서는 퇴계(退溪)가 도연명에게 심취했다. 퇴계는〈화
도집음주(和陶集飮酒)〉20수와〈화도집이거운(和陶集移居韻)〉2수
등을 지었다. 퇴계는 '성학을 밝히고 왕도를 구현(明聖道行王道)'하
기 위해 충성을 바쳤다. 그러나 한편 '염치를 높이고 절의를 지키기
(崇廉恥 勵節義)' 위해 염담청정(艷淡情靜)한 은퇴(隱退)를 몸소 실
천했다. 그러기에 퇴계는 도연명을 진정으로 이해했고 자기의 벗으로
삼을 수가 있었다. 퇴계는 읊었다.

　'한잔의 술을 홀로 마시며 한가롭게 도연명의 시를 영하노라. 숲이
　나 시내 사이를 거닐며 후련한 심정으로 즐기노라(獨酌一杯酒 閒
　詠陶韋詩. 逍遙林澗中 曠然心樂之).'〈和陶集移居韻 其二〉.

　끝으로 오늘의 독자를 위해 한마디 첨부하겠다.

　　오늘의 우리는 오직 힘과 물질만을 좇는 잘못되고 어지러운 세계에 살고 있다. 따라서 모든 사람들이 자기도 모르게 힘과 물질의 소용돌이 속에 휘말리고 빠져들어 염정(恬靜)하고 한적(閑適)한 정신세계를 아득히 잊기 쉽다. 그러기에 우리는 도연명의 경지를 더욱 찾아야 하지 않을까? 공해에 시달린 도시인이 산과 들로 생생한 자연을 찾아 나가듯, 물질적 오염에 탁해진 우리의 정신을 영원한 삶에 이어매고 소생시키기 위해 도연명의 시를 읽어야 하겠다.

　　끝으로 도연명에 관한 참고될 서적을 적으면 다음과 같다.

　　陶靖節全集註(淸 陶澍 註)……世界書局版
　　陶淵明傳論(張芒 著)
　　陶淵明作品硏究(黃仲崙 著)……帕米爾書店
　　陶淵明評傳(李辰冬 著)……中華文化出版社業委員會
　　田園詩人陶潛(郭銀田)

제 **1** 장

귀거래혜歸去來兮

자연을 좋아하는 본성은 고칠 수 없어
굶어 죽어도 본성에 어긋나는 벼슬살이
못하겠더라
　質性自然　非矯厲所得
　飢凍雖切　違己交病

도연명(陶淵明)의 은퇴는 절대로 비생산적(非生産的)인 것이 아니었다. 그는 난세에 처해 벼슬을 마다하고 농촌으로 물러갔으니, 그 대신 그는 손수 농사를 지었다. 여기에 그의 위대한 가치가 있는 것이다. 그가 〈귀원전거(歸園田居) 기일(其一)〉에서 읊은 '개황남야제(開荒南野際) 수졸귀원전(守拙歸園田)'(7~8)의 참뜻을 우리는 깊이 이해해야 하겠다.

1. 歸園田居 - 其一　전원에 돌아와서 - 제1수

소 무 적 속 운　성 본 애 구 산
1. 少無適俗韻　性本愛邱山

오 락 진 망 중　일 거 십 삼 년
2. 誤落塵網中　一去十三年

기 조 연 구 림　지 어 사 고 연
3. 羈鳥戀舊林　池魚思故淵

개 황 남 야 제　수 졸 귀 원 전
4. 開荒南野際　守拙歸園田

방 택 십 여 묘　초 옥 팔 구 간
5. 方宅十餘畝　草屋八九間

유 류 음 후 첨　도 리 라 당 전
6. 榆柳蔭後簷　桃李羅堂前

애 애 원 인 촌　의 의 허 리 연
7. 曖曖遠人村　依依墟里煙

구 폐 심 항 중　계 명 상 수 전
8. 狗吠深巷中　雞鳴桑樹顚

호 정 무 진 잡　허 실 유 여 한
9. 戶庭無塵雜　虛室有餘閒

구 재 번 롱 리　부 귀 반 자 연
10. 久在樊籠裏　復歸返自然

　어려서부터 세속에 어울리지 못하고, 성품이 본시 산을 사랑했거늘

잘못하여 먼지 속 그물에 빠져들어, 어느덧 벼슬살이 13년을 겪었노라

떠돌이 새는 옛숲을 그리워하고, 연못의 물고기는 옛물을 생각하게 마련이니

나도 황폐한 남쪽 들을 개간하고, 어리석음을 간직하기 위하여 전원에 돌아가노라

방정한 집터 3백여 평 대지(大地)에, 조촐한 8, 9간의 초가집

뒤뜰의 느릅과 버들은 그늘지어, 처마를 시원히 덮고, 앞뜰의 복숭아 오얏꽃들 집 앞에 줄지어 피었노라

저 멀리 촌락이 어둑어둑 저물새, 허전한 인가의 연기 줄줄이 피어오르고

마을 깊이 개짖는 소리 들리고, 뽕나무 가지에는 닭이 홰를 치고 있네

뜰안에는 잡스런 먼지 없고, 텅빈 방은 한가롭기만 하노라.

나는 너무나 오래 세상 속에 갇혀 있다가, 이제야 다시 자연으로 되돌아왔노라

(語釋) ㅇ歸園田居(귀원전거)—전원의 농가로 돌아가다, 혹은 집으로 돌아오다. 시제(詩題)가 귀전원거(歸田園居)로 된 판본도 있다. 거(居)는 집·거처·환경의 뜻. ㅇ小無適俗韻(소무적속운)—어려서부터 속된 기풍에 적합하지 않는다. 적(適)은 맞는다, 어울리다, 적응하다. 속운(俗韻)은 세속적인 기풍이나 분위기, 즉 저속한 기풍. ㅇ性本愛邱山(성본애구산)—성품이 본래 산을 좋아한다. 《논어(論語)》에 있다. 어진 자는 산을 즐긴다(仁者樂山). 즉 도연명은 천성(天性)으로 인자(仁者)라 하겠다. 구산(邱山)은 언덕이나 산. 구(邱)는 구(丘)와 같다. ㅇ誤落(오락)—잘못하여 떨어졌다. ㅇ塵網中(진망중)—티끌세

상의 그물 속. 즉 추악하게 뒤엉키고 구속 많은 벼슬살이란 뜻. 진(塵)은 진세(塵世)·진속(塵俗). 망(網)은 그물. ㅇ一去(일거)—훌쩍 세월이 흘렀다. ㅇ十三年(십삼년)—도연명이 처음에 강주(江州)에 좨주(祭酒)로 출사(出仕)한 때가 태원(太元) 18년(기원 393년. 29세)이고 마지막으로 팽택(彭澤)의 영(令)을 그만둔 때가 의희(義熙) 원년(405년. 41세)이므로 13년 간을 벼슬 살았다. 단 '30년'이라고 한 판본이 많아, 처음에 그가 강주 좨주를 지낸 때가 나이 29세라고 풀기도 한다. 또 '이십년(已十年)'이라고 하는 설도 있다. ㅇ羈鳥(기조)—나그네로 떠도는 새. 기(羈)는 나그네 또는 객우(客寓)의 뜻. 한편 기조(覊鳥)라고 된 판본도 있다. 즉 '새장 속에 얽매어 있는 새'의 뜻이다. ㅇ戀舊林(연구림)—본래 자라던 자연의 숲을 그리워한다. ㅇ池魚(지어)—연못에 갇힌 물고기. ㅇ思故淵(사고연)—옛날에 놀던 자연의 못을 생각한다. ㅇ開荒(개황)—황무지(荒蕪地)를 개간하여 농사를 하며 살겠다는 뜻. ㅇ南野際(남야제)—남쪽 들판. 제(際)는 먼 언저리. ㅇ守拙(수졸)—어리석음을 지킨다. 《노자(老子)》에 있다. '대교는 어리석음과 같다(大巧若拙).' 즉 간사(奸邪)한 교지(狡智)를 농하지 않고 무위자연(無爲自然)의 대도(大道)를 따라 진솔하게 살겠다는 뜻. ㅇ方宅(방택)—네모진 택지. ㅇ十餘畝(십여묘)—묘(畝)는 약 30평, 즉 대지가 약 3백 평 남짓하다. ㅇ草屋(초옥)—초가집. ㅇ八九間(팔구간)—8, 9칸 넓이의 집. 간(間)은 기둥과 기둥 사이를 헤아리는 단위. ㅇ楡(유)—느릅나무. ㅇ柳(유)—버드나무. ㅇ蔭後簷(음후첨)—음(蔭)은 그늘지어 시원하게 덮어 가린다. 첨(簷)은 첨(檐), 처마. 즉 뒤뜰의 느릅이나 버들이 집을 시원하게 그늘로 덮어 주고 있다는 뜻. ㅇ桃(도)—복숭아나무. ㅇ李(리)—오얏나무. 자두나무. ㅇ羅(나)—줄지어 늘어 있다. 동시에 화려하게 꽃이 피었음을 상징한다. ㅇ堂前(당전)—집앞에, 즉 앞뜰의 뜻. 음후첨(蔭後簷)과 나당전(羅堂前)은 대구(對句). ㅇ曖曖(애애)—멀다, 흐리다, 어둡다. ㅇ依依(의의)—길게 줄줄이 늘어지다. 헤어지기 섭섭하여 연연(戀戀)하는 품. 여기서는 연기가 길게 조용히 번져오르는 품. ○墟里(허리)―한적한 농촌, 시골 마을. 허(墟)는 황폐했다는 뜻도 있다. ○狗吠(구폐)―개가 짖는다. ○深巷中(심항중)―깊은 마을이나 골목 안. 항(巷)은 거리·골목. ○雞鳴(계명)―닭이 운다. ○桑樹顚(상수전)―뽕나무 가지 끝. 전(顚)은 위, 가지 꼭대기의 뜻이 있다. 《맹자(孟子)》에 '닭과 개가 서로 어울려 울다(鷄鳴狗吠相聞)'라고 있다. ○戶庭(호정)―집 안이나 뜰, 즉 자기가 사는 곳. ○塵雜(진잡)―더럽고 잡스러운 것. ○虛室(허실)―정허(靜虛)한 방, 또는 마음. 《장자(莊子)》〈인간세편(人間世篇)〉에 '닫혀진 텅빈 어두운 방에 햇빛이 들면 희게 돋보인다(瞻彼闋者 虛室生白)'라고 있다. 작위(作爲)가 없고 세속적인 명리(名利)의 야욕이 없는 상태를 허(虛)라고 보았다. ○有餘閒(유여한)―허실(虛室)과 같은 도연명의 마음은 마냥 한가롭기만 하다. 한(閒)은 한(閑)과 같다. ○久在樊籠裏(구재번롱리)―오랫동안 새장에 갇히어 있었다. 심신(心身)의 구속이 많은 벼슬을 오래 살았다는 뜻. 벼슬이 아니라도 예교(禮敎)에 얽매인 속세를 《장자》는 번(樊 : 새장)으로 보았다. '새장 같은 속세에 들어가 살아도 명예나 부귀에 마음 흔들리지 마라(若能入遊其樊 而無感其名)〈人間世篇(인간세편)〉.' ○復得(부득)―다시 ~할 수 있게 되었다. ○返自然(반자연)―인위적(人爲的)이고 가식(假飾)이 많은 속세를 떠나 다시 유유자적하는 자연 속으로 되돌아왔다.

大意　어려서부터 세속적인 기풍이 맞지 않았고, 성품이 본래 자연과 산을 좋아했다. 즉 인자적(仁者的) 성품을 타고났다는 뜻.(1)

어질고 한적을 좋아하는 내가 어쩌다 잘못하여 진세(塵世)의 그물 같은 벼슬살이에 빠져들어 훌쩍 13년이 지나고 말았다.(2)

낯설은 객지에 갇혀진 새는 자기가 태어나고 자랐던 옛날의 숲을 그리워하게 마련이며, 연못에 갇힌 물고기는 전에 자유롭게 놀던 큰 못을 생각하게 마련이다.(3)

나도 전원에 돌아가 끝없이 넓은 남쪽 들판 황무지를 개간하여

농사를 지으며 소박한 대자연의 어리석음의 덕을 지키고자 한다.(4)

반듯한 대지가 10여 묘에 초가집은 여덟 아홉 간이나 된다.(5)

뒤뜰에는 느릅이나 버드나무가 시원한 그늘로 처마를 가리워 주고, 집 앞에는 복숭아나무 오얏나무가 늘어서서 아름답게 꽃을 피우고 있다.(6)

저 멀리 사람들이 사는 마을은 아득하게 저녁 어둠 속에 싸이고, 한적한 마을에서는 저녁 짓는 연기가 조용히 길게길게 줄줄이 피어오르고 있다.(7)

깊은 골목 속에서는 개 짖는 소리가 들려오고, 뽕나무 가지 위에서는 닭이 울고 있다.(8)

집 안은 티끌이나 잡된 것 없이 말끔하고, 정허(靜虛)한 방과 내 마음속에는 넘칠 듯이 한적이 감돌고 있다.

그간 오랫동안 새장에 갇힌 듯 구속 많은 벼슬살이를 했었거늘, 이제야 다시 자유로운 자연으로 되돌아올 수가 있게 되었다.(10)

(解說)　은일시인(隱逸詩人) 도연명(陶淵明)의 참모습을 보여주는 그의 대표적 걸작이다. 대략 42세에 지은 것이며, 전해에 그는 벼슬을 버리고 돌아오면서 〈귀거래사(歸去來辭)〉를 지었다.

원래 도연명은 어려서부터 세속적인 기풍에 어울리지 못했고, 또 자연의 산천을 좋아했다. 즉 그는 태어날 때부터 고고(孤高)한 인자(仁者 : Humanist)의 정성(情性)을 지녔다. 그렇거늘 가난에 몰려 부득이하게 벼슬살이를 했던 것이다.

그러나 그가 살던 때는 난세(亂世)였다. 난세에는 인덕(仁德)을 바탕으로 한 왕도정치(王道政治)보다는 무력이나 모략이 판을 치는 패도정치(覇道政治)가 활개를 치게 마련이다. 따라서 천성이 휴머니스트인 도연명에게 맞을 리가 없었다. 그는 '잘못하여 진세 그물에 빠져들고(誤落塵網中)' 또 '너무나 오래 새장 속에 갇혀 있었던(久在樊籠裏)' 것이다.

그러나 사람은 자기가 타고난 본성(本性)을 어길 수 없다. 새들도 자연의 숲을 그리워하고, 물고기도 넓은 물에서 자유를 누리려고 하지 않느냐? 마침내 그는 허구(虛構)와 간교(奸狡)의 정치사회를 버리고 영원히 참된 자연(自然)으로 돌아오고자 했다. 자연은 간사한 인간들같이 얄팍하고 간악한 지교(智巧)를 부리지 않는다. 태고(太古) 때부터 오늘까지 말없이, 묵묵히 계속해서 만물을 창조하고 모든 것을 다 같이 살게 하고 또 번영하게 한다(生生不已).' 이러한 자연, 즉 '천지(天地)의 큰 공덕이 바로 삶인 것이다(天地之大德曰生).' 노자(老子)의 '대교약졸(大巧若拙)'의 뜻도 결국은 하늘을 두고 한 말이다.

도연명이 '수졸(守拙)'하고 '개황(開荒)'하겠다는 뜻은 바로 '만물을 끝없이 살게 하고 번영케 하는(生生不已)' '천지의 대덕(天地之大德)', 즉 자연의 도(道) 또는 '천도(天道)'를 따르기 위한 것이다.

도연명뿐만 아니라 전반적으로 동양의 은퇴사상(隱退思想)은 절대로 절망(絶望)이나 퇴영(退嬰)에서 나온 것이 아님을 차제에 똑바로 인식해야 한다. 즉 동양적 은퇴는 '인위적인 악'을 버리고 '자연의 영원한 삶(生生不已)'을 되찾자는 것이다.

인간은 나만을 내세우고 남을 해칠 수도 있다. 그러나 하늘의 도리는 곧 '자연 만물을 다같이 살리고 키우고 또 번성하게 한다' 즉 '공생(共生)·공존(共存)·공진화(共進化)'이다. 이것은 자연의 도(道)이자 바로 천도(天道)인 것이다.

우리 동양 사람들이 예로부터 지켜온 '하늘[天]'은 바로 우리에게 이러한 '공생·공존·공진화'의 좋은 도리를 내려주었다. 그러므로 자연으로 돌아간다는 뜻은 바로 '하늘에 복귀(復歸)'하는 것이고, 이는 바로 '천인합일(天人合一)'하는 것이기도 하다. 소극적으로는 현실의 인간사회에서 인간악(人間惡)과 타협하지 않고 더 나아가서는 인간악을 제거하는 것이기도 하다.

도연명의 자연·농촌·전원에 돌아가서 농사를 한다는 정신은 이렇듯 '생생불이(生生不已 : 끝없이 만물을 살게 한다)'의 천도(天道)에 통하는 것이다. 동시에 '인위적인 악'을 멀리하고 허정(虛靜)

하고 한적(閑寂)하려는 심정은 곧 사념(邪念)이나 야욕(野慾)이 없는 경지, '명경지수(明鏡止水)'와 같은 마음으로 '참삶'을 살겠다는 뜻이다.

도연명은 '텅빈 방은 한가롭기만 하다(虛室有餘閒)'고 말했다. 즉 '비었다[虛]'는 것은 '인간욕(人間欲)'이 없다는 뜻이지, 정말로 아무것도 없다는 뜻이 아니다.

동양에서 높이는 '허(虛)'는 '전무(全無 : empty · nothing)'가 아니라 '하늘'과 하나가 된 상태를 말하는 것이다. '하늘'은 우리 인간의 감관(感官)을 초월한 실재(實在)이기 때문에 '없는 것'같이 착각될 뿐이다. '자연(自然)'과 '허정(虛靜)'의 뜻을 바로 알아야 도연명의 시가 더욱 깊게 이해될 것이다. 참고로 영문의 번역을 붙이겠다.

RETURNING TO THE FIELDS

When I was young, I was out of tune with the herd;
My only love was for the hills and mountains.
Unwitting I fell into the Web of the World's dust
And was not free until my thirtieth year.
The migrant bird longs for the old wood;
The fish in the tank thinks of its native pool.
I had rescued from wildness a patch of the Southern Moor
And, still rustic, I returned to field and garden
My ground covers no more than ten acres;
My thatched cottage has eight or nine rooms.
Elms and willows cluster by the eaves;
Peach trees and plum trees grow before the Hall.
Hazy, hazy the distant hamlets of men;
Steady the smoke that hangs over cottage roofs.
A dog barks somewhere in the deep lanes,

A cock crows at the top of the mulberry tree.

At gate and courtyard — no murmur of the World's dust;

In the empty rooms — leisure and deep stillness.

Long lived checked by the bars of cage;

Now I have turned again to Nature and Freedom.

參考　도연명의 시를 깊이 이해하기 위해서는 노자(老子)의 철학을 알아야 한다. 《노자도덕경》 제1장에서 노자는 말했다.

'오늘 사람들이 자기네가 주장하는 도가 바로 근본 도리라고 말하고 또 따르라고 하지만, (그것은 그들이 자의적(恣意的)으로 정하고 내세운 것이며, 우주 천지 자연의) 실재하는 영구불변의 도가 아니다(道可道非常道).'

도는 곧 진리, 도리, 원리적으로 바른 길의 뜻이다.

또 노자는 말했다.

'오늘 사람들이 자기네의 말로 표현하는 대의명분이 절대적인 것이므로 따르고 지키라고 하지만, (그것은 그들이 자의적으로 정하고 주장하는 것이며, 우주 천지 자연의) 실재하는 영구불변의 대의명분이 아니다(名可名非常名).'

대의명분은 곧 사상적인 주장 혹은 윤리도덕적 덕목이나 혹은 예의범절 등을 다 포함한다.

특히 정치사회에서는 자기들의 정치노선만이 옳고 또 자기네의 명분만을 높인다. 그러므로 서로 싸우고 서로 쟁탈하게 마련이다. 그러나 노자는 우주 천지 자연의 실재는 '현상계를 초월한 절대무(絕對無)'다. 그러므로 사람들도 '무위자연(無爲自然)의 대도(大道)'를 따르라고 주장하는 것이다.

도연명은 잡스런 욕심을 채우기 위해서 권모술수를 농하고 서로 살상하는 정치사회를 진세(塵世)라 하고 물러났던 것이다.

^{귀 원 전 거}
2. 歸園田居 - 其二   전원에 돌아와서 - 제2수

^{야 외 한 인 사   궁 항 과 윤 앙}
1. 野外罕人事 窮巷寡輪鞅

^{백 일 엄 형 비   허 실 절 진 상}
2. 白日掩荊扉 虛室絶塵想

^{시 부 허 곡 중   피 초 공 래 왕}
3. 時復墟曲中 披草共來往

^{상 견 무 잡 언   단 도 상 마 장}
4. 相見無雜言 但道桑麻長

^{상 마 일 이 장   아 토 일 이 광}
5. 桑麻日已長 我土日已廣

^{상 공 상 선 지   영 락 동 초 망}
6. 常恐霜霰至 零落同草莽

시골이라 번거로운 인간사 없고, 빈촌이라 세도가의 수레나 마차 오지 않으니

대낮에도 사립문 굳게 닫은 내 집, 말쑥한 방에 때 낀 생각 없어라

이따금 조용하고 한가로운 마을로 발길 옮겨, 풀을 헤치며 사람들과 내왕을 하지만

서로 만나도 잡스런 말 없고, 오직 농사일 잘 되는가 물을 뿐일세

뽕과 삼은 무럭무럭 자라나고, 나의 농토 날로 개간되어 넓어

48

지거늘

다만 서리나 싸라기눈 내리어, 잡초모양 시들까 두렵노라

語釋　○野外(야외)-도연명이 돌아온 전원·시골·농촌.　○罕人事(한인
사)-인간들로 인한 복잡한 일들이 없다. 한(罕)은 적다, 없다의 뜻.
○窮巷(궁항)-궁(窮)은 좁고 가난한 마을, 궁핍한 마을, 항(巷)은
골목·동리·마을.　○寡輪鞅(과윤앙)-과(寡)는 적다. 윤앙(輪鞅)은
고관이나 세도가들의 말이나 수레가 들락날락한다는 뜻. 윤(輪)은
수레바퀴, 앙(鞅)은 말의 배띠.　○白日(백일)-대낮에.　○掩荊扉(엄
형비)-엄(掩)은 닫다. 형비(荊扉)는 가시나무로 만든 사립문. 가난
한 집의 문.　○虛室(허실)-〈귀원전거 기일(其一)〉 어석(語釋) 참고.
○絕塵想(절진상)-때문은 속세의 잡념이 없다. 절(絕)은 끊다, 단절
하다. 진상(塵想)은 명예나 이득을 뒤좇는 진세(塵世)의 저속한 생
각·욕구.　○時復(시부)-이따금, 때로는. 부(復)는 다시란 뜻.　○墟
曲中(허곡중)-초라하고 한적한 마을에서. 곡(曲)은 작다, 구석지다.
○披草(피초)-풀을 헤치고.　○共來往(공래왕)-서로 내왕한다.　○無
雜言(무잡언)-잡스런 말을 하지 않는다. 명리(名利)에 얽힌 말이
잡언이다.　○但道(단도)-오직 말하다.　○桑麻長(상마장)-뽕나무와
삼이 자랐다. 농사일만을 말하고 걱정한다는 뜻.　○日已長(일이
장)-날로 쑥쑥 자라다. 이(已)는 '성(成)' '이(以)' '심(甚)'의 뜻도
있다.　○我土日已廣(아토일이광)-내가 경작하는 농토도 날로 넓
어지다.　○桑霰至(상선지)-서리나 싸라기눈이 내리다.　○零落(영
락)-시들어 떨어지다.　○同草莽(동초망)-우거진 풀밭과 같이 되
다. 즉 서리나 싸라기눈에 농작물이 망가지고 시들어 버리지 않을까
걱정이라는 뜻. 유리(劉履)는 '당시 조정에 위태로운 화근이 있어
도연명이 나라를 걱정한 말이다.'라고 풀었다.

大意　　농촌에 살고 있으니 사람으로 인한 어지러운 일들도 없고, 가난
하고 좁은 골목 마을이라 세도가들의 말이나 수레가 시끄럽게 들락

날락하는 일도 없다.(1)

대낮에도 가난한 집의 가시나무 사립문을 잠그고, 혼자 허허정정(虛虛靜靜) 방에 앉아 있으니 때묻은 속세의 망상들이 끊기어 가슴 속이 맑기만 하다.(2)

이따금 허정한 농촌 모퉁이로 발을 옮겨, 풀을 헤치며 마을 사람들과 내왕한다.(3)

그러나 서로 만나도 명리(名利)에 엉킨 잡스런 말이 아닌, 오직 뽕이나 삼의 성장(成長)을 걱정하는 말만을 주고받는다.(4)

뽕이나 삼이 날로 무럭무럭 자라고 나의 농토도 날로 개간되어 늘어난다.(5)

오직 걱정되는 것은 서리나 싸라기눈이 내리어 모든 농작물이 시들어 죽어 잡초나 다를 바 없게 되지 않을까 하는 것뿐이다.(6)

(解說) 앞에서도 도연명은 '새장에 오래 갇히어 있다가, 다시 자연에 돌아왔다(久在樊籠裏 復歸返自然)'고 했다. 그렇다면 자연에 돌아온 참다운 보람은 무엇일까? 그것은 하늘[天]과 땅[地] 사이에서 만물의 생육(生育)과 화성(化成)을 돕는 것이다. 본래 '천지인(天地人)'을 '삼재(三才)'라 했다. 사람은 생생불이(生生不已)하는 자연과 혼연일체가 되어야 한다. 그래서 도연명은 때묻은 정치세계와의 인연을 말끔히 단절하고 자연에 돌아온 것이다. 그는 오직 농작물 잘 자라기만을 염원할 뿐이다. 그러므로 그가 걱정하는 일은 오직 하나다. 즉 뜻밖에 서리나 싸라기눈이 내려 농작물이 망쳐지지나 않을까 하는 것뿐이었다.

'서리나 싸라기눈[霜霰]'은 농작물의 적이다. 그러나 동시에 자연에 돌아온 도연명에게 혹시나 들이닥칠지도 모를 인간적인 재앙일 수도 있다. 유리(劉履)는 '당시 조정에 위태로운 재화(災禍)가 엿보였으며, 도연명이 비록 야(野)에 은퇴해 있으면서도 나라 걱정을 잊지 않았다'고 했다(陶澍 註).

3. 歸園田居-其三　전원에 돌아와서-제3수
귀 원 전 거

1. 種豆南山下　草盛豆苗稀
종 두 남 산 하　초 성 두 묘 희

2. 晨興理荒穢　帶月荷鋤歸
신 흥 이 황 예　대 월 하 서 귀

3. 道狹草木長　夕露霑我衣
도 협 초 목 장　석 로 점 아 의

4. 衣霑不足惜　但使願無違
의 점 부 족 석　단 사 원 무 위

남산 기슭에 콩을 심었으나, 풀만 무성하고 싹이 나지 않아

새벽에 일어나 거친 밭을 손질하고, 달과 더불어 호미 메고 돌아오노라

밭길 좁고 풀 나무 우거져, 밤이슬 옷깃을 적시지만

옷 젖는 것 아깝지 않고, 오직 농사 잘되기만 바랄 뿐!

(語釋)　○種豆南山下(종두남산하)─콩을 남산 기슭에 심다.《한서(漢書)》〈양운전(楊惲傳)〉에 있다. '남산에 밭을 갈았으나 황폐하여 어찌할 도리가 없었고, 일경(一頃)의 콩을 심었으나 알은 떨어져 콩깍만이로다. 인생을 즐겁게 살아야 하노라! 부귀를 기다린들 어느 때나 올 건가? (田彼南山 蕪穢不治 種一頃豆 落而爲其. 人生行樂耳 須富貴何時).' 즉 이 구절은 애를 써도 뜻대로 되지 않는다는 분만(憤懣)을 상징적으로 나타내는 말이기도 하다.　○南山(남산)─여러 곳에 있다. 일반적으로는 장안(長安) 서남쪽에 있는 종남산(終南山)으

로 본다. 그러나 여기서는 도연명이 살던 여산(盧山)으로 보는 것이 타당하다. 여산은 강서성(江西省) 구강현(九江縣) 남쪽에 있으며, 옛날에는 남장산(南障山)이라고도 했다. 《독사방여기요(讀史方輿紀要)》에는 '도연명이 은거하고 있던 곳은 여산의 남강(南康)이라는 명승지다.'라고 했다. ○豆苗稀(두묘희) - 콩을 심었으나 풀만 무성하고 콩의 싹은 얼마 나지 않는다. 희(稀)는 적다, 드문드문 나다. ○晨興(신흥) - 아침 일찍 일어나다. ○理荒穢(이황예) - 황폐한 밭을 손질하다. 이(理)는 정리한다. 황예(荒穢)는 잡초들로 망쳐지고 거칠게 됐다는 뜻. ○帶月荷鋤歸(대월하서귀) - 대월(帶月)은 달을 동반하고, 달과 같이. 하서(荷鋤)는 호미를 메고, 즉 아침 일찍부터 밤늦게까지 콩밭을 갈고 손질했음을 알 수 있다. ○道狹(도협) - 밭길이 좁다. ○夕露霑我衣(석로점아의) - 밤늦게 돌아오는 나의 옷이 저녁 이슬에 흠뻑 젖는다. 점(霑)은 축축히 젖는다. ○不足惜(부족석) - 아까울 바 못된다. 아깝지 않다. ○但使願無違(단사원무위) - 오직 나의 소원이 어긋나지 않았으면 한다. 위(違)는 어긋나다. 그의 소원은 농사가 잘되기를 바라는 것뿐이다.

(大意)　남산 기슭에 밭을 갈아 콩을 심었으나, 풀만이 무성하고 콩의 싹은 잘 돋아나지를 않는다.(1)

새벽 일찍 일어나 밭에 나가 황폐한 밭을 손질하고, 밤늦게 달과 더불어 호미를 메고 돌아온다.(2)

밭길이 좁고 양쪽에는 풀이 길게 자라 우거졌으며, 저녁 이슬은 마냥 나의 옷을 축축히 적시노라.(3)

옷이 젖는 것은 아깝지 않으나, 오직 농사가 잘되기를 바라는 나의 소원이 어긋나지 않기를 바랄 뿐이로다.(4)

(解說)　앞에서는 뽕[桑]과 삼[麻]을 심고, 오직 나무가 자라기만을 걱정했던 도연명이었으나, 여기서는 콩을 심고 손질하며 수확에 어긋남이 없기를 바라고 있다.

　　새벽에 밭에 나가 밤늦게 달과 더불어 집으로 돌아오는 그는 '형식적이고 이름만의 농부가 아니라, 참농군이라 하겠다. 여기에서 새삼 그의 위대한 모습을 발견할 수가 있다.

　　즉 그는 몸소 농사를 지음으로써 흙[大地]의 생산을 체험했고 아울러 어리석고 추악한 진세(塵世) 즉 정치세계를 해탈하고, 대도를 따라 자신의 우주(宇宙)를 지키며 살았던 것이다.

　　저녁 이슬에 옷 젖는 것이야 별 문제가 아니다. 오직 농사만 잘 되었으면 좋겠다고 바라는 그의 심정은 고금동서(古今東西)를 막론하고 농사짓는 사람들의 공통된 느낌일 것이다.

　　제2수에서 말한 바 혹시 속세나 정치사회에 휘말려 해를 보지나 않을까 하는 불안이 여기서도 가시지 않았다.

4. 歸園田居 - 其四　전원에 돌아와서 - 제4수

1. 久去山澤游　浪莽林野娯
   （구 거 산 택 유　낭 망 임 야 오）

2. 試携子姪輩　披榛步荒墟
   （시 휴 자 질 배　피 진 보 황 허）

3. 徘回邱隴間　依依昔人居
   （배 회 구 롱 간　의 의 석 인 거）

4. 井竈有遺處　桑竹殘朽株
   （정 조 유 유 처　상 죽 잔 후 주）

5. 借問採薪者　此人皆焉如
   （차 문 채 신 자　차 인 개 언 여）

6. 薪者向我言　死沒無復餘
   （신 자 향 아 언　사 몰 무 부 여）

일세이조시　차어진불허
7. 一世異朝市　此語眞不虛

인생사환화　종당귀공무
8. 人生似幻化　終當歸空無

오랜만에 산과 호수 찾아 나서니, 넓은 임야에 기쁨이 마냥 넘치네

무심코 자식 조카 손잡고 거닐어, 숲을 헤치니 황폐한 집터 보이네

언덕 위 무덤 사이 서성대며, 옛 살던 사람 그리워하네

우물과 부뚜막 흔적 아직 남았고, 뽕과 대나무 썩은 그루뿐

잠시 나무꾼에게 묻노라, 모두들 어찌 되었는가?

나무꾼 대답하는 말, 다 죽고 남은 이 없다오!

세대 따라 세상 바뀐다더니, 그말 참으로 빈말이 아니로다

인생은 마치 환상의 조화, 끝내는 공(空)과 무(無)에 돌아가리!

(語釋) ○久去山澤游(구거산택유) - 오래간만에 산이나 연못으로 나와서 놀다. 거(去)는 내집을 떠나 산택(山澤)으로 가다의 뜻(趨向動詞). 산택(山澤)은 산림(山林)과 천택(川澤). 유(游)는 놀다, 소요하다. ○浪莽(낭망) - 넓고 크다, 광대하다. 임야가 넓고, 또 넓은 임야에 나온 즐거움도 크다는 뜻. ○試携(시휴) - 무심코 손을 잡고, 아이들을 데리고. ○子姪(자질) - 자식과 조카. ○輩(배) - 들, 복수(複數)를 나타낸다. ○披榛(피진) - 숲을 헤치고. 진(榛)은 개암나무, 또는 관목(灌木)의 숲. ○步荒墟(보황허) - 황폐하고 허술한 마을로 걸어갔다. ○徘徊(배회) - 서성대다, 이리저리 거닐다. ○邱隴(구롱) - 둘 다 언덕의 뜻. 구롱(丘壠)으로 된 판본도 있으며, 무덤[墳墓]으로 풀기도 한다. ○依依(의의) - 안타깝고 그리운 생각이 든다. 또는 연연(戀戀)한 생각에

끌려 훌쩍 자리를 뜨지 못하고 미적거린다. ○昔人居(석인거)─옛날에 사람이 살던 집. ○井竈(정조)─우물과 부뚜막. ○有遺處(유유처)─흔적이 남아 있다. ○殘朽株(잔휴주)─뽕이나 대나무도 썩은 도막만을 남기고 있다. ○借問(차문)─잠시 물어본다. ○採薪者(채신자)─나무하는 사람. ○焉如(언여)─어디로 갔는가? 어떻게 됐는가? ○死沒無復餘(사몰무부여)─모두 죽어 아무도 남은 사람이 없다는 뜻. ○一世異朝市(일세이조시)─세(世)는 한 세대(世代), 약 30년. 조(朝)는 조정, 나라. 시(市)는 시장 또는 백성들의 사회. 조시(朝市)는 결국 인간사회란 뜻. ○眞不虛(진불허)─참으로 빈말이 아니다. ○似幻化(사환화)─인생은 마치 환상이 변하는 듯하다로 풀 수 있다. 그러나 좀더 깊게 '환화(幻化)'를 무형(無形)으로 복귀(復歸)하다로 풀면 더 좋다. 《열자(列子)》에 있다. '무형으로 복귀하는 것은 생사(生死)가 같다(知幻化之不異生死也).' ○終當歸空無(종당귀공무)─끝내는 마땅히 공과 무에 돌아가고 만다.

(大意)　오래간만에 산과 못으로 나가 소요하니 숲과 들도 넓거니와 나의 기쁨 또한 크다.(1)

어린 자식과 조카들을 데리고 숲을 헤치고 걸어갈새, 자기도 모르게 황폐한 마을에 이르더라.(2)

언덕 위 무덤 사이를 이리저리 서성대며, 옛날에 사람이 살던 집 앞에 안타까운 심정으로 멈추어 서기도 한다.(3)

우물과 부뚜막은 아직도 흔적이 있고 뽕나무와 대숲의 썩은 도막들이 잔해를 남기고들 있다.(4)

나무꾼에게 '여기 살던 사람들은 어떻게 됐소?'하고 묻자, 그는 나에게 "다들 죽고 아무도 남은 사람이 없다."고 대답한다.(5, 6)

한 세대만 지나면 세상도 바뀐다고 한 말이 빈말이 아니로구나.(7)

인생이란 본래가 환상의 조화 같은 것, 끝내는 공(空)과 무(無)로 돌아가게 마련이니라.(8)

解說　　　이 시의 중심은 후반부에 있다. 번거로운 벼슬을 버리고 전원으로 돌아간 도연명은 아이들의 손을 잡고 한가로운 발길을 들과 산으로 내디뎠다. 그러자 뽕과 대나무숲, 그것도 가꿀 사람이 없어 황폐할 대로 황폐한 숲에, 그 옛날 사람이 살던 흔적이 보였다. 우물과 부뚜막 흔적이 남아 있고 사람은 간 곳이 없다. 나무꾼에게 물으니 그곳에 살던 사람은 다 저승으로 갔다고 한다. 한 세대 30년이면 인간 세상이 바뀐다더니 빈말이 아님을 실감한 도연명은 끝으로 맺었다. 이처럼 '인생은 꿈같이 변하는 것, 결국은 빈 공(空)과 없을 무(無)로 돌아가는 것'이라고 ── .

　　긴 세월 속에서 보면 인간사(人間事)가 허무하기 짝이 없느니라. 그렇거늘 하루살이 욕심을 채우고자 안달을 떨까 보냐.

　　'일세이조시(一世異朝市)　 차어진불허(此語眞不虛)'를 〈귀원전거(歸園田居)〉 기일(其一)과 관련시켜 '오락진망중(誤落塵網中) 일거삼십년(一去三十年)'이라고 보아도 좋다.

귀 원 전 거
5. 歸園田居 - 其五　전원에 돌아와서 - 제5수

　　　창 한 독 책 환　기 구 역 진 곡
1. 悵恨獨策還　崎嶇歷榛曲

　　　산 간 청 차 천　가 이 탁 오 족
2. 山澗清且淺　可以濯吾足

　　　녹 아 신 숙 주　척 계 초 근 국
3. 漉我新熟酒　隻雞招近局

　　　일 입 실 중 암　형 신 대 명 촉
4. 日入室中暗　荊薪代明燭

환래고석단 이부지천욱
5. 歡來苦夕短 已復至天旭

서글픈 심정으로 전원(田園) 찾아 홀로 지팡이 짚고, 기구한
산길 가시덤불 헤치고 돌아왔노라

산골짜기 물 맑고 얕으니, 내 발을 씻을 만하구나

삿 익은 술을 빚고 닭을 잡아, 이웃 사람 소내하여 마시노라

해 지고 방안 어두우니, 촛불 대신 싸릿불 밝히고

즐기며 짧은 밤을 아쉬워할새, 어느덧 다시 아침해가 뜨노라

(語釋) ○悵恨(창한)－슬프고 한스러운 심정으로. ○獨策還(독책환)－홀로 지
팡이를 짚고 돌아간다. ○崎嶇(기구)－우툴두툴 험난한 길의 형용.
○歷(역)－지내오다. ○榛曲(진곡)－가시덤불이나 관목이 우거진 산
길. '기구역진곡(崎嶇歷榛曲)'은 '험난하게 엉키고 우여곡절이 많은
인생을 살아 왔다'는 상징으로 풀어도 좋다. ○山澗(산간)－산의 계
류(溪流), 간수(澗水)로 된 판본도 있다. ○淸且淺(청차천)－산골짜
기의 물이 맑고 얕다. ○可以濯吾足(가이탁오족)－내 발을 씻을 수
가 있다. 굴원(屈原)의 〈어부사(漁父辭)〉에 있다. '창랑의 물이 맑
으면 나의 갓끈을 빨고, 창랑의 물이 흐리면 나의 발을 씻겠다(滄浪
之水淸兮 可以濯吾纓 滄浪之水濁兮 可以濯吾足)' 갓끈을 빤다 함
은 출사(出仕)를 하겠다는 뜻이고, 발을 닦는다 함은 은퇴(隱退)하
겠다는 뜻이다. 도연명은 '맑은 물에도 발을 씻겠다'고 했으니, 철저
하게 은일(隱逸)하겠다는 심정의 표현이라 하겠다. ○漉(녹)－술을
거르다. ○新熟酒(신숙주)－새로 익은 술. ○隻雞(척계)－한 마리의
닭을 잡아 안주로 삼고. ○招近局(초근국)－이웃 사람들을 초청한다.
국(局)은 허곡(墟曲)·진곡(榛曲)의 곡(曲)같이 부분(部分), 마을의
뜻. 다른 판본에는 '근속(近屬 : 가까운 사람들)'으로 된 것도 있다.
○荊薪(형신)－싸리나무나 땔나무. ○代明燭(대명촉)－밝은 촛불 대

신 쓴다. ○歡來(환래) ─ 즐기다 보니. 래(來)는 추향보어(趨向補語).
○苦夕短(고석단) ─ 밤이 짧은 게 한스럽다. ○已復(이부) ─ 어느덧 다
시. ○至天旭(지천욱) ─ 날 밝을 때까지 밤을 새고 즐겼다는 뜻.

(大意) 서글프고 한스러운 심정으로 외로이 지팡이에 몸을 의지하여 가
시덤불 험난한 산길을 지나 전원으로 돌아왔노라.(1)
  산골짜기의 물이 맑고 얕으니, 내 발을 씻을 만하구나.(2)
  내 집에서 새로 담근 술을 거르고, 닭을 잡아 안주를 장만하여
이웃 사람들을 초청해서 함께 마시노라.(3)
  해가 지고 방 안도 어두워지자, 싸리나무를 촛불 대신 밝히고 마
시노라.(4)
  흥이 마냥 돋거늘 밤이 짧아 한스러울새, 어느덧 다시 날이 밝아
아침이 되었노라.(5)

(解說) 굴원(屈原)은 〈어부사(漁父辭)〉에서 '창랑의 물이 맑으면 갓끈을
빨고, 창랑의 물이 탁하면 발을 씻겠다(滄浪之水淸兮 可以濯吾纓
滄浪之水濁兮 可以濯吾足)'고 했다. 그러나 이미 진망(塵網)에서
빠져 나온 도연명은 맑은 물에도 발을 씻겠다고 한다. 다시는 벼슬
살이를 않겠다는 결의다.
  더구나 바로 앞에서 읊었듯이 인생이란 환상의 조화에 불과한 것
이거늘, 있는 동안의 삶[生]을 있는 그대로 받아 즐겨야 할 것이
아닌가! 여기서 〈귀원전거(歸園田居)〉 다섯 수를 다시 훑어보기로 하
자. 제1수에서 그는 '무위자연(無爲自然)'하는 도(道)를 따라 대자연
의 섭리 속에서 몸소 농사를 짓는 기쁨에 넘쳤다. 그리고 제2수에서
는 진세의 간교한 사람들과는 판이한 농촌의 촌로들과 농사 이야기
를 나누는 동류의식을 높였다. 다시 제3수에서는 새벽부터 밤늦게까
지 농사에 애를 쓰고 있는 자신을 그렸다. 그러나 인생은 결국 허무
한 것! 옛날에 살다가 간 사람들을 보고 절실하게 인생이 '공(空)'과
'무(無)'에 귀일함을 느낀 도연명이다. 밤에 이웃들과 술을 마시며
주어진 자기의 인생, 있는 그대로의 삶을 즐기고 있다.

58

잡 시
6. 雜 詩 -其一　잡시 -제1수

　　　　인 생 무 근 체　표 여 맥 상 진
1. 人生無根蔕　飄如陌上塵
　　　　분 산 수 풍 전　차 이 비 상 신
2. 分散隨風轉　此已非常身
　　　　낙 지 위 형 제　하 필 골 육 친
3. 落地爲兄弟　何必骨肉親
　　　　득 환 당 작 락　두 주 취 비 린
4. 得歡當作樂　斗酒聚比鄰
　　　　성 년 부 중 래　일 일 난 재 신
5. 盛年不重來　一日難再晨
　　　　급 시 당 면 려　세 월 부 대 인
6. 及時當勉勵　歲月不待人

인생은 뿌리 없이 떠다니는, 밭두렁의 먼지같이 표연한 것
바람 따라 흐트러져 구르는, 인간은 원래가 무상한 몸
땅에 태어났으니 형제로다, 어찌 반드시 골육만이 육친일소냐?
기쁨 얻거든 마땅히 즐겨야 하며 말술 이웃과 함께 마셔라
젊은 시절 거듭 오지 않으며, 하루에 아침 두 번 맞지 못하노라
때를 놓치지 말고 부지런히 일해라, 세월은 사람 안 기다리고
지나노라

(語釋)　ㅇ根蔕(근체)─뿌리와 꼭지. 인생은 나무와 같이 뿌리나 꼭지가 있

는 것이 아니고 떠있으므로 바람에 표연히 나부끼게 마련이라는 뜻. ○飄(표)－바람에 나부끼다. ○如陌上塵(여맥상진)－밭두렁 위에 있는 먼지 같다. 맥(陌)은 길바닥이라고 풀 수도 있다. 고시(古詩)에 있다. '사람이 한 세상 의지해 사는 것은, 홀연히 바람에 나부끼는 먼지 같노라(人生奇一世 奄忽如飇塵)', ○分散隨風轉(분산수풍전)－인생은 바람따라 나뉘어 흩어지거나 이리저리 뒹굴게 마련이다. 바람은 세파(世波)나 거센 정치 바람을 말함. ○非常身(비상신)－영원히 고정된 몸이 아니다. 즉 무상(無常)한 존재라는 뜻. ○落地皆兄弟(낙지개형제)－같은 지구 위에 태어난 우리는 모두가 형제지간이다. '사해개형제(四海皆兄弟)'와 같다. ○何必骨肉親(하필골육친)－어찌 반드시 골육만을 친애한다 하겠느냐? ○聚比鄰(취비린)－이웃 사람들을 다 한자리에 모으다. ○盛年(성년)－한창 활약할 나이. 30세 전후의 청장년기. ○難再晨(난재신)－두 번 아침을 맞기 어렵다. ○及時(급시)－때를 놓치지 말고, 좋은 때를 꽉 잡는다. ○勉勵(면려)－부지런히 애쓰고 일을 한다.

(大意) 인간의 삶은 뿌리도 꼭지도 없는 것으로 마치 길바닥의 먼지같이 바람에 이리저리 나부끼게 마련이다.(1)

이렇듯 바람 따라 분산되고 이리저리 뒹굴게 마련인 인간은 무상하기 짝이 없는 몸이니라.(2)

이 세상 같은 땅 위에 태어난 우리들은 모두가 형제라 하겠거늘, 하필이면 골육만을 사랑할소냐?(3)

기쁠 때는 마땅히 즐겨야 한다. 말 술 받아놓고 이웃 사람 다 모아 함께 마시리라.(4)

허나 젊은 나이는 두 번 다시 오지 않으며 하루에 아침이 거듭 올 수 없느니라.(5)

그러니 때를 놓치지 말고 마땅히 일을 해야 한다. 세월은 결코 사람을 기다려 멈추는 일이 없느니라.(6)

(解說)　인생은 바람에 나부끼는 뜬 먼지나 다름없이 허무하고, 내 몸도 이내 흙으로 화할 무상(無常)한 존재다. 그렇거늘 왜 번개같이 지나가는 순간적인 인생에서 나만을 고집하거나 또는 내 골육만을 가까이하고 남을 미워하고 멀리하며 심지어는 나의 이익을 위해 남을 해치기까지 하는가?

영원한 눈으로 볼 때, 우연히 이 땅 위에 동시에 태어난 우리는 다 같은 형제가 아니겠는가? 그러니 이웃과 함께 한 형제, 한 가족이 되어 말술 나누어 마시며 참삶[眞生] 속에 묻혀야 한다.

허나 우리는 잊어서는 안된다. 대자연은 끝없이 삶을 이어 주고 발전시키는 실체다. 우리도 이 대자연과 더불어 생산을 해야 한다. 《역경(易經)》에 있다. '천지의 대덕은 삶이다(天地之大德曰生). 〈繫辭 下〉' 또 《중용(中庸)》에 있다. '지성(至誠)을 기울여야 천지의 화육에 참여할 수 있다(可以贊天地之化育).' '삶[生]'은 '생육화성(生育化成)'이다.

도연명이 벼슬을 내던지고 전원으로 은퇴한 것이나, 그가 자주 술에 취한 까닭은 다름이 아니었다. 간악한 인간들이 온갖 모략과 작위(作爲)로써 자기만을 내세워 자기의 이익만을 찾고, 또 그러기 위해 남을 해치며 죽이는 타락한 난세와 허구(虛構)의 정치적 진망(塵網)에서 벗어나 무위자연(無爲自然)과 소박순진(素朴淳眞)의 참삶[眞生] 속에서 참뜻[眞意]을 찾고자 해서다.

참뜻은 무엇일까? 그것이 바로 천지와 더불어 '생(生)·육(育)·화(化)·성(成)'하는 것이다. 즉 '생산(生産)과 발전(發展)'에 참여하는 것이다. 도연명의 은퇴사상은 결코 무능과 게으름 속에 불로도식(不老徒食)이나 취생몽사(醉生夢死)하자는 것이 아니다. 인간의 교지(狡智)나 간계(奸計)를 배척하고 오직 대자연과 혼연일체(渾然一體)가 되어 위대한 '생산과 발전'에 참여하자는 것이었다. 그러기에 그를 위대한 시인이라고 하는 것이다. 〈귀원전거(歸園田居)-其一의 解說 參照〉 잡시(雜詩)는 모두 12수가 있으나, 이 책에서는 그중 8수만을 추려서 풀었다.

7. 雜 詩 - 其二 잡시 - 제2수

잡 시

1. 白日淪西阿 素月出東嶺
백 일 윤 서 아 소 월 출 동 령

2. 遙遙萬里輝 蕩蕩空中景
요 요 만 리 휘 탕 탕 공 중 영

3. 風來入房戶 夜中枕席冷
풍 래 입 방 호 야 중 침 석 냉

4. 氣變悟時易 不眠知夕永
기 변 오 시 역 불 면 지 석 영

5. 欲言無予和 揮杯勸孤影
욕 언 무 여 화 휘 배 권 고 영

6. 日月擲人去 有志不獲騁
일 월 척 인 거 유 지 불 획 빙

7. 念此懷悲悽 終曉不能靜
염 차 회 비 처 종 효 불 능 정

태양이 서쪽 산에 지자, 맑은 달이 동쪽 마루에 뜨도다

만리 아득히 달빛 번지고, 하늘에 넘실넘실 술렁이노라

바람이 방문 사이로 스며들고, 밤중엔 베갯머리 싸늘하여라

기후 변하여 계절 바뀐 줄 알겠고, 잠 못 들어 밤이 길어졌음 알겠노라

말[言]과 노래 주고받을 짝도 없이, 술잔 들어 외로운 그림자에 권하노라

세월은 날 버리고 가거늘, 나는 뜻을 이룩하지 못하니
가슴속 서글프고 처량하여, 밤새 조용하지 못했노라

(語釋) ○白日(백일)—해, 태양. ○淪(윤)—지다, 가라앉다. ○西阿(서아)—서
산, 서쪽 언덕. ○素月(소월)—희맑은 달, 가을달. ○東嶺(동령)—동
쪽 산마루. 서산에 해가 지고 동산에 달이 뜨는 때가 박모(薄暮)
다. ○遙遙(요요)—멀리 아득하게. ○萬里輝(만리휘)—달이 만리에
비친다. ○湯湯(낭낭)—달빛이 하늘에 물결치듯이 넘실댄다는 표현.
○景(영)—영(影)과 같다. 달빛. ○房戶(방호)—방문. ○枕席冷(침석
냉)—베갯머리나 이불 속까지 차갑다. ○氣變(기변)—기후가 변하자.
○悟時易(오시역)—시절, 계절이 바뀌었음을 알겠다. ○不眠(불면)—
잠을 못잔다. ○知夕永(지석영)—밤이 긴 것을 알겠다. 고시(古詩)
19수에 ‘수심이 많으니 밤이 긴 것을 알 수 있다(愁多知夜長)’란
구가 있다. ○無予和(무여화)—나에게 화답해 주는 사람도 없다. 화
(和)는 화답 또는 대답. 욕언(欲言)은 말하고 싶어도, 또는 언(言)
을 가(歌)로 풀 수도 있다. ○揮杯(휘배)—술잔을 들어. ○勸孤影(권
고영)—외로운 내 그림자에게 권한다. ○日月擲人去(일월척인거)—
세월이 사람을 버리고 혼자만 흘러간다. ○不獲騁(불획빙)—뜻을 충
분히 펼 수가 없다. ○懷悲悽(회비처)—슬프고 처참한 생각이 든다.
○終曉(종효)—새벽이 될 때까지.

(大意)　해가 서산에 지자 맑은 가을 달이 동쪽 산마루에 떠올랐다.(1)
　　달빛은 아득하니 만리에 비치고 하늘에 넘실넘실 빛의 파도를 출
렁이고 있다.(2)
　　바람이 방문 안으로 불어 들고 밤중에는 베갯머리나 이부자리가
싸늘하게만 느껴진다.(3)
　　기후의 변화로 벌써 계절이 바뀌었음을 알 수 있겠고, 또한 밤
잠을 이루지 못하여 밤이 길어졌음을 알 수가 있다.(4)
　　말이나·노래를 주고받으려 해도 상대가 없으니, 술잔을 들고 오

직 내 자신의 외로운 그림자에게나 권할 따름이다.(5)

일월은 사람을 버리고 혼자 흘러서 가거늘 나는 뜻을 품고도 내 내 펴지를 못하노라.(6)

생각하니 슬프고 처량하기만 하여 새벽이 다 되도록 가슴속이 조용해질 수가 없더라.(7)

(解說) 초가을 저녁에 해가 지자 맑은 달빛이 온 하늘에 파도같이 넘실대고 있다. 아름답고 청명하기 그지없다. 그러나 찬바람이 불어 세월이 하염없이 흐름을 알려주고 있다.

뜻을 품고 있으면서 펴지 못하고 이렇듯 허망하게 세월을 보내는 도연명은 너무나 서글프고 또한 처량하기만 했다. 뿐만이 아니었다. 말이나 시를 주고받을 사람도 없이 외롭기 짝이 없는 초가을 밤, 그는 쓸쓸히 혼자 술잔을 들며 새벽까지 잠 못 이루는 가슴을 달래고 있다.

달빛에 던져진 자신의 그림자가 더욱 고독하게 보인다.

8. 雜 詩 - 其三   잡시 - 제3수
잡   시

영화난구거 성쇠불가량
1. 榮華難久居 盛衰不可量

석위삼춘거 금작추연방
2. 昔爲三春蕖 今作秋蓮房

엄상결야초 고췌미거앙
3. 嚴霜結野草 枯悴未遽央

일월환부주 아거부재양
4. 日月還復周 我去不再陽

5. 眷眷往昔時 憶此斷人腸

영화는 오래 가기 어렵고, 성쇠는 예측할 수 없노라
지난 봄철에 피던 연꽃이 올 가을에 연밥되었네
들풀에 심한 서리 맺혔으나, 속까지 말라 시들지는 않으며
해와 달은 다시 두루 돌거늘, 나는 잃은 세월 되찾지 못하고
지난날을 추억하며 그리워하는, 나의 창자는 끊어지는 듯하여라

(語釋) ○榮華(영화)―활짝 핀 꽃, 화려한 영광. ○難久居(난구거)―같은 상태가 오래 계속되기 어렵다. ○不可量(불가량)―계량할 수 없다. ○三春蕖(삼춘거)―봄의 석 달 동안 피던 연꽃. ○秋蓮房(추연방)― 가을에는 연밥이 되고 만다. 연방(蓮房)은 연밥 또는 연밥집. ○枯悴(고췌)―마르고 시들어 죽는다. ○未遽央(미거앙)―당장에 속까지 얼어 죽는 것이 아니다. 초목들이 겨울에 얼어도 속까지 시들어 죽는 것이 아니라는 뜻. ○不再陽(부재양)―다시 젊어지지 않는다. 양(陽)은 젊음, 삶, 성년(盛年). ○眷眷(권권)―옛날을 회상하고 그리워하다.

(大意)   영화는 오래 지탱되기 어렵고 성쇠는 예측하거나 헤아릴 수가 없다.(1)
  지난 봄 석 달 동안에 피어났던 연꽃도 이제 가을에는 연밥으로 굳어지고 말았노라.(2)
  겨울에 심한 서리가 내려 들의 풀들을 얼어붙게 하지만 그렇다고 초목들은 속까지 얼어 시들어 죽는 것이 아니다.(3)
  해와 달이 바뀌면 다시 소생하여 되살아나게 마련이다. 그러나 나는 일단 잃어버린 젊음을 다시 되찾을 수가 없노라.(4)
  지난날을 연연히 회상하니, 나의 창자가 끊어질 듯한 느낌이 든다.(5)

解說　　시 첫머리에서 '영화는 오래 가기 어렵고, 성쇠는 예측할 수 없노라(榮華難久居 盛衰不可量)'며 외형적인 세계에 초연한 도연명이었다.

그러나 겨울의 찬서리에 얼은 초목들도 이듬해 봄에 되살아나거늘, 자기의 젊음이나 삶은 일단 가면 다시 되찾을 수가 없고, 지난 한평생을 연연히 회상할 때 간장이 끊어질 듯하다고 비통하게 읊고 있다.

초연하려고 애를 쓰면서도 약한 인간의 인정과 애처러움을 솔직히 토로한 시라 하겠다.

도연명은 이렇듯 모순된 심정을 솔직하게 그리는 시인이며, 그러기에 그는 참을 추구하는 문인이라고 하겠다.

9. 雜 詩－其四　잡시－제4수

1. 丈夫志四海　我願不知老
　　장부지사해　아원부지로

2. 親戚共一處　子孫還相保
　　친척공일처　자손환상보

3. 觴弦肆朝日　樽中酒不燥
　　상현사조일　준중주부조

4. 緩帶盡歡娛　起晚眠常早
　　완대진환오　기만면상조

5. 孰若當世士　氷炭滿懷抱
　　숙약당세사　빙탄만회포

6. 百年歸邱壟　用此空名道
　　백년귀구롱　용차공명도

장부는 뜻을 사해에 편다지만, 나는 늙음 잊고 글을 배우리

친척들과 한 곳에 모여 살고, 자손들을 한결같이 잘 키우리

아침부터 술 마시며 거문고 타고, 술통에 술 떨어지지 말기 바라며

허리띠 풀고 마냥 즐기고, 늦게 일어나고 일찍 잠들고저

허나 오늘의 속인들은 엉뚱한 생각, 가슴에 품고 허튼 수작만 부리며

백 년 살다가 흙 무덤에 돌아가니, 그렇듯 빈 이름 얻어 무얼 할거냐?

(語釋) ㅇ丈夫(장부)—남자, 사내 대장부. ㅇ志四海(지사해)—천하에 뜻을 펴고자 한다. 옛날의 중국인은 중국 밖의 사방이 바다라고 생각했다. ㅇ我願不知老(아원부지로)—나의 소원은 늙음을 알지 않는 것이다. 《논어(論語)》에 있다. '발분망식하고 도를 즐기며 걱정을 잊고 늙는 줄도 모른다(發憤忘食 樂以忘憂 不知老之將至)'〈술이편(述而篇)〉. 이것은 학문을 좋아한다는 뜻이다. ㅇ共一處(공일처)—한곳에 같이 산다. ㅇ還相保(환상보)—또한 잘 보양한다. ㅇ觴弦(상현)—술잔과 현악기인 거문고, 즉 술과 음악. ㅇ肆朝日(사조일)—아침부터 마음내키는 대로 즐긴다. 조일(朝日)은 아침, 아침해. ㅇ樽中(준중)—술통 안에. ㅇ緩帶盡歡娛(완대진환오)—허리띠를 풀어 놓고 마냥 즐긴다. ㅇ起晚(기만)—늦게 일어나다. ㅇ眠常早(면상조)—노상 일찍 잔다. ㅇ孰若(숙약)—어느 쪽이 더 좋겠는가? ㅇ當世士(당세사)—오늘의 속세에 사는 선비들. ㅇ氷炭(빙탄)—얼음과 숯, 물과 불같이 서로 모순되고 일치할 수 없다는 뜻. ㅇ滿懷抱(만회포)—빙탄불상용(氷炭不相容)이라 하듯이 서로 맞지 않는 엉뚱한 생각을 가슴속에 가득히 지니고 있다는 뜻. ㅇ百年歸邱壟(백년귀구롱)—사람은 고작 오래 살아야 약 백 년이다. 백 년 뒤에는 죽어 무덤에 돌

아가게 마련이다. 흙을 모아 쌓아올린 무덤을 구롱(邱壟)이라 했다. ○用此空名道(용차공명도)—그리하여 빈 이름만이 전해진다. 용차(用此), 즉 엉뚱한 짓을 해서 얻는 것은 고작 빈 이름이라는 뜻.

(大意)　사내 대장부는 사해에 뜻을 떨쳐야 한다고 하나, 나는 오직 늙는 줄도 모르고 발분망식한 공자님같이 글을 좋아하고 도를 즐겼으면 한다. 즉 학문으로 뜻을 천하에 펴고 싶다로 풀 수도 있다.(1)

　친척과 한 자리에 모여 살며, 모든 자손들을 잘 보양하고자 한다.(2)

　아침해가 뜰 때부터 마냥 술과 거문고를 벗하고, 술통 속에 술 마르지 않기를 바란다.(3)

　그리고 허리띠를 풀어놓고 마음껏 즐기되 아침에는 늦게 일어나고 저녁에는 일찍 자고자 할 따름이다.(4)

　현 속세에 잘난 체하는 자들은 얼음과 숯같이 일치하지 않는 모순된 생각을 잔득 품고 서로 야단법석을 떨고 있다.(5)

　그러나 그것은 고작 길어야 백 년이다. 그 뒤에는 죽어 무덤 속에 돌아가 빈 이름만을 남기고 말 것이다. 그러니 내가 소망하는 것과 비할 때 어느 쪽이 더 좋겠느냐 말이다!(6)

(解說)　도연명은 〈귀원전거(歸園田居)〉에서 '어리석음을 지킨다〔守拙〕'고 했다. 여기서 그는 조촐한 소원을 그렸다. 즉 '호학(好學)'으로 늙음이나 걱정도 잊고, 일가 친척이 모여 자식들 잘 키우고, 아무런 구애 없이 제멋대로 허리띠 풀고 술마시며 거문고 타고 또 자유롭게 즐기고자 했다.

　한편 그는 당시의 속인들을 비꼬았다. 사해에 이름을 떨치겠다는 대장부들이란 모두 앞뒤가 맞지 않는 엉터리 야욕들을 가슴에 품고, 그 야욕을 채우고자 온갖 협잡질과 악덕을 다 저지르고 있다. 그러나 고작 살아야 백 년이다. 백 년 뒤에는 무덤의 흙더미로 돌아가고 말 것이며, '살아서 그렇듯 협잡질만 했다는〔用此〕' 허무

68

한 이름만 남기고 말 것이 아니냐고 비꼬았다.

10. 雜詩－其五 잡시－제5수

<ruby>雜<rt>잡</rt></ruby> <ruby>詩<rt>시</rt></ruby>

1. 憶我少壯時 無樂自欣豫
억아소장시 무락자흔예

2. 猛志逸四海 騫翮思遠翥
맹지일사해 건핵사원저

3. 荏苒歲月積 此心稍已去
임염세월퇴 차심소이거

4. 値歡無復娛 每每多憂慮
치환무부오 매매다우려

5. 氣力漸衰損 轉覺日不如
기력점쇠손 전각일불여

6. 壑舟無須臾 引我不得住
학주무수유 인아부득주

7. 前塗當幾許 未知止泊處
전도당기허 미지지박처

8. 古人惜寸陰 念此使人懼
고인석촌음 염차사인구

내가 어리고 젊었을 때는, 낙이 없어도 스스로 즐거웠고
세찬 뜻은 천하에 뻗치었고, 날개 펴고 멀리 날고자 했거늘
점차 세월과 더불어 늙어 기울자, 웅장하던 마음 이미 사라졌
으며

　　즐거움마저도 다시 기뻐하지 못하고, 노상 걱정과 두려움 가
득 쌓이며

　　기력조차 차츰 쇠진하고 깎이어, 날로 못해감을 짐짓 알 수 있
어라

　　삶은 도둑맞은《장자(莊子)》의 배같이, 순간도 쉬지 않고 줄달
음치며

　　앞길도 얼마 남지 않았거늘, 멈추고 묵을 곳도 모르노니

　　옛사람 촌음도 아끼라 했음에, 오직 두려웁고 초조할 뿐이로다

(語釋)　ㅇ憶(억)―젊은 시절을 회상한다. ㅇ無樂(무락)―세속적인 쾌락이 없
었다. ㅇ自欣豫(자흔예)―스스로 만족하고 즐거웠다. 흔(欣)이나 예
(豫)나 다 즐거워하다. 즉 '우환(憂患)'의 반대다.《논어(論語)》에
있다. '인자는 걱정하지 않는다(仁者不憂)'〈헌문편(憲問篇)〉, '군자
는 걱정하지 않고 두려워하지 않는다(君子不憂不懼)'〈안연편(顏淵
篇)〉. ㅇ猛志逸四海(맹지일사해)―세찬 뜻이 사해까지 넘쳐 달렸다.
일(逸)은 넘치다, 뛰어 나가다. ㅇ騫翮(건핵)―건(騫)은 날아오르다 또
는 추켜들다. 핵(翮)은 날갯죽지, 즉 날개를 펴고 높이 날다. ㅇ思遠
翥(사원저)―멀리 날고자 했다. 저(翥)는 날다.《초사(楚辭)》에 있
다. '봉황새가 날개를 펴 높이 날아 달린다(鳳騫翥而高翔).' 또《장
자(莊子)》〈소요유(逍遙游)〉에 붕(鵬)새가 높이 날아 9만리 멀리
간다고 있다. ㅇ荏苒(임염)―어느덧, 차츰, 시간이 지나가고. ㅇ穨
(퇴)―퇴(頹)와 같다. 무너지다, 부서지다. 여기서는 세월이 흘러간
다는 뜻이나 기력이 쇠퇴했다는 뜻. ㅇ稍已去(소이거)―세차던 마음
이 차츰 사라져 없어졌다. ㅇ値歡(치환)―환락이나 즐거운 일을 맞
이해도. ㅇ無復娛(무부오)―전같이 거듭 즐겁지가 않다. ㅇ轉覺(전
각)―차츰 느끼게 되었다. ㅇ日不如(일불여)―하루하루 기력이 쇠하
여지다. 어제 같지 않다. ㅇ壑舟(학주)―《장자(莊子)》에 있는 고사
를 인용했다. 도적을 겁내어 배를 골짜기에 숨겨 놓았다. 그러나 밤

중에 힘센 사람이 배를 들어 메고 도망가 버렸다. 즉 작은 꾀를 부렸으나 아무 소용이 없다는 뜻. ㅇ無須臾(무수유) — 잠시도 못 간다. 순간도 안정을 얻을 수 없다는 뜻에 통한다. ㅇ引我不得住(인아부득주) — 두렵고 불안정한 시간이 나를 마구 끌고 달리며, 잠시도 멈추어 있지를 못하게 한다. ㅇ前塗(전도) — 앞길, 앞으로 더 살 수 있는 여생. ㅇ當幾許(당기허) — 얼마나 될 것이냐? 당(當)은 된다의 뜻. ㅇ止泊處(지박처) — 머물어 묵을 장소. ㅇ古人惜寸陰(고인석촌음) — 옛사람은 짧은 시간도 아꼈다. 도연명의 증조부가 되는 서진(西晉)의 대사마(大司馬) 도간(陶侃)의 이야기가 《진서(晉書)》〈도간전(陶侃傳)〉에 있다. '우(禹)임금은 성인이었으면서도 촌음을 아꼈다. 일반 사람들은 마땅히 분음일지라도 시간을 아껴야 한다(大禹聖人 乃惜寸陰 至於衆人當惜分陰). ㅇ念此使人懼(염차사인구) — 이렇게 생각만 해도 두렵고 긴장이 된다.

(大意)　　내가 젊었을 때를 회상하면, 그때는 즐거운 일이 없어도 스스로 마음속이 기뻤고 흐뭇했었다.(1)

또 세찬 뜻이 사해(四海) 밖으로까지 뛰어 넘쳤고, 높이 날개를 펴 멀리 날고자 했었다.(2)

그러다가 차츰 세월이 흘러 내 인생도 시들자 젊었을 때의 웅장하던 뜻이나 포부가 어느덧 사라져 버리고 말았다.(3)

기쁜 일을 맞이해도 다시는 전같이 즐거워할 수가 없으며, 노상 두려움과 걱정만이 태산같이 덮쳐든다.(4)

게다가 기력도 차츰 쇠약해져서 나 자신도 하루하루 못해감을 알 수가 있다.(5)

삶은 마치 《장자(莊子)》에 나오는 도둑맞은 골짜기의 배같이 잠시도 안정될 수가 없는 것, 불안하게 내달리는 세월이 더욱 나를 끌고 죽음으로 줄달음쳐 잠시도 머물러 서있을 수가 없다.(6)

앞으로 더 살 날도 얼마 남지 않았거늘, 나는 어디에 멈추고 묵어야 좋을지를 아직도 모르고 있다.(7)

옛사람은 촌음같이 짧은 시간도 아끼라고 했거늘, 나의 오늘을 생각하니 오직 겁이 나고 긴박감만이 드는구나.(8)

(解說)   이 시도 50세를 전후해서 쓴 것이다. 노쇠한 도연명이 젊었을 때의 세차고 컸던 큰 뜻과 포부를 회상하며, 오늘의 자기를 겁내고 두려워하고 있다. 더구나 인생이란 눈 깜짝할 사이에 도둑맞듯이 사라져 없어지는 것이다. 앞으로 며칠 안 남은 노경에 안주(安住)할 곳을 얻지 못한 그는 초조하고 불안하기만 하다.

11. 雜 詩 -其六   잡시 - 제6수
잡 시

석 문 장 자 언   엄 이 매 불 희
1. 昔聞長者言 掩耳每不喜

내 하 오 십 년   홀 이 친 차 사
2. 奈何五十年 忽已親此事

구 아 성 년 환   일 호 무 부 의
3. 求我盛年歡 一毫無復意

거 거 전 욕 속   차 생 기 재 치
4. 去去轉欲速 此生豈再值

경 가 시 작 락   경 차 세 월 사
5. 傾家時作樂 竟此歲月駛

유 자 불 유 금   하 용 신 후 치
6. 有子不留金 何用身後置

전에 어른들이 잔소리 하면, 귀를 막고 안 듣고자 했거늘
나이 50이 된 내가, 어느덧 잔소리를 하게 되었네

젊은 시절의 즐거움을, 되찾고 싶은 생각 없으나

가는 세월 따라 더욱 빨리 늙으며, 두 번 다시 삶을 얻지 못할 것이니

가족들 마냥 단란하며, 꿈 같은 인생을 즐겨라

자손에게 돈 남겨 주지 말지니라, 죽은 후의 조치를 지금 왜 하리오!

(語釋) ㅇ昔聞長者言(석문장자언) ─ 이전에 어른들이 꾸짖고 잔소리하는 것을 듣다. 장자(長者)를 장로(長老)로 한 판본도 있다. 육기(陸機 : 261~303년)의 〈탄서부(歎逝賦)〉에 있다. '전에 어른이 평생을 되돌아보며 손꼽았다는 소리를 들었다. 즉 한평생을 같이했던 친한 벗들 중에 아무개가 이미 작고했고 오직 아무개만이 살아 있다고(昔聞長者追計平生 同時親故 或凋落已盡 或僅有存者)' ㅇ掩耳(엄이) ─ 귀를 막는다. ㅇ每不喜(매불희) ─ 노인들의 잔소리를 언제나 듣기 싫어했다. ㅇ奈何(내하) ─ 어찌하랴! ㅇ忽已親此事(홀이친차사) ─ 나이 50이 된 내가 어느덧 나도 모르게 어른으로서 젊은 사람들에게 잔소리를 하고 있다. ㅇ一毫無復意(일호무부의) ─ 젊었을 때의 기쁨을 되찾겠다는 그런 생각은 추호도 없다. ㅇ去去(거거) ─ 세월이 흐르고 흘러. ㅇ轉欲速(전욕속) ─ 더욱 더 빨리 늙어지는 듯하다. 50 고개를 넘으니 더욱 가속화되는 듯하다. ㅇ豈再値(기재치) ─ 이 삶은 두 번 다시 있는 것이 아니다. 기(豈)는 '어찌 ～하겠느냐?' ㅇ傾家(경가) ─ 온 집안 식구들이 다 모여서, 또는 재산을 기울여. ㅇ時作樂(시작락) ─ 때로 즐겁게 노래를 하자. ㅇ竟(경) ─ 끝마치다. ㅇ馳(사) ─ 말같이 빨리 달린다. ㅇ不留金(불유금) ─ 자손들에게 돈을 남겨 물려 주지 않겠다. ㅇ何用身後置(하용신후치) ─ 나 죽은 후의 조치까지 할 필요가 없다는 뜻. 치(置)는 조치, 처치. 〈음주(飮酒) 기십구(其十九)〉 참조.

(大意)　전에 어른들이 잔소리를 하면 언제나 듣기 싫어서 귀를 막고 싫어했다.(1)

　그러나 어찌하랴! 딱하게도 나 자신이 나이 50이 되자 어느덧 아랫 사람들에게 잔소리를 하고 있구나!(2)

　나는 다시 젊었을 때의 쾌락을 구하고 싶은 생각은 추호도 없다.(3)

　허나 세월이 자꾸 가고 더욱 늙음이 가속화되는 듯하며, 또 한번 가면 삶을 두 번 다시 맞이할 수는 없을 것이 아니겠는가?(4)

　그러니 온 가족이 모여서 때를 맞추어 즐기면서 말[馬]같이 달려 지나가는 노경을 끝마치고자 한다.(5)

　자식이 있어도 돈을 남겨 물려 줄 필요가 없다. 나 죽은 후의 조치들을 생각할 게 무엇인가!(6)

(解說)　나이 쉰 살에 지은 시다. 특히 이 시는 자손들에게 자기의 입장을 밝힐 겸 가르쳐 주는 시라 하겠다. 그러므로 시 첫머리에서 옛날에 어른의 잔소리를 싫어했거늘, 어느덧 내가 아이들에게 잔소리를 하고 있다고 읊었다.

　자식들에게 가르쳐 준 것은 다름이 아니다. 허무하고 금세 지나가는 인생이다. 그러나 두 번 다시 있는 삶이 아니다. 그러니 살아생전에 가족들이 화목하게 즐기고 어울려야 한다. 쓸데없는 물욕(物慾)에 사로잡히거나, 후손에게 돈을 남겨 줄 생각으로 현세의 삶을 망치지 말라는 것이다. 이는 도연명이가 몸소 실천한 바다.

　'재물이 많으면 현명한 사람의 뜻을 다칠 것이고, 어리석은 사람에게는 과실을 더하게 할 것이다. 또 부(富)를 다 써서 없앰으로써 자손들을 바르게 교화시키고자 한다. 재물을 그들에게 남겨 주어 그들로 하여금 잘못을 늘게 하고 또 남의 원망을 받게 하고 싶지 않다. 또한 이 금(金)은 성왕께서 노신(老臣)을 돌보아 은덕을 내리신 것이다(賢而多財 則損其志 愚而多財 則益其過 且夫富者衆人之怨也. 吾旣亡以敎化子孫 不欲益其過而生怨. 又此金者 聖王所以惠

養老臣也).' 도연명의 가르침은 잔소리가 아니라, 큰 교훈이다.

12. 雜詩-其七 잡시-제7수

<small>잡 시</small>

<small>일 월 불 긍 지　사 시 상 최 박</small>
1. 日月不肯遲　四時相催迫

<small>한 풍 불 고 조　낙 엽 엄 장 맥</small>
2. 寒風拂枯條　落葉掩長陌

<small>약 질 여 운 퇴　현 빈 조 이 백</small>
3. 弱質與運積　玄鬢早已白

<small>소 표 삽 인 두　전 도 점 취 책</small>
4. 素標插人頭　前途漸就窄

<small>가 위 역 여 사　아 여 당 거 객</small>
5. 家爲逆旅舍　我如當去客

<small>거 거 욕 하 지　남 산 유 구 택</small>
6. 去去欲何之　南山有舊宅

세월은 걸음 멈추지 않고, 사시는 서로 독촉하는 듯
찬바람 마른 가지를 훑치자, 낙엽들 줄지어 길을 덮는다
원래가 약질인데 운수마저 기울고, 검은 머리 어느덧 백발이
되었네
머리에 섞인 백발들은, 앞날이 짧다는 표적이니라
집이란 한때 묵는 여관 같거늘, 나는 결국은 떠나야 할 나그네
길 떠나가되 어디로 갈 것이냐? 남산 기슭 옛집인 무덤이니라

語釋 ○不肯遲(불긍지) – 세월이 늦게 가고자 하지 않는다. '세월부대인(歲月不待人)'〈잡시(雜詩) 기일(其一)〉과 같다. ○枯條(고조) – 마르고 시들은 나뭇가지. ○掩長陌(엄장맥) – 낙엽이 온통 길 위에 덮였다. ○運穨(운퇴) – 운이 기울다. 퇴(穨)는 퇴(頹)와 같다. ○玄鬢(현빈) – 현(玄)은 검다, 빈(鬢)은 머리. 이공환(李公煥)의 주(註)를 보면 도연명은 일찍부터 머리가 희었다고 했다. ○素標(소표) – 흰 표적, 즉 흰머리. ○揷人頭(삽인두) – 머리에 꽂힌다, 흰머리가 나다. ○漸就窄(점취착) – 점(漸)은 차츰, 취착(就窄)은 앞으로 살 날이 많지 않게 되다. 착(窄)은 좁다, 막히다. ○逆旅舍(역여사) – 역(逆)은 맞이한다의 뜻. 여(旅)는 나그네, 나그네를 맞이하는 집, 즉 여관. ○當去客(당거객) – 마땅히 가야 할 손님. 사람은 무(無)라고 하는 영원한 곳으로부터 와서 잠시 유(有)라고 하는 이 현상세계(現象世界)에 마치 여행온 사람같이 들러 한동안 살다가 다시 무의 세계로 돌아간다. ○欲何之(욕하지) – 지(之)는 가다. 어디로 갈 것이냐? ○南山(남산) – 도연명은 여산(廬山) 기슭에서 태어났다. 남산은 바로 여산이다. 태어난 곳으로 되돌아간다고 함은 무(無)의 세계로 돌아간다는 뜻. ○有舊宅(유구택) – 옛집이 있다. 이것은 현실적으로 은퇴하여 농촌의 옛집으로 간다는 뜻과 아울러 태어나기 전의 무의 세계로 되돌아간다는 뜻을 겸한 것이다.

大意 세월은 가는 걸음을 늦추려 하지 않고, 한편 사계절은 서로 밀고 독촉하듯 줄달음쳐 바뀌어 지난다.(1)

찬 바람은 메마른 나뭇가지를 불어 훑치고 낙엽이 끊임없이 떨어져, 길 위를 덮는다. (2)

나는 본래가 약질인데다 더욱이 운수조차 기울어, 검었던 머리가 일찍 희고 말았다.(3)

머리에 흰머리가 난 것은 이미 앞날이 얼마 없음을 알리는 표식이니라.(4)

이 세상에서 집이라고 하는 것은 나그네가 묵는 여관과 같은 것

이니, 나도 또한 마땅히 집에서 떠나야 할 사람이니라.(5)

가고 또 가야 하는 나는 어디로 갈 것인가? 그것은 내가 이승에 태어나기 전에 있었던 옛집인 여산 기슭의 흙 속이니라.(6)

(解說) 인생은 눈 깜짝할 사이에 지나간다. 사람을 위해 일월이나 세월은 기다려 주지도 않는다. 도연명은 태어날 때부터 약질(弱質)인데다가 운수조차 기울었다고 한탄했다. 따라서 그의 일생은 제대로 펴 보지도 못한 채로 노경에 이르러 머리가 희었고, 찬바람에 시는 낙엽같이 조락하고 말았다. 이제 남은 길은 오직 죽음의 길뿐이다.

그러나 도연명은 초조하거나 절망하지 않았다. 그는 해탈(解脫)할 수가 있었다. 본시 사람의 삶은 현상계(現象界)를 초월한 무형의 실존세계, 즉 무(無)에서 나온 것이다. 잠시 눈에 보이는 유(有)의 현상계에 들렀다가 다시 무로 돌아가게 마련인 것이다. 그러므로 도연명은 죽음을 '옛집'으로 돌아간다고 보았다. 그리고 이승에 온 것은 마치 나그네가 잠시 여관에 들렀던 것과 같다고 여겼던 것이다.

그는 〈자제문(自祭文)〉에서도 말했다. '도연명 선생은 이제 손[客]을 맞아 주던 집을 떠나 영원히 본가(本家)로 돌아가고자 하노라(陶子將辭逆旅之館 永歸於本宅)'

이렇듯 해탈한 도연명이었다. 그러나 그의 시를 읽으면 어딘지 모르게 애달프고 처참한 느낌이 든다. 역시 그의 문학은 어디까지나 인간적인 것이라 하겠다.

(參考) 도연명의 〈자제문(自祭文)〉에 다음과 같은 구절이 있다.

'하늘은 차고, 밤의 어둠이 길기만 하구나, 바람과 날씨가 소삭하고 쓸쓸하여라. 큰기러기는 하늘을 날아 돌아가고, 초목들이 누렇게 시들어 떨어지노라. 이때에 도씨 성을 가진 아무개도 바야흐로 잠시 머물던 여관 같은 이 세상을 하직하고, 본연의 집인 무의 세계로 영원히 돌아가려고 하노라(天寒夜長 風氣蕭索 鴻雁於征 草木黃落 陶子將辭迎旅之館 永歸於本宅).'

13. 雜 詩-其八 잡시 - 제8수

잡 시

대경본비망 소업재전상
1. 代耕本非望 所業在田桑

궁친미증체 한뇌상조강
2. 躬親未曾替 寒餒常糟糠

기기과만복 단원포갱량
3. 豈期過滿腹 但願飽粳糧

어동족대포 추치이응양
4. 御冬足大布 麤絺以應陽

정이불능득 애재역가상
5. 正爾不能得 哀哉亦可傷

인개진획의 졸생실기방
6. 人皆盡獲宜 拙生失其方

이야가내하 차위도일상
7. 理也可奈何 且爲陶一觴

본래 벼슬살이는 나의 소망이 아니었고, 본업은 오직 밭갈이와 양잠이었노라

몸소 농사지으며 게을리한 일 없거늘, 노상 추위와 굶주림에 시달렸노라

내 어찌 배 채우기 이상을 기대하리요, 오직 쌀밥이나 실컷 먹고자 하며

겨울에는 거친 포목으로 몸 가리고, 여름에는 값싼 갈포로 견

78

디고저

　그것조차 뜻대로 얻지 못하니, 참으로 슬프고 또한 가슴 아파라

　남들은 적절히 잘들 살아가거늘, 옹졸한 나는 살 방도를 잃었
노라

　허나 그것도 내게 주어진 도리겠거늘, 별 수 있으랴 술 한잔에
도취하고저

語釋　○代耕(대경)―대신 농사를 지어먹다. 즉 관리가 되어 녹(祿)을 받
아먹는다는 뜻.《맹자(孟子)》에 있다. '녹은 농사짓는 대신으로써
족하다(祿足以代其耕也).' ○本非望(본비망)―벼슬에 올라 녹을 받
는 것이 본래의 소망이 아니었다. ○所業(소업)―본업으로 삼은 바.
○田桑(전상)―경작과 양잠, 먹고 입을 수 있다. ○躬親(궁친)―내
가 몸소, 스스로. ○未曾替(미증체)―아직 한 번도 농사짓는 일을 버
린 적이 없다. 체(替)는 폐(廢)의 뜻. ○寒餒(한뇌)―추위에 떨고 굶
주림에 시달린다. ○糟糠(조강)―조(糟)는 지게미, 강(糠)은 겨. 즉
제대로 곡식을 못 먹고 찌꺼기를 얻어 먹었다는 뜻. ○豈期(기기)―
어찌 기대했겠느냐? ○過滿腹(과만복)―배불리 먹는 이상. ○飽粳糧
(포갱량)―쌀밥을 배불리 먹다. 갱(粳)은 메벼. ○御冬(어동)―겨울
을 지나다, 겨울 추위를 막다. 어(御)는 어(禦)에 통한다. ○足大布
(족대포)―발이 굵게 짜진 베나 무명만으로 족하다. ○麤絺(추치)―
싸구려 갈포 추(麤)는 조잡하다. 치(絺)는 갈포(葛布). ○以應陽(이
응양)―갈포로 여름을 지내겠다. 응(應)은 대처하다. 양(陽)은 여름,
햇볕. ○正爾不能得(정이불능득)―바로 그것뿐이거늘, 그것조차 얻을
수가 없다. 이(爾)는 연(然), 정(正)은 단(但)과 뜻이 통한다. ○人
皆盡獲宜(인개진획의)―남들은 다 적당히 모든 것을 얻어가지고 잘
들 산다. ○拙生(졸생)―삶에 어리석은 나는 어리석게 산다. ○失其
方(실기방)―방도를 잃다. ○理也可奈何(이야가내하)―내가 옹졸하
게 사는 것도 다 나에게 주어진 본성으로 그럴 수밖에 없는 도리라

하겠다. 그러니 어찌하겠느냐? ㅇ且(차)-잠시나마, 이 자리에서 또는 당장에. ㅇ陶一觴(도일상)-한잔의 술잔을 들고 도연히 취하자!

大意　본래 나의 소망은 벼슬살이가 아니었고 본업은 밭갈이와 양잠이었노라.(1)

나는 노상 스스로 농사를 지었고 한 번도 게을리한 일이 없었다. 그러나 나의 생활은 항상 궁핍하여 추위와 굶주림에 시달렸고 지게미나 쌀겨 같은 찌꺼기를 얻어먹는 형편이었다.(2)

그렇다고 배불리 먹는 이상을 바란 것이 아니다. 오직 쌀밥이나 실컷 먹을 수 있기를 원할 따름이다.(3)

겨울에는 굵게 짠 포목으로 추위를 막으면 족하고, 여름에는 싸구려 갈포로 지내면 되겠지.(4)

그것뿐이거늘 그것조차 없어서 생활을 해결할 수가 없으니, 참으로 애달프고 가슴 아픈 노릇이로다.(5)

남들은 모두 잘들 살아가거늘, 옹졸한 나만은 삶의 방도를 잃고 있다.(6)

허나 그것도 나에게 주어진 도리이거늘, 어찌할 것이냐? 잠시라도 한잔 술에 도연히 취해나 보리로다.(7)

解說　남들은 다들 잘산다. 그러나 나만은 옹졸하여 제대로 살 방도도 찾지 못하고 가난과 굶주림에 허덕이고 있다. 처참한 심정으로 읊은 시다. 더구나 그는 본래부터 벼슬에 올라 남들이 지어준 녹을 받아 먹지 않고 손수 농사를 지어 먹고 입고자 한 정직한 생산인(生産人)이었다. 욕심도 과하지 않은 도연명이 몸소 농사를 지으면서 제대로 못 살았다고 하는 것은 크게 잘못된 일이다.

정직하고 착실하게 농사를 지은 사람이 못사는 세상은 예나 지금이나 있어서는 안 되겠다. 이러한 세상을 어지러운 세상이라고 하는 것이다. 난세(亂世)에 처한 그가 술에 도연(陶然)하고자 하는 심정도 이해할 만하다.

80

歸去來兮辭(幷叙)
귀 거 래 혜 사

*귀거래사(歸去來辭)라고도 한다. 우선 서문을 풀겠다.

余家貧 耕植不足以自給 幼稚盈室 : 缾無儲粟 生
여 가 빈 경 식 부 족 이 자 급 유 치 영 실　병 무 저 속 생

生所資 未見其術.
생 소 자 미 견 기 술

집이 가난하여 농사를 지어도 자급자족할 수가 없었다. 집안에는 어린 자식들이 가득한데 반하여 항아리에는 곡식을 저장해 놓은 것이 없어, 도무지 생계를 꾸려나갈 방도가 서지를 않았다.

親故多勸余爲長吏 脫然有懷 求之靡途 : 會有四
친 고 다 권 여 위 장 리　탈 연 유 회　구 지 미 도　회 유 사

方之事 諸侯以惠愛德 家叔以余貧苦 遂見用於小
방 지 사 제 후 이 혜 애 덕 가 숙 이 여 빈 고 수 견 용 어 소

邑.
읍

친척이나 벗들이 모두 나에게 지방관리나 되라고 권했으며, 나도 서슴지 않고 그렇게나 해서 생활문제를 해결하고자 했다. 그러나 자리를 찾아도 길이 없었다. 그러다 마침 정변이 자주 일어나 사방에서 일을 할 자리가 났고 또 실권을 잡은 제후들은 남에게 혜택과 인애를 베풀어 민덕(民德)을 얻고자 하고 있었다.

그러던 중 나의 숙부인 도기(陶夔)가 가난으로 고생하는 나를 위해 길을 터서 마침내 조그만 고을에 벼슬을 얻어 주었다.

어시풍파미정 심탄원역 팽택거가백리 공전지리
於時風波未靜 心憚遠役 彭澤去家百里 公田之利
족이위주 고편구지
足以爲酒 故便求之.

당시는 아직도 세상이 평온하지 못하였으므로, 멀리 가서 벼슬을 하기에는 마음이 꺼림칙했다. 허나 팽택은 집에서 백리의 거리였고 또 녹(祿)으로 주어진 공전(公田)의 수확으로 족히 술을 빚어 마실 수가 있으므로, 이내 팽택령을 승낙했다.

급소일 권연유귀여지정 하즉 질성자연 비교
及少日 眷然有歸與之情. 何則 質性自然 非矯
려소득 기동수절 위기교병
厲所得 : 飢凍雖切 違己交病.

그러나 벼슬한 지 며칠이 못 되어서 즉시 집으로 돌아가야 하겠다는 생각이 간절했다. 이유는 다름이 아니었다. 나의 본성과 성품이 무위자연을 닮게 태어났으며, 억지로 교정하거나 독려해서 고칠 수 있는 것이 아니었다. 그러므로 비록 굶주림과 추위에 절박하게 몰렸다 할지라도 내 자신을 어기고 벼슬살이를 하기란 너무나 고통스러웠다.

상종인사 개구복자역 어시창연강개심괴평생지
嘗從人事 皆口腹自役 : 於是悵然慷慨深媿平生之

82

志.

전에도 남의 밑에서 벼슬살이를 했지만, 그 모두가 입에 풀칠을 하기 위해서 스스로 내 몸을 학대했던 것이다. 새삼 실망과 서글픔과 비분강개하는 마음과 더불어 깊이 내 자신이 평소에 지녔던 뜻 앞에 창피함을 금하지 못했다.

유망일임 당렴상소서 심정씨매상어무창 정재준
猶望一稔 當斂裳宵逝 尋程氏妹喪於武昌 情在駿
분 자면거직
奔 自免去職.

그러면서도 역시 그 해의 추수나 끝나기를 기다렸다가 옷을 챙기어 벼슬에서 물러날까 망설이던 차에, 마침 정씨에게 출가했던 누이가 무창에서 죽으니, 나의 마음은 오직 장례식에 참례해야겠다는 생각뿐, 결국 스스로 벼슬을 버리고 말았다.

중추지동 재관팔십여일 인사순심명편일귀거래
仲秋至冬 在官八十餘日. 因事順心命篇日歸去來
혜 을사세십일월야
兮：乙巳歲十一月也.

음력 8월에서 겨울까지 벼슬에 있은지 80여일이었다. 뜻밖의 일로 해서 나의 본심을 좇아 결국 고향으로 돌아갔던 것이다. 한 편의 글을 지어 '귀거래혜'라 이름지었다. 을사년 11월.

語釋 ○缾(병)―병(瓶)과 같고, 물병이나 술병. 또 항(缸)과 통하며 뜻은

항아리. ○生生所資(생생소자)―생활의 뒤를 대다, 생계를 유지해 나가다. ○親故(친고)―친척이나 벗. ○長吏(장리)―지방장관, 현리(縣吏). 《한서(漢書)》에는 6백석 이상을 장리(長吏)라 했다. ○脫然有懷(탈연유회)―자기도 선뜻 나서서 벼슬할 생각을 가졌다. 탈연(脫然)은 서슴지 않고. ○靡途(미도)―벼슬에 오를 길이 없었다. ○會有四方之事(회유사방지사)―마침내 정변(政變)이 나서 사방에 일자리가 있었다. 종래에는 도연명이 이 해(安帝 義熙 1년 : 405년)에 건위장군(建威將軍) 유경선(劉敬宣)의 참군(參軍)으로 서울에 사신으로 간 일이라고 했으나, 보다 넓게 해석하는 것이 좋겠다. ○家叔(가숙)―설이 두 가지 있다. 하나는 도홍(陶弘)이라 하고, 다른 하나는 도기(陶夔)라고 한다. 여기서는 후자를 따랐다. ○小邑(소읍)―작은 현, 즉 팽택(彭澤)이다. ○風波未定(풍파미정)―세상이 안정되지 못했다. 밖으로 오호(五胡)가 북에서 난동했고 안으로는 환현(桓玄)과 유유(劉裕)가 무력적 쿠데타를 일으켰다. 즉 안제(安帝) 원흥(元興) 2년(403년)에는 환현이 진(晉)의 안제를 유폐하고 제위에 올랐고, 다음 해에는 유유가 환현을 치고 건강(建康)을 점령했다. ○心憚遠役(심탄원역)―멀리 가서 벼슬하기를 꺼렸다. ○彭澤(팽택)―현 강서(江西) 호구현(湖口縣) 동쪽이다. 도연명의 집은 심양(潯陽) 채상(柴桑 : 현 江西 九江縣)으로 백 리쯤 떨어져 있다. ○眷然(권연)―몹시, 열심히. ○歸與之情(귀여지정)―벼슬을 버리고 집으로 돌아가야겠다는 마음. 여(與)는 여(歟)로 어조사. ○非矯厲所得(비교려소득)―교정하거나 독려할 수 있는 것이 아니다. 즉 자기의 타고난 무위자연(無爲自然)의 성질이나 본성을 어찌할 도리가 없다는 뜻. ○飢凍雖切(기동수절)―비록 굶주림과 추위에 절박하게 몰려도 ○違己交病(위기교병)―자기 본성에 어긋나는 일을 하면 모든 병에 걸리게 마련이다. ○嘗從人事(상종인사)―전에도 남의 밑에서 벼슬을 살았다. ○口腹自役(구복자역)―입과 배를 위해, 즉 먹고 살기 위해 스스로 내 몸을 학대했다. 역(役)은 부리고 쓰다. ○悵然(창연)―슬퍼하고 실망하다. ○深媿(심괴)―심히 부끄럽게 여

기다. ○猶望一稔(유망일임)─유(猶)는 그러면서도, 아직도 일임(一稔)은 한 해의 곡식이 익다. 즉 그 해의 가을 수확을 마치고의 뜻. ○斂裳宵逝(염상소서)─옷을 챙기어 밤에 떠나다. 벼슬을 버리고 집으로 돌아가겠다는 뜻. ○尋(심)─그러자 얼마 후에. ○程氏妹(정씨매)─정씨에게 시집간 자기 누이동생. 후에 도연명은 제문(祭文)을 지었고 무척 애도했다. ○情在駿奔(정재준분)─오직 장례식에 참석하겠다는 생각뿐이다. 준분(駿奔)은 장례를 치르기 위하여 달려간다는 뜻. ○自免去職(자면거직)─스스로 벼슬을 버리고 누이가 죽은 무창으로 갔다는 뜻. ○乙巳(을사)─안제(安帝) 의희(義熙) 1년, 즉 405년 도연명이 41세 때다.

　*도연명이 80일만에 벼슬을 버리고 집에 돌아온 까닭은 반드시 누이동생의 죽음 때문만이 아니다. 당시의 상관인 독우(督郵 : 즉 감찰관)가 순시를 오자 도연명을 보고 의관속대(衣冠束帶)하고 나와 맞으라고 했다. 이에 도연명은 "나는 쌀 다섯 말 때문에 촌뜨기 소인(小人)에게 허리를 굽힐 수 없다(吾不能爲五斗米折腰)."라고 하며 즉시 인수(印綬)를 풀어던지고 벼슬에서 물러났던 것이다. 《진서(晉書)》 및 《남사(南史)》〈도잠전(陶潛傳)〉.

14. 歸去來兮辭
귀 거 래 혜 사

1. 歸去來兮 田園將蕪 胡不歸
귀 거 래 혜　전 원 장 무　호 불 귀

2. 旣自以心爲形役 奚惆悵而獨悲
기 자 이 심 위 형 역　해 추 창 이 독 비

3. 悟已往之不諫 知來者之可追
오 이 왕 지 불 간　지 내 자 지 가 추

4. 實迷途其未遠 覺今是而昨非
   <small>실미도기미원 각금시이작비</small>

5. 舟搖搖以輕颺 風飄飄而吹衣
   <small>주요요이경양 풍표표이취소</small>

6. 問征夫以前路 恨晨光之熹微
   <small>문정부이전로 한신광지희미</small>

7. 乃瞻衡宇 載欣載奔
   <small>내첨형우 재흔재분</small>

8. 僮僕歡迎 稚子候門
   <small>동복환영 치자후문</small>

9. 三徑就荒 松菊猶存
   <small>삼경취황 송국유존</small>

10. 携幼入室 有酒盈樽
    <small>휴유입실 유주영준</small>

11. 引壺觴以自酌 眄庭柯以怡顏
    <small>인호상이자작 면정가이이안</small>

12. 倚南牕以寄傲 審容膝之易安
    <small>의남창이기오 심용슬지이안</small>

13. 園日涉以成趣 門雖設而常關
    <small>원일섭이성취 문수설이상관</small>

14. 策扶老以流憩 時矯首而遐觀
    <small>책부로이유게 시교수이하관</small>

15. 雲無心以出岫 鳥倦飛而知還
    <small>운무심이출수 조권비이지환</small>

16. 景翳翳以將入 撫孤松而盤桓
    <small>영예예이장입 무고송이반환</small>

17. 歸去來兮 請息交以絶游
    <small>귀거래혜 청식교이절유</small>

세여아이상위　부가언혜언구
18. 世與我而相違　復駕言兮焉求

열친척지정화　낙금서이소우
19. 悅親戚之情話　樂琴書以消憂

농인고여이춘급　장유사우서주
20. 農人告餘以春及　將有事于西疇

혹명건거　혹도고주
21. 或命巾車　或棹孤舟

기요조이심학　역기구이경구
22. 旣窈窕以尋壑　亦崎嶇而經丘

목흔흔이향영　천연연이시류
23. 木欣欣以向榮　泉涓涓而始流

선만물지득시　감오생지행휴
24. 善萬物之得時　感吾生之行休

이의호　우형우내부기시
25. 已矣乎　寓形宇內復幾時

갈불위심임거류　호위호황황욕하지
26. 曷不委心任去留　胡爲乎遑遑欲何之

부귀비오원　제향불가기
27. 富貴非吾願　帝鄕不可期

회량신이고정　혹식장이운자
28. 懷良辰以孤征　或植杖而耘耔

등동고이서소　임청류이부시
29. 登東臯以舒嘯　臨淸流而賦詩

요승화이귀진　낙부천명부해의
30. 聊乘化以歸盡　樂夫天命復奚疑

자! 벼슬에서 물러나 내 집의 논밭으로 돌아가자! 전원이 황폐하고 있거늘, 어찌 돌아가지 않을 것이냐?

이미 내가 잘못하여 스스로 벼슬살이를 했고 따라서 정신을 육신의 노예로 괴롭혔거늘 어찌 혼자 한탄하고 슬퍼만 해야 하겠는가?

지난 일은 공연히 탓해야 소용이 없음을 깨닫고 또한 앞으로 바른 길을 좇는 것이 옳다는 것을 알았노라

사실 내가 길을 잃고 헤매기는 했으나 아직은 그리 멀리 벗어난 것은 아니다. 그리고 이제는 각성하여 바른 길을 찾았고 지난날의 벼슬살이가 잘못이었음도 깊이 깨달았노라

집으로 돌아가는 배는 출렁출렁 가볍게 바람을 타고 떠가며, 표표히 부는 바람은 옷자락을 불어 날리고 있다

어서 집으로 가고 싶은 심정으로 길가는 행인에게 앞으로 길이 얼마나 남았는가 묻기도 하고, 또 새벽 일찍 길에 나서며 아직도 새벽빛이 희끄무레한 것을 한스럽게 여기기도 한다

마침내 저 멀리 나의 집 대문과 지붕이 보이자, 나는 기뻐서 뛰었다

머슴 아이가 길에 나와 나를 맞고, 어린 자식은 문에서 기다리고 있었다

뜰 안의 세 갈래 작은 길은 온통 잡초에 덮이어 황폐했으나, 아직도 소나무와 국화는 시들지 않고 남아 있다

어린아이의 손을 잡고 방안으로 들어가니, 술단지에는 아내가 정성들여 담근 술이 가득 차 있다

술단지와 술잔을 끌어당기어 혼자서 자작하여 술을 마시며, 뜰의 나뭇가지들을 보며 즐거운 낯으로 미소를 짓는다

또 남쪽 창가에 몸을 실리고 남쪽 들을 내다보며 마냥 활개를

펴고 의기양양한 기분이 되고, 참으로 사람은 무릎을 드리울 만한 좁은 내 집에서도 충분히 안빈낙도(安貧樂道)할 수 있음을 실감한다

전원을 매일 거닐며 손질을 하자 제법 운치있게 되었다. 또 대문이 있기는 해도 찾아오는 사람이 없으니 노상 닫혀져 있다

지팡이를 짚고 이리저리 소요하다가 아무 곳이나 내키는 대로 앉아 쉬기도 하고 때로는 고개를 높이 추켜올리고 먼 곳을 바라보기도 한다

야심 없는 구름은 산골짜기로부터 유연하게 높이 떠오르고, 날기에 지친 새들은 저녁에 제집으로 돌아올 줄 안다

마침 해도 어둑어둑 저물어 들어가려 할 무렵, 나는 외로운 소나무를 어루만지며 서성대고 맴돌고 있노라

돌아왔노라! 이제부터는 세속적인 교제를 그만두고 속세와 단절된 생활을 하리!

속세와 나는 서로가 어긋나고 맞지를 않거늘, 내 다시 수레를 타고 무엇을 찾아다닐까 보냐!

일가 친척들과 정이 넘치는 이야기를 기쁜 마음으로 받으며, 한편 혼자 있을 때는 거문고나 책을 가지고 우울함을 해소한다

농부가 나에게 봄이 왔으니, 앞으로는 서쪽 밭에서 농사를 지어야 할 거라고 말한다

포장친 수레를 타고 육로를 가기도 하고, 또 혹은 혼자서 조각배를 젓고 물길을 따라 멀리까지 농사를 지으러 간다

배를 타고 강물을 따라 구불구불 깊은 골짜기로 들어갔다가, 다시 이번에는 우툴두툴 높고 험한 산을 넘기도 한다

나무들이 싱싱하니 즐거운 듯 뻗어나 자라고, 샘물들은 졸졸

솟아나 흐르기 시작한다

만물이 때를 만나 무럭무럭 자라는 것이 좋다. 그러나 내 자신은 이렇게 새봄을 맞는 사이에 차츰 인생의 종점으로 다가가서 죽을 것이니 감개무량하게 느껴진다

아! 이제는 나의 인생도 그만인가 보다! 내 몸을 이 세상에 맡기고 살 날도 앞으로 얼마나 될지?

그러나 어찌 나의 마음을 대자연의 섭리에 맡기고, 죽으나 사나 좇지 않을 수가 있겠는가?

이제 새삼 초조하고 황망스러운 마음으로 욕심내고 바랄 것이 무엇이 있겠느냐?

현실적으로 나는 부귀도 바라지 않고, 또 죽은 후에 천제(天帝)가 사는 천국에 가서 살 것이라는 기대도 하지 않는다

때가 좋다 생각되면 혼자 나서서 거닐고, 또 때로는 지팡이를 세워 놓고 김매기도 한다

동쪽 언덕에 올라가 조용히 읊조리고, 맑은 시냇가에서 시를 짓는다

모름지기 천지조화의 원칙을 따라 죽음의 나라로 돌아가자! 또 천명을 감수해 즐긴다면 그 무엇을 의심하고 망설일 것이냐?

語釋　o歸去來兮(귀거래혜)―돌아가자! 래(來)나 혜(兮)는 어조사로 강조와 영탄의 뜻을 나타낸다. o蕪(무)―잡초가 자라고 황폐하게 되다. o胡不歸(호불귀)―호(胡)는 어찌, 왜, 하(何)와 같은 뜻. o旣(기)―이미. o以心爲形役(이심위형역)―마음을 육신의 노예로 만들었다. 심(心)은 마음·정신·심령. 형(形)은 형태·육신·외형. 역(役)은 부리다, 종으로 써먹다. o奚(해)―'어찌 ~하리요?' o惆悵(추창)―슬퍼하고 걱정하다. o已往之不諫(이왕지불간)―이미 지난

일은 탓할 수가 없다. 《논어(論語)》에 있다. '지난 일은 탓할 수 없고, 앞으로 잘해야 할 것이다(往者不可諫 來者猶可追) 〈미자편(微子篇)〉.' ○迷途(미도)—길을 잃고 헤매다. ○今是而昨非(금시이작비)—벼슬을 그만두겠다고 깨달은 지금은 옳고, 벼슬살이를 하던 어제는 잘못이었다. ○舟搖搖(주요요)—집으로 돌아가는 배가 출렁대며 가는 품. ○輕颺(경양)—가볍게 바람을 타고 간다. ○飄飄(표표)—바람이 펄럭대다. ○征夫(정부)—길가는 사람, 나그네나 행인. ○乃瞻(내첨)—바야흐로 보인다. ○衡宇(형우)—대문과 지붕, 형(衡)은 형문(衡門), 우(宇)는 지붕 또는 처마. ○載欣載奔(재흔재분)—즉시 기뻐서 뛰어가다. 재(載)는 즉(則), 조사로 '~하며 또 ~하다.' ○僮僕(동복)—머슴 아이. ○稚子候門(치자후문)—어린 자식이 문에서 기다린다. ○三徑(삼경)—세 개의 작은 길. ○就荒(취황)—무성한 풀에 엉키어 황폐했다. ○松菊猶存(송국유존)—소나무와 국화는 아직 그대로 남아 있다. ○携幼入室(휴유입실)—어린아이의 손을 잡고 방에 들어온다. ○有酒盈樽(유주영준)—술단지에 가득히 술이 있다. 아마 부인이 정성껏 빚어놓고 돌아오기를 기다렸을 것이다. ○引壺觴(인호상)—술단지와 술잔을 당기어 놓고 술을 마신다. ○眄庭柯(면정가)—면(眄)은 보다, 가(柯)는 나뭇가지. ○怡顔(이안)—즐거운 표정을 짓는다. 미소를 지으며 즐거워한다. ○倚南牕(의남창)—남쪽 창문에 기대어 밖을 내다본다. 자기가 농사를 지을 논밭을 본 것이리라. ○寄傲(기오)—의기양양하고 마냥 활개를 편다. 벼슬살이할 때같이 구속받을 것이 없다. ○審(심)—충분히 맛을 본다. ○容膝之易安(용슬지이안)—무릎을 드리울 만한 작은 집에 살아도 족히 마음이 편하고 도를 즐길 수 있다. 《한시외전(韓詩外傳)》에 있다. 북곽선생(北郭先生)의 처가 '네 마리의 말이 끄는 수레를 타고 기마 행렬을 줄지어 붙이고 다녀도 편안하게 쉴 장소는 고작 무릎을 드리울 넓이에 불과하다(今結駟連騎 所安不過容膝)'고 했다. ○園日涉(원일섭)—매일 뜰 안을 걸어다니며 정원을 손질해 가꾼다. ○成趣(성취)—정원의 취향이 제법 돋아났다. ○常關(상관)—문은 있으나 찾아오는 사람이 없으니 노상 닫아놓고 있다. ㅇ策扶老(책부로)−책(策)은 짚다, 부(扶)는 지팡이. ㅇ流憩(유게)−이리저리 거닐다가는 아무 곳에나 앉아서 쉰다. ㅇ矯首(교수)−고개를 높이 쳐들고. ㅇ遐觀(하관)−멀리 바라본다. ㅇ雲無心以出岫(운무심이출수)−수(岫)는 산골짜기 또는 산과 산 사이. 구름이 무심하게 산을 벗어난다고 한 것은 아무런 야심이나 미련없이 속세나 속인들 틈에서 벗어나 홀로 고답하게 탈속한다는 뜻을 상징하고 있다. ㅇ鳥倦飛而知還(조권비이지환)−날다가 지친 새가 돌아올 줄 안다고 한 뜻은 현실적인 명예나 이득을 찾아 아귀다툼을 하며 지칠 줄 모르는 인간들을 비꼰 것이다. 그러기에 도연명은 농촌의 자기 집으로 돌아왔던 것이다. ㅇ景翳翳(영예예)−햇살이 어둑어둑하다. ㅇ盤桓(반환)−맴돌며 서성댄다. ㅇ復駕(부가)−다시 수레를 타고 찾아다닌다. ㅇ言(언)−어조사, 아무 뜻도 없다. ㅇ焉求(언구)−무엇을 구할 것이냐? ㅇ悅(열)−기쁜 마음으로 인정미 넘치는 이야기[情語]를 주고받는다. ㅇ琴書(금서)−악기와 책. 군자는 노상 옆에 두고 정성(情性)을 닦는다. ㅇ西疇(서주)−서쪽 밭. ㅇ巾車(건거)−포장을 친 수레. ㅇ棹孤舟(도고주)−조각배를 혼자 젓는다. ㅇ窈窕(요조)−꾸불꾸불 깊이 들어간다. ㅇ尋壑(심학)−골짜기를 찾는다. ㅇ崎嶇(기구)−높고 험한 산의 모습. ㅇ欣欣(흔흔)−싱싱하고 즐거운 듯. ㅇ向榮(향영)−나무가 뻗어나고 자란다. ㅇ涓涓(연연)−졸졸 물이 흐르다. ㅇ行休(행휴)−가다가 멈춘다. 즉 살만큼 살다가 죽는다는 뜻. ㅇ已矣乎(이의호)−아! 이제는 모든 것이 다 끝이로다! ㅇ寓形宇內(우형우내)−육신을 이 세상에 맡기고 살다. 우(寓)는 드리우다, 맡기다. 형(形)은 형태, 육신. 우내(宇內)는 세계. ㅇ復幾時(부기시)−얼마나 더 오래일 것이냐? ㅇ曷(갈)−어찌. ㅇ委心(위심)−마음을 맡기다. ㅇ胡爲乎(호위호)−어찌하랴! 어찌했다고! ㅇ遑遑(황황)−초조하다, 조급하다. ㅇ欲何之(욕하지)−무엇을 욕심내겠느냐? ㅇ帝鄕(제향)−천국, 천제(天帝)가 사는 나라. ㅇ懷良辰(회량신)−좋은 때라 생각되면, 즉 좋다고 생각되면. ㅇ孤征(고정)−혼자 간다. ㅇ植杖(식장)−지팡이를 세우다.

92

○耘耔(운자)—김매다. ○東皋(동고)—동쪽 언덕. ○舒嘯(서소)—조용히 읊조린다. ○賦詩(부시)—시를 짓는다. ○聊(요)—인위적으로 억지를 쓰지 않고 자연에 모든 것을 맡기는 기분으로란 뜻. ○乘化(승화)—천지 만물은 음양의 조화를 따라 변천한다. 그 조화를 따른다는 뜻. ○歸盡(귀진)—사람은 무(無)에서 왔다가 다시 무로 되돌아간다. ○復奚疑(부해의)—또 무엇을 의심할 것이냐?

大意　〈귀거래사(歸去來辭)〉는 명문 중의 명문이다. 초(楚)나라의 충신 굴원(屈原)의 초사체(楚辭體)를 따라 참마음에서 우러난 것이지만 굴원같이 정면으로 대들고 힐난하는 격한 글이 아니다. 도연명은 평정하게 깊이 파고들었으면서도 자연스럽고 평범한 투로 담담하게 자기가 체득한 세계와 또 초탈한 인생관을 그리고 있다. 자연의 조화나 변화는 심오하고 다양하고 신비로워서 우리 인간에게는 불가사의한 것이다. 그러나 자연은 언제나 평범하고 용이하고 명백하게 모든 현상을 우리 인간에게 내보여주고 있다.

봄에 아름다운 꽃이 피어 우리에게 즐거운 소생과 희망과 기쁨을 준다. 그러나 그 신비는 끝없이 깊은 속에 가려져 있다.

도연명의 시가 바로 이러한 대자연의 조화를 닮은 것이라 하겠다.

또 이 〈귀거래사〉는 난세(亂世)에 처한 그가 추위와 굶주림에 못이겨 할 수 없이 벼슬에 나갔으나, 결국은 못견디고 은퇴하던 비장한 심정을 읊은 것이다. 서문에서 그는 밝혔다. '본성이 자연을 닮게 마련인지라, 억지로 고칠 수가 없다. 굶주림과 추위에서 시달린다 해도, 본성을 어기고 벼슬살이를 하니 모든 병이 쏟아져 나더라(質性自然 非矯厲所得 : 飢凍雖切 違己交病).'

한마디로 굶어 죽으면 죽었지, 난세에 너절한 자들 밑에서는 벼슬을 할 수가 없다며 내집 전원(田園)으로 돌아온 것이다. 전원에 돌아온 그는 농사를 지어먹으면 된다.

따라서 그는 노상 자연과 더불어 유유자적(悠悠自適)할 수 있었다. 정다운 가족이나 친척들과 참된 정이 넘치는 이야기를 주고받으며 즐거워할 수가 있었다. 또 술을 혼자 마시며 한가로운 마음으로 자연을 벗하여 놀며 쉴 수도 있었다.

보라, 자연도 이렇듯 유연(悠然)과 한적(閑適) 속에 있지 않은가? (雲無心以出岫 鳥倦飛而知還)라고 그는 읊었다.

그러나 도연명은 인생에 달통할 수 있었다. 무궁한 자연은 또 다시 봄을 맞아, 만물이 소생하고 기쁜 듯이 보인다. 그러나 그 조화와 변화의 흐름 속에 자기의 인생도 흘러 머지않아 이승의 삶의 종착점인 죽음으로 가서 쉬어야 함을 느끼니 감개무량하다(善萬物之得時 感吾生之行休).

이렇게 읊은 도연명은 무위자연의 조화를 타고 실상(實相)으로 돌아갈 것을 터득하고 있다. 사람은 무에서 와서 무로 되돌아가는 것이다. 따라서 이 세상에 살았다고 하는 사실은 잠시 형체(形體)·육신(肉身)을 현상세계에 의탁한 것에 불과하다. 영원한 실재(實在)는 역시 현상세계, 즉 유(有)를 초월한 무(無)의 세계에 있는 것이다. 따라서 사람은 죽는 것이 아니라 본래의 실재로 되돌아간다고 그는 믿고 있는 것이다.

신비로운 조화의 물결을 타고 다시 돌아가는 것이다. 그것이 천명이며, 천명을 즐기는 길이다. 왜 망설이고 의아해하는가? 그는 '요승화이귀진(聊乘化以歸盡)' '낙부천명부해의(樂夫天命復奚疑)'라고 끝을 맺었다.

제 2 장

음주飲酒와 초탈超脫

대도를 잃은 지 어느덧 천 년이라
사람들은 맑은 정 주기를 아끼며
술조차 마시기 꺼리며
오직 세속적 명리(名利)만을 좇노라.
道喪向千載
人人惜其情
情有酒不肯飲
但顧世間名

도연명과 술[酒]은 일체불가분이다. 그는 왜 술을 마셨는가? 맨 정신으로는 미친 세상, 헝클어진 속세를 대할 수가 없어서였다. 오직 술만이 그를 참세상, 무위자연(無爲自然)의 경지로 이끌어 주었던 것이다.

　　따라서 우리는 그의 〈음주(飮酒)〉 시 20수에서 그의 인생관, 그의 철학, 그의 현실비판 및 그의 이상(理想)을 잘 엿볼 수가 있다.

飲酒 二十首(並序)

음 주

序文

余閒居寡歡 兼比夜已長 偶有名酒 無夕不飲 顧
여한거과환 겸비야이장 우유명주 무석불음 고

影獨盡 忽焉復醉.
영독진 홀언복취

　　물러나 하는 일 없이 살고 있으니 즐거움도 없고, 게다가 요
사이에는 밤마저 길어졌다. 마침 좋은 술이 생겼으므로 매일 밤
마셨다. 홀로 나의 그림자를 마주보며 진창 마시고 나니, 홀연히
거듭 취하더라.

旣醉之後 輒題數句自娛 紙墨遂多 辭無詮次 聊
기취지후 첩제수구자오 지묵수다 사무전차 요

命故人書之 以爲歡笑爾.
명고인서지 이위환소이

　　술 취하자 되는대로 몇 구절 시를 지어 스스로 즐겼거늘, 어느
덧 시를 적은 종이의 수가 많아졌다. 허나 앞뒤에 연결이나 차례
는 없다. 이것들을 친구에게 적게 하여 웃음거리로나 삼고자 함
이라.

15. 飮　酒 -其一　음주 - 제1수
음　주

1. 衰榮無定在　彼此更共之
쇠 영 무 정 재　피 차 갱 공 지

2. 邵生瓜田中　寧似東陵時
소 생 과 전 중　영 사 동 릉 시

3. 寒暑有代謝　人道每如茲
한 서 유 대 사　인 도 매 여 자

4. 達人解其會　逝將不復疑
달 인 해 기 회　서 장 불 부 의

5. 忽與一樽酒　日夕歡相持
홀 여 일 준 주　일 석 환 상 지

영고성쇠는 고정되어 있지 않으며, 피차 바뀌고 서로 돌게 마련이라

오이밭을 가는 소평이가, 동릉후였다고 누가 알리요

여름 겨울 뒤바뀌는 자연같이, 인간의 원리도 그와 같거늘

달통한 사람은 그 심오한 기미를 알고, 앞으로 다시는 미혹되지 않으리라

홀연히 한 동이의 술이 생기니, 날 저물자 술마시며 즐기리라

語釋　ㅇ衰榮(쇠영) - 못살고 잘사는 것. 영(榮)은 부귀영화. 쇠(衰)는 빈천곤궁. ㅇ無定在(무정재) - 정해져 있지 않다. 또는 고정적인 것이 아니다. 즉 부귀나 빈천이 때를 따르고, 또 서로 바뀐다. ㅇ彼此更共

之(피차갱공지)―그것 쇠[衰]와 이것 영[榮]은 서로 돌려가며 함께 겪게 마련이다. 노자(老子)는 말했다. "화가 있으면 자연히 복이 따르게 마련이고, 복이 있으면 그 속에 화가 깃들게 마련이다(禍兮福所倚 福兮禍所伏).' 〈58장〉. ㅇ邵生(소생)―소생(邵生)은 소평(邵平)이다. 진(秦)나라 사람으로 동릉후(東陵侯)였다. 진이 한(漢)에게 패망하자 모든 것을 버리고 장안(長安) 성밖 동쪽에서 오이[瓜]를 심으며 살았다. ㅇ瓜田中(과전중)―소평이 오이밭에 있는 모습이란 뜻. ㅇ寧似(영사)―어찌 닮았겠느냐? ㅇ東陵時(동릉시)―동릉후(東陵侯)를 지냈을 때. ㅇ有代謝(유대사)―서로 바뀐다, 교체(交替)한다. ㅇ每如玆(매여자)―노상 그와 같다. ㅇ達人(달인)―인도(人道)에 통달한 사람. 인도(人道)는 사람들의 사는 도리나 법칙, 원리. ㅇ解其會(해기회)―해(解)는 이해한다. 회(會)는 모든 법칙이나 도리가 모인 곳, 근원, 진리의 핵심, 태일(太一), 현대말로 '키포인트'라 하겠다. ㅇ逝(서)―발어조사(發語助詞)로 아무 뜻도 없다. 《시경(詩經)》에 이런 용법이 보인다. ㅇ不復疑(불부의)―다시는 망설이지 않으리라. ㅇ日夕(일석)―해가 진 저녁에. 낮과 밤의 뜻도 있다. ㅇ歡相持(환상지)―술과 더불어 즐기노라.

(大意)　　영고성쇠(榮枯盛衰)는 본래 고정되어 있는 것이 아니고, 서로 자리를 바꾸어 다같이 겪게 마련이다.(1)

　　한(漢)나라가 되자 밭에서 오이를 심고 있는 소평(邵平)이 바로 진(秦)나라 때의 동릉후(東陵侯)를 지낸 사람이라고 누가 믿을 수가 있겠는가?(2)

　　추운 겨울이 가고 더운 여름이 오듯 계절이 바뀌는 것과 같이 인간의 영고성쇠도 서로 바뀌어 돌게 마련이다.(3)

　　깊은 도리에 통달한 사람은 그러한 경지를 터득하여 다시는 미혹되지 않을 것이니라.(4)

　　뜻밖에 생긴 한 통의 술을 마시며 해가 진 저녁, 술과 더불어 흥겨워하노라.(5)

(解說)　　부귀빈천(富貴貧賤)이나 영고성쇠(榮枯盛衰)는 서로 돌아 자리
를 바꾸게 마련이다. 대자연이 그렇다. 춘하추동은 서로 자리를 바
꾸며 돌고 돈다.

　　인생도 그러한 것이다. 이러한 자연의 이치를 바탕으로 인간세
(人間世)의 깊은 도리를 터득한 나는 앞으로 다시는 망설이거나 미
혹되는 일이 없을 것이다. 오직 술과 더불어 도도히 취해 흥겨운 심
경에 젖으리라.

16. 飮 酒 -其二　음주 - 제2수

　　　　　　　적 선 운 유 보　이 숙 재 서 산
1. 積善云有報 夷叔在西山
　　　　　　　선 악 구 불 응　하 사 입 공 언
2. 善惡苟不應 何事立空言
　　　　　　　구 십 행 대 삭　기 한 황 당 년
3. 九十行帶索 飢寒況當年
　　　　　　　불 뢰 고 궁 절　백 세 당 수 전
4. 不賴固窮節 百世當誰傳

　　착하면 하늘이 복 내린다 했거늘, 백이 숙제는 수양산에서 굶
주렸노라

　　선과 악이 제대로 응보되지 않거늘, 어째서 공연한 말만을 내
세웠는가?

　　90노인도 새끼띠 매고 가난을 견디었으니, 한창 나이인 내가
기한에 굽힐 수 있으랴!

선비된 몸 곤궁의 절개 아니고서, 영원한 후세에 어찌 이름 전하리요?

(語釋) ○積善云有報(적선운유보) ─ 적선하면 보답이 있다고 한다. 《역경(易經)》에 있다. '선행을 쌓은 집에는 반드시 많은 경사가 있을 것이고, 악행을 많이 쌓은 집에는 반드시 재앙이 밀어닥칠 것이다(積善之家 必有餘慶, 積不善之家 必有餘殃).' 〈곤(坤) 문언전(文言傳)〉. 또 《서경(書經)》에 있다. '착한 일을 하면 많은 경사가 내리고, 악한 일을 하면 많은 재앙이 내린다(作善 降之百祥, 作不善 降之百殃).' 〈이훈(伊訓)〉. 또 《좌전(左傳)》에 있다. '신은 인(仁)에는 복을 주고, 잘못에는 화를 준다(神福仁而禍淫).' 〈성공(成公) 5년〉, 또 《서경》에 있다. '천도는 선에게는 복을 주고 잘못에는 화를 준다(天道福善禍淫).' 〈탕고(湯誥)〉. ○夷叔在西山(이숙재서산) ─ 백이(伯夷)·숙제(叔齊)가 수양산(首陽山)에서 고사리를 캐먹다가 마침내 아사(餓死)했음을 말한다. 서산(西山)은 수양산이다. 백이·숙제는 형제이며, 은(殷) 고죽국(孤竹國)의 공자(公子)였다. 서로 왕의 자리를 양보하여 몸을 숨겼으며, 은나라가 망하고 주(周)나라가 군림하자, 그들은 수양산에 들어가 불의(不義)한 주나라의 곡식을 안 먹겠다 하며 절개를 지키다 죽었다. 이에 대하여 사마천(司馬遷)은 그의 유명한 《사기(史記)》에서 적었다. '천도는 편파되게 편들지 않고, 언제나 착한 사람에게 편을 든다고 했다. 그렇다면 백이·숙제는 선인이 아니란 말인가? 인덕을 쌓고 고결하게 행동했는데도 그렇듯이 굶주려 죽다니! 하늘이 착한 사람에게 보답한다던 말은 무슨 뜻일까? (或曰 : 天道無親 常與善人. 若伯夷叔齊 所謂善人者非耶? 積仁潔行如此 而餓死. 天之報善人何如哉).' ○善惡苟不應(선악구불응) ─ 백이·숙제의 경우와 같이, 만약에 선과 악에 대한 응보가 바르게 되지 않는다면. ○何事立空言(하사입공언) ─ 왜 빈말을 내세웠을까? ○九十行帶索(구십행대삭) ─ 90살이 되어도 새끼줄로 띠를 매었다. 이것은 《열자(列子)》에 나오는 영계기(榮啓期)를 가

리킨 말이다. 그는 사슴 가죽을 몸에 걸치고 새끼띠를 매고 태산(泰山) 모퉁이에서 거문고를 타며 즐기고 있었다. 마침 수레를 타고 지나가던 공자(孔子)가 물었다. "선생은 어째서 그렇게 즐거워하시오?" 이에 노인은 대답했다. "즐겁고 말고! 우선 하늘이 낳은 만물 중에서도 가장 귀중한 인간으로 태어났으니 즐겁고, 둘째로는 사람 중에서도 높은 자리에 설 남자로 태어났으니 즐겁고, 또 셋째로는 이 세상에 태어나서, 어려서 죽는 수가 있는데 나는 이렇듯 나이 90살까지 살 수 있었으니 즐겁지 않겠는가? 가난[貧]은 선비의 상태(常態)이고 죽음은 인생의 종착(終着)이다. 상(常)에 처하여 종착을 기다리고 있으니 이 또한 즐겁지 않으랴!" ○飢寒(기한)—도연명도 영계기같이 노상 굶주림과 추위에 몰리는 가난뱅이였다. ○況當年(황당년)—그러나 도연명은 90살이 아닌 한창 나이, 즉 장년기에 있었다. 장년기인데, 어째서 가난을 겁내고 두려워하겠느냐는 뜻. 《예기(禮記)》에 '90이 되면 자리에서 음식을 든다(九十飮食不離寢)'는 말이 있다. 그런 나이에도 영계기는 빈(貧)·사(死)를 겁내지 않았거늘, 하물며 장년인 내가 겁낼소냐? 당년(當年)은 정년(丁年)과 같다. ○不賴(불뢰)—만약 의지하지 않는다면이란 뜻. 뢰(賴)는 의지하다. 여기서는 원래가 가난하게 마련인 군자의 절개를 지키지 않는다면의 뜻. ○固窮節(고궁절)—《논어(論語)》에 있다. '군자는 본래가 궁하게 마련이다(君子固窮).' 여기서 절(節)은 군자의 절조, 절개. ○百世當誰傳(백세당수전)—누가 마땅히 백 세 뒤에까지 전할 것이냐? 착한 일을 해도 보답을 못받으니 차라리 가난의 절개라도 지켜야 할 것이다. 그것마저 못 지킨다면 후세에 누가 이름을 전해 줄 것이냐?

(大意)　착한 일을 하면 하늘이 복을 내려 보답해 준다고 했거늘, 어찌하여 백이·숙제는 수양산에서 굶어 죽어야 했단 말인가!(1)
　그렇듯이 선이나 악이 바르게 응보(應報)되지 못하거늘, 왜 빈말을 내세웠단 말인가?(2)

　　영계기(榮啓期)는 나이 90이 되어도 사슴가죽과 새끼띠를 띠고 곤궁한 생활을 즐겼거늘, 나는 한창 나이 장년기에 어찌 기한(飢寒)에 굽힐까 보냐!(3)

　　오직 고궁절(固窮節)을 지키는 것 이외에 무엇으로 후세에 이름을 전할 수가 있겠느냐?(4)

(解說)　《순자(荀子)》에 있다. 공자(孔子)가 제자들과 진(陳)나라와 채(蔡)나라 사이에서 굶주리고 병들어 곤궁(困窮)에 몰린 일이 있었다. 이에 자로(子路)가 말하기를, "착한 일을 한 자에게는 하늘이 복을 내려 보답하고, 나쁜 일을 한 자에게는 하늘이 화를 내려 보답한다(爲善者 天報之以福, 爲不善者 天報之以禍)고 들었습니다. 그런데 덕 높은 선생님께서 왜 이렇듯 고생을 하셔야 합니까?"이에 공자는 선(善)과 덕(德)이 반드시 현시적(現時的)으로 보답을 받는다고 기대해서는 안 된다고 했다. 그리고 《논어(論語)》에서 공자는 "군자는 의당히 궁하게 마련이다(君子固窮)."고 깨우쳐 주었다.

　　《사기(史記)》에서 사마천(司馬遷)은 백이·숙제에 대해 '하늘이 과연 착한 사람의 편을 꼭 들어 주는 것일까?'라며 의문을 던졌다.

　　예나 지금이나 착하면 잘살고, 착하지 못하면 못산다는 말이 너무나 헛된 것임을 인정하지 않을 수 없다. 그러나 군자(君子)나 선비[士]는 현실적인 가치만으로 만족하거나 슬퍼해서는 안 된다. 보다 깊고 넓은 가치의 세계에 영주(永住)해야 한다.

　　도연명은 '군자고궁(君子固窮)'이라는 절개 속에 영주하면서 선비의 이름을 더럽히지 않고 전하려 했다.

17. 飲 酒 －其三　음주－제3수

1. 道喪向千載　人人惜其情
（도상향천재　인인석기정）

2. 有酒不肯飲　但顧世間名
（유주불긍음　단고세간명）

3. 所以貴我身　豈不在一生
（소이귀아신　기부재일생）

4. 一生復能幾　倏如流電驚
（일생부능기　숙여유전경）

5. 鼎鼎百年内　持此欲何成
（정정백년내　지차욕하성）

　대도를 잃은 지 어느덧 천 년이라, 사람들도 순진한 사랑의 정을 아끼는 듯

　술조차 함께 어울려 마시기를 꺼리며, 오직 세속적인 명리만을 추구하노라

　내 한 몸 귀하게 하는 부귀영화도, 고작 내 한평생 붙어다닐 뿐일 것이며

　또한 한평생이라야 얼마나 될 것인가, 홀연 번쩍하고 지나가는 번개 같거늘

　길어야 백 년, 그 동안을 옹졸하게, 허식에 집착하여 무엇이 되려는가?

語釋 ㅇ道喪(도상)─도를 잃었다. 도(道)는 천도(天道). 또는 노자(老子)가 말하는 무위자연(無爲自然)의 대도(大道). 《노자》에 있다. '도는 자연에서 본을 받았다(道法自然).' 유가(儒家)에서 말하는 정도(正道)도 종극적으로는 '하늘의 도리'이다. ㅇ向千載(향천재)─천 년이나 되려 한다. 도연명이 천 년이라고 한 것으로 미루어 주(周)나라의 문물이나 주 문왕(文王)의 도를 말한다고도 할 수 있다. 허나 지나치게 수자에 억매일 필요가 없이, 오래 동안 사람들이 도를 잃었다는 뜻으로 풀면 된다. ㅇ人人惜其情(인인석기정)─사람들이 서로 자기의 진술한 정(情) 주기를 아긴다. 참되고 순수한 인정이나 인간애를 서로 주지 않는다는 뜻. ㅇ有酒不肯飲(유주불긍음)─술이 있어도 마시지 않는다. 속세의 명예나 체면 때문에 술조차 마시기를 꺼린다. 자연의 대도를 따르지 않고, 세속적인 범절에 구속되어, 서로 털어놓고 술마시는 것조차 기피한다는 뜻. ㅇ但顧世間名(단고세간명)─오직 속세의 허식적인 이름이나 평판만을 돌보고 걱정한다. ㅇ所以貴我身(소이귀아신)─내 몸을 귀하게 높여주는 것들. 즉 권세나, 명예 따위 또는 재물 같은 것들. ㅇ豈不在一生(기부재일생)─부귀영화 같은 것이 있어봤자 고작 한평생일 것이 아니냐? 인간의 한평생은 영원한 시간 앞에서는 번갯불이 번쩍하는 짧은 순간에 지나지 않는다. ㅇ復能幾(부능기)─일생이라야 그것 또한 얼마나 될 수가 있겠느냐? 시간적으로 헤아려도 아무것도 아니다. ㅇ倏如流電驚(숙여유전경)─순간적이며 흡사 번개불이 번쩍하고 스치는 것 같다. 숙여(倏如)는 홀연(忽然), 유(流)는 스쳐지나가는, 경(驚)은 뻔쩍하다. ㅇ鼎鼎(정정)─자질구레하다, 즉 활달한 대인(大人)의 풍이 없이 소심익익(小心翼翼)한 소인(小人)의 모양. ㅇ百年內(백년내)─길게 잡아 한평생은 불과 백 년이다. 그 백 년 동안을 쩨쩨하게 움츠러들어 살아보았자란 뜻. ㅇ持此(지차)─그런 옹졸한 인생을 가지고서. ㅇ欲何成(욕하성)─무엇을 하겠다는 것이냐?

大意 　올바른 대도(大道)가 실천되지 않은 지 이미 천 년 가까이 되며,

사람들은 참되고 맑은 정을 남에게 보이기를 아끼는 듯 오직 허위와 욕심만을 내보이고 있다.(1)

술이 있어도 마시기를 꺼리며, 오직 세속적인 명성이나 남의 비평만을 걱정하고 있다.(2)

나의 한 몸을 귀하게 해주는 외형적인 권세나 부귀 같은 것들은 고작 내 한평생을 장식하는 허망한 것이 아니겠는가?(3)

그리고 그 한평생이란 또 영원한 시간에 비겨 볼 때 얼마나 되는 것이냐? 홀연히 훌썩 지나가는, 번개가 번쩍하는 것에 불과하겠거늘.(4)

그러한 한평생, 고작 길어 백 년이거늘, 그 동안에 옹졸하게 살아 어찌하자는 것이냐?(5)

(解說) 사람은 태어날 때부터 하늘에서 받은 참되고 맑은 순진한 본성이 있다. 이 청진(淸眞)한 천성(天性)을 간직하고 천성에 맞게 사는 것을 '적성보진(適性保眞)'이라고 한다. 그래야 인간들도 청진무구(淸眞無垢)한 자연과 더불어 순박하고 바르게 살 수 있다. 이러한 경지가 무위자연(無爲自然)과 유연자적(悠然自適)이다.

그러나 모든 것을 인위적으로 작위(作爲)하고 또 가식(假飾)하고 사리사욕에 혼탁해진 속세, 특히 정치사회에서는 인간들이 술조차 솔직하고 소탈하게 마시기를 꺼린다. 남의 비평이나 눈이 두렵기 때문이다. 허나 한평생이라야 영원한 시간 앞에 비겨볼 때 불과 번갯불이 번쩍하는 것에 지나지 않거늘, 그 짧은 순간에 권세다, 부귀다, 영화다 하고 가식적인 것을 잔뜩 내 몸에 붙여 보았자, 그것들이 무엇이겠느냐? 그 따위 허무하기 짝이 없는 것을 찾고, 허구(虛構)의 명예나 지위를 위해 옹졸하게 술도 못 마시며 살아서 어쩌자는 것이며, 또 무엇이 되겠다는 것이냐?

도연명의 이 시는 바로 오늘의 속인들, 즉 물질과 권력에 집착하며 옹졸하게 사는 지성인들을 평한 시라고도 하겠다.

18. 飲 酒－其四 음주－제4수

1. 栖栖失羣鳥　日暮猶獨飛
   서서실군조　일모유독비

2. 徘徊無定止　夜夜聲轉悲
   배회무정지　야야성전비

3. 厲響思淸晨　遠去何依依
   여향사청신　원거하의의

4. 因值孤生松　斂翮遙來歸
   인치고생송　염핵요래귀

5. 勁風無榮木　此蔭獨不衰
   경풍무영목　차음독불쇠

6. 託身旣得所　千載不相違
   탁신기득소　천재불상위

　무리를 잃은 새 한 마리 불안에 떨며, 해가 저물어도 여전히 날면서,

　정착하지 못하고 노상 배회하며, 밤마다 우는 소리 더욱 서글프고 처량하여라

　갑자기 날카롭게 우짖는 소리를 내며 맑은 새벽을 맞이한 그 새가, 멀리 날아갔으니 무엇을 바라고 의지하려고 했을까?

　마침 외따로 자란 소나무를 만나자, 날갯죽지를 접고 들어가 앉았노라

　세찬 바람에 시달려 모든 나무들이 피어나지 못하지만, 오직

그 소나무 그늘만은 시들지 않노라

　이미 나의 몸 의지할 곳 찾았으니, 천년토록 영원히 헤어지지 않으리

語釋　○栖栖(서서)―불안하다, 허둥지둥 초조해한다. 《논어(論語)》에 있다. '공자는 왜 저렇듯이 허둥지둥하는 것일까(丘何爲是栖栖者與).' ○失羣鳥(실군조)―무리를 잃은 새. ○猶獨飛(유독비)―날이 저물었는데도 계속 혼자 날고 있다. 무위자연의 대도를 잃고 안주(安住)하지 못한다. 그 새는 곧 도연명 자신이다. ○徘徊無定止(배회무정지)―이리저리 방황하며 안정할 줄 모른다. 정지(定止)는 안정하여 머문다. ○聲轉悲(성전비)―새의 울음소리가 더욱 슬프고 처절하다. ○厲(려)―열(烈)과 같다. ○思淸晨(사청신)―사(思)는 어조사, 별로 뜻이 없다, '이에' 혹은 '그러자' 정도로 풀이할 수 있다. 청신(淸晨)은 맑은 새벽, 청명한 아침을 맞이하다. 어두운 밤, 길을 잃고 우짖던 새가, 마침내, 청명한 아침을 맞이하자. ○遠去(원거)―멀리 떠나가다. ○何依依(하의의)―무엇을 바라보고 그리워하고 날아갔을까? 의의(依依)는 그리워하다, 사모하다. ○因値(인치)―마침 만나다. 인(因)은 때마침, 공교롭게, 또는 우연히. 치(値)는 마주치다, 만나다. ○孤生松(고생송)―고고(孤高)하게 자라난 한 그루의 소나무, 외롭게 서 있는 소나무, 고송(孤松). ○斂翮(염핵)―날갯죽지를 거두고. ○遙來歸(요래귀)―멀리서 날아와 소나무에 몸을 맡긴다. 귀(歸)는 귀의(歸依)하다. ○勁風(경풍)―거센 바람. ○無榮木(무영목)―영(榮)은 잘 자라고 꽃을 피다, 즉 거센 바람에 시달려 모든 나무가 시들고 꽃을 피울 수가 없다는 뜻. ○此蔭(차음)―꽃피는 나무가 하나도 없으나 오직 소나무만은 언제나 푸르게 우거져 있다는 뜻. 음(蔭)은 푸르름과 그 그늘. ○託身旣得所(탁신기득소)―이제 몸을 의지할 곳을 얻었다. ○不相違(불상위)―소나무와 헤어지지 않겠다. 소나무는 변치 않는 절개(節介)와 장수(長壽)의 덕을 상징한다.

(大意)　같은 무리에서 떨어진 새 한 마리가 황망하고 불안한 듯, 날이 저물어도 외롭게 날고 있다.(1)

오락가락 갈피를 못잡고 안정되지 못한 새는 밤마다 더욱 슬프게 울고 있다.(2)

날카롭게 우짖는 소리와 함께, 맑고 청명한 아침을 맞이한 새가 멀리 떠나갔으니, 무엇을 바라보고 그리워하고 날아갔을까?(3)

마침내 외따로 자란 소나무를 만나자, 그 새는 날개를 거두고 멀리 와서 의지하게 되었노라.(4)

세차고 모진 바람으로 모든 나무들이 꽃을 피우지 못하고 있으나, 오직 이 소나무만이 굽히지 않고 우거져 그늘이 짙노라.(5)

바야흐로 몸을 맡길 곳을 얻게 되었으니, 앞으로는 영원히 이 소나무를 떠나지 않겠노라.(6)

(解說)　도연명은 출사(出仕)보다는 은퇴(隱退)를 높이는 시인이다. 그러나 그는 출사와 은퇴 사이에서 무척 고민을 했고 그러한 자기모순(自己矛盾)의 심리를 그의 시에서 종종 발견할 수가 있다.

이 시에서도 그는 무위자연의 대도를 잃고, 한때나마 진세(塵世)의 벼슬살이를 한 자기를 '무리를 잃은 새[失羣鳥]'로 비유했다. 그는 이리저리 방황하며 안종하지 못했고, 해가 저물어도 처절하게 운다고 했다.

그러자 마침내, 한 마디 격렬하게 우짖은 그 새는 청명한 아치믈 맞이하자, 멀리 날아갔다. 어디로 무엇을 바라고 갔을가? 홀로 서있는 푸른 소나무를 바라고 간 것이다. 소나무는 변치 않는 절개의 상지이다. 강한 바람에도 굽히지 않고 독야청청(獨也靑靑)하는 소나무에 귀의(歸依)하여, 자신도 언제까지나 고고(孤高)하게 절개를 지키고자 한 것이다. 결국 그는 '몸을 의지할 곳을 얻었던 것이다(託身旣得所).'

19. 飲 酒 -其五 음주 - 제5수

1. 結廬在人境 而無車馬喧
   <small>결 려 재 인 경　이 무 거 마 훤</small>

2. 問君何能爾 心遠地自偏
   <small>문 군 하 능 이　심 원 지 자 편</small>

3. 採菊東籬下 悠然見南山
   <small>채 국 동 리 하　유 연 견 남 산</small>

4. 山氣日夕佳 飛鳥相與還
   <small>산 기 일 석 가　비 조 상 여 환</small>

5. 此中有眞意 欲辨已忘言
   <small>차 중 유 진 의　욕 변 이 망 언</small>

사람들 틈에 농막 짓고 살아도, 수레나 말 타고 시끄럽게 찾아오는 자 없노라

어찌 그럴 수 있는가 묻기도 하지만, 마음 두는 곳이 원대하니, 몸담은 땅도 스스로 외지게 되노라

동쪽 울타리에 피어난 국화꽃을 딸 새, 무심코 저 멀리 남산이 보이노라

가을 산 기운 저녁에 더욱 좋고, 날새들 짝지어 둥지로 돌아오니

이러한 경지가 바로 참맛이려니, 말로는 도저히 표현할 수 없노라!

(語釋)　ㅇ結廬(결려) - 농막을 짓는다. 려(廬)는 농막, 초가집. ㅇ在人境(재

인경)―사람들이 사는 고장에. 즉 깊은 산중에 농막을 짓고 은퇴하는 것이 아니고, 인간들 틈에 끼어 살면서 고고(孤高)하게 탈속(脫俗)한다는 뜻. ○而(이)―그러나, 그러면서도. ○無車馬喧(무거마훤)―정치나 벼슬살이에서 벗어났으므로 고관이나 관리가 수레나 말을 타고 시끄럽게 찾아오는 일이 없다. 거마(車馬)는 관리가 타는 수레, 훤(喧)은 시끄럽다. ○問君(문군)―직역으로는 그대에게 묻는다의 뜻. 그러나 시에서는 '자문자답(自問自答)'의 뜻으로 풀어도 좋다. ○何能爾(하능이)―어떻게 그렇게 할 수가 있느냐? 이(爾)는 연(然)과 같다. ○心遠地自偏(심원지자편)―나의 마음이 속세에서 멀리 떨어져 한가하니까 따라서 내가 사는 곳이 비록 지리적으로는 거리 한복판일지라도 정신적으로는 편벽된 구석같이 조용하다는 뜻. 이 구절은 사뭇 유명한 시구다. ○採菊(채국)―국화꽃을 딴다. ○東籬下(동리하)―동쪽 울타리 밑에. 하(下)는 밑, 또는 부근, 언저리. ○悠然見南山(유연견남산)―한가로운 심정으로 남산을 바라본다. 인간 속세의 야심이나 욕심이 없으니까 자연을 마냥 유연한 태도로 바라볼 수가 있다. 남산(南山)은 여산(廬山)이다. 구강(九江, 즉 尋陽) 남쪽에 있으므로 남산이라고 했다. 도연명은 그 밑에서 살았다. 견(見)은 의식적으로 애를 쓰지 않아도 저절로 보인다는 뜻. 따라서 망(望)이라고 한 판본은 잘못이며 시의 맛을 깎는다고 소동파(蘇東坡)가 평했다. ○山氣(산기)―가을의 산색(山色), 또는 산을 둘러싼 운치나 기색. ○日夕佳(일석가)―저녁이 되자 더욱 아름답다. ○相與還(상여환)―서로 짝을 짓고 돌아온다. ○此中有眞意(차중유진의)―이러한 경지에 참다운 뜻이 있다. 욕심에 엉키고 농간질하는 속세가 아닌 '유연견남산(悠然見南山)할새, 아름다운 가을의 황혼, 새들이 집을 찾아 돌아오는 경지'의 참 맛을 찾을 수 있다. ○欲辨(욕변)―그 진의(眞意)를 분석해 가지고 말로 표현하고자 해도 ○已忘言(이망언)―이미 표현할 말을 잃었다. 즉 말로는 표현할 도리가 없다는 뜻.

大意 　사람들이 모여 사는 마을에 농막을 짓고 들어앉았어도, 시끄럽게

고관들이 수레를 몰고 찾아오는 일이 없노라.(1)

어떻게 그럴 수가 있을까? 오직 나의 마음이 속세에서 멀리 떨어져 있고 또한 속세와 관계를 끊었으므로, 따라서 내가 사는 곳이 자연히 편벽된 곳이나 다름없이 조용하노라.(2)

이따금 동쪽 울타리께로 국화꽃을 따러 내려가면 한가한 마음에 남산이 한결같이 맑게 보이더라.(3)

가을의 산, 그 운치나 산색이 저녁에 한결 아름답고, 황혼에 날새들이 서로 짝지어 제집을 찾아 돌아오고 있다.(4)

이렇듯 아름다운 자연과 자연을 따라 사는 경지에 참다운 뜻이 있겠거늘, 이를 분석하여 말로 표현하고자 해도 말을 잊은 듯, 무어라 말해야 좋을지 모르겠노라.(5)

(解說) 도연명의 대표작의 하나이자 또한 너무나 유명한 시다. 쉽고 담담한 표현이면서도 그의 의식세계는 더없이 높다. 인간은 스스로 속세에 빠지고 지나친 인간적 욕심에 구속되는 까닭으로 모든 경우에 시끄럽고 불안하고 바쁘고 초조하게 마련이다. 따라서 유연히 남산을 바라볼 수도 없는 것이다. 그러나 도연명은 '마음이 속세에서 멀리 떨어졌다[心遠]'. 따라서 그는 참맛·참뜻[眞意]을 알고 느낄 수가 있었다.

참[眞]이란 인위적(人爲的)인 것이 아니다. 인간의 작위를 초월한 '무위자연(無爲自然)'의 경지다. 스스로 이루어지는 것이다. 노자(老子)가 말하는 도(道)의 경지이다. 그러므로 그 경지는 인간의 말을 초월한 존재다. 말로는 표현할 수 없는 경지의 세계다. 오직 인간적인 속세를 벗어나 자연에 귀일(歸一)한 경우에 마음으로 느낄 수 있는 것이다.

혼연망아(渾然忘我)의 경지가 바로 이 시에서 말한 '심원(心遠)'과 '진의(眞意)'의 그것이리라.

20. 飲 酒-其六　음주-제6수

행 지 천 만 단　수 지 비 여 시
1. 行止千萬端 誰知非與是

시 비 구 상 형　뇌 동 공 예 훼
2. 是非苟相形 雷同共譽毀

삼 계 다 차 사　달 사 사 불 이
3. 三季多此事 達士似不爾

돌 돌 속 중 우　차 당 종 황 기
4. 咄咄俗中愚 且當從黃綺

　사람의 행동은 천차만별이거늘, 뉘라 옳다 그르다를 가릴 것인가?

　멋대로 경솔하게 시비를 정해 놓고, 부화뇌동으로 잘했다 못했다 떠르노라

　하·은·주 삼대 이후에 더욱 많았으나, 달통한 사람은 그들을 닮지 않았노라

　참으로 딱한 속세의 어리석은 자들이여! 이제 나는 상산의 사호를 따르고자 한다

語釋　○行止(행지)─움직임과 멈춤, 즉 행위나 행동, 또는 출처진퇴(出處進退). ○千萬端(천만단)─천만 가지, 천차만별, 천태만상. ○非與是(비여시)─그르고 옳은 것. ○苟(구)─가령, 또는 경솔하게, 함부로. ○相形(상형)─상대적으로 형성된다. 옳고 그름이 절대적으로 판단지어

지는 것이 아니고, 서로 자기 나름대로 옳다 그르다 하는 평가나 가치를 꾸며낸다. ㅇ雷同共譽毁(뇌동공예훼)—남이 작위적(作爲的)으로 결정지은, 옳다 그르다를 부화뇌동(附和雷同)하여 덩달아 칭찬도 하고 또는 욕도 한다. ㅇ三季(삼계)—삼대(三代), 즉 하(夏)·은(殷)·주(周). 유가(儒家)에서 높이 치는 시대. 계(季)는 말(末)이란 뜻을 겸했다. 따라서 여기서는 삼대 이후란 뜻으로 풀이한다. ㅇ多此事(다차사)—남을 따라 옳다 그르다, 또는 칭찬하거나 욕하는 일이 많아졌다. ㅇ達士(달사)—천리(天理)나 천도(天道)에 통달한 사람. 《장자(莊子)》에 있다. '모든 사물은 완성됐다고 할 수도 없고 또 반대로 망쳐졌다고 말할 수도 없다. 결국은 서로가 다시 통해 하나가 되게 마련이다. 오직 달통한 사람만이 이러한 하나의 세계를 이해할 수가 있는 것이다(凡物無成與毁 復通爲一 唯達者知通爲一)'〈제물편(齊物篇)〉. 하나는 곧 우주 천자 자연의 실재, 절대인 도를 말한다. ㅇ似不爾(사불이)—그렇지 않은 듯하다. 이(爾)는 연(然). ㅇ咄咄(돌돌)—딱하고 슬프도다. 한탄스러워 '끌, 끌'하고 혀를 차는 소리. ㅇ俗中愚(속중우)—속세의 어리석은 사람들. ㅇ且(차)—이제, 바야흐로. ㅇ從(종)—좇는다, 따르겠다. ㅇ黃綺(황기)—진시황(秦始皇)의 무도한 정치를 피해 낙양(洛陽) 근처에 있는 상산(商山)으로 은퇴한 네 사람을 '상산사호(商山四皓)'라고 한다. 즉 동원공(東園公)·각리선생(角理先生)·하황공(夏黃公)·기리계(綺里季)의 넷이다. 이중 하황공과 기리계를 합쳐서 황기(黃綺)라고 했다.

(大意) 사람의 행동이나 사물의 상태는 천태만상(千態萬象)이며, 아무도 결정적으로 옳고 그름을 규정지을 수가 없느니라.(1)

그럼에도 불구하고 인간사회에서는 제멋대로 아무렇게나 저마다의 입장에 서서 옳고 그름을 규정지어 놓고, 이에 여러 사람들이 덩달아 부화뇌동하여 잘했느니 못했느니 하고 칭찬이나 욕을 하고 있다.(2)

특히 이러한 일은 하(夏)·은(殷)·주(周) 삼대 이후에 많아졌다.

그러나 언제나 통달한 사람은 그런 짓거리에 말려들지 않았다.(3)

참으로 어처구니없는 속세의 어리석은 무리들이여! 나는 바야흐로 이런 어리석은 속세를 버리고 옛날 상산(商山)의 사호(四皓)들 같이 깊은 산속으로 은퇴하고자 한다.(4)

解說　절대세계(絶對世界)에서 볼 때 현상계(現象界)에서의 모든 구별이나 차이는 우습다 하겠다. 더욱이 인간들이 정치사회에서 자의적(恣意的)이고 작위적(作爲的)인 권모술수(權謀術數)를 가지고 '내가 옳고 남은 그르다'하고, 특히 남에게 부화뇌동을 강요하고 있음은 가소롭고 또한 분개할 노릇이라 하겠다. 중국에서는 이상적 시대였던 하·은·주 이후 특히 진(秦)나라의 폭군 시황(始皇)의 극단적인 통치 이후가 극심했다. 따라서 그때 이미 그를 피해 상산(商山)의 사호(四皓) 같은 은둔자가 많이 나타났었다. 그러나 그 후에도 정치사회는 언제나 너절했고, 또 속없이 흔들리는 속물이나 어리석은 자들이 많았다.

이에 염증을 느낀 도연명이다. 그는 속세의 우중(愚衆)들과 작별하고 심산유곡(深山幽谷)으로 은둔할 뜻을 다시 한번 굳혔던 것이다.

參考　우주 천지 자연 만물의 실재는 무(無)다. '무의 실재'가 무인 '도(道)'를 따라, 번갯불 번쩍하듯이 나타났다가 다시 없어진다. 결국 '유(有)의 현상세계의 실재도' 절대무(絶對無)인 것이다. 그와 같은 절대무는 '사람의 말로 정의할 수 없다'. 그러하거늘 사람들은 서로 말로 내가 옳고, 네가 그르다고 논쟁을 벌이고 있다.《장자(莊子)》〈제물론(齊物論)〉에 다음 같은 구절이 있다. '그렇기 때문에 유가와 묵가 사이에 서로 옳다 그르다는 논쟁이 있게 마련이다(故有儒墨之是非)'. 즉 '서로 한쪽에서 옳다고 하는 것을 다른 한쪽에서 그르다고 한다'. 인간의 선악시비는 상대적인 것이지, 절대적인 것이 아니다. 인간의 시비선악도 다 무에 귀결된다.

21. 飮 酒 −其七　음주−제7수
음 주

1. 秋菊有佳色　裛露掇其英
추 국 유 가 색　읍 로 철 기 영

2. 汎此忘憂物　遠我遺世情
범 차 망 우 물　원 아 유 세 정

3. 一觴雖獨進　杯盡壺自傾
일 상 수 독 진　배 진 호 자 경

4. 日入羣動息　歸鳥趨林鳴
일 입 군 동 식　귀 조 추 림 명

5. 嘯傲東軒下　聊復得此生
소 오 동 헌 하　요 부 득 차 생

가을 국화 빛이 아름다워, 이슬 젖은 꽃잎을 따서
수심 잊는 술에 띄워 마시니, 속세 버린 심정 더욱 깊어라
술잔 하나로 홀로 마시다 취하니, 빈 술단지와 더불어 쓰러지
노라
해도 지고 만물이 쉴 무렵에, 숲을 향해 울며 돌아오는 새
동쪽 창 아래에서 후련한 마음으로 시를 읊조리니, 새삼 참삶
을 되찾은 듯하여라

語釋　○佳色(가색)−국화꽃 빛이 아름답다.　○裛露(읍로)−이슬에 흠뻑
젖었다.　○掇其英(철기영)−철(掇)은 따다, 줍는다. 영(英)은 가장 아
름답고 싱싱한 꽃이나 꽃잎.　○汎此(범차)−꽃잎을 띄우다.　○忘憂物

(망우물)─걱정을 잊게 해주는 물건, 즉 술. 반악(潘岳)의 〈추국부(秋菊賦)〉에 있다. '맑은 술에 꽃잎을 띄우다(汎流英於淸醴).' 《시경(詩經)》〈모전(毛傳)〉에 '걱정을 잊을 수 있는 술 없음이 아니다(非我無酒 可以忘憂).'〈패풍(邶風)·백주(柏舟)〉라고 있다. 굴원(屈原)의 《이소(離騷)》에는 '저녁에 가을 국화 떨어진 꽃잎을 먹는다(夕餐菊之落英)'고 있다. 가을의 국화는 가을의 서리에도 굽히지 않고 아름답게 피어나 향기를 높게 풍긴다. 따라서 사군자(四君子)의 하나로 높이 친다. 술에 국화 꽃송이나 꽃잎을 띄워서 마시는 풍류는 기원전 1백 년경 한대(漢代)부터 있었음을 《서경잡기(西京雜記)》로 알 수 있다. ㅇ遠我遺世情(원아유세정)─속세를 떠난 나의 심정을 더욱 깊게 해준다. 〈귀거래사(歸去來辭)〉에서는 '세상과 내가 더욱 멀어진다(世與我而相遺)'고 했다. ㅇ一觴(일상)─술잔이 하나다. 독작(獨酌)하고 있다. ㅇ雖獨進(수독진)─비록 혼자 마시지만. ㅇ杯盡(배진)─술을 다 마셨다는 뜻. ㅇ壺自傾(호자경)─술항아리가 비니까 제물에 쓰러지더라. 아마 도연명이 술독을 안고 쓰러졌을 것이다. ㅇ羣動息(군동식)─모든 동물이 잠들고 쉬다. 동(動)에는 움직임, 즉 인간사회의 모든 활동까지 포함한 뜻으로 풀어도 좋다. ㅇ趨林鳴(추림명)─자기들의 집인 숲으로 날아가며 운다. 순간적이고 허구(虛構)에 찬 인간사회에서 버둥대고 아귀다툼을 하느니보다는 본연(本然)의 세계, 즉 허정(虛靜)에 돌아가 쉬기를 갈망하고 있다. 《시자(尸子)》에 있다. '낮에는 움직이고 밤에 쉬는 것이 하늘의 도다(晝動而夜息 天之道也).' ㅇ嘯傲(소오)─소(嘯)는 휘파람소리를 내다. 시를 읊조리다. 오(傲)는 거침없이, 마냥 자유스럽고 홀가분한 심정으로란 뜻. ㅇ東軒(동헌)─동쪽 집, 헌(軒)은 창(窓)의 뜻으로 풀어도 좋다. ㅇ聊(요)─잠시나마, 홀연히, 그러는 동안에. ㅇ復得此生(부득차생)─다시 참다운 삶을 얻을 수가 있었다. 〈귀원전거(歸園田居)〉에서 부득반자연(復得返自然)이라 한 것과 같다.

(大意) 가을의 국화는 빛이 아름답다. 이슬에 흠뻑 젖은 그 꽃잎을 따노

라.(1)

　걱정을 잊게 하는 술 위에 국화꽃을 띄워 마시니 속세를 떠난 나의 심정이 더욱 깊어지노라.(2)

　비록 술잔 하나로 혼자 마셨지만, 연거푸 마시어 술이 다 떨어지자, 빈 술단지도 취한 내 곁에 기울어 쓰러지더라.(3)

　해가 지고 만물도 활동을 멈추고 쉴 때가 되자 집 찾아 돌아오는 새들이 숲을 향해 울며 날고 있다.(4)

　동쪽 처마 밑에서 후련하게 시를 읊으니, 이제 다시 참된 삶을 되찾은 듯하노라.(5)

(解說)　흠뻑 이슬을 머금고 더욱 신선하고 아름다운 빛의 가을 국화 꽃잎을 술에 띄워 마셨다. 속세를 버린 심정이 더욱 고원(高遠)해지는 것을 알 수가 있으리라.

　술잔 하나로 독작을 하다가 술취해 몸을 눕히니 빈 술단지도 옆으로 쓰러지더라. 천지만물과 일치하는 경지라 하겠다.

　그간 벼슬살이에 지치고 고달팠던 도연명이다. 이제 구속 없는 내 집에 돌아와 마냥 취하고 아무런 거리낌없이 후련하게 시를 읊조리며, 새삼 참된 삶[眞生]을 되찾은 느낌이라고 만족하고 있다.

　이 시는 〈음주(飮酒) 기오(其五)〉와 함께 많은 사람에게 잘 알려진 걸작이다. 또한 두 시의 심상(心像)도 같다.

　'채국동리하(採菊東籬下) 원아유세정(遠我遺世情)' '차중유진의(此中有眞意) 욕변이망언(欲辨已忘言)'이 '소오동헌하(嘯傲東軒下) 요부득차생(聊復得此生)'과 같은 심경을 표현한 구절이다. 특히 '가을 국화[秋菊]'에 관한 시로서는 일품(逸品)이다.

22. 飮　酒 - 其八　음주 - 제8수

1. 青松在東園　衆草沒其姿
　청송재동원　중초몰기자
2. 凝霜殄異類　卓然見高枝
　응상진이류　탁연견고지
3. 連林人不覺　獨樹衆乃奇
　연림인불각　독수중내기
4. 提壺挂寒柯　遠望時復爲
　제호괘한가　원망시부위
5. 吾生夢幻間　何事紲塵羈
　오생몽환간　하사설진기

동원에 자란 푸른 소나무, 뭇 풀에 묻혀 안 보였으나
찬 서리에 다른 나무 시들자, 높은 가지 우뚝 솟아 보이더라
숲에 끼어 사람들 몰랐으나, 홀로 남으니 더욱 기특하구나
술병을 겨울 솔가지에 걸고, 몇 차례 멀리서 바라보노라
삶은 꿈과 환상이거늘, 왜 진세의 구속에 매어야 하나!

(語釋) ○青松(청송) - 푸른 소나무. 도연명은 자연 속에서 고답하게 홀로 장수(長壽)하고 있으며 '독야청청(獨也青青)'하는 고송(孤松)을 높이 쳤다. ○衆草沒其姿(중초몰기자) - 여름철에는 많은 풀들에 가리고 엉키어 소나무의 뛰어난 모습이 잘 나타나지를 않았다는 뜻. ○凝霜(응상) - 호된 서리. ○殄(진) - 절멸(絶滅)되다. ○異類(이류) - 잡초나

다른 나무들. ○卓然(탁연)―우뚝 솟아나다. ○見高枝(견고지)―높은 가지가 나타나 보인다. ○連林人不覺(연림인불각)―숲 속에 다른 나무와 함께 섞여 있을 때는 사람들이 소나무의 뛰어난 품을 알지 못한다. ○獨樹衆乃奇(독수중내기)―혼자 우뚝 솟아 나타나니 비로소 모든 사람들이 기특하다고 여긴다. ○提壺(제호)―술병을 들고 와서. ○挂(괘)―걸다, 괘(掛)와 같음. ○寒柯(한가)―찬 겨울에 외롭게 서있는 소나무 가지. 가(柯)는 가지. ○遠望(원망)―멀리서 바라다본다. ○時復爲(시부위)―때때로 거듭 쳐다본다. ○吾生夢幻間(오생몽환간)―나의 삶은 꿈이나 환상 속에 스치는 하염없는 것. ○絏塵羈(설진기)―진세의 구속에 얽매이다.

(大意) 동쪽 뜰에 푸른 소나무가 자랐으나, 여름철 초목이 무성할 때는 잡풀이나 나무 틈에 묻혀 독특한 모습이 잘 나타나 보이질 않는다.(1)

그러나 차디찬 서리가 내려 다른 나무들이 다 시들자 비로소 소나무의 높은 가지가 우뚝하게 돋보인다.(2)

다른 나무숲에 섞여 묻혔을 때 사람들은 몰랐으나, 홀로 솟아 있을 때 비로소 많은 바람들이 기특하다고 여기노라.(3)

나는 술병을 들고 와, 찬바람 속에 홀로 푸른 소나무 가지에 술병을 걸어놓고 마시며 이따금 거듭 멀리 떨어져 쳐다보곤 하였노라.(4)

인생이란 꿈이나 환상같이 허무하고 순간적인 것이어늘, 왜 진세에 구속이나 굴레에 얽매어 살고자 하나?(5)

(解說) 도연명은 '푸른 소나무[靑松]'와 '노란 가을의 국화[秋菊]'와 '술'을 더없는 벗으로 삼았다. 앞에서 국화를 술에 띄워 마신 그는, 이번에는 찬 서리에도 굽히지 않고 홀로 절개를 자랑하는 푸른 소나무에 술병을 걸어놓고 마시며 즐겼다.

특히 소나무는 여름에 많은 나무들이 무성할 때는 돋보이지 않는다. 그러나 찬 서리가 내려 모든 나무들이 시들고 나서야 비로소 '독야청청(獨也靑靑)' 소나무의 굽히지 않는 절개(節介)가 잘 나타나게 마련이다.

《논어(論語)》에도 있다. '날씨가 추워야 비로소 솔이나 잣나무가 늦게 시들음을 알 수가 있다(歲寒然後知松柏之後凋也).' 이 송백(松栢)의 기질은 나라가 망해도 절개를 지키는 충신(忠臣)에 비유가 된다.

도연명은 물론 현실적 정치사회에 대해서는 미련이 있을 리 만무하다. 그는 오히려 순간적이고 꿈 같은 현실적 삶을 허무한 것으로 보고, 따라서 속세의 제약이나 격식에 얽매이기를 싫어했다. 오직 그는 참다운 뜻[眞意]과 참다운 삶[眞生]을 찾는 자기를 고고(高孤)하게, 서리에도 굽히지 않고 푸르게 자라난 청송(靑松)에 비유하고 있는 것이다. 더욱이 탁연견고지(卓然見高枝)라 하여 속인들의 진세(塵世)를 초탈한 자기를 높이 그리고자 했다.

23. 飲 酒 –其九   음주–제9수

1. 清晨聞叩門 倒裳往自開
   청신문고문 도상왕자개

2. 問子爲誰與 田父有好懷
   문자위수여 전부유호회

3. 壺漿遠見候 疑我與時乖
   호장원견후 의아여시괴

4. 襤縷茅簷下 未足爲高栖
   남루모첨하 미족위고서

5. 一世皆尚同　願君汨其泥
    <ruby>일<rt></rt></ruby> 세 개 상 동　원 군 골 기 니

6. 深感父老言　稟氣寡所諧
    심 감 부 로 언　품 기 과 소 해

7. 紆轡誠可學　違己詎非迷
    우 비 성 가 학　위 기 거 비 미

8. 且共歡此飮　吾駕不可回
    차 공 환 차 음　오 가 불 가 회

　　맑은 아침에 문 두드리는 소리 듣고, 허겁지겁 옷 뒤집어 입고 나가 문을 열어

　　그대 누구인가 묻는 내 앞에, 얼굴 가득 웃음을 띤 농부가 서 있다

　　술단지 들고 멀리서 인사왔다 하며, 세상을 등지고 사는 나를 나무란다

　　남루한 차림 초가집 처마 밑에 사는 꼴은, 고아한 생활이라 할 수 없노라고

　　온 세상 사람 모두 같이 어울리기 좋아하거늘, 그대도 함께 흙탕물을 튀기시구려

　　노인장의 말에 깊이 느끼는 바 있으나, 본시 타고난 기질이 남과 어울리지 못하노라,

　　말고삐 틀고 옆길로 새는 법 배울 수도 있으나, 본성을 어기는 일이니, 어찌 미망(迷忘)이 아니리요?

　　자, 이제 함께 가지고 온 술이나 마시고 즐깁시다, 나의 길은 절대로 되돌릴 수 없겠노라

(語釋) ○淸晨(청신) - 이른 아침, 맑은 아침. ○聞叩門(문고문) - 대문 두드리는 소리를 듣다. ○倒裳(도상) - 옷을 뒤집어 입고 《시경(詩經)》〈제풍(齊風)〉에 대궐에서 시간을 잘못 알려 신하들이 허둥지둥 윗옷과 아래옷을 뒤바꾸어 입고 뛰어갔다고 했다. '동방이 밝지도 않았으므로 의상을 바꾸어 입었노라(東方未明 顚倒衣裳).' ○往自開(왕자개) - 대문에 나가 손수 문을 열어 주었다. ○問子爲誰與(문자위수여) - '당신은 누구시오'하고 물었다. 여(與)는 어조사 여(歟)와 같다. ○田父(전부) - 농부. ○有好懷(유호회) - 호의(好意)를 품고 찾아왔다는 뜻. ○壺漿(호장) - 술병, 술. 호(壺)는 병, 단지, 항아리. 장(漿)은 마실 것. ○遠見候(원견후) - 멀리서 찾아와 문안을 한다. 견(見)은 피동의 뜻, 후(候)는 인사, 문안. ○疑我與時乖(의아여시괴) - 내가 세상과 등지고 사는 것을 의아롭게 여긴다. ○襤褸(남루) - 남루한 옷을 입고 살다. ○茅簷下(모첨하) - 띠풀 지붕의 초라한 집 처마 밑에 살고 있다. ○高栖(고서) - 고아(高雅)한 생활. ○一世皆尙同(일세개상동) - 오늘의 세상 사람들은 누구나 다 함께 어울리고 적당히 보조를 맞추는 것을 좋다고 한다. ○汩其泥(골기니) - (그러니 당신도) 진흙에 묻혀서 사시오. 골(汩)은 골몰(汩沒), 파묻히다, 빠지다. 즉 깨끗하지 못한 세상에 적당히 묻혀 살라고 농부가 도연명에게 권했다. ○深感(심감) - 깊이 느끼는 바 있다. ○父老言(부로언) - 늙은 농부의 말. ○稟氣(품기) - 타고난 기질, 천성, ○寡所諧(과소해) - 남과 어울리는 바가 적다. ○紆轡(우비) - 우(紆)는 굽히다, 비(轡)는 고삐. 고삐를 옆으로 휘어잡는 일은, 즉 바른 길이 아닌 길로 간다는 뜻. ○誠可學(성가학) - 그야 남따라 배우고 흉내를 낼 수는 있다. ○違己(위기) - 자기의 본성을 어긴다는 뜻. ○詎(거) - 어찌 ~이 아니겠는가? ○非迷(비미) - 미혹이 아니겠는가? ○且(차) - 자, 이제. ○吾駕不可回(오가불가회) - 나의 길을 되돌릴 수는 없다. 즉 속세를 버리고 은퇴한 자기는 다시 속세의 벼슬살이로 돌아가지 않겠다는 뜻.

(大意) 　맑은 아침에 문을 두드리는 소리가 났다. 다급하게 옷을 뒤집어 입고 나가서 손수 문을 열었다.(1)

"댁은 누구시오?"하고 묻는 내 앞에 웃음띤 농부가 서있었다.(2)

술단지를 들고 멀리서 문안을 왔다고 하며 그는 내가 세상과 등지고 사는 태도를 이상타고 하며 말을 잇는다.(3)

남루한 옷을 입고 초가집 처마 밑에 사는 것은 고아한 생활이라고 할 수가 없습니다.(4)

온 세상 사람들은 모두 한데 어울리는 것을 좋아하니, 그대도 세속 따라 탁한 세파에 묻혀 사시오 라고 한다.(5)

노인장의 말에 깊이 느끼는 바가 있으나 원래 나의 타고난 기질이 덤벙하게 남과 타협하고 어울릴 수가 없습니다.(6)

말고삐를 당겨서 옆으로 가는 것을 못할 바도 아니지만, 나의 본성을 어긴다는 일은 그 어찌 미망이 아니겠소?(7)

우선 노인장과 함께 가지고 온 술을 마시며 즐기되, 그렇다고 전원(田園)으로 은퇴한 나의 태도를 되바꿀 수는 없소이다.(8)

(解說) 　마치 굴원(屈原)의 〈어부사(漁父辭)〉를 읽는 듯하다. 〈어부사〉에서 어부가 초췌한 굴원에게 반문했다. "세상 사람이 모두 탁하거늘 왜 그대는 흙탕물을 같이 튀기며 파도를 높이지 않는가? 또 모든 사람이 다 취했거늘 왜 남들과 같이 술지게미를 먹고 막걸리를 마시지 않는가?(世人皆濁 何不淈其泥而揚其波? 衆人皆醉 何不餔其糟而歠其醨?)" 이에 대하여 굴원은 대답했다. "어찌 깨끗한 몸으로 구질구질한 물건을 받을 수 있으며, 또 희디흰 결백한 몸으로 속세의 때나 먼지를 뒤집어 쓸 수 있겠는가?(安能以身之察察 受物之汶汶乎? 安能以皓皓之白 而蒙世俗之塵埃乎?)"

다만 굴원은 "차라리 상강 물가에 가서 물고기 배 속에 묻히겠노라(寧赴湘流 葬於江漁腹中)."고 했지만, 도연명은 "자, 함께 술이나 마십시다. 나는 절대로 내 길을 되돌릴 수는 없소(且共歡此飮 吾駕不可回)."하고 술에 묻히고자 했다.

24. 飮 酒-其十 음주-제10수

1. 在昔曾遠遊 直至東海隅
재석증원유 직지동해우

2. 道路迥且長 風波阻中塗
도로형차장 풍파조중도

3. 此行誰使然 似爲飢所驅
차행수사연 사위기소구

4. 傾身營一飽 少許便有餘
경신영일포 소허변유여

5. 恐此非名計 息駕歸閒居
공차비명계 식가귀한거

옛날에 멀리 군대를 따라, 막바로 동해 구석까지 갔노라

종군의 길은 멀고도 길었으며, 풍파와 험난으로 중도에 고생을 했노라

누구를 위해, 왜 그 길을 갔을까? 아마도 굶주림에 물리어 간 듯!

허나 노력하면 배를 채울 수 있고, 약간이면 살고도 남을 것이어늘

그 길이 명예로운 계책이 아니기에, 이내 걸음 멈추고 전원에 돌아왔노라

語釋 ○在昔(재석)-옛날에. ○曾遠遊(증원유)-멀리 간 일이 있었다. 도

연명은 35세 때에 유로지(劉牢之)의 참군(參軍 : 참모격인 문관)으로 있으면서, 절강(浙江) 일대에서 반란을 일으켰던 손은(孫恩)을 치러 나간 유로지의 토벌군에 종군해 동쪽 바다[黃海]까지 간 일이 있었다.〈시작진군참군경곡아작(始作鎭軍參軍經曲阿作)〉참조. ㅇ東海隅(동해우)─유로지는 손은을 쳐서 동쪽 바다 구석에 몰아갔고, 끝내 손은은 바다로 도망갔다. 동해(東海)를 현 강소성(江蘇省) 단양현(丹陽縣)인 곡아(曲阿)라고 푸는 주석가도 있다. ㅇ迥且長(형차장)─길이 벌고 또 길다. ㅇ阻中塗(조중도)─도중에서 풍파(風波)에 길이 막히기도 했다. 풍파는 양자강(揚子江)의 물길에서 일어나는 바람이나 파도와 아울러 손은(孫恩)과의 싸움의 뜻을 겸한 것이다. 즉 험난한 싸움을 하며 어려운 길을 동해까지 갔다는 뜻. ㅇ此行誰使然(차행수사연)─그렇듯이 어려운 길을 누구 때문에 또는 왜 갔겠는가? 도연명은 본의아닌 종군(從軍)을 한 것에 대하여 다음과 같이 변명을 하고 있다. ㅇ似爲飢所驅(사위기소구)─아마도 굶주려 밥이나 얻어 먹고자 마지 못해 유로지의 참군이 되어 동해까지 갔었을 것이라고 군색한 변명을 하고 있다. 그러면서 도연명은 그때의 일을 후회하고 있다. ㅇ傾身營一飽(경신영일포)─내 한 몸을 기울여 힘껏 노력하면 한바탕 배를 부르게 할 수는 있을 것이다. ㅇ少許便有餘(소허변유여)─본시 사람이란 약간의 물질만 있으면, 즉 그것으로 족하고 여유가 있다고 할 수 있다는 뜻. 물질 때문에 지나친 욕심을 내고 자기의 참된 인생을 허송할 수가 없느니라. ㅇ恐此非名計(공차비명계)─아마 내가 유로지의 참군(參軍)으로 좇아다닌 것은 현명한 방책이 아닐 것이다. ㅇ息駕(식가)─걸음을 멈추다. 즉 유로지의 참군을 그만둔다는 뜻. ㅇ歸閒居(귀한거)─한가로운 전원거(田園居)에 돌아왔다. 또는 전원(田園)에 돌아와 한가롭게 산다.

(大意)　옛날에 멀리 나가 바로 동해 구석에까지 이른 적이 있었다.(1)
　　그 길은 멀고 또 긴 여행이었으며, 도중에서 거센 바람과 파도 그리고 험난한 전쟁으로 길이 자주 막혔었다.(2)

그렇듯 어려운 길을 누구 때문에 왜 나섰을까? 아마 굶주림에 몰려 할 수 없이 나섰을 것이다.(3)

그러나 생각해 보면 내 한몸 배를 채우기 위하여는 힘껏 일하면 될 것이고, 또 사람이란 약간의 보탬만 있으면 이내 살고도 남음이 있게 마련이다.(4)

그렇거늘 그다지 욕스럽고 고생스러운 길을 좇아간다는 것은 아마 명예롭고 현명한 방책이 아닐 것 같았으므로, 나는 즉시 가던 걸음을 멈추고 한가로운 전원에 되돌아왔노라.(5)

(解說)　도연명은 원래가 시(詩)와 금(琴)을 좋아했고, 시끄럽고 때묻은 속세보다는 한가롭고 맑은 자연에 묻혀 살기를 원했었다. 그러나 그는 생활고에 못 견디어 부득이하게 내키지 않는 벼슬살이를 했었다.

이 시도 그가 35세 때에 유로지(劉牢之)의 참군(參軍 : 참모격인 문관)으로 들어가 마침 동쪽 절강성(浙江省) 일대에서 반란한 손은(孫恩)을 토벌하는 데 종군한 일이 있었고, 그때를 회상하여 지은 것이다.

그러나 당시 손은의 반란도 말하자면 착취와 압박에 못견디었던 인민과 혹사되었던 노예가 합세하여 일으킨 것이었는데, 한편 유로지의 군대는 이들을 진압하고 나서 마구 약탈과 횡포를 일삼았다.

따라서 도연명으로서는 이러한 유로지의 군대에 종군하여 함께 동해 구석[東海隅]까지 갔다는 것을 명예롭게 생각할 수가 없었던 것이다. 비록 굶주림에 몰려 불가피하게 종군을 했다고는 하나 잘못이었다. 따라서 그는 이내 되돌아왔던 것이다.

'걸음 멈추고 돌아와 한거했노라(息駕歸閒居).' 도연명의 뛰어난 특성은 바로 이러한 점에 있으리라!

25. 飮 酒 –其十一　음주–제11수
음　주

1. 顔生稱爲仁　榮公言有道
안 생 칭 위 인　영 공 언 유 도

2. 屢空不獲年　長飢至於老
누 공 불 획 년　장 기 지 어 로

3. 雖留身後名　一生亦枯槁
수 류 신 후 명　일 생 역 고 고

4. 死去何所知　稱心固爲好
사 거 하 소 지　칭 심 고 위 호

5. 客養千金軀　臨化消其寶
객 양 천 금 구　임 화 소 기 보

6. 裸葬何必惡　人當解意表
나 장 하 필 악　인 당 해 의 표

　안연은 인덕으로 이름이 높았고, 영계기는 도통했다고 칭송되
었으나

　노상 뒤주가 비었으며 일찍 죽었고, 또는 늙도록 굶주림에 시
달렸노라

　비록 사후에 이름을 남겼으나, 평생을 쪼달리고 메마르게 지냈
으니

　죽은 다음에야 알 것이 무엇이냐, 살아 마음에 차게 잘 지내야지

　천금의 보배로 육신을 가꾸어도, 죽으면 함께 사라지노라

　알몸으로 흙에 묻는 것도 괜찮으리니, 사람들아, 속 깊은 참뜻

을 깨달아라

(語釋) ○顔生(안생)─공자(孔子)의 수제자 안연(顔淵), 이름은 회(回), 덕행이 높았고 가난 속에서도 태연하게 도를 지켰다. ○稱爲仁(칭위인)─인(仁 : 동양적 휴머니즘)을 실천했다고 칭찬받았다, 또는 칭송되었다. ○榮公(영공)─영계기(榮啓期). 〈음주(飮酒) 기이(其二)〉 해설에 있음. ○言有道(언유도)─무위자연(無爲自然)의 도를 터득하고 있다고 말한다. ○屢空不獲年(누공불획년)─안연(顔淵)은 노상 쌀이 떨어졌고 또 32세로 죽었다. 《논어(論語)》에 있다. '안회는 도(道)에 가까이 도달했으나, 노상 가난하여 뒤주가 비었다(回也其庶乎屢空).'〈선진편(先進篇)〉. 불획년(不獲年)은 수명(壽命)을 얻지 못했다는 뜻. ○長飢至於老(장기지어로)─영계기는 90이 되도록 줄곧 가난하게 굶주렸다. ○雖留(수류)─비록 남겨 놓았지만. ○身後名(신후명)─죽은 후에 이름을 남겼다. 사후명(死後名)과 같다. ○枯槁(고고)─둘 다 마르고 시들다의 뜻. ○死去(사거)─죽어간 다음에는. ○何所知(하소지)─무엇을 알 수가 있겠는가? ○稱心(칭심)─마음 내키는 대로 자기 마음에 흡족하게 사는 것. ○固爲好(고위호)─절대로 좋다. 고(固)는 가장, 본래, 절대적으로의 뜻. ○客養千金軀(객양천금구)─인간의 육체는, 본래 눈에 보이지 않는 생명의 실체(實體)가 잠시 이승에 꿈이나 환상같이 나타난 것에 불과하다. 즉 인간 세상에 잠시 들른 나그네에 불과하다. 그 나그네에 불과한 육신을 천금의 보물단지같이 귀중하게 키우고 있다는 뜻. ○臨化(임화)─죽어서 썩어 없어지다. ○消其寶(소기보)─그 보배스럽던 몸이 아무것도 안 남는다. ○裸葬(나장)─전한(前漢)의 양왕손(楊王孫 : 기원전 100년?)은 황로지술(黃老之術)을 배웠고, 집에는 천만금이 있었으며 평소에는 양생(養生)을 위해 온갖 사치를 다했다. 그러나 임종에는 그는 자식에게 "죽거던 알몸으로 묻어 본연으로 돌아가게 해달라(吾欲裸葬以反吾眞)."고 하였으며, 사실로 그의 자식이 알몸으로 흙속에 그를 묻었다. 이에 대하여 모든 사람들은 양왕손의 본

의를 모르고 그가 지나치게 인색하다고 조소했다. 도연명도 〈자제문(自祭文)〉에서 장사지낼 때는 '송나라의 환퇴(桓魋)같이 3년이 걸려도 다 꾸미지 못한 돌관을 만들만큼 사치스럽게 해서도 안되고, 그렇다고 반대로 양왕손같이 알몸으로 묻히는 것도 웃음거리가 된다(奢恥宋臣 儉笑王孫)'라고 했다. 그러나 여기서는 알몸으로 나왔다가 알몸으로 돌아간다는 뜻을 이해하고 '나장이 왜 반드시 나쁘냐?(裸葬何必惡)'고 했다. ○解意表(해의표)―의(意)는 말의 뜻. 밖[外], 즉 말 외의 깊고 참된 뜻, 또는 말로 표현할 수 없는 속에 감추어진 심오한 뜻을 이해해야 한다.

(大意)　안회(顔回)는 인덕(仁德)을 실천했다고 칭찬을 받았고, 영계기(榮啓期)는 도를 터득했다고 칭송되었다.(1)

그러나 안회는 노상 뒤주가 비어 먹을 것이 없었으며 또한 수(壽)를 다하지 못하고 요절했으며, 영계기는 나이 90이 되도록 노상 굶주림에 쪼달렸다.(2)

비록 사후에 이름을 남기기는 했으나, 평생을 말라 비틀어지게 살았노라.(3)

일단 죽어간 다음에는 아무것도 알 수가 없는 법이다. 그러니 살아 있는 동안 참뜻에 맞게 잘 지내야 한다.(4)

한(漢)의 양왕손(楊王孫)은 생전에 육신을 몹시 아끼고 금보배로 몸을 장식하고 천금을 들여 나그네 신세인 육신을 가꾸었으나, 결국 이승에서 죽어 없어지는 순간에 그 보배나 육신도 허무하게 사라져 없어지고 말았던 것이다.(5)

그러니까 그가 자식을 시켜 알몸으로 장사를 지내라고 한 일이 결국은 나쁠 것도 없다. 후세 사람들이 깊은 뜻을 모르고 겉으로 인색한 짓이라고 욕을 했으나, 본래 사람은 깊이 숨어 있는 참뜻을 해독해야 하는 것이다.(6)

(解說)　도연명은 끝에서 '사람들아, 속에 숨어 있는 심오하고 참된 뜻을

해득해야 한다(人當解意表)'고 깨우쳤다.

앞에서 그는 안연(顏淵)이나 영계기(榮啓期)는 현실생활에는 실
패했으나 죽어 이름을 남겼음을 인정했다. 그러나 도연명은 그까짓
명성(名聲)이 다 무엇이냐? 그것도 결국은 작위적(作爲的)인 인간
세상의 장난 같은 것이 아니겠느냐며 그것마저 초월했음을 암시하
고 있다.

뒤에서는 양왕손(楊王孫)을 예로 들고 부귀나 물질 내지는 육신
이 얼마나 허무한가를 깨우치고자 했다.

결국 인간은 허망하게 없어질 세속적인 명리(名利)나 삶에 지나
치게 집착하면 안된다. 영원한 실재(實在), 즉 '참삶〔眞生〕을 알고,
일치되게 살아야 한다.

양계초(梁啓超)는 '객양천금구(客養千金軀) 임화소기보(臨化消
其寶)'를 7천 권의 대장경(大藏經)에 맞먹는 명언이라고 했다.《도
연명(陶淵明)》

소동파(蘇東坡)는 '채국동리하(采菊東籬下) 유연견남산(悠然見南
山)' '소오동헌하(嘯傲東軒下) 요부득차생(聊復得此生)' '객양천금
구(客養千金軀) 임화소기보(臨化消其寶)'의 세 구절을 도를 터득한
경지의 시구라고 했다.

参考 소동파(蘇東坡)는 도연명의 시를 높이 평가했다. 소동파 전집에
는 〈화도시(和陶詩)〉 약 120수가 있다. 서문에서 동파는 다음과 같
이 말했다. '나는 다른 시인들 중에서 심히 좋아하는 사람이 없다.
오직 도연명의 시만은 좋아한다. 도연명의 시는 별로 많지 않다. 그
러나, 그의 시는 질박하면서도 실은 기려하고, 야윈 듯하면서도 실
은 살이 있다. 조식(曹植), 유곤(劉琨), 사영운(謝靈運), 이백(李白),
두보(杜甫) 등도 못 따르리라(吾於詩人無所甚好 獨好淵明之詩 淵
明作詩不多 然其詩質而實綺 癯而實腴 自曹劉鮑謝李杜諸人 皆莫
及也).'

26. 飮 酒 - 其十二　음주 - 제12수

1. 長公曾一仕　壯節忽失時
  <small>장공증일사　장절홀실시</small>

2. 杜門不復出　終身與世辭
  <small>두문불부출　종신여세사</small>

3. 仲理歸大澤　高風始在玆
  <small>중리귀대택　고풍시재자</small>

4. 一往便當已　何爲復狐疑
  <small>일왕변당이　하위부호의</small>

5. 去去當奚道　世俗久相欺
  <small>거거당해도　세속구상기</small>

6. 擺落悠悠談　請從余所之
  <small>패락유유담　청종여소지</small>

　장장공은 전에 한 번 출사했으나, 젊은 시절에 홀연 세상을 버리고

　물러나 두문불출하고서, 평생토록 속세와 등졌노라

　양중리도 물러나 대택에 돌아와 글을 가르치자, 비로소 고매한 기풍이 진작되었노라

　일단 결심했으면 이내 끝판을 내야지, 왜 거듭 망설이고 주저를 하나?

　어서 물러나자, 어느 길인들 마땅하랴? 세상이 서로 속이고 악하게 된 지 오래되었노라

한가한 자들이 하는 허튼 소리도 물리치고, 오직 내 뜻 따라 나의 길을 가리라.

(語釋) ㅇ長公(장공)―전한(前漢)의 장지(張摯), 그의 자(字)가 장공이다. 장석지(張釋之)의 아들로 벼슬은 대부(大夫)였다. 그러나 세상과 맞지를 않아 물러난 후 종신토록 나가지 않았다. 《사기(史記)》〈장석지열전(張釋之列傳)〉에 보인다. ㅇ曾一仕(증일사)―일찍이 한번 출사(出仕)했다. ㅇ壯節(장절)―젊은 시절에. ㅇ忽失時(홀실시)―홀연히 세상을 버리다. 시(時)는 때, 세상. ㅇ杜門(두문)―문을 닫다. 두(杜)는 막다[塞]의 뜻. ㅇ與世辭(여세사)―세상과 작별하다, 등지다. ㅇ仲理(중리)―후한(後漢)의 학자 양윤(楊倫), 자가 중리다. 군문학연(郡文學掾)을 지냈으나 뜻에 맞지 않아 벼슬을 버리고 대택(大澤)에서 글을 가르쳤다. 제자가 천여 명이 넘었다고 한다. 그 후에도 세 번이나 불리었으나 끝까지 나가지 않았다. 《후한서(後漢書)》〈유림전(儒林傳)〉에 보임. ㅇ歸大澤(귀대택)―대택(大澤)에 돌아오다. 대택은 넓은 소택(沼澤) 지방, 강호(江湖)와 같이 야(野)에 돌아왔다는 뜻. ㅇ高風始在玆(고풍시재자)―고매한 기풍이 이에 비로소 확립되었다. 자(玆)는 그곳, 또는 이에. ㅇ一往便當已(일왕변당이)―일단 물러나기로 결심했으면 즉 마땅히 그것으로 끝나야 한다. 일왕(一往)을 '한 번 출사했어도'라고 풀어도 좋다. ㅇ狐疑(호의)―결단성없이 우물쭈물하다. ㅇ去去(거거)―냉큼 가다. 빨리 물러나다. ㅇ當奚道(당해도)―마땅히 어디로 가야 하나? 혹은 이 세상의 그 어느 길인들 합당한 게 있으랴? 해(奚)는 하(何)와 같다. 도(道)를 '가다, 인도하다'의 뜻으로 풀 수도 있다. ㅇ世俗久相欺(세속구상기)―벌써 오래도록 이 세상 사람들은 서로 속이고 악하게 되었다(그러므로, 남의 말을 듣고 따를 수 없다). 〈이거(移居)〉에서 그는 '힘들여 농사짓는 것만이 나를 속이지 않는다(力耕不吾欺)'고 했다. ㅇ擺落(패락)―그만두고 물리친다. ㅇ悠悠談(유유담)―한가로운 사람들의 헛소리. 즉 자신이 농사를 지어 먹지 않고 허튼 소리나 하며, 무위도

134

식하는 위정자나 공리공담만을 지껄이는 철학자 같은 상류층과 함께 어울려 한담을 하지 않겠다는 뜻. ㅇ請從余所之(청종여소지) — 내가 좋아하는 바를 좇아가겠다. 청(請)은 '……하겠다'는 뜻.

大意　한(漢)나라의 장장공(張長公)은 일찍이 출사를 했으나, 뜻에 맞지 않자 이내 젊은 시절에 벼슬을 버리고 말았다.(1)

그리고 은퇴하여 두문불출하고 종신토록 세상과의 인연을 끊었다.(2)

또 한나라의 양중리(楊仲理)도 벼슬을 버리고 대택(大澤)으로 물러나 글을 가르쳤으며, 이에 비로소 그 지방에 고매한 기풍이 높아졌던 것이다.(3)

일단 물러나겠다고 결심을 했으면 이내 끝장을 내야만 한다. 무엇 때문에 망설일 것이냐?(4)

또 냉큼 벼슬에서 물러나거라, 이 세상에는 어느 길도 합당한 길이 없다. 벌써 오래 되었노라, 속세에서 사람들이 서로 속이고 악하게 된 지가.(그러므로 속세에서는 갈 길이 없다)(5)

한편 무위도식하는 위정자나 허튼 소리하는 자들의 말들을 물리치고, 오직 내가 뜻하는 바를 따라가고자 하노라.(6)

解說　속세에 사는 사람들은 서로 속이기 일쑤이며, 특히 정치사회에서는 참되고 바른 기대에 어긋나는 일이 너무나 많다. 이러한 일은 예나 지금이나 마찬가지다. 특히 허튼 소리나 하는 정치인들과는 상관을 말라. 속지 않고 기대에 어긋나지 않는 농사를 지으며 자연과 더불어 살자. 도연명은 바로 생산적인 은퇴자였다.

그러므로 도연명은 무력이나 포악으로 정치권력을 행사하는 통치자나, 그 밑에서 붙어먹는 악을 방조하는 벼슬아치 및 죽림칠현(竹林七賢)같이 허망한 소리를 하며, 무위도식(無爲徒食)하는 상류층의 학자들을 멸시하고 배척했다.

27. 飮 酒－其十三 음주－제13수

^{유 객 상 동 지} ^{취 사 막 이 경}
1. 有客常同止 取舍邈異境

^{일 사 장 독 취} ^{일 부 종 년 성}
2. 一士長獨醉 一夫終年醒

^{성 취 환 상 소} ^{발 언 각 불 령}
3. 醒醉還相笑 發言各不領

^{규 규 일 하 우} ^{올 오 차 약 영}
4. 規規一何愚 兀傲差若穎

^{기 언 감 중 객} ^{일 몰 촉 당 병}
5. 寄言酤中客 日沒燭當秉

두 사람이 함께 살고 있으나, 취사선택하는 바는 정반대라
한 사람은 노상 혼자 취하고, 다른 사람은 평생 깨어 있으니
서로 깨고 취한 것을 비웃으며, 서로 말을 해도 안 통하더라
허나 고지식한 맹숭이는 어리석기만하고, 오히려 주정뱅이가
의기양양하고 돋아보이노라
이에 술취한 나그네에게 한마디 하겠노라, 날 저물면 촛불 켜
고 계속 마시라고

語釋 o有客(유객)－두 사람이 있다. 현실에 사는 인간은 영원한 무형세계
에서 잠시 꿈 같은 유형세계에 기우(寄寓)하고 있는 나그네다. o常
同止(상동지)－노상 같이 있다. 지(止)는 거(居)와 같은 뜻. o取舍

136

(취사)—취함과 버림. 사(舍)는 사(捨). ○邈(막)—아득하다, 멀다. ○一士長獨醉(일사장독취)—한 사람은 언제나 혼자서 취해 있다. ○醒(성)—술 안 취하고 맹숭맹숭하다. ○醒醉還相笑(성취환상소)—맹숭이와 주정뱅이는 서로 상대방을 비웃는다. ○發言各不領(발언각불령)—말을 해도 서로 통하지 않는다. 영(領)은 받아들이다, 납득하다, 이해하다. ○規規(규규)—고지식한 맹숭이. ○兀傲(올오)—술에 취해 의기양양한 품. ○差(차)—약간, 도리어. ○若穎(약영)—영악한 듯하다. 맹숭이보다는 수정뱅이가 차라리 영리한 듯이 보인다. ○寄言(기언)—말을 하겠다, 부탁하겠다. ○酣中客(감중객)—취한 사람. 감(酣)은 술에 얼큰하게 취했다는 뜻. ○日沒燭當秉(일몰촉당병)—해가 지면 마땅히 촛불을 밝히고 마셔라. 〈고시(古詩) 19수〉중에 '어찌 촛불 밝히고 놀지 않으리(何不秉燭遊)'라고 있다.

(大意) 두 사람이 함께 살고 있었으나, 그들의 하는 짓이나 생각은 모두 너무나 틀리고 정반대였다.(1)

한 사람은 노상 혼자 술취해 있었으나, 다른 한 사람은 평생을 맹숭맹숭 깨어 있더라.(2)

이들 맹숭이와 주정뱅이는 또한 서로 상대를 비웃고 멸시했으며, 서로 말을 해도 통하지 않았다.(3)

고지식한 맹숭이는 참 어리석기 그지없고, 오히려 의기양양하게 술취한 주정뱅이가 영악한 듯하다.(4)

내가 술취한 주정뱅이에게 한마디 하겠다. 해가 지거든 마땅히 촛불을 밝히고 계속 마시고 즐기라고.(5)

(解說) 노상 술취한 사람과 평생을 맹숭이로 사는 두 사람은 서로 이해를 못하고 서로 말이 안통할 것이다. 그러나 도연명은 술취한 사람의 편을 들었고, 한술 더 떠 가지고, 밤에도 불 밝히고 술마시며 놀라고 했다.

이 두 사람은 객관적으로 생존하는 두 타입의 인간이기도 하겠거

니와, 동시에 도연명의 가슴속에 있는 두 갈래 마음의 가능성이기도
했으리라. 그러나 온 세상이 썩고 더러운 까닭에 그는 맨정신보다는
술취한 속에서 참다운 삶[眞生]과 참다운 뜻[眞意]을 찾고자 했던
것이다.

28. 飮 酒-其十四 음주-제14수

1. 故人賞我趣 挈壺相與至
고인상아취 설호상여지
2. 班荊坐松下 數斟已復醉
반형좌송하 수짐이부취
3. 父老雜亂言 觴酌失行次
부로잡난언 상작실행차
4. 不覺知有我 安知物爲貴
불각지유아 안지물위귀
5. 悠悠迷所留 酒中有深味
유유미소류 주중유심미

마을의 옛 친구들이 나를 반기어, 술병 들고 함께 몰려 찾아왔네
소나무 밑에 자리 깔고 마시니, 몇 잔 술에 이내 거듭 취하고
마을 어른들이 두서없이 떠들고, 술잔도 순서없이 돌아가니
나의 존재조차 의식 못하거늘, 어찌 명리 귀한 줄 알겠는가
유연히 마시고 아득한 경지에 드니, 술 속에 참삶의 뜻을 알리라

語釋 ○故人(고인)-고향의 옛 친구. ○賞我趣(상아취)-은퇴한 나의 생활

태도 및 고아(高雅)한 취향을 칭찬한다. ○挈(설)—손에 들고, 제(提)와 같다. ○壺(호)—술병. ○相與(상여)—서로 함께, 여럿이 어울려. ○至(지)—오다. ○班荊(반형)—반(班)은 펼쳐 깔다. 형(荊)은 돗자리. 여기서는 돗자리를 깔고 마주 앉는다는 뜻. 《좌전(左傳)》에 있다. 초(楚)의 오거(伍擧)가 진(晉)으로 도망가려고 할 무렵 그의 친한 벗 성자(聲子)를 진나라 교외에서 만나 둘이서 '땅에 자리를 깔고 앉아서 함께 먹었다(班荊相與食)'. ○坐松下(좌송하)—소나무 밑에 앉다. ○數斟(수짐)—몇 잔의 술을 마시다. ○已復醉(이부취)—어느덧 이내 다시 취한다. ○父老(부로)—마을의 어른들. ○雜亂言(잡난언)—두서없이 마구 떠들어댄다. 술취해서 제멋대로 지껄인다. ○觴酌(상작)—상(觴)은 술잔. 작(酌)은 술병이나 항아리에서 술을 퍼낸다. ○失行次(실행차)—행차(行次)는 순서 또는 예절. 실(失)은 잊는다, 즉 술취하여 예절이나 대접 응수의 질서를 잊고, 마구 어울려 마신다는 뜻. ○不覺知有我(불각지유아)—내가 있다는 사실조차 잊는다. 인간의 번뇌는 '나[我]'를 지나치게 자각하는 데 있다. 또 지나친 이기(利己)나 개인주의는 사회를 쟁난(爭亂) 속에 몰아넣게 마련이다. ○安知(안지)—어찌 알겠느냐? ○物爲貴(물위귀)—외형적인 모든 사물을 귀하게 여겨진다. 물(物)은 내면적 마음이나 영혼과 대조가 되는 외형적인 모든 것, 육체·부귀·영화·권세·명예 같은 모든 것. '나[我]'마저 잊으니 '물(物)'을 귀하게 여길 리가 없다. ○悠悠(유유)—여러 가지 뜻으로 풀 수가 있다. 유연한 태도로 술을 마신다. 따라서 취해 걷잡을 수가 없게 된다[迷所留]. 또는 공중에 뜬 듯이 건성으로 명리(名利)를 좇아다니기에 바빠서 착실하게 머무를 곳을 모르고 허둥댄다. 또는 어디에 머물러야 좋을지 망설이며 걱정[悠悠]하다. 도연명의 뜻은 모든 것을 포괄했을 것이다. ○酒中(주중)—술 속에, 또는 술취한 경지에. ○深味(심미)—깊은 맛이 있다. 심오한 진의(眞意)를 터득할 수 있다.

 마을의 옛 친구들이 전원으로 은퇴한 나의 생활태도를 좋다 하고

술병을 들고 함께 찾아왔다.(1)

　소나무 밑에 자리를 깔고 앉아 몇잔 술을 연거푸 마시자 이내 또 취했다.(2)

　이들은 다 마을의 어른들이지만 이렇듯 술취하니 두서없이 마구 지껄이고 또한 술잔으로 술을 퍼 마시는 데도 질서없이 제멋대로다.(3)

　결국은 내 자신의 존재를 잃을 지경이 되었고, 따라서 외형적인 모든 것을 알 까닭도 없다. 완전히 무아지경(無我之境)에 빠졌노라.(4)

　명리(名利)를 좇아 망설이지 말고 유연하게 마시면 모든 것이 혼연일체(渾然一體)가 되어 아득하게 될 것이니, 참으로 술 속에서 참되고 깊은 뜻을 이해할 수가 있다 하겠노라.(5)

(解說)　이 시의 핵심은 '나의 존재를 의식 못하니, 어찌 외형적인 모든 것을 귀중타 하겠는가'에 있다. 인간의 번뇌와 사회의 갈등은 모든 사람들이 지나치게 나를 의식하는 데 있다. 이에, 쟁탈(爭奪)의 싸움에 골몰하게 마련이다. 또한 내면적인 실재(實在)와 외형적인 사물(事物)의 괴리(乖離)도 인간 번뇌의 큰 요인이다. 심물합일(心物合一)하면 비로소 인간은 명예·권세·재물 등을 초월하여 속에 있는 참생명[眞生]을 찾을 수가 있다. 결국 '나[我]와 물(物)'을 잊는 것이 '참삶[眞生]'을 찾는 길이다. 그 한 방편으로 도연명은 술을 잘 마시고 노상 취하고자 했다. 마박(馬璞)은 말했다. "이 시는 취중의 진취(眞趣)를 읊은 것이며, 도연명이 즐긴 경지는 바로 난세에 처하는 도(道)라 하겠다(此首乃醉中之眞趣 淵明之所樂 實以之處亂世者也)"《도시본의(陶詩本義)》

　농촌의 평범한 부로(父老)들과 '너·나'의 허물없이 어울려 술취해 마구 떠들고 예절이나 격식없이 술잔을 주고받는 그들의 생활태도에서 도연명은 허구(虛構)와 작위(作爲) 및 독선(獨善)의 정치적 암영이 말끔히 가신 듯 후련했으리라!

29. 飮 酒 -其十五 음주 - 제15수

1. 貧居乏人工 灌木荒余宅
   (빈거핍인공 관목황여택)

2. 班班有翔鳥 寂寂無行迹
   (반반유상조 적적무행적)

3. 宇宙一何悠 人生少至百
   (우주일하유 인생소지백)

4. 世月相催逼 鬢邊早已白
   (세월상최핍 빈변조이백)

5. 若不委窮達 素抱深可惜
   (약불위궁달 소포심가석)

가난한 살림 손질 못하여, 뜨락 나무들 거칠게 자랐으며
오직 새들만이 날아올 뿐, 사람 발자국 없이 적적하여라
우주는 참으로 크고 영원하거늘, 사람의 삶은 백 년도 못가며
세월이 서로 독촉하고 밀어대듯, 어느덧 귓가의 털이 희어졌거늘
만약 운명대로 가난을 지키지 않는다면, 평생 지닌 정절 앞에
깊이 뉘우치리라!

(語釋) ○貧居(빈거)─가난한 살림살이. ○乏人工(핍인공)─손질을 못했다.
○灌木(관목)─뜰의 나무들. 《시경(詩經)》에 있다. '황조가 날아 관
목에 모여 앉다(黃鳥于飛 集於灌木).'〈주남(周南)〉. 도연명은 이 구
절을 연상하고 다음과 같이 '새는 날아오나 사람의 발자취는 없다'

고 했을 것이다. ㅇ荒余宅(황여택)―내 집의 정원을 황폐시키고 있다. 즉 손질을 안해서 정원의 나무들이 마구 자랐다는 뜻. ㅇ班班(반반)― 분명히, 뚜렷하게. 짝을 짓고 계속하여, ㅇ翔鳥(상조)―날개를 펴고 나는 새. ㅇ寂寂(적적)―아무것도 없어 고요하다. ㅇ行迹(행적)―발자취, 인적. ㅇ宇宙一何悠(우주일하유)―우주는 얼마나 영원하고 광대하냐! 우(宇)는 광대한 공간, 주(宙)는 영원한 시간. ㅇ人生少至百 (인생소지백)―사람은 백 살까지 사는 자가 적다. ㅇ催逼(최핍)―독촉하고 몰아내다. ㅇ鬢邊(빈변)―양쪽 귀밑머리(살적)의 털. ㅇ不委 (불위)―운명에 맡기지 않는다면. ㅇ窮達(궁달)―곤궁과 영달, 여기서는 운명의 뜻. ㅇ素抱(소포)―평소에 깊이 지니고 있던 생각이나 절개. ㅇ深可惜(심가석)―아깝다고 깊이 애석하게 여기게 될 것이다. 즉 만약에 운명을 따라 곤궁에 만족하지 않고, 섣불리 나서서 출사를 한다면 자기가 지녔던 생각을 망치게 될 것이니, 그때에는 심히 후회할 것이다라는 뜻.

(大意) 가난한 살림이라 정원에 손질도 하지 못했고 따라서 내 집 뜰의 관목들이 거칠게 자라나 우거졌다.(1)

새들이 날아 숲에 와 앉는 모습은 잘 볼 수가 있으나, 사람은 발 그림자도 없고 한적하기만 하다.(2)

우주는 얼마나 넓고 영원하냐! 그렇거늘 사람은 살아 백 살 되는 자 적더라!(3)

더욱 세월은 독촉하고 밀어닥치듯 빨리 지나가며, 나의 귀밑머리 털도 어느덧 희어졌구나!(4)

이렇게 짧고 허무한 인생이거늘, 만약 운명을 따라 가난에 만족하지 않고 혹 벼슬살이라도 한다면 그때에는 평소의 소신을 저버리는 결과가 될 것이니, 얼마나 애통할 일이겠느냐!(5)

(解說) 표면적으로는 담담한 심정을 그린 시 같으나 깊이 음미하면 비장한 느낌을 준다. 도연명은 앞에서 '가난한 살림이라 뜰도 마냥 황폐

했고, 따라서 새들은 찾아오건만 사람은 발그림자 없이 적적하다'며 한적을 좋아하는 도연명이었다. 그러나 일면 착하고 바른 세상에서 보람있는 일을 하는 사람들이 서로 어울려 사랑하고 즐겁게 살았으면 하던 도연명이었다. 후자에 실망했으므로, 그는 나 혼자만이라도 구김살 없고 거짓이 없는 소박한 농촌에 돌아가 살고자 했다. 그러나 가난과 고독은 역시 서운하다. 그러기에 〈음주 기십사(其十四)〉에서와 같이 마을의 부로(父老)들과 마구 어울려 술취하고 그 속에서나마 '참삶[眞生]'을 찾고자 했다.

　가난과 외로움을 달래고 그것에서 해탈하는 길은 허무하고 짧은 인생을 영원하고 끝없이 큰 우주에 비겨 보는 것이리라. 이제 흰 머리털이 났다. 머지않아 죽을 것이다. 그렇거늘 왜 악착같이 외형적이고 순간적인 명리(名利) 같은 물(物)에 몸을 팔 수가 있겠느냐?

　본래가 가난하게 살라고 운명지어진 나다. 그 운명에 몸을 맡기지 않고 허튼 수작을 하다가는 영원히 욕을 면치 못할 것이니, 그렇게 되면 내가 본래 지니고, 품었던 고고(孤高)한 정신 앞에 얼마나 깊이 뉘우쳐야 할 것인가?

　평범하면서도 장한 그의 정신이 잘 나타난 시다.

30. 飲　酒 – 其十六　음주 – 제16수

1. 少年罕人事　游好在六經
　　소년한인사　유호재육경

2. 行行向不惑　淹留遂無成
　　행행향불혹　엄류수무성

3. 竟抱固窮節　飢寒飽所更
　　경포고궁절　기한포소경

폐 려 교 비 풍　황 초 몰 전 정
4. 弊廬交悲風　荒草沒前庭

피 갈 수 장 야　신 계 불 긍 명
5. 披褐守長夜　晨雞不肯鳴

맹 공 부 재 자　종 이 예 오 정
6. 孟公不在玆　終以翳吾情

어려서부터 속인들과 어울리지 않고, 오직 육경에 묻혀 마음을 즐겼거늘

세월이 가고 나이 40을 바라보니, 제자리에 멈춘 채 이룩한 일 없으며

결국 빈곤에 굴하지 않는 절개 지닌 채, 싫도록 굶주림과 추위만을 겪었노라

헐어빠진 초가엔 슬픈 바람 불어들고, 마구 자란 잡초는 앞뜰을 덮었노라

누더기 걸치고 긴 밤을 지샐새, 새벽 닭도 울지를 않으려 하며

문인을 알아주는 맹공(孟公)도 없으니, 끝내 나의 가슴이 어둡기만 하여라

(語釋) ㅇ罕人事(한인사)−사람들과 어울리는 일을 멀리했다. 〈귀원전거(歸園田居) 기이(其二)〉에도 '시골이라 인간들의 어지러운 일이 적다(野外罕人事)'고 있다. ㅇ游好(유호)−즐겨 배우고 익혔다는 뜻. ㅇ六經(육경)−역(易)·서(書)·시(詩)·예(禮)·춘추(春秋)·악(樂)의 여섯 개의 경전. ㅇ行行(행행)−세월이 흘러, 또는 살고 또 살아. ㅇ向不惑(향불혹)−나이 40이 되려고 한다. 《논어(論語)》에 있다. '40에 망설이지 않는다(四十而不惑).' 〈위정편(爲政篇)〉. ㅇ淹留(엄류)−멈추어 있으며 머뭇거린다, 미적미적하다가. ㅇ遂無成(수무성)−드디

144

어 아무 일도 못했다. 또는 결국 보잘것없는 사람이 되고 말았다. 어려서부터 경서를 읽었으나 결국 허사였다. 세상이 받아들이지를 않아서 그렇다. ○竟(경)―결국 끝내. ○抱(포)―지니다. ○固窮節(고궁절)―공자(孔子)는 말했다. '군자는 의당히 궁한 법이다(君子固窮).'《논어(論語)》,〈위령공편(衛靈公篇)〉. 그러므로 선비나 군자는 가난에 굴하지 말고 인도(仁道 : 휴머니즘)를 지킬 절개를 가져야 한다.〈음주(飮酒) 기이(其二)〉에도 보인다. ○飢寒(기한)―굶주림과 추위. ○飽所更(포소경)―실컷 경험했다. 경(更)은 경험하다, 지나다[經]. ○弊廬(폐려)―헐고, 무너진 초가집. ○交悲風(교비풍)―비통한 바람이 마구 불어닥친다. ○荒草沒前庭(황초몰전정)―손질하지 못한 정원의 거친 풀들이 앞뜰을 덮었다. ○被褐(피갈)―떨어진 옷을 입고, 피(披)는 피(被)에 통한다. ○晨雞不肯鳴(신계불긍명)―새벽 닭조차 울지를 않는다. 밝은 아침이 되기를 고대하나 좀처럼 닭이 울어 주지 않는다는 뜻. ○孟公(맹공)―전한(前漢)의 진준(陳遵) 혹은 후한(後漢)의 유공(劉龔). 이들은 다같이 자가 맹공(孟公)이었다.《한서(漢書)》〈유협전(游俠傳)〉에 보면 진준은 문인 정치가로서 언제나 손님을 많이 초대하여 그들이 도중에서 되돌아가지 못하게 하기 위하여 대문을 꼭 잠그고 술을 마냥 마셨다고 한다. 한편 황보밀(皇甫謐)의《고사전(高士傳)》에는 유공이 가난한 문인 장중울(張仲蔚)을 돌봐주었다고 한다. 헌데 장중울의 집뜰에는 언제나 잡초가 무성하게 자랐으며, 아무도 그를 돌보지 않았다고도 한다. ○不在茲(부재자)―그러한 사람이 이곳에는 없다. ○翳吾情(예오정)―나의 가슴을 흐리게 한다.

(大意) 어려서부터 속인들과 어울리는 일이 적었고 언제나 육경(六經)을 공부하며 마음을 즐겁게 했다.(1)

차츰 세월이 흘러 나이 40이 되려고 하지만 나는 제자리에 머물러만 있는 듯 별반 이룩한 일이 없다.(2)

결국 군자로서 빈곤에 굴하지 않는 절개를 지킨 나는 너무나 심

한 굶주림과 추위를 겪어야 했다.(3)

떨어빠진 초가집에는 슬픈 바람이 계속 불어들고, 마구 자란 잡초들이 앞뜰을 가리어 황폐한 모습을 하고 있다.(4)

떨어진 옷을 걸치고 긴 밤을 지새면서 어둠이 걷히기를 기다리나, 새벽 닭도 좀처럼 울지를 않더라.(5)

가난한 문인을 돌보아 주었다는 맹공 같은 이가 이곳에 없으니, 끝내 나의 가슴은 어둡기만 하구나.(6)

(解說) 은일시인(隱逸詩人) 도연명은 원래부터 세상을 버리고 은퇴하고자 했던 것은 아니다. 그는 어려서 수기치인(修己治人)을 사명으로 여기는 유가(儒家)의 경전을 즐겨 공부하고 정신과 인격을 도야했던 것이다. 그러나 세상이 나빴으며, 때가 맞지를 않았다. 그는 나이 40이 되도록 이룩한 일도 없고 또 천도(天道)를 따라, 지덕(地德)을 세움으로써 세상에 명덕(明德)을 밝히지도 못했다.

결국 한평생을 '고궁절(固窮節)'만을 지키며 굶주림과 추위에 시달려야 했다. 떨어진 누더기를 입고 어둡고 긴 밤을 뜬 눈으로 지새며 밝은 해를 맞이하고자 기다려도, 새벽을 알리는 닭조차 울지를 않으며 또한 가난한 문인을 알아주고 술을 대접해 주던 맹공(孟公) 같은 사람조차 없으니, 도연명은 우울하고 암담하기만 했다.

절망에 빠진 유학자로서의 도연명의 일면을 잘 알리는 시다.

(參考) 도연명은 〈자제문(自祭文)〉에서 말했다. '나는 속인들과 달리 홀로 고매하게 살았다(嗟我獨邁 曾是異玆)' '가난한 초가집에 살면서도 초연하게 술마시고 시를 읊었다(捽兀窮廬 酣飮賦詩)' '바야흐로 죽어 본연으로 돌아가는 지금, 나는 한이 없노라(余今斯化 可以無恨)'. 그러나 이 시에서는 현실적인 궁핍에 시달리고 지쳐서, 자기도 모르게 한숨짓는 심정이 엿보인다.

음 주
31. 飮 酒-其十七　음주-제17수

1. 幽蘭生前庭　含薰待淸風
유 란 생 전 정　함 훈 대 청 풍

2. 淸風脫然至　見別蕭艾中
청 풍 탈 연 지　견 별 소 애 중

3. 行行失故路　任道或能通
행 행 실 고 로　임 도 혹 능 통

4. 覺悟當念還　鳥盡廢良弓
각 오 당 염 환　조 진 폐 양 궁

　그윽한 난꽃이 앞뜰에 피어, 향기 품고서 맑은 바람 기다리네
맑은 바람 후련히 불어올새, 그 향기 쑥풀과 다름을 알겠더라
속세를 오가다가 본연의 길을 잃었으니, 대도에 의지해야 본연
으로 통하리라
　깨달은즉 마땅히 본연으로 돌아가거라, 새가 잡히면 활은 버림
받게 되느니라

語釋　○幽蘭(유란)―그윽한 난꽃. 깊이 은둔하고 있는 유덕군자(有德君子)
를 상징한다.　○含薰(함훈)―향기를 품고 있다.　○淸風脫然至(청풍
탈연지)―맑은 바람이 홀연히 불어온다. 탈연(脫然)은 홀연, 갑자기,
또는 후련하게.　○見別(견별)―난꽃이 다른 풀과 다르다는 것이 나
타난다. 나타나게 된다. 견(見)은 '현'으로 읽어도 좋다.　○蕭艾(소
애)―둘 다 쑥풀. 난초에 비해 잡초로 여겼다.　○行行失故路(행행실

고로)—가고 또 가다가 보니 어느덧 옛길을 잃었다. 고로(故路)는 본연(本然)의 길, ○任道(임도)—무위자연의 도에 맡긴다. 즉 인위적인 농간을 부리지 않고 자연의 대도를 따른다는 뜻. ○或能通(혹능통)—그렇게 하면 혹 본연의 길로 통할 수 있을 것이다. ○覺悟(각오)—각성하여 마음속에 깨닫는다. ○當念還(당염환)—마땅히 돌아갈 생각을 해라. 염(念)은 생각하다. 추악한 속세에서 본연의 세계로 돌아갈 생각을 해라. ○鳥盡廢良弓(조진폐양궁)—《사기(史記)》에 있다. '약삭빠른 토끼가 잡히면 사냥개를 삶아 먹고, 높이 날던 새를 다 잡으면 사냥에 쓰던 좋은 활도 버려지게 마련이다(狡兔死走狗烹, 飛鳥盡良弓藏).'〈회음후열전(淮陰侯列傳)〉. 남을 이용하다가 마지막에 죽이거나 버리는 비정(非情)한 위정자를 풍자한 말이다.

(大意) 그윽한 난초가 앞뜰에 자라, 향기를 속에 품고 맑은 바람을 기다리고 있다.(1)

맑은 바람이 후련하게 불자 난초의 높은 향기가 퍼짐으로써 비로소 잡초인 쑥풀과 다르다는 것을 잘 알 수가 있다.(2)

나는 속세의 길을 걷다가 어느덧 본래 지향했던 옛길을 잃고 말았다. 허나 이제부터라도 자연의 대도를 따라서 가면 혹 통달할 수가 있을 것이다.(3)

이렇게 깨달은 이상 마땅히 돌아가야겠다. 냉혹하고 비정한 정치사회에서는, 나는 새를 다 잡으면 좋은 활을 내버리듯 공신(功臣)이나 사람을 이용만 하고 결국에는 버리고 말 것이니까!(4)

(解說) 전반부에서 도연명은 자신을 맑은 바람을 기다려 높은 향기, 즉 덕풍(德風)을 사방에다 번질 그윽한 난초[幽蘭]에 비유했다. 공자(孔子)도 '살 사람이 있으면 팔리겠다(待買而沽)'라고 했다. 유가의 지식인, 즉 군자(君子)의 사명은 '수기치인(修己治人)'이다. 사회에 나가서, 학문과 덕행으로 모든 사람들을 편안하게 잘살도록 해주자는

것이다. 그러기에 도연명은 정치사회에 나가 출사를 했다(물론 가난에 쪼들린 그가 삶의 길을 타개하기 위한 이유도 많이 끼어 있다).

그러나 정치사회의 현실은 너무나 추악하고 절망적이었다. 당시의 세도가 위정자들은 온갖 모략과 배반으로 남을 죽였을 뿐만 아니라, 자기 밑에 있던 사람을 이용한 다음 제물로 희생시키는 일이 비일비재했다. 특히 문인이나 학자들의 피해는 더욱 심했다. 장화(張華)·육기(陸機)·반악(潘岳)·유곤(劉琨)·사영운(謝靈運) 등이 모두 위정자들에게 피살당했던 것이다.

이에 도연명은 깨달은 바 컸다. '본래 생각했던 길이 아니다. 길을 잘못 들었다. 추악한 권모술책만을 일삼는 정치사회, 즉 진망(塵網)에서 벗어나 무위자연(無爲自然)의 대도(大道)로 돌아가 대우주(大宇宙)의 본체와 하나되겠다'고. 그러므로 마땅히 전원(田園)으로 되돌아가야 한다고 새삼 결심했던 것이다.

공자도 말했다. '천하에 도가 있으면 나타나 현실에 참여하겠고, 도가 없으면 은퇴한다(天下有道則見, 無道則見隱)'. 《시경(詩經)》에서 '명석하게 살피고 내 몸을 잘 보신한다(旣明且哲 以保其身)'고 한 명철보신(明哲保身)이 바로 이러한 태도라 하겠다.

32. 飮酒 - 其十八　음주 - 제18수

1. 子雲性嗜酒　家貧無由得
   자운성기주　가빈무유득

2. 時賴好事人　載醪祛所惑
   시뢰호사인　재료거소혹

3. 觴來爲之盡　是諮無不塞
   상래위지진　시자무불색

유 시 불 긍 언　기 부 재 벌 국
4. 有時不肯言　豈不在伐國

인 자 용 기 심　하 상 실 현 묵
5. 仁者用其心　何嘗失顯默

양자운은 천성으로 술을 좋아했으나, 집이 가난하여 마시지 못했는데

때로 글 좋아하는 사람이 막걸리 들고 와서, 모르는 글을 깨우쳐 달라고 하여

술잔 들고 훌쩍 술을 마셔 치우고, 어떠한 물음에도 막히는 일이 없었노라

때로는 입 다물고 말을 아니했으니, 그것은 다른 나라 침략에 대한 물음이었노라

인자(仁者)가 정신을 바로 쓰기만 하면, 어찌 출사와 은퇴를 잘못할소냐?

(語釋)　○子雲(자운) ─ 한(漢)의 문인 겸 학자 양웅(揚雄 : 기원전 53~기원후 18년), 자운은 그의 자다. 촉(蜀) 성도(成都) 사람. 《한서(漢書)》중 그의 전기에 '집이 본래 가난했으나 술을 좋아했다. 이따금 호사가가 술을 가지고 와 그에게 글을 배웠다(家素貧嗜酒 時有好事者載酒肴 從之遊學)'고 했다. 도연명이 이 구절을 시에 활용했다. ○無由得(무유득) ─ 술을 얻어 마실 방도가 없다. ○時賴好事人(시뢰호사인) ─ 이따금 호사가의 덕택으로, 뢰(賴)는 의지하다. 또는 '~하는 기회에'. ○載醪(재료) ─ 막걸리를 수레에 싣고 ○袪所惑(거소혹) ─ 학문상의 의혹을 풀어 주다. ○觴來(상래) ─ 술잔이 오면. ○爲之盡(위지진) ─ 그것을 전부 마신다. ○是諮(시자) ─ 모든 질문과 문의. ○無不塞(무불색) ─ 막히는 것이 없다. 즉 만족하게 대답해 주다.

○不肯言(불긍언)─입을 다물고 말하지 않는다. ○豈不(기불)─'어찌 ～이 아니겠는가?' ○在伐國(재벌국)─남의 나라를 침략하는 일에 대해서란 뜻. 《한서(漢書)》〈동중서전(董仲舒傳)〉에 있다. '옛날에 노나라 임금이 유하혜에게 "제나라를 치고 싶은데 어떻게 하면 좋으냐?"하고 묻자, 유하혜는 "안됩니다."라고 말하고 집으로 돌아와 걱정을 했다. 그리고 그는 "남의 나라를 치는 일에 대해서는 인자(仁者)에게는 묻지 않는다 했거늘, 왜 나에게 물었을까?"했다(聞昔者 魯公問柳下惠 吾欲代齊 如何? 柳下惠曰 不可. 歸而有憂色曰吾聞伐國 不問仁人 此言何爲至於我哉)'. ○仁者(인자)─휴머니스트, '참된 인식[知]'과 '어진 사랑[仁]'과 '정의의 실천[勇]'의 삼달덕(三達德)을 구비한 사람. ○用其心(용기심)─정신을 바르게 쓴다. ○何嘗(하상)─한 번이라도 어찌 ～하겠느냐? ○失顯默(실현묵)─실(失)은 때나 바른 도리를 잃는다, 실수하다, 잘못하다. 현(顯)은 나타나 출사(出仕)한다, 발언하고 참여하다. 묵(默)은 침묵을 지키고 은퇴하다.

(大意)　한(漢)의 학자 양자운(揚子雲)은 본래 술을 즐기는 성품이었으나 집이 가난하여 술을 마실 수가 없었다.(1)

이따금 글을 좋아하는 사람들이 술을 수레에 싣고 와서 학문상의 의문점을 풀어 주기를 청했다.(2)

양자운은 술을 꿀꺽 다 마시고는 묻는 사람에게 만족하게 가르쳐 주었다.(3)

그러나 이따금 입을 다물고 말을 안할 때가 있었는데, 그것은 다른 나라를 침략하기 위한 질문을 받았을 때였다.(4)

어질고 인덕(仁德) 있는 사람은 그와 같은 정신을 가지고 있으면 남에게 나서서 발언할 때와 침묵을 지킬 때를 그르치지 않을 것이다.(5)

(解說)　악덕이 판을 치는 난세에 학자나 휴머니스트들이 가난하게 사는

것은 당연하다. 그러기에 공자(孔子)도 '군자는 물론 궁하게 마련이다(君子固窮)'라고 했다.

도연명도 난세에 '고궁절(固窮節)'을 지켰다. 그리고 한(漢)나라의 학자 양자운(揚子雲)과 같이 술을 받아주는 사람에게 학문을 가르쳐 주며 깨끗하게 살았다. 그러나 아무리 좋아하는 술을 받아 주는 사람이라 할지라도 남의 나라를 침략하기 위한 방책을 묻는 자에게는 굳게 입을 다물고 일체 대꾸를 하지 않았다.

노(魯)나라의 대부(大夫) 유하혜(柳下惠)가 그랬다. 군사(軍事)를 묻는 위령공(衛靈公)에게 공자는 말했다. "예에 대해서는 알지만, 무력동원에 대한 일은 모릅니다(俎豆之事 則嘗聞之矣 軍旅之事 未之學也)."라 하고 이튿날 툭툭 털고 위나라를 떠났다. 그리고 길에서 양식이 떨어져 제자들과 고생을 했다.

이 시에서 도연명은 자신이 지킨 침묵을 슬기로운 인자(仁者 : 휴머니스트)의 본분이라고 두둔하고 있는 것이다.

33. 飮 酒 - 其十九 음주 - 제19수

1. 疇昔苦長飢 投耒去學仕
   주석고장기 투뢰거학사

2. 將養不得節 凍餒固纏己
   장양부득절 동뇌고전기

3. 是時向立年 志意多所恥
   시시향입년 지의다소치

4. 遂盡介然分 拂衣歸田里
   수진개연분 불의귀전리

염염성기류　정정부일기
5. 冉冉星氣流　亭亭復一紀

세로곽유유　양주소이지
6. 世路廓悠悠　楊朱所以止

수무휘금사　탁주요가시
7. 雖無揮金事　濁酒聊可恃

전에는 줄곧 굶주림에 시달렸기에, 쟁기 버리고 벼슬자리에 나섰노라

그래도 가족들 부양할 수 없었고, 노상 추위와 굶주림에 엉키었노라

그때 나이 30을 바라볼 때라, 뜻과 마음에 크게 부끄러워서,

마침내 나의 본분을 지키고저 옷 털고 전원으로 돌아왔노라

어느덧 별따라 세월도 흘러, 어언간 12년이 지나갔구나

세상의 길이 넓고도 아득하니, 양주도 길을 몰라 망설였노라

지금 나는 뿌리고 쓸 돈은 없으나, 탁주라도 마시며 속을 달래고 있노라

語釋　o疇昔(주석)－옛날에 또는 전일에, 이전에. o苦長飢(고장기)－오랫동안 굶주림에 고생을 했다. o投耒(투뢰)－쟁기를 버리고, 즉 농사를 그만두고의 뜻. o學仕(학사)－벼슬살이를 했다.《논어(論語)》에 있다. '벼슬하고도 여력이 있으면 학문하고, 배우고도 여력이 있으면 벼슬한다(仕而優則學　學而優則仕)'. 여기서는 처음으로 벼슬에 올라 벼슬살이를 배웠다고 풀어도 좋다. o將養(장양)－양육하다, 부양하다. 장(將)도 양(養)이나 육(育)의 뜻이다. o不得節(부득절)－적합하지 못하다. 절(節)은 적(適)과 같다. 도연명이 특히 절(節)을 쓴 의도 속에는 본래부터 자기가 지키겠다는 절개도 얻을 수 없고

또 생활상의 적합한 해결책도 못얻었다는 뜻을 포함코자 했을 것이다. ㅇ凍餒(동뇌)—얼고 굶주리다. 기한(飢寒)과 같다. ㅇ固纏己(고전기)—내게 굳게 엉키어 붙는다. '군자고궁(君子固窮)'의 고(固)와 같다. ㅇ是時(시시)—그때에, 당시. ㅇ向立年(향입년)—향(向)은 '장차 ~하려고 한다', 입년(立年)은 30세.《논어》에 '30에 나선다(三十而立)'라고 있다. ㅇ志意(지의)—뜻과 생각, 이상과 주장. ㅇ多所恥(다소치)—창피하게 여기는 바가 많다. ㅇ遂盡(수진)—끝까지 다 지키다. ㅇ介然(개연)—밝고 바른 절개, 또는 자기 혼자만의 초연한 태도 ㅇ分(분)—본분. ㅇ拂衣(불의)—옷을 털고, 즉 벼슬을 버리고의 뜻. ㅇ冉冉(염염)—가고 또 간다, 천천히 가다. 여기서는 시간이나 세월이 흘러간다는 뜻. ㅇ星氣流(성기류)—성기(星氣)는 별이 띄우는 정기(精氣). 여기서는 다만 별이란 뜻으로, '별이 흐른다[星流]'와 같으며 즉 별이 흐르듯 시간이 지났다는 뜻.《문선(文選)》에 '휘황하게 불빛이 달리고 별이 흐른다(煌火馳而星流)'〈장형(張衡) : 동경부(東京賦)〉고 있으며, 주(註)에 빠르다는 뜻으로 풀었다. ㅇ亭亭(정정)—아득하다, 멀다. ㅇ一紀(일기)—12년, 간지(干支)가 한 번 돌아오는 기간. ㅇ世路(세로)—세상살이의 긴 인생 행로. ㅇ廓悠悠(곽유유)—아득하고 넓다. 유유(悠悠)에는 아득하여 걱정스럽다는 뜻이 포함되어 있다. 즉 인생의 갈 길이 너무나 망망하고 아득하여 어느 쪽으로 가야 할지 걱정스럽고 두렵다는 뜻. ㅇ楊朱所以止(양주소이지)—양주는 전국(戰國)시대의 철학자로 쾌락주의자다.《회남자(淮南子)》에 보면 갈림길에서 이리도 저리도 가지 못하고 울었다는 이야기가 있다. 소이(所以)는 '~한 이유.' ㅇ雖無揮金事(수무휘금사)—비록 금을 뿌리는 일은 없지만은. 전한(前漢)의 소광(疏廣)과 조카 소수(疏受)는 벼슬에 나갔다가 때를 맞추어 알맞게 물러났으며, 고향에 돌아와서는 돈을 뿌려 마을 사람들과 술을 마시며 즐겼다.《문선(文選)》에는 장협(張協)의 〈영이소(詠二疏)〉라는 시가 있고 '돈을 뿌려 당년을 즐겼다(揮金樂當年)'고 했다. 도연명의 〈영이소(詠二疏)〉도 있다. ㅇ聊(요)—잠시나마, 그럭저럭. ㅇ可恃(가시)—막걸리로나마 시름을 풀어 보자. 시(恃)는 의지하다.

(大意) 옛날에 나는 줄곧 굶주림에 시달리고 고생을 하여, 별 수 없이 농사를 포기하고 처음으로 벼슬살이에 나섰었다.(1)

그런데도 가족들을 부양할 수가 없었고 또한 본래의 나의 절개를 지킬 길도 없었으며 게다가 추위와 굶주림이 노상 내 몸에 엉키어 들었었다.(2)

당시 나는 30세가 될 무렵이었으며, 본의 아닌 벼슬살이에 대하여 본래의 나의 뜻이나 마음에 창피하게 여겨지는 바가 많았다.(3)

그리하여 마침내 뚜렷하게 나의 본분을 지키고자 옷을 털며 벼슬을 버리고 전원으로 되돌아왔다.(4)

그 후 별 따라 세월이 흐르고 흘러 어느덧 또다시 12년이 지나갔다.(5)

세상살이 갈 길이 너무나 넓고 아득하구나! 그러므로 양주(楊朱)도 갈림길에 서서 남으로 갈까 북으로 갈까 하며 망설이고 탄식하였다고 하지 않는가!(6)

이 어지러운 세상에서 나는 한나라의 소광(疏廣)같이 많은 돈을 뿌려 마을 사람과 즐길 수는 없으나, 대신 막걸리로나마 속을 풀고자 한다.(7)

(解說) 도연명은 30세를 전후해서 그의 일생의 큰 고비를 넘겼던 것이다. 그것은 29세에 그가 오랜 가난과 굶주림에 못견디고, 마지못해 처음으로 강주(江州)의 좨주(祭酒)로 벼슬살이에 나갔기 때문이다. 그러나 그는 이내 그 해를 넘기지 못하고 사퇴를 했고 다시 주부(主簿)로 초빙됐으나 역시 거절하고 무척 가난하게 지냈다.

그 후 도연명은 여러 차례 가난에 몰리어 벼슬에 나갔다가 다시 전원으로 되돌아오곤 했었다. 그러다가 40세에는 유경선(劉敬宣)의 참군(參軍)이 되었고, 41세에는 팽택령(彭澤令)이 되었다가 이내 그만두고 이때에 유명한 〈귀거래사(歸去來辭)〉를 지었다. 이 시에

서 그는 출사와 은퇴라고 하는 두 길을 오락가락하며 고민하던 심
정을 솔직하게 그렸다. 〈귀거래사〉에서 '전에 속세에 나가 일했거늘,
모두가 입과 배를 위해 할 수 없이 내 스스로를 괴롭혔다는 것이
다. 처량하고 개탄스러우며 아울러 평생을 자신 앞에 깊이 창피하
게 여기노라(嘗從人事 皆口腹自役 於是悵然慷慨 深愧平生之志)'
고 했다.

34. 飲 酒 –其二十 음주 – 제20수

1. 義農去我久 擧世少復眞
   희 농 거 아 구   거 세 소 복 진

2. 汲汲魯中叟 彌縫使其淳
   급 급 노 중 수   미 봉 사 기 순

3. 鳳凰雖不至 禮樂暫得新
   봉 황 수 부 지   예 악 잠 득 신

4. 洙泗輟微響 漂流逮狂秦
   수 사 철 미 향   표 류 체 광 진

5. 詩書復何罪 一朝成灰塵
   시 서 부 하 죄   일 조 성 회 진

6. 區區諸老翁 爲事誠殷勤
   구 구 제 노 옹   위 사 성 은 근

7. 如何絶世下 六籍無一親
   여 하 절 세 하   육 적 무 일 친

8. 終日馳車走 不見所問津
   종 일 치 거 주   불 견 소 문 진

약부불쾌음 공부두상건
9. 若復不快飲 空負頭上巾

단한다류오 군당서취인
10. 但恨多謬誤 君當恕醉人

복희·신농의 시대에서 멀어진 오늘이라, 참[眞]으로 돌아갈 사람 진허 없어라

노(魯)나라의 공자(孔子)가 애쓰고 서둘러, 순박한 세상 만들고저 애를 써서

비록 태평성세의 봉황새는 안 나타났으나, 잠시나마 예악을 새로 가다듬었노라

수(洙)와 사(泗) 강가에 글 읽는 소리가 멈추고, 술렁이는 물결 타고 광기의 진나라가 나타나자,

시경 서경에 무슨 죄가 있다고, 하루아침에 재 먼지로 만들었나?

한(漢)나라의 많은 치밀한 노학자들이, 정성들여 유학(儒學)을 되찾아 밝혔으나

너무나 뒤떨어진 오늘날에는 아무도 육경(六經)을 가까이 않으니

종일 수레 타고 뛰어 달려도, 나루터 물어볼 사람 찾지 못하겠노라

그러니 술이나 통쾌하게 마시지 않는다면, 머리 위의 망건을 저버리게 될 것이로다

허나 나의 못된 소리 많더라도, 취한 인간이라 너그러이 봐주시오

語釋 ㅇ羲農(희농)—복희(伏羲)와 신농(神農). 상고(上古) 전설시대의 성제(聖帝)로 요(堯)·순(舜)보다도 앞서서 자연 순박한 참세상을 이룩했다고 한다. ㅇ去我久(거아구)—나로부터 떨어진 지 오래다. 즉 아주 옛날이 되었다는 뜻. ㅇ擧世(거세)—온 세상. ㅇ少復眞(소복진)—자연순박한 참삶[眞生]으로 돌아가려는 사람이 적다. 진(眞)은 인간의 본성(本性)이기도 하다. ㅇ汲汲(급급)—애쓰고 서두르다. ㅇ魯中叟(노중수)—노(魯)나라의 늙은이. 공자(孔子)는 노나라 사람이다. ㅇ彌縫(미봉)—터진 곳을 꿰매다. 여기서는 도덕적으로 문란한 사회를 바르게 잡고자 한다는 뜻. ㅇ使其淳(사기순)—사회를 순박하게 바로잡고자 했다. 인간세상이 원래는 자연과 더불어 때묻지 않고 순박하고 진실했다. ㅇ鳳凰(봉황)—성황(聖皇)이 나와 세상을 잘 다스리면 봉황새가 나와서 태평성세를 구가한다고 전한다. 《논어(論語)》〈자한편(子罕篇)〉에 있다. '공자가 말했다. "봉황새도 안 오고, 강에서는 용마가 그림을 업고 나타나지 않으니, 나는 어찌할 도리가 없구나"(子曰 鳳鳥不至 河不出圖 吾已矣夫)'. ㅇ雖不至(수부지)—비록 오지는 않았으나, 즉 최고의 이상세계를 이룩하지는 못했으나. ㅇ禮樂(예악)—하늘의 도와 뜻을 받들고 따라서 인간사회의 문화적 질서를 잡은 것이 예이며, 자연의 질서를 따라서 인간의 심정을 순화시켜 주는 것이 악이다. 예와 악은 다 하늘의 조화된 경지로 인간을 교화하는 것이다. 따라서 옛날에는 힘이나 법으로 누르지 않고 예와 악으로 인간을 교화시키고자 했으며, 그렇게 하는 정치가 바로 덕치(德治)였다. ㅇ暫得新(잠득신)—잠시나마 새롭게 이루어질 수가 있었다. ㅇ洙泗(수사)—노(魯)나라에 있는 두 개의 강 이름. 《사기(史記)》에 보면 '공자가 수강과 사강 가에서 시·서·예·악을 가르치자 제자들이 많이 모였다(孔子設教於洙泗之上 修詩書禮樂 弟子彌至)'라고 했다. ㅇ輟(철)—끊어지다. ㅇ微響(미향)—공자의 오묘하고 그윽한 가르침 소리. 《한서(漢書)》〈예문지(藝文誌)〉에 있다. '중니(仲尼 : 공자의 字)가 죽자 그의 심오한 말도 끊어졌다(仲尼沒 微言絶)'. 미언(微言)을 미향(微響)이라고 했다. 향(響)에

는 강물 소리 또는 영향의 뜻도 포함되었을 것이다. ㅇ漂流(표류)ー
세상이나 역사가 표류한다. ㅇ逮狂秦(체광진)ー역사가 미치광이 진
나라에 이어졌다. 진(秦 : 기원전 299~기원전 207년)은 모든 학문
적 서적을 불태우고 많은 학자들을 땅속에 생매장했다. 분서갱유
(焚書坑儒)다. ㅇ詩書(시서)ー《시경》과 《서경》. ㅇ一朝(일조)ー하루
아침에. ㅇ灰塵(회진)ー재와 흙. 분서(焚書)로 재〔灰〕가 되었고 갱
유(坑儒)로 흙〔塵〕이 되었다. ㅇ區區(구구)ー세밀하고 자질구레하
다. 한대(漢代)의 훈고(訓詁) 학자들의 태도를 표현한 말. ㅇ諸老翁
(제노옹)ー한대(漢代)의 여러 노학자들.《사기(史記)》〈유림전(儒林
傳)〉에 보면 노(魯)의 신배공(申培公), 제(齊)의 원고생(轅固生),
제남(濟南)의 복생(伏生), 연(燕)의 한태전(韓太傳), 조(趙)의 동중
서(董仲舒) 등 무수한 학자들이 있으나 모두가 연로했었다. ㅇ爲事
(위사)ー일을 하다. 한대의 학자들은 주로 진(秦)에 의해 망쳐졌던
문헌의 정리나 주해(註解)에 힘을 썼다. ㅇ誠殷勤(성은근)ー참으로
정성껏 했다. ㅇ如何(여하)ー어찌하랴! 어쩌다 그만 ~하게 되었다는
뜻. ㅇ絶世下(절세하)ー순박한 옛날로부터 너무나 멀리 떨어진 세상
에서, 즉 지금이란 뜻. ㅇ六籍(육적)ー여섯 개의 전적(典籍), 육경
(六經)과 같다. 역(易)·시(詩)·서(書)·예(禮)·춘추(春秋)·악
(樂). ㅇ無一親(무일친)ー한 사람도 육경(六經)을 친숙하게 공부하
고 익히는 자가 없다는 뜻.《문선(文選)》 간보(干寶)의 〈진기총론
(晉紀總論)〉에 있다. '학자들은 모두 노(老)·장(莊)을 높이고 육경
을 배척했다(學者以老莊爲師而黜六經).' ㅇ終日馳車走(종일치거
주)ー오늘의 모든 사람들은 종일토록 수레를 타고 다니기만 한다.
수레를 벼슬아치들이 타고 허구의 정치사회에서 분주하게 왔다갔
다 한다는 뜻과, 또 하나는 전쟁터에 수레를 몰고 어지럽게 전란
을 일삼고 있다는 뜻을 겸했으리라. 이들은 다 바른 길이 아니다.
ㅇ不見所問津(불견소문진)ー나루터 묻는 사람이 안 보인다.《논어
(論語)》〈미자편(微子篇)〉에 보인다. 공자가 길을 가다가 밭에서
농사를 짓는 두 늙은이 장저(長沮)와 걸익(桀溺)에게 나루터를 물

은 일이 있다. 여기서 도연명은 길을 잃고도 물을 만한 사람, 즉 장저나 걸익 같은 사람이 없다는 뜻으로 썼다. 장저나 걸익은 오직 농사를 지었던 은자(隱者)였으며 도연명은 이들이야말로 '참삶[眞生]'을 살고 있다고 믿었다. 도연명이 전원에 은퇴하여 농사를 지은 것도 바로 이들의 본을 따른 것이다. ○若(약)―만약. ○快飲(쾌음)―통쾌하게 술을 마신다. ○空負(공부)―헛되게, 기대에 어긋날 것이다. ○頭上巾(두상건)―머리에 쓰는 망건을 가지고 막걸리를 걸러서 마셨다. ○但恨(단한)―그러나 오직 나도 걱정스럽게 느껴진다. ○多謬誤(다류오)―내가 한 말에 잘못이 많을 것이다. ○恕醉人(서취인)―취한 사람을 용서해 주십시오.

(大意)　복희나 신농 같은 성왕의 시대는 우리로부터 너무나 멀리 떨어진 옛날이므로, 오늘의 세상에는 그때와 같은 소박하고 참된 삶을 되찾자는 사람들이 너무나 적다.(1)

노나라의 늙은이인 공자께서 문란한 세상을 도덕으로 메꾸어 순박한 기풍을 세우고자 애를 썼다.(2)

이상적 태평성세의 상징인 봉황새가 비록 나타나지는 않았으나, 공자의 덕택으로 예악에 의한 새바람이 잠시나마 일 수가 있었다.(3)

공자가 죽고 그가 글 가르치던 수(洙)와 사(泗)의 강물가에 그윽한 학문 소리가 끊어지자 역사의 흐름은 엉뚱하게도 미치광이 진(秦)나라로 표류해 이어졌다.(4)

《시경》이나 《서경》 같은 책이 무슨 죄가 있다고 일조에 이들 책들을 불태워 버리고 학자들을 땅에 묻어 죽였는가?(5)

그 후 한(漢)나라가 되자 많은 노학자들이 문헌 정리와 주해를 자상하고 또 정성스럽게 했다.(6)

그러나 옛날과 너무나 멀리 떨어진 오늘이라 어찌하랴! 아무도 육경을 가까이하고 친숙히 익히는 사람이 없구나!(7)

오늘의 사람들은 종일토록 허구의 정치사회에서 혹은 전쟁터에서

160

부산하게 수레를 타고 야단법석을 떨지만, 옛날 공자가 나루터를 물었다는 장저나 걸익같이 은퇴하여 농사를 짓는 참다운 삶을 사는 사람이 없구나!(8)

이러한 세상에서 나 혼자만이라도 늦지 않게 마냥 술을 마시지 않는다면, 내 머리 위에 쓴 망건에게 허망한 실망을 주게 될 것이다.(9)

허나 혹 내가 한 말에 틀린 데가 많을까 두렵다. 부디 여러분들은 술취한 사람이라 너그럽게 넘겨주기 바라노라.(10)

(解說)　소박하고 순진한 상고시대부터 서술하여 공자시대의 도덕재건과 잠시나마 예악의 새바람이 불었음을 높였고, 그러다가 급전낙하 광폭한 진(秦)에 의해 분서갱유로써 학문이 수난당했음을 고발했고, 다시 한대(漢代) 노학자들의 옛 문헌의 재정리와 해명을 위해 노력했음을 인정했다.

그러나 도연명이 사는 그 시대 진(晉)나라에서는 모든 사람이 수신(修身)·제가(齊家)·치국(治國)·평천하(平天下)의　준승(準繩)인 육경(六經)을 버리고 노장(老莊)에 기울고 있었으며, 허구(虛構)의 정치나 침략적 전쟁만을 일삼느라고 바른 길과 참삶을 잃고 있다고 통탄하고 있다.

이런 판국에 두건은 무엇 때문에 쓰고 있나? 술이나 걸러 마실 이외에 쓸 데가 무엇이겠는가? 현실에 실망한 도연명, 술이나 마냥 퍼 마시겠다는 도연명은 통쾌한 데카당이 아닐 수 없다.

특히 '종일 수레 타고 뛰어 달리며 나루터 묻는 사람 찾지 못하니(終日馳車走 不見所問津)'하고 당시의 위정자나 권력자들 또는 지식인들이 오직 허구(虛構)의 정치적 작위(作爲)나 침략전쟁 또는 궤변공론(詭辯公論)에 몰두하여, 제 힘으로 농사짓고 사는 장저(長沮)·걸익(桀溺) 같은 사람 없음을 한탄한다.

심덕잠(沈德潛)은 이 시를 높이 평가하고 도연명을 한(漢) 이후 육조 말까지에 있어 공자의 진정한 제자라고 했다.

제 3 장

출사出仕와 은퇴隱退

감투 버리고 옛마을로 돌아가
벼슬에 다시는 엉키지 않으리
초가집 밑에서 참된 삶을 누리며
착한 일로써 스스로 이름을 내리
投冠旋舊墟 不爲好爵縈
養眞衡茅下 庶以善自名

말 못할 내 뜻을 너 말고 뉘 알아주리
寄意一言外 玆契誰能別

도연명은 무위자연에 돌아와 유유자적(悠悠自適)했다. 그러나 처음부터 그는 한적(閑適)한 현실도피자는 아니었다. 30에서 40에 걸친 한창 나이에 그는 출사(出仕)와 은퇴(隱退) 사이에서 고민했고, 마침내는 악덕과 비정이 난무하며, 전란과 살육이 판치는 아수라장 같은 사회의 그물에서 슬기롭게 벗어나 참[眞]으로 돌아온 것이다. 우리는 그의 명철보신(明哲保身)과 임진(任眞) 귀경(歸耕)의 참뜻을 깊이 이해해야 하겠다.

시 작 진 군 참 군 경 곡 아 작
35. 始作鎭軍參軍經曲阿作 처음으로 참군이 되어

약 령 기 사 외   위 회 재 금 서
1. 弱齡寄事外 委懷在琴書

피 갈 흔 자 득   누 공 상 안 여
2. 被褐欣自得 屢空常晏如

시 래 구 명 회   완 비 게 통 구
3. 時來苟冥會 宛轡憩通衢

투 책 명 신 장   잠 여 원 전 소
4. 投策命晨裝 暫與園田疎

묘 묘 고 주 서   면 면 귀 사 우
5. 眇眇孤舟逝 綿綿歸思紆

아 행 기 불 요   등 척 천 리 여
6. 我行豈不遙 登陟千里餘

목 권 천 도 이   심 염 산 택 소
7. 目倦川塗異 心念山澤居

망 운 참 고 조   임 수 괴 유 어
8. 望雲慚高鳥 臨水愧游魚

진 상 초 재 금   수 위 형 적 구
9. 眞想初在襟 誰謂形迹拘

요 차 빙 화 천   종 반 반 생 려
10. 聊且憑化遷 終反班生廬

어려서부터 세속적 일 밖에서 살며, 오직 거문고와 책만을 생
각했노라

거친 베옷 입고도 즐거웠으며, 뒤주가 노상 비어도 태연했노라

그러나 엉뚱한 운명에 끌려, 고삐를 돌려 벼슬길에 머물고자

지팡이 버리고 여장을 갖추고, 잠시 전원의 집과 이별했노라

외로운 배가 아득히 멀리 떠갈새, 되돌아가고 싶은 생각이 연연했거늘

어찌 나의 벼슬길이 멀지 않았겠느냐? 산을 타고 기구한 철리를 왔노라

강물 따라 변하는 타향의 풍경 보기에도 물렸고, 오직 마음은 고향의 산과 늪 생각뿐이로다

하늘 구름 바라보면 높이 나는 새에 창피하고, 물가에서는 노는 고기 부끄러워라

본시 나의 뜻이 참된 삶에 있으니, 어찌 외형(外形) 세계에 구속되리오!

잠시 변하는 시운(時運)따라 돌지만, 결국 맑은 내집으로 돌아오리라!

(語釋) ㅇ始作(시작)—처음으로 되다. ㅇ鎭軍參軍(진군참군)—당시 진군장교(鎭軍將校)였던 유로지(劉牢之)의 참군이 되었다. 참군(參軍)은 참모격인 막료(幕僚). 도연명의 나이 35세경이며 반란군 손은(孫恩)을 동해로 쫓던 유로지의 관군에 종군했던 기억을 〈음주(飮酒) 기십(其十)〉에서 읊은 바 있다. 이것을 도연명이 40세경의 유유(劉裕)의 참군이 된 것이라고 보는 설도 있으나, 적합하지 않다. ㅇ經曲阿作(경곡아작)—곡아(曲阿)를 지나면서 읊은 시란 뜻. 곡아는 현 강소성(江蘇省) 단양(丹陽). 당시 유로지는 곡아와 가까운 경구(京口)에 주둔하고 있었다. ㅇ弱齡(약령)—20세를 약(弱)이라 한다. ㅇ寄事外(기사외)—몸이나 마음을 속세의 일 밖에다 의지했다. 즉 20세 이전에는 세속적인 일과는 관련을 맺지 않았다. 특히 벼슬 같은 것은

생각도 안했다는 뜻. ○委懷(위회)─위(委)는 맡긴다, 회(懷)는 마음. 즉 마음으로부터 좋아하고 뜻하는 바. ○在琴書(재금서)─거문고와 책에 있었다. 즉 학문과 음악을 진심으로 좋아했다는 뜻. ○被褐(피갈)─거친 베옷을 입는다. ○欣自得(흔자득)─흡족하여 스스로 만족하며, 또한 의기양양하다. ○屢空常晏如(누공상안여)─자주 뒤주가 비어도 태연한 자세로 안빈낙도(安貧樂道)한다.《논어(論語)》〈선진편(先進篇)〉에 있다. '안회는 도에 가깝다. 자주 뒤주가 비어도 흔들리지 않았다(回子其庶乎 屢空)'.《한서(漢書)》에 있다. '양웅은 집에 아무런 저축이 없어도 태연했다(揚雄室無擔石之儲晏如也)'. ○時來(시래)─시(時)는 운명, 운명이 다가오다. ○苟(구)─잠시, 만약에. ○冥會(명회)─명(冥)은 어둡다. 회(會)는 맞부닥치다, 어둠 속에서 만나다, 우연히 엉뚱하게 마주치다. ○宛轡(완비)─말에 고삐를 돌린다. 가는 방향을 전환한다는 뜻. 완(宛)은 굽히다〔屈〕의 뜻. 완련(婉變)이라고 된 판본도 있다. 젊고 발랄할 때의 뜻으로 푼다. ○憩通衢(게통구)─사방으로 통하는 넓은 거리에서 쉰다. 즉 벼슬살이를 잠시 한다는 뜻. ○投策(투책)─집에서 산책할 때 쓰던 지팡이를 내던지고 ○命晨裝(명신장)─진군부(鎭軍府)에 부임하기 위하여 새벽에 길 떠날 차비를 하라고 명한다. ○暫與園田疎(잠여원전소)─잠시 전원과 헤어지다. ○眇眇(묘묘)─멀어지면서 더욱 작게 보인다. 묘(眇)는 작다, 멀다의 뜻. ○孤舟逝(고주서)─외로운 배가 간다. ○綿綿(면면)─끝없이 이어진다. ○歸思紆(귀사우)─고향으로 돌아가고 싶은 생각이 얽힌다. ○豈不遙(기불요)─어찌 멀지 않으리! ○登陟(등척)─등(登)은 오르다. 척(陟)은 나가다, 오르다. 척을 강(降)으로 쓴 판본도 있다. 기구(崎嶇)한 길을 간다는 뜻. ○川塗異(천도이)─도(塗)는 도(途)와 같다. 배타고 가는 길의 낯설은 풍물. ○山澤居(산택거)─산이나 늪이 많은 고향의 집. ○望雲慚高鳥(망운참고조)─하늘의 구름을 쳐다보면, 높이 나는 새 앞에 자기가 부끄럽게 여겨진다. 높은 하늘을 자유롭게 비상하는 새에 비해 자기는 벼슬살이에 매어 사는 몸이기 때문이다. ○愧游魚(괴유어)─물속에서 자유롭게 노는 고기들 보기에도 부끄럽게 여겨진다. ㅇ眞想(진상)―진실한 삶[眞生]을 찾을 생각. ㅇ初在襟(초재금)―처음부터, 일찍부터 마음에 있었다. ㅇ形迹拘(형적구)―외형적인 세계에 구속되다. 형(形)은 육신, 육체. 적(迹)은 자국, 즉 외형세계. ㅇ聊且(요차)―우선, 당장, 잠시. ㅇ憑化遷(빙화천)―빙(憑)은 맡긴다. 화천(化遷)은 변화 변천. 우선 지금은 변화무쌍한 세상을 따라 당분간 임시로 벼슬살이에 몸을 내맡기자는 뜻. ㅇ終反(종반)―끝에 가서는 돌아가리라. ㅇ班生廬(반생려)―반고(班固)의 《유통부(幽通賦)》에 있다. '끝까지 자기를 지키고 바른 법도를 남겼으며, 어진 인덕이 깃드는 집에 살다(終保己而貽則 里止仁之所廬)'. 이것은 자기 아버지 반표(班彪)의 덕을 높인 말이다. 도연명은 이를 빌어 자기의 뜻을 굽히지 않고 청렴하게 인(仁)을 지키며 살겠다고 다졌다.

大意　나는 20세 이전부터 속세의 일에는 관심이 없었고 오직 거문고나 책(즉 음악과 학문)에만 뜻을 두었노라.(1)

굵은 베옷을 입은 채 의기양양하게 지냈고 집안에 노상 쌀이 없어도 별 스스럼없이 지내며 안빈낙도(安貧樂道)했노라.(2)

어쩌다가 뜻밖의 운수가 나에게 찾아들어 나는 말고삐를 돌려 본래의 가던 길에서 벗어나 벼슬살이 관가에 몸을 붙이게 되었노라.(3)

집에서 짚고 다니던 지팡이를 버리고 참군(參軍)이라고 하는 벼슬에 부임하기 위하여 새벽에 길 떠날 차비를 꾸리라고 명하고, 잠시 동안 전원의 내 집과 헤어져야 했노라.(4)

외롭게 혼자 배를 타고 아득히 떨어져 갈새, 더욱 고향으로 되돌아가고 싶은 생각이 연연하였노라.(5)

어찌 내 가는 길이 멀지 않다 하겠는가? 기구한 길을 천여 리나 따라 올라야 하거늘!(6)

이제는 타고장의 강물이나 길가의 풍경도 보기에 지쳤고, 오직 마음은 내 고향의 산과 늪을 그리워하고 있노라.(7)

　　하늘의 구름을 우러러 높이 나는 자유로운 새를 보거나 또 물가에서 제멋대로 노는 고기를 볼 때 벼슬에 매인 나 자신이 부끄럽게 느껴지노라.(8)

　　그러나 나는 애당초부터 참되게 살자는 생각을 가슴 깊이 지니고 있노라. 따라서 아무도 내가 외형적인 세계에 구속되고 말 것이라고는 말 못할 것이니라.(9)

　　이제 잠시 떠도는 시운을 따라 벼슬살이에 몸을 맡기겠지만, 결국에 가서는 뜻을 굽히지 않고 어질게 살았던 반(班)선생의 집 같은 내 고향집으로 돌아오겠노라.(10)

(解說)　도연명은 29세에 잠시 강주(江州)의 좨주(祭酒)로 나갔다가 이내 물러나 전원에서 밭갈이를 하고 지냈다. 그러다가 35세(晉 安帝 隆安 3년 : 399년)에 다시 진군참군(鎭軍參軍)이 되었다. 즉 진군장군(鎭軍將軍) 유로지(劉牢之)의 막료(幕僚)가 된 것이다. 물론 그는 생활고에 시달리다가 마지못해 입에 풀칠이라도 하고자 벼슬길에 나갔을 것이다.

　　본시 그는 세속적인 벼슬살이는 관심 밖이었다. 오직 '금서(琴書)'에만 뜻이 있었다. 또 그는 가난이나 굶주림에도 태연했다. 그러나 기구한 운명으로 그는 잠시 전원과 이별을 하고 벼슬을 살게 되었던 것이다. '엉뚱한 운세에 맞부닥뜨리어, 잠시 고삐를 돌려 벼슬을 살았다.' 그러나 그는 부임해 가면서도 내 집으로 되돌아가고 싶은 심정뿐이었다. '외로운 배가 아득히 멀리 갈새 되돌아가고 싶은 마음 연연하여라'. 따라서 그는 하늘이나 물에서 저마다의 올바른 자리를 지키고 자유롭게 날고 노는 새나 물고기를 보고 부끄러워했던 것이다. 그러나 그는 본래부터 가슴속에 '참삶[眞生]'을 살겠다고 다짐했다. 그러니 임시로 잠시 시세를 따라 벼슬에 올라도 결국은 내 집으로 돌아갈 것이라고 했던 것이다.

경자세오월중종도환 조풍어규림이수

36. 庚子歲五月中從都還 阻風於規林二首 -其一

바람에 길 막히고 - 제1수

행행순귀로 계일망구거
1. 行行循歸路 計日望舊居

일흔시온안 재희견우우
2. 一欣侍溫顏 再喜見友于

고도로기곡 지영한서우
3. 鼓棹路崎曲 指景限西隅

강산기불험 귀자념전도
4. 江山豈不險 歸子念前塗

개풍부아심 집예수궁호
5. 凱風負我心 戢枻守窮湖

고모묘무계 하목독삼소
6. 高莽眇無界 夏木獨森疎

수언객주원 근첨백리여
7. 誰言客舟遠 近瞻百里餘

연목식남령 공탄장언여
8. 延目識南嶺 空歎將焉如

더디고 느린 귀향길을 가면서, 고향집 볼 날을 헤아리노라

우선 기쁨으로 어머님께 봉양하고, 또한 즐겁게 형제들을 만나보리

노젓는 뱃길은 험난하고 꾸불커늘, 바라던 태양도 서산마루에

지고 마네

　강산이 어찌 험하지 않으리요만, 돌아갈 나에겐 앞길만이 걱정이네

　남풍 맞바람은 내 뜻을 어기고 갈길을 막으니, 돛대 거두고 길 막힌 호수를 지키노라

　높이 자란 잡초가 끝없이 펼쳐졌고, 여름의 무성한 숲이 오싹하게 무섭도다

　내 배가 고향에서 멀리 있지 않으니, 백 리 남짓 가까이에 고향이 바라다보이노라

　눈길 뻗으니 여산이 보이거늘, 앞으로 어찌 할까하고 허망히 한숨짓노라

(語釋)　○庚子歲五月(경자세오월)―진(晉) 안제(安帝) 융안(隆安) 4년(400년)으로 도연명의 나이 36세 때다. 그는 바로 한 해 전에 유로지(劉牢之)의 참군(參軍)이 되었다. 그러자 10월에 손은(孫恩)이 천사도(天師道) 신도를 중심으로 절강(浙江) 일대에서 대대적인 폭동을 일으켰다. 이들 폭도들은 단시일 내에, 일반 민중의 호응을 얻어 수십만의 세력으로 늘었고 국도(國都) 건강(建康)을 위협하기에 이르렀으며 당시의 탐관오리들과 많은 벼슬아치들이 피살되었다. 이에 유로지는 진압군을 풀어 힘겨운 방어를 했고 일단 폭도를 동쪽 바닷가로 몰아내는 데 성공했다. 그러나 시회는 혼란에 휩싸였고 인민의 생활은 도탄에 빠지게 되었다. 심지어 유로지의 부하들조차 약탈을 일삼기도 했던 것이다. 이런 혼란과 무도(無道)를 직접 눈으로 본 도연명은 결국 벼슬에서 물러날 생각으로 자기 집 전원을 향해 오는 길에 도중에서 바람에 발이 묶였던 것이다. ○阻風於規林(조풍어규림)―규림(規林)에서 바람에 길 막히다. 규림은 상세히 알 수 없으나, 양자강 유역일 것이다. ○行行(행행)―가고 또 가다, 자꾸 간

다. 여기서는 느릿느릿 간다는 뜻이 많이 포함되어 있다. ○循(순)-좇는다. ○計日(계일)-날을 헤아린다. 오늘은 집에 도착할까 내일이면 가 닿을까 하고 날을 꼽는다. ○欣侍(흔시)-기쁜 마음으로 시중든다. ○溫顔(온안)-어머니의 온화한 얼굴. ○友于(우우)-형제. ○鼓棹(고도)-노를 저어가다. ○崎曲(기곡)-뱃길이 험하고 꾸불꾸불하다. ○指景(지영)-태양을 바라고 서쪽으로 간다. 영(景)은 영(影), 태양의 햇살. 도읍 건강(建康)에서 서쪽으로 가야지 고향으로 간다. ○限西隅(한서우)-태양이 서쪽 산에서 잘린다. 즉 진다는 뜻. 우(隅)는 산 모퉁이. ○豈不險(기불험)-어찌 험하지 않겠는가? 몹시 험하다. ○凱風(개풍)-남풍(南風). 남에서 불어오는 바람은 역풍이다. 한편 남풍은 어머니의 사랑을 상징한다고 《시경(詩經)》 주석에 있다. 그러나 여기서는 도리어 어머니를 연상시킬 남풍 때문에 어머니를 찾아가는 뱃길이 묶이고 있다. ○負我心(부아심)-나의 마음을 저버린다. 부(負)는 배반하다, 등지다. ○戢枻(집예)-돛대를 거두다. ○守窮湖(수궁호)-길 막혀 가지 못하고 호수를 지키고 있다. ○高莽(고모)-높이 자란 덤불. ○眇無界(묘무계)-아득하고 끝이 없다. ○夏木(하목)-여름철 우거진 나무들. ○獨森疎(독삼소)-독(獨)은 인기척이 없다. 삼(森)은 삼엄하다. 소(疎)는 우거졌다. 부소(扶疎), 즉 여름에 우거진 나무숲이 괴괴하고 울창하다. ○誰言(수언)-누가 말하느냐? 그렇지 않다. ○客舟遠(객주원)-나그네가 탄 배, 즉 내가 탄 배가 아직도 고향에서 멀리 있다고 누가 말하느냐? ○近瞻(근첨)-가까이 바라다 보인다. ○百里餘(백리여)-약 50㎞ 정도. ○延目(연목)-눈을 멀리 던지다, 시선을 뻗다. ○南嶺(남령)-고향이 있는 여산(廬山). ○將焉如(장언여)-장차 어떻게 갈까?

(大意)   고향으로 돌아가는 길을 따라 지루하고 느린 여행 끝에 간신히 여기까지 온 나는 앞으로 며칠이면 그리운 옛집에 다다를 수 있을까 헤아려 본다.(1)

고향에 돌아가면 우선 어머니에게 기쁜 낮으로 봉양해 올리고, 다음에는 형제를 즐겁게 만나보리라.(2)

노를 젓고 가는 뱃길이 험하고 꾸불꾸불하며, 해를 바라보고 가자니 어느덧 해가 서산의 모퉁이로 지고 말더라.(3)

강산이 몹시 험하지만, 고향으로 돌아가는 나그네는 오직 앞으로 가는 것만 생각한다.(4)

어머니를 연상시켜 주는 남풍이 도리어 내 뜻을 어기고 나의 길을 막으므로, 나는 노를 거두어들인 채, 뱃길 막힌 호수에 꼼짝 못하고 웅크리고 있다.(5)

잡초가 높이 우거진 풀밭이 끝없이 아득하게 퍼졌고, 한쪽으로는 여름의 무성한 나무숲이 괴괴하고 삼엄하여 기분이 오싹해진다.(6)

내가 탄 배는 고향에서 멀리 떨어져 있지 않다. 고향이 약 백리 너머로 가깝게 보인다.(7)

눈길을 뻗으면 고향의 여산이 보이거늘, 장차 어떻게 갈 것인가? 나는 허망하게 한숨만 짓고 있노라.(8)

 어석(語釋)에서 밝혔듯이 도연명은 손은(孫恩)의 폭동으로 혼란해지자 벼슬자리를 그만두고 고향을 향해 뱃길을 재촉했다. 그러나 고향을 약 백여 리 앞둔 규림(規林)이라는 곳에서 바람에 길이 막혀 꼼짝 못하고 초조한 마음으로 기다려야 했다. 이에 어서 고향으로 가고 싶은 심정을 그린 시다.

'고향에 돌아가면 우선 어머니에게 기쁜 낮으로 봉양해 올리고, 다음에는 형제를 즐겁게 만나보리라'고 다짐한 도연명은 포근한 가족애에 넘치는 가장이다. 그에게는 뱃길이 느리고 지루하기만 했다. 그래서 첫 구절에서 읊었다. '고향으로 돌아가는 길을 따라 지루하고 느린 여행 끝에 간신히 여기까지 온 나는 앞으로 며칠이면 그리운 고향 우리집에 다다를 수 있을까 헤아려 본다'. 그런데, 고향을 지척에 두고 역풍을 만나, 한숨을 지었던 것이다.

172

경자세오월중종도환 조풍어규림이수

37. 庚子歲五月中從都還 阻風於規林二首 - 其二

바람에 길 막히고 - 제2수

자고 탄 행 역　아 금 시 지 지
1. 自古歎行役　我今始知之

산 천 일 하 광　손 감 난 여 기
2. 山川一何曠　巽坎難與期

붕 랑 괄 천 향　장 풍 무 식 시
3. 崩浪聒天響　長風無息時

구 유 연 소 생　여 하 엄 재 자
4. 久游戀所生　如何淹在玆

정 념 원 림 호　인 간 양 가 사
5. 靜念園林好　人間良可辭

당 년 거 유 기　종 심 부 하 의
6. 當年詎有幾　縱心復何疑

자고로 벼슬살이 어렵다 했거늘, 이제 비로소 내가 알았노라

앞에는 크고 넓은 산과 강물이 있고, 바람과 비는 예측할 수가 없으며

쏟아져 내리는 파도는 하늘을 울리고, 세찬 바람은 쉴 새 없이 부노라

오래 떠돌다 부모가 그리워, 돌아가는 내가 어찌 이곳에 묶이어 머뭇거리고 있으랴?

본래 깊은 마음속 전원을 좋아한 나는, 의당 속세의 벼슬을 하

직해야지

젊은 시절이 길지도 않겠거늘, 마음 따라 다시는 망설이지 않으리라

（語釋）　○行役(행역)—타 고장에서 벼슬살이를 하다. 먼 고장에 나가 싸운다는 뜻도 있다. ○一何曠(일하광)—정말 넓고도 넓다. ○巽坎(손감)—손(巽)은 바람. 감(坎)은 물. 역(易)의 괘(卦) 이름이다. ○難與期(난여기)—예측할 수가 없다. ○崩浪(붕랑)—산더미같이 쏟아져 내리는 파도. ○聒(괄)—시끄럽다. ○無息時(무식시)—쉴새없이 바람이 분다. ○久游(구유)—오래 여행하다, 객지로 떠돌다. ○戀所生(연소생)—부모가 그립다. ○淹(엄)—머무르다. ○兹(자)—여기, 차(此)와 같다. ○人間良可辭(인간양가사)—속세는 마땅히 벗어나야 하겠다. 즉 벼슬살이를 그만두어야겠다는 뜻. ○當年(당년)—젊은 시절, 한창일 때. ○詎(거)—어찌 ~하겠느냐? ○有幾(유기)—얼마나 될 것이냐? ○縱心(종심)—종심(從心)과 같다. 마음내키는대로, 마음에 맡기다. 장형(張衡)의 〈귀전부(歸田賦)〉에 있다. '일단 마음을 물질적 현상 밖에 놓게 되면 잘살고 못사는 것도 알 바가 아니다(苟縱心於物外 焉知榮辱之所如)'.

（大意）　예로부터 멀리 벼슬살이 나가는 것이 괴롭다고 한탄을 해왔으나, 이제 나도 그 어려움을 알았노라.(1)

고향으로 돌아오다 길 막힌 내 앞에는 너무나 큰 산과 강이 많고, 또 바람과 비가 언제 덮칠지 알 수가 없다.(2)

산더미같이 큰 파도가 하늘을 울릴 듯 큰 소리를 내고 쏟아져 내리며, 세찬 바람은 쉴새없이 불어대고 있다.(3)

오래 객지에 떠돌아 부모가 그리워 되돌아오는 나로서 어찌 이렇게 이곳에 발이 묶여 머뭇거리고 있어야 하나?(4)

전원이나 산림에 은퇴하여 사는 생활이 진정 좋다는 생각을 줄곧 속으로 깊이 다짐한 나는 마땅히 저속한 벼슬생활을 청산하고 물러

나야 하겠다.(5)

　젊음이 길지 못하거늘 마음 내킬 때 은퇴해야 한다. 무엇을 망설일 거냐?(6)

(解說)　제1수에서는 눈앞에 고향을 두고 바람에 뱃길이 막혀 초조하던 심정을 읊었다. 그러나 제2수에서는 지난날의 벼슬살이를 뉘우치고 앞으로는 단연 은퇴하겠다는 결의를 굳게 하고 있다. 오도가도 못하고 있는 도연명은 '엄청나게 큰 산과 강, 예측할 수 없는 바람과 비, 그리고 하늘을 흔들 듯이 쏟아져 내리는 파도, 쉴새없이 부는 바람(山川一何曠　巽坎難與期：崩浪聒天響　長風無息時)'을 무척 겁내고 두려워했다. 이것은 바로 전란에 휘말린 어지러운 세상의 공포다. 미처 조용한 내 고향에 도달하기도 전에 이 공포의 전란에 휘말리지나 않을까? 그는 몹시 걱정했을 것이다.

　더욱이 그는 유로지의 참군이라는 벼슬아치였다. 그러니 혹 손은(孫恩)의 폭도들에게 잡히는 날에는 어떤 욕을 볼지도 모를 벼슬아치였다. 대단치도 않은 벼슬을 어서 그만두고 유유자적(悠悠自適)하겠다는 생각이 더욱 절실하게 난 것도 무리는 아닐 것이다.

　당시의 주변상황을 참고로 하면서 이 시를 음미하면 더욱 절박한 심정을 알게 될 것이다. 〈음주(飮酒) 기십(其十)〉 참조.

38. 辛丑歲七月赴假還江陵夜行塗口
신축세칠월부가환강릉야행도구

휴가를 마치고, 강릉으로 가며

1. 閒居三十載 遂與塵事冥
한거삼십재 수여진사명

2. 詩書敦宿好 林園無世情
시서돈숙호 임원무세정

3. 如何舍此去 遙遙至西荊
여하사차거 요요지서형

4. 叩栧新秋月 臨流別友生
고예신추월 임류별우생

5. 涼風起將夕 夜景湛虛明
양풍기장석 야경잠허명

6. 昭昭天宇闊 晶晶川上平
소소천우활 효효천상평

7. 懷役不遑寐 中宵尚孤征
회역불황매 중소상고정

8. 商歌非吾事 依依在耦耕
상가비오사 의의재우경

9. 投冠旋舊墟 不爲好爵縈
투관선구허 불위호작영

10. 養眞衡茅下 庶以善自名
양진형모하 서이선자명

한적하게 살며 30년 간을, 속세와 멀리 떨어졌노라

책 읽으며 성품을 돈독히 하고, 속기 없는 산림에 살았거늘
어찌 내 고향 버리고, 멀리 강릉으로 가야 하나?
초가을 달빛 아래 삿대질하며, 강가에서 벗들과 이별을 하니
찬바람 일고 날이 어둡고, 밤 달이 티없이 밝을새
훤한 밤하늘은 넓게 틔었고, 반짝이는 강물은 잔잔히 흐르는데
고된 벼슬 생각에 잠도 못자며, 깊은 밤에 혼자서 길을 가노라
본래 나는 출세할 소질이 없고, 짝지어 농사짓는 일에 맞거늘
감투 벗고 고향으로 돌아가, 벼슬에 다시는 엉키지 않으리라
초가집 밑에서 참된 삶을 누리며, 착한 일로써 스스로 이름을
내리라

(語釋) ㅇ辛丑歲(신축세)―401년 도연명의 나이 37세 때다. 바로 1년 전, 경자(庚子)에 유로지의 참군을 그만둔 그는 이번에는 환현(桓玄) 밑에서 벼슬을 했다. ㅇ赴假(부가)―휴가를 마치고 귀임(歸任)하다. ㅇ還江陵(환강릉)―임지(任地)인 강릉으로 돌아간다. 강릉은 양자강 상류 호북성(湖北省) 남부에 있으며 당시 환현의 근거지였다. ㅇ夜行塗口(야행도구)―도구(塗口)는 하북성 안륙현(安陸縣) 남쪽. 밤에 이곳을 지나갔다. ㅇ閒居三十載(한거삼십재)―30년 간을 한가롭게 살았다. 도연명이 처음으로 강주(江州) 좨주(祭酒)의 벼슬에 오른 때가 29세였다. 따라서 약 30년 간을 한가롭게 살았다고 했다. ㅇ遂與塵事冥(수여진사명)―수(遂)는 인(因)과 같다, 따라서. 진사(塵事)는 구질구질한 정치. 〈귀원전거(歸園田居)〉에서 '잘못하여 더러운 그물에 빠졌다(誤落塵網中)'고 했다. 명(冥)은 멀리 떨어지다. ㅇ詩書(시서)―《시경(詩經)》과 《서경(書經)》. 넓은 뜻으로 유가(儒家)의 경전. ㅇ敦(돈)―돈독히 한다. ㅇ宿好(숙호)―본래부터 좋아하던 것, 즉 학문. ㅇ無世情(무세정)―속세에 정이 없다, 즉 속인들의 이기적이고 모략적인 감정 속에 엉키어 살지 않았다는 뜻. ㅇ舍此去(사차

거)─그렇듯이 좋고 한적한 고향의 생활을 버리고 벼슬살이를 하러 가다. ○遙遙(요요)─아득하고 멀다. ○至西荊(지서형)─당시의 수도 건강(建康) 서쪽에 있는 강릉(江陵)을 서형이라고 했다. ○叩枻(고예)─삿대로 배를 밀고 간다. ○新秋月(신추월)─초가을 달빛 아래. ○臨流(임류)─강가에서. ○將夕(장석)─밤이 되려고 한다. ○湛(잠)─맑고 고요하다. ○虛明(허명)─티없이 맑다. ○昭昭(소소)─밝게 빛나다. ○天宇(천우)─하늘 공간. ○闊(활)─넓게 전개되었다. ○晶晶(효효)─밝게 빛나다. ○川上平(천상평)─강물이 잔잔하고 평평하게 흐른다. ○懷役(회역)─장차 공무를 맡아 일할 생각을 한다. ○不遑寐(불황매)─잠을 잘 겨를도 없다. ○中宵(중소)─깊은 밤. ○尙孤征(상고정)─여전히 혼자 배를 젓고 간다. ○商歌非吾事(상가비오사)─춘추(春秋)시대 위(衛)나라의 영척(寧戚)은 제(齊)나라 환공(桓公) 앞에서 상가(商歌)를 잘 불러서 등용되었다. 상가는 상조(商調)의 노래로 격렬한 감정이 흐른다. 이에 대해 도연명은 자기는 그러한 재간도 없음을 자인하고 있다. ○依依(의의)─흠모하다. 의지해 좇고자 한다. ○耦耕(우경)─둘이 나란히 밭갈이를 하다. 《논어(論語)》〈미자편(微子篇)〉에 보인다. 장저(長沮)와 걸익(桀溺)이 짝지어 농사를 지었다. 이들은 은자(隱者)였으며 도연명이 자주 인용했다. ○投冠(투관)─감투를 벗어던지고, 즉 벼슬을 버리고. ○旋舊墟(선구허)─황폐한 옛날의 내 고향 내 집으로 돌아가다. 허(墟)는 마을. ○好爵(호작)─좋은 봉록, 벼슬. ○縈(영)─엉키다, 묶이다. ○養眞(양진)─진(眞)은 무위자연(無爲自然)과 일치하는 참된 삶. 양(養)은 삶을 이룩하다, 또는 참된 정신을 키운다. ○衡茅(형모)─형(衡)은 나무 기둥을 세워 만든 초라한 대문, 모(茅)는 띠풀 지붕. 즉 가난한 초가집. ○庶(서)─원한다, 바란다. ○以善自名(이선자명)─착한 일을 행함으로써 스스로 이름을 내자.

大意　　나는 지난 30년간을 한가롭게 지냈으며 때묻은 속세와는 멀리 떨어져 생활했다.(1)

줄곧 나는 태어날 때부터 좋아했던 학문, 특히 《시경》이나 《서경》을 열심히 공부했었고, 숲이나 전원에 살던 나는 속인들의 야박한 정에 엉킨 일도 없었다.(2)

그렇거늘 어찌 좋은 고향을 버리고 멀고 먼 서쪽 강릉으로 가게 되었는가?(3)

초가을 달빛 아래 삿대질하여 배를 몰고, 강가에서 벗들과 이별을 한다.(4)

시원한 찬바람이 불면서 날이 저물려 하고, 밤의 달빛은 티 하나 없이 맑게 잠기어 있다.(5)

훤하게 밝은 하늘이 끝없이 넓게 틔었고 반짝이는 강은 유유히 흐른다.(6)

귀임하여 할 일을 생각하니 걱정스러워 잠을 잘 겨를도 없고, 깊은 밤에도 나는 계속 뱃길을 재촉하여 갔노라.(7)

제(齊)나라 환공(桓公) 앞에서 상가를 불러 발탁된 춘추시대의 영척(寧戚) 같은 짓은 나로서는 할 수가 없고, 역시 나는 옛날의 은자인 장저(長沮)나 걸익(桀溺)이 짝지어 농사를 지은 것같이 농사를 짓고 사는 데 마음이 끌린다.(8)

감투를 벗어던지고 옛날의 내 고향으로 돌아가 다시는 좋은 벼슬자리에 얽히지 않겠노라.(9)

초라한 초가집에서 참된 삶을 영위하며 착한 일을 함으로써 스스로 이름을 내고자 한다.(10)

(解說) 도연명은 융안(隆安) 4년(400년) 5월에 유로지(劉牢之)의 참군(參軍)을 사직하고 일단 집으로 돌아왔었다.

그러자 어떻게 된 것인지 다음 해에는 유로지와 대립되는 환현(桓玄) 밑에서 벼슬을 했던 것이다. 물론 그것은 그가 늘 시에서 읊었듯이 굶주림과 추위에 시달리는 가족을 위해서였을 것이다. 그러니만큼 그의 벼슬살이, 더욱이 어제는 유(劉)의 밑에서, 오늘은 환(桓) 밑에서 식으로 전전하는 신세에 대해서도 염증을 느끼고 스스로 탄식했을 것이다.

이 시는 고향에서 휴가를 마치고 임지이자 권력자 환현의 본거지인 강릉(江陵)으로 돌아가면서 걱정스럽고 힘겨운 벼슬살이를 그만두고 내 고향의 오막살이에 다시 돌아와 '참된 삶[眞生]'을 살겠다고 다짐을 한 것이다.

특히 '오막살이 초가집에서 참된 삶을 이룩하고 착한 일을 하여 스스로 이름을 내겠다(養眞衡茅下 庶以善自名)'고 한 뜻은 깊게 음미해야 하겠다.

천지의 조화와 일치하고 대도(大道)에 통하는 사람을 진인(眞人)이라고 한다《淮南子》). 이는 바로 무위자연의 경지에 도달한 사람이기도 하다. 또 유가에서 말하는 선(善)은 윤리 도덕적인 면에서의 착한 것만이 아니고, 한층 더 나아가 적극적으로 무위자연 속에서 생산(生産)을 하고 창조를 하고 발전을 꾀하는 것이다. 《역경(易經)》에서 말하는 '생생(生生)'은 곧 '삶은 창조와 발전'인 것이다.

39. 癸卯歲始春 懷古田舍二首 - 其一
계 묘 세 시 춘　회 고 전 사 이 수
초봄에 옛날 농촌을 생각하며 - 제1수

재 석 문 남 묘　당 년 경 미 천
1. 在昔聞南畝　當年竟未踐

누 공 기 유 인　춘 흥 기 자 면
2. 屢空旣有人　春興豈自免

숙 신 장 오 가　계 도 정 이 면
3. 夙晨裝吾駕　啓塗情已緬

조 농 환 신 절　냉 풍 송 여 선
4. 鳥弄歡新節　冷風送餘善

한 죽 피 황 계　지 위 한 인 원

5. 寒竹被荒蹊　地爲罕人遠

시 이 식 장 옹　유 연 불 부 반

6. 是以植杖翁　悠然不復返

즉 리 괴 통 식　소 보 거 내 천

7. 卽理愧通識　所保詎乃淺

남쪽 밭에서 농사짓는 즐거움을, 이날까지 몸소 체험하지 못했노라

안회(顔回)는 안빈낙도했거늘, 나도 봄철따라 밭을 갈겠노라

새벽 일찍 농구를 수레에 싣고, 길 터 가는 가슴이 마냥 부푼다

새봄 즐기는데 새들 날며 우짖고, 곡식 키울 훈훈한 바람이 부네

한죽(寒竹)은 황폐한 길 덮어 우거졌고, 인적 없는 대지는 더욱 넓고 멀어라

그러기에 지팡이 꽂고 농사짓던 은자가, 유유자적 다시는 속세에 가지 않았으리

처세에 약삭빠른 자 앞에는 뒤지지만, 수절하는 경지도 얕은 것은 아니로다

(語釋)　ㅇ癸卯歲(계묘세)―원흥(元興) 2년(403년) 도연명의 나이 39세 때다. 2년 전에 그는 강릉(江陵)으로 가 환현(桓玄) 밑에서 벼슬을 했으나, 얼마 후에 생모(生母)가 돌아가시자 다시 고향인 심양(尋陽)으로 돌아왔다. 그간 환현은 세력을 확장하여 원흥(元興) 1년(402년)에는 수도 건강(建康)을 점령하기에 이르렀다. 그러나 도연명은 상중(喪中)에 있었으므로 이렇듯 농촌에서 조용한 생활을 할 수가 있었다. ㅇ聞南畝(문남묘)―《시경(詩經)》에 있다. '쟁기로 남쪽 밭에

서 즐겁게 농사를 짓는다(以我厚秬 依載南畝)'. 문(聞)은 알고 있
다. ㅇ未踐(미천)－아직 실천하지 못했다. ㅇ屢空(누공)－쌀뒤주가 종
종 빈다. 《논어(論語)》에 있다. '안연은 도에 가깝다. 그러나 뒤주가
비었다(回也其庶乎 屢空)'. 회(回)는 안연(顔淵). ㅇ春興(춘흥)－봄에
일어나 농사를 짓는다. ㅇ夙晨(숙신)－이른 새벽에. ㅇ裝吾駕(장오
가)－말이나 수레에 농구를 싣고 밭으로 나갈 준비를 한다. ㅇ啓塗
(계도)－어둠침침한 새벽길을 터 나간다. 도(塗)는 도(道). ㅇ緬(면)－
아득히 멀다. ㅇ鳥弄(조농)－새들이 지저귀며 이리저리 날다. ㅇ冷
風送餘善(냉풍송여선)－시원한 바람이 기분 좋게 불어온다. 고유(高
誘)는 냉풍(冷風)을 화풍(和風)이라 주(注)했다. 즉 화풍이 불어 곡
식을 자라게 해준다는 뜻이다. 또 《장자(莊子)》〈소요유(逍遙遊)〉
에 있다. '열자가 바람을 몰고 가니 후련하고 좋더라(列子御風而行
冷然善也)'. ㅇ寒竹(한죽)－자죽(紫竹). ㅇ被荒蹊(피황계)－황폐한 길
을 대나무가 덮어 자라고 있다. ㅇ地爲罕人遠(지위한인원)－땅 위에
사람의 모습이 없으니 한층 땅이 멀고 아득하게 보인다. 지(地)는
대지·땅·논밭. 당시 환현(桓玄)이 통행금지를 명하여 사람의 왕래
가 끊겼다는 주(註)도 있다. ㅇ是以(시이)－이렇기 때문에, 이렇게 농
촌에서 농사짓는 것이 즐겁고 좋기 때문에. ㅇ植杖翁(식장옹)－《논
어》〈미자편(微子篇)〉에 있다. 자로(子路)가 밭에서 일을 하던 노
인을 보고 길을 묻자 그는 "손발을 움직여 오곡을 생산하지 않거늘
누구 보고 선생이라 하느냐(四體不動 五穀不分 孰爲夫子)."라며
지팡이를 땅에 꽂은 채 농사를 지었다고 한다. 그는 바로 은자(隱
者)였다. ㅇ卽理(즉리)－이론적으로는, 이치를 따지자면, 속세를 살
아가는 면에서의 뜻. ㅇ愧通識(괴통식)－달통한 식자에게 비하면 창
피하다. ㅇ所保(소보)－간직하고 있는 정신세계, 또는 은둔하여 농
사를 짓는 경지. ㅇ詎(거)－어찌 ～하냐?

大意　　나는 벌써부터 《시경(詩經)》에 있듯 남쪽 밭에서 농사를 짓는 즐
거움에 대해서는 알고 있었다. 그러나 오늘까지 내가 몸소 그 즐거

움을 체험하지는 못했다.(1)

이미 전에 안연(顔淵)같이 노상 쌀뒤주가 비어도 태연하게 안빈낙도(安貧樂道)한 사람이 있었다. 이제 나도 스스로 떨치고 일어나 봄농사를 지어야겠다.(2)

새벽 일찍 수레에 농기구를 싣고 어둠침침한 새벽길을 터 나가는 나의 마음은 벌써부터 아득히 먼 가을 추수를 꿈꾸고 있다.(3)

주위에는 우짖는 새들이 날아 새봄을 즐기는 듯, 온화한 봄바람이 곡식을 키워줄 것이니 더욱 나의 마음을 흥성거리게 해주노라.(4)

한죽(寒竹)이 황폐한 길을 덮고 우거졌으며, 사람의 모습이 없는 대지는 한층 더 멀고 넓게 느껴진다.(5)

이렇게 전원에서 농사짓는 일이 좋으니까, 옛날의 식장옹(植杖翁)도 유연하게 은퇴생활을 즐기고 다시는 속세에 안 돌아갔을 것이리라.(6)

속세를 살아가는 이치에서는 이른바 통달했다는 사람들 앞에 창피하지만, 수졸(守拙)하며 농사를 짓는 나의 경지도 절대로 얕은 것은 아니다.(7)

(解說)　앞에 있는 어석(語釋)에서도 밝혔듯이 도연명은 어머니의 상(喪)을 당하여 시골 집에 있었다. 당시 환현(桓玄)의 세력은 상승 일로에 있었고, 또 한동안 도연명이 참모로 모시던 유로지(劉牢之)가 환현에 몰리어 자살했다. 비록 가난에 몰리어 마지 못해 환현 밑에서 벼슬을 하기는 했으나, 어머니 상을 당해 이렇듯 한적한 시골에 와 있자니 더욱 지난날의 혼란이 어지럽기만 하였으리라.

화순(和順)한 봄바람은 얼어붙었던 대지를 녹이고 아울러 모든 곡식을 자라게 해줄 것이다. 새들도 즐거워 뛰고 날며 노래하고 있지 않은가? 이처럼 좋기에 '식장옹(植杖翁)'도 속세를 버리고 은퇴하여 농사를 지었으리라! 속세를 날고 뛰는 생리에서는 남들에게 뒤지지만 '수졸(守拙)'하여 대자연의 섭리와 더불어 발갈고 농사지어 생산하는 그의 경지를 어찌 알다 하겠는가?

특히 '화사한 봄바람이 좋은 것을 보내준다(冷風送餘善)'의 뜻을 깊이 인식해야 하겠다. '선(善)'은 '상(祥)'이며, 이는 '천지의 대덕인 삶(大地之德大曰生)'이다. 즉 천지와 더불어 만물이 '태어나고, 자라고 변화하여 완성되는 것(生育化成)'이다.

동양 정신의 전통에서 내세우는 '선(善)'은 오늘날의 말로 하면 '전세계 인류의 삶의 창조와 영원한 발전'이다. '만인의 삶의 창조와 발전'이 바로 전통 정신의 가치관이기도 하다. 이 점을 깊이 이해해야 하겠다.

40. 癸卯歲始春 懷古田舍二首 - 其二
계 묘 세 시 춘 회 고 전 사 이 수

초봄에 옛날 농촌을 생각하며 - 제2수

1. 先師有遺訓 憂道不憂貧
   선 사 유 유 훈 우 도 불 우 빈

2. 瞻望邈難逮 轉欲志長勤
   첨 망 막 난 체 전 욕 지 장 근

3. 秉耒歡時務 解顏勸農人
   병 뢰 환 시 무 해 안 권 농 인

4. 平疇交遠風 良苗亦懷新
   평 주 교 원 풍 양 묘 역 회 신

5. 雖未量歲功 卽事多所欣
   수 미 량 세 공 즉 사 다 소 흔

6. 耕種有時息 行者無問津
   경 종 유 시 식 행 자 무 문 진

일 입 상 여 귀　호 장 노 근 린
7. 日入相與歸　壺漿勞近鄰

장 음 엄 시 문　요 위 농 묘 민
8. 長吟掩柴門　聊爲隴畝民

공자님께서 남겨 준 가르침이 있다, 도를 걱정하되 가난은 걱정 말라고

아득히 높은 경지는 좇기는 어렵지만, 차츰 오래도록 애써볼까 하노라

손수 쟁기 잡고 즐거이 농사짓고, 웃는 낯으로 농사꾼을 격려하노라

평탄하고 넓은 밭에 먼 바람이 불자, 싱싱한 이삭이 새싹을 품노라

가을 수확 아직은 측량할 수 없으나, 농사 자체가 즐겁기 한량없네

밭 갈고 씨뿌리다 이따금 쉬건만, 나루터 묻는 길손도 없어라

해가 지면 함께 돌아와, 항아리 술로 이웃 사람 위로하고

사립문 닫은 채 길게 읊조리며, 한가로이 밭가는 농사꾼이 되리라

(語釋) ㅇ先師(선사)—공자(孔子)를 말한다. ㅇ憂道不憂貧(우도불우빈)—《논어(論語)》〈위령공편(衛靈公篇)〉에 있다. '군자는 도를 걱정하되 가난은 걱정하지 않는다(君子憂道不憂貧)'. ㅇ瞻望(첨망)—높이 우러러 본다. ㅇ邈(막)—아득하게 멀다. ㅇ逮(체)—좇는다. ㅇ轉(전)—차차, 점차로. ㅇ長勤(장근)—언제까지나 노력하겠다. 근(勤)은 애써서 일을 하다, 농사를 짓는다. ㅇ秉耒(병뢰)—농기구를 잡고 뢰(耒)는

따비나 쟁기. ○歡時務(환시무)─때를 맞추어 하는 일, 즉 농사를 기쁜 마음으로 짓는다. ○解顔(해안)─얼굴에 웃음을 띄고, 즐거운 낯으로. ○勸農人(권농인)─농부들을 격려한다. ○平疇(평주)─평탄한 밭. ○交遠風(교원풍)─먼 곳에서 불어오는 바람이 스친다. ○懷新(회신)─새싹을 품고 있다. ○未量(미량)─아직 헤아릴 수 없다. ○歲功(세공)─가을의 수확. ○卽事(즉사)─일 자체로서도, 농사짓는 자체가 즐겁다는 뜻. ○有時息(유시식)─이따금 쉬기도 한다. ○無問津(무문진)─나루터를 묻는 사람도 없다. 《논어》〈미자편(微子篇)〉에 있다. '장저와 걸익이 짝지어 밭갈이를 했다. 공자가 지나다가 자로를 시켜 나루터를 묻게 했다(長沮·桀溺耦而耕 孔子過之 使子路問津焉)'. 도연명은 자기를 장저나 걸익같이 은퇴하여 농사짓는 사람으로 비유했고, 묻는 사람도 없다는 뜻은 아무도 찾아오지 않는다는 뜻과 또 자기에게 도(道)를 묻는 사람도 없다는 뜻을 겸한 것이리라. ○壺漿(호장)─항아리의 술. ○勞近鄰(노근린)─이웃 사람들을 위로한다. ○掩柴門(엄시문)─사립문을 노상 닫아둔다. ○聊(요)─우선, 임시로, 또는 아무 걱정없이, 유연히. ○隴畝民(농묘민)─농사꾼, 농(隴)이나 묘(畝)나 다 밭이란 뜻. 밭갈이하는 사람.

大意   선사(先師) 공자가 남긴 교훈이 있다. 즉 '도에 대해서 걱정을 하되, 가난에 대해서는 걱정하지 않는다'고.(1)

그렇게 높은 경지는 오직 우러러 볼 뿐, 좇아 실천하기에는 아득하지만, 그런대로 차츰 오래 두고 힘써 농사를 짓고자 한다.(2)

손수 농기구를 들고 때를 맞추어 농사를 즐겁게 짓고, 웃는 낯으로 농사짓는 사람들을 격려한다.(3)

평탄하고 넓은 밭에는 멀리서부터 바람이 불어 스치고, 잘 자라나는 이삭은 속에 생생한 싹을 품고 있다.(4)

비록 가을에 가서 얼마나 수확이 있을지는 모르나, 농사짓는 일 자체만으로도 즐거움이 많다.(5)

밭갈고 씨뿌리다가 이따금 쉬기도 하지만, 옛날에 공자가 장저와

걸익에게 나루터를 묻듯이, 나에게는 길을 묻는 사람이 없다.(6)

　해가 지면 서로 같이 집으로 돌아오고, 항아리 술을 함께 마시며 이웃 사람들을 위로한다.(7)

　찾아오는 사람 없으니 노상 사립문을 닫아둔 채 한가롭게 시를 읊고 있다. 이렇듯 유연하게 밭갈이하는 농부로서 살아가리라.(8)

(解說)　제1수와 제2수에는 모두 다섯 사람이 나온다. 즉 앞의 시에는 안 빈낙도한 안연(顔淵)과 또 지팡이를 꽂고 밭갈이 한 식장옹(植杖翁 : 荷蓧丈人이라고도 한다)이 있고, 뒤에서는 ‘가난을 걱정말고 도를 걱정하라’고 가르친 공자와 짝지어 밭을 간 장저(長沮)·걸익(桀溺)이다.

　도연명은 이들을 내걸어놓고 은근히 손수 밭을 갈고 농사를 지은 ‘식장옹’이나 ‘장저·걸익’을 자기의 경지에 비유하며 추켜세우고 있다. 즉 손수 생산(生産)을 하는 농사꾼으로서의 즐거움을 높이고 있는 것이다. 이것은 은근히 죽림칠현(竹林七賢)같이 공리공담(空理空談)으로 난세를 욕하며 은퇴하고 있는 비생산적인 당시의 인텔리들을 비꼰 것이기도 하다. 그렇다고 그가 안연이나 공자같이 높은 경지를 무시한 것은 절대로 아니다.

　이 두 수의 시는《시경(詩經)》〈주송(周頌)〉의 ‘희희(噫嘻)’의 경지와 같다. 또한 그의 시 〈권농(勸農)〉에는 생산적 농사를 높이는 그의 태도가 잘 나타나 있다.

　철인은 누구였나? 후직(后稷)이었다. 그는 어떻게 했나? 농사짓는 일을 가지고 백성의 생활을 충실하게 해주었다. 순(舜)임금도 몸소 경작했고, 우(禹)임금도 또한 밭갈이했다. 옛날 주나라의 제도에서도 팔정(八政) 중에서 식(食)을 먼저 들었다.(哲人伊何? 時惟后稷, 瞻之伊何? 實曰播植. 舜旣躬耕 禹亦稼穡, 遠若周典 八政始食)〈二章〉

　백성이 살기 위해선 부지런히 일해야 한다. 농사를 지으면 굶주리지 않는다. 그러나 안일하게 놀기만 하면 연말에 가서 쪼들리게 된다. 곡식의 저축이 없으면 굶주림과 추위에 몰린다. 그대들이여! 일하는 농부에게 부끄럽지 않은가?(民生在勤 勤則不匱. 宴安自逸 歲暮奚冀? 儋石不儲 飢寒交至 顧余儔列 能不懷愧!)〈五章〉

〈권농〉 첫 장에서 그는 '아득한 상고 때는 백성들이 소박하고 순진한 자연 속에서 제 힘으로 농사지어 자족하며 유연하게 살았다(悠悠上古 厥初生民 傲然自足 抱朴含眞)'고 했으며, 그후 인간적 교지(巧智)가 발달하자 저마다 농사를 지어 먹지 않고 불로소득하는 자가 나오게 됐다고 했다. 또 그는 〈권농〉 끝 6장에서 공자같이 높은 덕을 가지면 몰라도 보통 사람들은 농사에 힘을 써야 한다고 도 했다.

화 곽 주 부
41. 和郭主簿 - 其一 곽주부에 맞추어 읊음 - 제1수

애 애 당 전 림　중 하 저 청 음
1. 藹藹堂前林　中夏貯淸陰

개 풍 인 시 래　회 표 개 아 금
2. 凱風因時來　回飆開我襟

식 교 유 한 업　와 기 농 서 금
3. 息交游閒業　臥起弄書琴

원 소 유 여 자　구 곡 유 저 금
4. 園蔬有餘滋　舊穀猶儲今

영 기 양 유 극　과 족 비 소 흠
5. 營己良有極　過足非所欽

용 출 작 미 주　주 숙 오 자 침
6. 春秫作美酒　酒熟吾自斟

188

7. 弱子戱我側 學語未成音
　　약 자 희 아 측　학 어 미 성 음

8. 此事眞復樂 聊用忘華簪
　　차 사 진 부 락　요 용 망 화 잠

9. 遙遙望白雲 懷古一何深
　　요 요 망 백 운　회 고 일 하 심

집 앞에 무성한 숲이 우거져, 한여름 시원한 그늘지고

부드러운 남풍이 때 맞추어 불어, 회오리바람에 가슴 후련히
펴네

속세와의 연줄 끊고 한가롭게 살고저, 유유자적 책이나 거문고
를 벗삼으리

손수 키운 채소라 맛이 좋고, 묵은 곡식 아직도 남아돌며

한도 내에서 자급자족, 안분지족하며 지내노라

차조를 절구에 찌어 술 담그고, 술이 익자 스스로 잔을 드네

세 살짜리 내 곁에서 재롱을 떨고, 말 배운다 되는대로 지껄
이더라

이 모든 일 진정 또한 즐겁구나, 홀가분히 벼슬 부귀 잊어버리자

하늘 높이 유유히 흰 구름 보니, 가슴 깊이 옛사람들 그립구나!

語釋　o和(화)—다른 사람의 시에 맞추어 지음. 수(隋) 이전에는 운(韻)
에 맞추는 화운(和韻)은 많지 않았다. o郭主簿(곽주부)—상세히 알
수 없다. 주부(主簿)는 관청에서 문서를 취급하는 책임자. o藹藹
(애애)—수목이 무성하게 우거진 품. o堂前林(당전림)—집의 안채
를 당(堂)이라 한다. 또는 대청의 뜻도 된다. 여기서는 집안의 정원
정도로 풀어도 좋다. o中夏(중하)—음력 5월. o貯淸陰(저청음)—

말쑥한 그늘이 짙게 깃들고 있다. ㅇ凱風(개풍)─부드러운 남쪽 바람〔南風〕. 개(凱)는 개(愷)와 같고, 화(和)·선(善)·낙(樂)의 뜻을 포함하고 있다. ㅇ因時來(인시래)─계절에 알맞게 불어온다. 때를 맞추어 불어온다. ㅇ回飇(회표)─회오리바람, 표(飇)는 표(飄)와 통한다. 여기서는 시원하게 불어젖히는 바람이란 뜻. ㅇ襟(금)─옷깃, 가슴의 뜻으로 풀 수도 있다. ㅇ息交(식교)─사교(社交)를 그만둔다. ㅇ游閒業(유한업)─취미적인 생활을 하며 유유자적(悠悠自適)한다. 유(游)는 유(遊)나 완(玩)과 같은 뜻으로 스스로 즐기며 논다. 한업(閒業)은 한가로운 일이나 학업. 유가(儒家)의 육경(六經)을 정업(正業)이라 하고 노장(老莊)의 글을 한업(閒業)이라 하기도 한다. 또 한업을 금서(琴書)의 뜻으로 보아도 좋다. 어떤 판본에는 '유한업(游閒業)'을 '서한와(逝閒臥)'로, 다음 구절의 '와기(臥起)'를 '좌기(坐起)'로 했다. ㅇ臥起(와기)─누웠다 일어났다 하면서, 또는 눈을 뜨고 일어나서. ㅇ弄書琴(농서금)─책을 읽거나 거문고를 타거나 한다. ㅇ園蔬(원소)─자기가 직접 밭에서 키운 채소 ㅇ餘滋(여자)─넘칠 정도로 맛이 아주 좋다. ㅇ舊穀(구곡)─묵은 곡식, 지난 해에 거둔 양곡. ㅇ猶(유)─여전히, 아직도 ㅇ儲今(저금)─현재까지 저축되어 있다. ㅇ營己(영기)─자급자족(自給自足)한다. ㅇ良(양)─참으로 좋다. ㅇ有極(유극)─한도가 있다. ㅇ過足(과족)─족한 상태를 지나다, 즉 과분한 욕심. ㅇ非所欽(비소흠)─내가 원하는 바가 아니다. ㅇ春秫(용출)─용(春)은 절구에 찧는다. 출(秫)은 차조. '술'이라고 읽기도 한다. ㅇ斟(침)─속음(俗音)은 짐. 자침(自斟)은 자작(自酌)과 같다. ㅇ弱子(약자)─세 살쯤 된 어린아이. ㅇ戲我側(희아측)─내 곁에서 논다, 재롱을 떤다. ㅇ學語未成音(학어미성음)─학(學)은 효(效), 흉내를 내다, 또는 배우다. 말을 배우고 따라 하지만 제대로 '말소리'를 내지 못한다는 뜻. ㅇ此事(차사)─이런 일들, 또는 이런 생활. ㅇ復樂(부락)─또 즐겁다. ㅇ聊用(요용)─잠시나마, 용(用)은 이(以)와 같다. ㅇ忘華簪(망화잠)─잠(簪)은 관(冠)을 안정시키고자 머리에 꽂는 비녀, 화잠(華簪)은 화려한 비녀. 즉 고관이나 부귀한 사람,

전체로 벼슬살이를 잊는다는 뜻. ㅇ遙遙(요요)─하늘 높이, 저 멀리. ㅇ懷古(회고)─옛사람들을 회상한다. ㅇ一何深(일하심)─가슴속 깊이 회상된다는 뜻. 일(一)이나 하(何)는 강조의 뜻.

(大意)　집 앞에 무성하게 우거진 숲은 음력 5월 한여름에 말쑥하게 짙은 그늘을 마냥 만들어 주고 있다.(1)

부드러운 남풍이 계절 맞추어 불어오고, 이따금 시원한 바람이 앞가슴을 열어젖히듯 후련하게 불어온다.(2)

나는 세속적인 사교를 끊어 버리고 혼자 유유자적, 자유롭게 누웠다 일어났다 하며 책과 거문고를 벗하고 지낸다.(3)

내 손으로 직접 키운 밭의 채소는 더없이 맛이 좋고, 지난 해에 거두어들인 곡식은 아직까지 저장되어 있다.(4)

알맞은 한도 내에서 자급자족하는 생활을 영위하는 나는 과분한 욕심을 바라지 않는다. 즉 안분지족(安分知足)하는 생활이다.(5)

차조를 절구에 찧어 맛좋은 술을 담그고, 술이 익자 내 스스로 술을 걸러 잔을 들어 마신다.(6)

세 살짜리 자식 아이는 내 곁에서 재롱을 떨며 놀고, 어른의 말을 흉내내지만 제대로 말소리를 내지 못하고 있다.(7)

나의 이런 생활이 또한 즐겁도다. 이렇게 살면서 벼슬이나 정치 세계를 말끔히 잊고 있다.(8)

저 멀리 하늘 높이 유연히 뜬 흰구름을 쳐다보니 가슴 깊이 옛사람들의 생각이 회상되는구나!(9)

(解說)　이 시는 대략 도연명의 나이 30세경에 지은 시로, 현존하는 그의 시 중에서도 가장 초기에 속하는 시일 것이다. 시 안에서 '세 살된 아이가 제대로 말도 못한다'고 한 것으로 보아 짐작이 간다.

한편 '화려한 비녀를 잊는다(忘華簪)'란 것으로 보아 29세에 강주(江州) 좨주(祭酒)가 되었다가 이내 사퇴했고, 다시 주부(主簿)로 초빙되었으나 그것도 마다했을 때의 시임을 알 수가 있다.

겨우 30세의 젊은 나이이자 또한 처음 벼슬살이를 나갔던 그가 이렇듯 원숙한 은퇴의 심정을 품고 있었다는 점에 주의해야 하겠다. 동시에 이 시에서 그는 안분지족(安分知足)과 자급자족(自給自足) 및 자유로운 취미생활과 평범한 가족들과의 일상생활 속에 즐거움을 찾고 있음도 알 수가 있다. 야심이나 과욕이 없는 사람만이 유연하게 흰 구름을 바라볼 수가 있고, 또 옛사람들의 덕풍(德風)을 가슴 깊이 느낄 수가 있을 것이다.

42. **和郭主簿** – 其二 곽주부에 맞추어 읊음 – 제2수
（화 곽 주 부）

1. **和澤周三春 清凉素秋節**
（화 택 주 삼 춘 청 량 소 추 절）

2. **露凝無游氛 天高肅景澈**
（노 응 무 유 분 천 고 숙 경 철）

3. **陵岑聳逸峯 遙瞻皆奇絶**
（능 잠 용 일 봉 요 첨 개 기 절）

4. **芳菊開林耀 青松冠巖列**
（방 국 개 림 요 청 송 관 암 열）

5. **懷此貞秀姿 卓爲霜下傑**
（회 차 정 수 자 탁 위 상 하 걸）

6. **銜觴念幽人 千載撫爾訣**
（함 상 염 유 인 천 재 무 이 결）

7. **檢素不獲展 厭厭竟良月**
（검 소 불 획 전 염 염 경 양 월）

두루 화창하고 윤택하던 봄철이라, 가을 되니 더욱 맑고 싸늘

하여라

이슬 굳어 서리될새 잡티 없는 하늘, 드높은 가을 풍경 속까지 맑아라

빼어난 산봉우리 우뚝우뚝 솟았고, 멀리 보니 모두가 기기절묘하여라

향기로운 국화꽃 숲에 피어 빛나고, 돌산 마루 푸른 솔 줄지어 섰네

솔같이 곧게 뻗은 절개, 그대 모습 그리며 서리에도 피어나는 국화인양 굳은 기개 장하도다

술잔 물고 그윽한 그대 생각하며, 천년의 이별 가슴 쓸며 달래노라

평소의 뜻을 펴지 못한 채, 시름시름 10월을 허송하네

(語釋) ㅇ和澤(화택)—날씨가 온화(溫和)하고 윤택(潤澤)하다. ㅇ周三春(주삼춘)—삼춘(三春)은 맹춘(孟春 : 초봄), 중춘(仲春 : 한봄), 계춘(季春 : 늦봄). 즉 온 봄을 통해서란 뜻. 주(周)는 두루, 고르게. ㅇ素秋節(소추절)—가을을 소추(素秋)라고도 했다. 절(節)은 계절. ㅇ露凝(노응)—이슬이 응결하면 서리가 된다. 《시경(詩經)》에 있다. '갈대 잎은 푸른데, 어느덧 백로는 서리가 되있다(蒹葭蒼蒼 白露爲霜)'. 〈진풍(秦風)·겸가(蒹葭)〉. 여기서는 이슬이 맺는다로 풀어도 좋다. ㅇ無游氛(무유분)—엷은 구름 한 점 없이 맑았다. 유분(游氛)은 떠도는 구름이나 흐리고 잡스런 기운. ㅇ天高(천고)—가을 하늘이 높다. ㅇ肅景澈(숙경철)—가을의 풍경은 속까지 맑다. 가을의 기운은 숙살(肅殺)의 기(氣)다. 따라서 숙경(肅景)이라 했다. 철(澈)은 맑다. ㅇ陵岑(능잠)—능(陵)은 높고 큰 언덕[大阜丘], 잠(岑)은 작지만 높은 산. 결국 높은 산의 뜻. ㅇ聳(용)—우뚝 솟다. ㅇ逸峯(일봉)—수일(秀逸)한 봉우리. ㅇ遙瞻(요첨)—멀리서 바라다본다. ㅇ芳菊(방국)—향기

로운 국화. ○耀(요)─빛나다. ○靑松冠巖列(청송관암열)─푸른 소나무들이 우뚝하게 암산(巖山) 위에 높이 줄지어 자라났다. 산꼭대기를 덮듯이 소나무들이 자라났다는 뜻에서 관암(冠巖)이라 했다. ○懷此貞秀姿(회차정수자)─곧게 뻗은 소나무의 늠름한 품을 생각한다. 소나무는 변치 않는 절조(節操)와 장수번성(長壽繁盛)을 상징한다. ○卓爲霜下傑(탁위상하걸)─국화와 같이 탁연(卓然)한 품을 지니고자 한다. 상하걸(霜下傑)은 서리에도 굽히지 않고 피어나는 굳센 국화꽃의 고고한 품. ○銜觴(함상)─술잔을 입에 물고. ○念幽人(염유인)─덕(德)을 깊이 간직하고 있는 은사(隱士)를 생각한다. ○千載撫爾訣(천재무이결)─그대와의 영원한 이별을 가슴 쓸며 달랜다는 뜻. 천재(千載)는 천 년, 무(撫)는 애무하다, 쓸어 만지다, 시름을 달랜다. ○檢素(검소)─평소의 뜻을 펴지 못하고 구속되다. 검(檢)은 구속되다. 검소(檢素)를 책이나 글의 뜻으로 풀기도 하나 부적당하다. ○不獲展(불획전)─펴지 못한다. ○厭厭(염염)─내키지 않는 심정, 싫은 마음으로, ○竟良月(경양월)─10월을 허무하게 보낸다. 경(竟)은 끝내다. 양월(良月)은 10월.

(大意) 금년 봄철에는 줄곧 날씨가 온화하고 화창했으므로 가을의 계절 또한 청명하고 시원하도다.(1)

백로가 응결되어 서리로 화하는 가을 하늘에는 잡티나 구름 한 점 없이 맑고, 또 푸른 하늘은 더욱 높아 만물을 익게 한다는 가을의 풍경이 속까지 스며들 듯 맑도다.(2)

크고 작은 산에는 수일(秀逸)한 봉우리가 우뚝우뚝 솟았고, 멀리서 바라다보니 모두가 기묘하게 아름답다.(3)

향기로운 국화가 피어나자 시들었던 숲에 생기가 나는 듯하고, 푸른 소나무는 암산 꼭대기에 우뚝 솟아 고고(孤高)한 자세로 줄지어 자라고 있다.(4)

곧게 뻗은 소나무의 절개있는 자세를 가슴속에 그리고, 한편 서리에도 굽히지 않고 씩씩하게 피어나는 국화의 어엿한 품을 지니고

자 하노라.(5)

술잔을 입에 물고 덕을 지닌 은사인 그대를 생각하고, 또한 그대와의 천 년 이별, 즉 영원한 이별의 시름을 달래노라.(6)

그대나 나는 다같이 평소에 뜻을 펴지 못하고 시름시름 내키지 않는 생활 속에서 좋은 10월을 허송하고 있도다.(7)

解說　제1수에서는 '한여름[仲夏]'에 '맑은 그늘[淸陰]'과 '시원한 바람[凱風]'을 즐기며 한적한 생활을 즐긴 자신을 그렸다. 그러나 제2수에서는 '하늘이 높고[天高]' '청량(淸涼)'한 가을에 절개와 장수(長壽)를 상징하는 솔[松]의 정수(貞秀)한 모습과, 또 서리에도 굽히지 않는 군자의 억센 기개를 상징하는 국화의 '상하걸(霜下傑)'을 앞에 놓고 곽주부(郭主簿)와의 이별을 술마시며 달래고 있다.

곽주부에 대해서는 상세히 알 수가 없다. 그러나 그도 본래는 '정수자(貞秀姿)'와 '상하걸(霜下傑)' 즉 청송(靑松)과 황국(黃菊)의 덕성(德性)을 속깊이 간직한 고일(高逸)한 은사(隱士)였을 것이다. 그러나 어쩌다가, 아니할 수 없이 벼슬살이를 하고 있을 것이다.

그러기에 도연명은 '평소의 뜻을 풀지 못하고 시름시름 10월을 허송하고 있다(檢素不獲展　厭厭竟良月)'라며 동정했고, 또한 벼슬을 사는 그와 벼슬을 버리고 유유자적하는 자기와의 '천년의 이별, 즉 생활상의 커다란 괴리(乖離)'를 술로 달랬던 것이리라. 따라서 10월 좋은 계절을 허송하고 있는 것은 바로 자기자신이기도 했다. 제2수의 핵심은 (3) (4) (5)다.

'크고 작은 산에는 봉우리가 우뚝우뚝 솟았고, 멀리서 바라다보니 기묘하게 아름답다'(3), '향기로운 국화가 피어나자 시들었던 숲에 생기가 나는 듯하고, 푸른 소나무는 암산 꼭대기에 우뚝 솟아 고고한 자세로 줄지어 자라고 있다'(4). '곧게 뻗은 소나무의 절개있는 자세를 가슴속에 그리고, 한편 서리에도 굽히지 않고 씩씩하게 피어나는 국화의 어여쁜 품을 지니고자 하노라(5)'.

43. 癸卯歲十二月中作 與從弟敬遠
계묘세십이월중작 여종제경원

계묘년에 경원에게 보내는 시

1. 寢迹衡門下 邈與世相絶
침적형문하 막여세상절

2. 顧盼莫誰知 荊扉晝常閉
고반막수지 형비주상폐

3. 凄凄歲暮風 翳翳經日雪
처처세모풍 예예경일설

4. 傾耳無希聲 在目皓已潔
경이무희성 재목호이결

5. 勁氣侵襟袖 簞瓢謝屢設
경기침금수 단표사누설

6. 蕭索空宇中 了無一可悅
소삭공우중 요무일가열

7. 歷覽千載書 時時見遺烈
역람천재서 시시견유열

8. 高操非所攀 深得固窮節
고조비소반 심득고궁절

9. 平津苟不由 棲遲詎爲拙
평진구불유 서지거위졸

10. 寄意一言外 茲契誰能別
기의일언외 자계수능별

일자 대문 초가집에 몸을 숨기고, 속세와 떨어져 사노라

둘러봐도 알 사람 없고, 사립문 낮에도 노상 닫혔노라

세모의 겨울바람 쌀쌀히 불고, 거듭 내리는 눈에 하늘도 침침하여라

귀를 기울여도 아무 소리 안 들리고, 눈에는 희고 맑은 눈만이 보이네

한기가 억세게 옷 속으로 스며들고, 일단사 일표음도 없노라

쓸쓸하게 텅빈 집안에는, 아무런 기쁨도 찾을 길 없네

천년 전의 책들을 두루 읽으며, 때로 선인들의 뛰어난 덕행을 보노라

높은 지조야 따르고 오를 수 없되, 고궁절만은 나도 깊이 터득하노라

평진공(平津公)같이 못될 바에야, 은퇴하는 것이 어찌 옹졸하리오

그 이상을 말하지 못하는 나의 심정을 오직 그대만은 알아주리라

語釋 ○癸卯歲十二月(계묘세십이월)—원흥(元興) 2년(403년) 도연명의 나이 39세 때다. 이 해 12월에 환현(桓玄)이 진(晉)나라 안제(安帝)를 심양에 유폐(幽閉)하고 제위에 올라 국호를 초(楚)라고 개명했다. 당시 도연명은 모친상을 당하자, 환현 밑에서 지녔던 벼슬을 그만두고 돌아와 복상하고 있었다. ○從弟敬遠(종제경원)—조카 경원을 몹시 사랑했다. 도연명보다 약 17세 아래였다. 도연명은 47세 때에 〈종제 경원을 제하는 글(祭從弟敬遠文)〉을 지었다. 그는 도가(道家)를 지향하여 기품이나 절개가 높았다. 제문(祭文)에서 도연명은 '지조와 기개가 있다(有操有槪)'고 했으며 함께 가난을 무릅쓰고 학문과 수도를 했으며, 또 함께 밭에서 농사를 지었던 일을 회상하기도 했다. 이 시에서도 도연명은 어린 조카에게 벼슬을 버리고 고궁

절(固窮節)을 지키는 자기의 심정을 자상하게 토로하고 그로부터 이해 받기를 호소하고 있다. ○寢迹(침적)－침(寢)은 그만두다, 적 (迹)은 자취, 걸음. 즉 벼슬을 그만두고 숨어산다는 뜻. ○衡門(형 문)－한 도막의 나무를 옆으로 걸쳐놓은 문, 일자문의 초라한 집. 《시경(詩經)》〈진풍(陳風)〉에 '형문(衡門)'이란 시가 있다. '형문 밑 에서도 편히 살 수 있다. 흘린 물에서도 굶주림을 풀 수가 있다 (衡門之下 可以棲遲, 泌之洋洋 可以樂飢)'. ○顧盼(고반)－사방을 둘러보다. ○莫誰知(막수지)－아무도 아는 사람이 없다. ○荊扉(형 비)－사립문. ○凄凄(처처)－바람이 차게 부는 품. ○翳翳(예예)－하 늘이 어둡다. 어둑어둑하다. ○經日雪(경일설)－며칠째 눈이 내린다. ○無希聲(무희성)－아무 소리도 없다.《노자(老子)》에 있다. '들으 려 해도 안 들리는 것을 희라 한다(聽之不聞 曰希)'. ○皓已絜(호 이결)－호(皓)는 희다. 결(絜)은 결(潔). 즉 너무나 희고 맑다는 뜻. ○勁氣(경기)－몹시 찬 기운. ○侵襟袖(침금수)－옷깃이나 소매 속 으로 파고든다. ○簞瓢(단표)－단(簞)은 도시락, 밥그릇. 표(瓢)는 표주박, 물그릇.《논어》〈옹야편(雍也篇)〉에 있다. '안연은 슬기롭 다. 밥 한 그릇과 물 한 바가지밖에 없는 가난한 식사를 들고 누추 한 곳에 살면서도 남 같으면 못견딜 것을 태연하게 견디며 안빈낙 도의 자세를 잃지 않고 있다(子曰 賢哉回也 一簞食一瓢飮 在陋巷 人不堪其憂 回也不改其樂 賢哉回也)'. ○謝屢設(사누설)－(밥 한 그릇, 국 한 그릇의 식사도) 자주 차리지 못한다. 사(謝)를 감사한 다로 풀이할 수도 있다. 누설(屢設)은 자주 마련해 주다. 즉 조카가 자기를 위해 가난한 살림을 보태준 것에 감사한다는 뜻. ○蕭索(소 삭)－쓸쓸하다. ○空宇中(공우중)－텅빈 듯한 집안. 우(宇)는 옥우 (屋宇). ○了無(요무)－완전히 없다. ○可悅(가열)－즐거울 만한 것. ○歷覽(역람)－두루 다 보다. ○千載書(천재서)－천 년 묵은 책들. ○遺烈(유열)－전해 내려온 뛰어난 사람의 덕행. ○高操(고조)－높 은 지조 ○非所攀(비소반)－자기로서는 좇아 올라갈 수가 없다. ○固窮節(고궁절)－군자는 원래가 가난하게 살면서도 높은 절개를 지켜야 한다. 《논어》에 있다. 위(衛)나라 영공(靈公)이 공자에게 군사(軍事)에 관해 묻자, 공자가 "제사지내는 예는 알고 있으나, 싸움질하는 일은 모릅니다."하고 이튿날 위나라를 떠났다. 그리고 진(陳)나라에서 양식이 떨어져 동행하던 제자들 중에 병까지 나서 일어나지를 못했다. 이에 성미가 급한 자로가 공자에게 "군자도 이렇게 궁핍에 빠질 수가 있습니까?"하고 물었다. 이에 공자가 말했다. "군자는 본래 궁하게 마련이다. 소인들은 궁하면 탈선을 하게 되느니라.(君子固窮 小人窮斯濫矣)." ○平津(평진)─한(漢) 무제(武帝) 때의 공손홍(公孫弘)이 무제를 도와 많은 공을 세워 평진공(平津公)에 봉해졌다. ○苟不由(구불유)─유(由)는 닮다, 모방하다. 구(苟)는 가령. 즉 옛날 한무제를 도와 공을 세운 평진공같이 자기도 진(晉)나라를 도와 높이 오른다면 혹 자기도 잘살 것이다. 그러나 자기로서는 도저히 그럴 수가 없다(苟不由). ○棲遲(서지)─은퇴하여 마음 편하게 살다. ○詎爲拙(거위졸)─어찌 나쁘겠는가? ○寄意一言外(기의일언외)─일언(一言)은 고궁절(固窮節)을 지키겠다는 말. 즉 고궁절을 지키기 위해 은퇴한다고 했다. 그러나 사실은 그 말 밖〔言外〕에 덧붙여 할 말이 얼마든지 있다. 모든 나의 심중을 한마디 말로 할 수 없으니, 그것을 누가 알아주겠는가?(誰能別) ○契(계)─맞춘다, 부합되다. 〈제경원문(祭敬遠文)〉에서 도연명은 말했다. "너만이 내 뜻을 알아주었다(爾知我意)."

(大意) 벼슬을 그만두고 초라한 집에 묻혀 살며 속세와는 발을 끊었다.(1)

주위를 둘러보아도 아무도 아는 사람이 없고, 사립문은 낮에도 노상 닫혀져 있다.(2)

세모에 바람이 차게 불고, 며칠째 내리는 눈에 하늘이 어둠침침하다.(3)

귀를 기울여도 들리는 소리 없이 고요하고, 사방을 보면 온통 희고 맑기만 하다.(4)

억세게 찬 한기가 옷깃이나 소매를 뚫고 들어오고, 밥 한 그릇 물 한 사발의 식사조차 자주 마련하지 못하고 굶어야 한다.(5)

아무것도 없이 텅빈 집안은 너무나 쓸쓸하고, 즐거운 일이라고는 눈뜨고 찾아봐도 없다.(6)

천년 동안의 모든 책들을 모조리 보니, 노상 옛날의 뛰어난 사람들의 덕행을 알 수가 있다.(7)

옛 위인들의 높은 지조를 내가 좇아 오를 수야 없지만, 그러나 가난 속에서도 절개를 지켜야 한다는 고궁절의 경지만은 깊이 터득하여 지키고 있다.(8)

한 무제를 도와 영달했던 평진공같이 되지 못할 바에야, 아예 은퇴하여 한가롭게 사는 것이 왜 나쁘겠는가?(9)

나의 속뜻은 말 밖에 있거늘, 그것을 바로 알아서 이해해 줄 사람은 자네말고 누가 있겠는가?(10)

解說 앞의 제목 풀이에서 말했듯이, 도연명은 혼란한 시기에 착잡한 심정으로 벼슬을 버리고 은퇴를 행했다. 그리고 그 심정을 자기가 가장 사랑하던 종제 경원(敬遠)에게 털어놓고자 했다. 그러나 모든 것을 다 말할 수가 없어 그는 '말 밖의 뜻을, 그대만은 알아주리(寄意一言外 茲契誰能別)'라고 했다.

환현(桓玄)이 진(晉)나라의 안제(安帝)를 유폐하고 제위를 차지한 것을 나쁜 짓이라고 큰소리치고 싶었을 것이다. 그러나 말 못하고 그는 벼슬에서 물러나, 추위와 굶주림에 떨어야만 했다. 그래도 그는 굳게 고궁절(固窮節)을 지킬 각오가 되어 있었다. 〈음주(飮酒) 기이십(其二十)〉과 비슷한 심정의 시다.

200

44. 連雨獨飲 장마철에 혼자 술마시며

<small>연 우 독 음</small>

1. 運生會歸盡 終古謂之然
<small>운 생 회 귀 진   종 고 위 지 연</small>

2. 世間有松喬 於今定何聞
<small>세 간 유 송 교   어 금 정 하 문</small>

3. 故老贈余酒 乃言飲得仙
<small>고 로 증 여 주   내 언 음 득 선</small>

4. 試酌百情遠 重觴忽忘天
<small>시 작 백 정 원   중 상 홀 망 천</small>

5. 天豈去此哉 任眞無所先
<small>천 기 거 차 재   임 진 무 소 선</small>

6. 雲鶴有奇翼 八表須臾還
<small>운 학 유 기 익   팔 표 수 유 환</small>

7. 顧我抱茲獨 僶俛四十年
<small>고 아 포 자 독   민 면 사 십 년</small>

8. 形骸久已化 心在復何言
<small>형 해 구 이 화   심 재 부 하 언</small>

태어났다가 반드시 죽어 돌아가니, 그것을 당연한 도리라 하노라

적송자·왕교가 신선되었다고 전하나, 지금 그들의 소식 듣지 못하노라

　다정한 노인장이 내게 술을 권하며, 마시면 신선이 될 수 있다 하기에

　　한 잔 드니 온갖 걱정 사라지고, 두 잔 술에 홀연히 하늘도 잊었노라

　　하늘도 이 경지와 다르지 않으리라, 천지 자연에 몸 맡기고 일체가 되니

　　신기한 날개 달고 구름 탄 학같이, 삽시간에 우주 팔방 돌고 온 느낌

　　지난 40년을 돌이켜 보니, 외로움 품고 온갖 애를 썼으며,

　　이미 몸은 늙어 시들었으되, 참 마음 그대로이니 다행이로다

(語釋)　○連雨(연우)―계속해서 비가 내린다. ○運生(운생)―사람은 하늘이 내려준 운수에 의해 태어난 것이다. ○會歸盡(회귀진)―사람은 영원히 살 수 없다. 죽어 다시 돌아가야 한다. 우리가 사는 현상계를 유(有)라고 한다면 우리가 태어나기 전이나 또는 죽어 돌아가는 초현상계는 무(無)라 하겠다. 즉 사람은 무에서 와서 무로 돌아가게 마련이다. 회(會)는 '마땅히 ~하게 마련.' 현대 백화(白話)에 많이 쓰이는 용법이다. ○終古(종고)―영원히. ○謂之然(위지연)―반드시 그렇다고 한다. 그것이 당연한 이치다. ○松喬(송교)―한(漢)대의 사람들로 불로장생(不老長生)의 선술(仙術)을 터득했다고 한다. 적송자(赤松子)와 왕교(王喬) 두 사람. ○於今(어금)―오늘날에는. ○定何聞(정하문)―아무 소리도 듣지 못한다. 정(定)은 지(止)의 뜻. ○故老(고로)―친근한 노인. ○試酌(시작)―시험삼아 든다. 시작(試酌)과 다음의 중상(重觴)은 대구를 이룬다. 한 잔 든다, 거듭 마신다의 뜻. ○百情遠(백정원)―속세의 모든 걱정이나 감정이 멀리 사라진다. ○忽忘天(홀망천)―홀연히 하늘의 존재마저 잊는다. ○天豈去此哉(천기거차재)―하늘이 어찌 이 경지에서 떨어져 있겠는가? 술취해 천지와 혼연일체가 된 경지가 곧 하늘나라에 든 것이다. ○任眞(임진)―참에 몸을 맡기다. 즉 자연과 혼연일체가 되었다는 뜻. 《회남자(淮南子)》에 있다. 천지 우주와 대통(大通)한 사람을 진

인(眞人)이라 한다. ㅇ無所先(무소선)―앞이다 뒤다 할 것이 없다. ㅇ雲鶴(운학)―구름 위를 나는 학. ㅇ有奇翼(유기익)―신기한 날개를 달고 ㅇ八表(팔표)―우주의 8방, 끝없는 공간. ㅇ須臾還(수유환)―삽시간에 우주를 한 번 돌고 되돌아온다. ㅇ抱玆獨(포자독)―고독한 생활을 지내왔다. 자(玆)는 차(此). ㅇ俛俛(민면)―애를 쓰다, 안간힘을 쓰다. ㅇ形骸(형해)―육신, 몸. ㅇ久已化(구이화)―변한 지 오래다. 즉 이미 늙었다는 뜻. ㅇ心在(심재)―정신은 그대로 있다. 임진(任眞)하겠다는 생각.

大意   하늘의 운수로 이승에 태어난 우리는 반드시 죽어 되돌아가게 마련이다. 예로부터 이것은 누구나가 말하는 정해진 이치이다.(1)

옛날부터 전해오는 말에 적송자(赤松子)와 왕교(王喬)가 불로장생했다고 하나, 오늘날에도 그들이 살아 있다는 말은 듣지 못한다.(2)

친하게 모시는 노인들이 나에게 술을 주면서 마시면 바로 신선이 될 수 있다고 한다.(3)

시험삼아 한잔을 드니 속세의 모든 번거로운 생각이 멀리 사라지고, 다시 거듭 술잔을 들어 마시니 홀연 하늘의 존재마저 잊게 되더라.(4)

신선이 사는 하늘이나 도연히 취한 나의 경지나 별로 멀리 떨어진 것이 아니리라! 천지자연과 혼연일체가 된 경지에서는 앞이다 뒤다 하는 것도 있을 수가 없느니라.(5)

구름을 타고 나는 신기한 날개를 달고 삽시간에 팔방을 돌고 되돌아온 듯 후련한 느낌이다.(6)

내 자신을 돌이켜 보니, 나는 고독을 굳게 지키며 안간힘을 쓴 지가 이미 40년이나 된다.(7)

내 육신은 이미 늙은 지 오래지만, 천지 자연과 일체가 되겠다는 정신은 그대로 있으니 그 이상 무슨 말을 하리요?(8)

(解說)　〈영목(榮木)〉에서 '인생은 잠시 기우하고 있는 것이나 다름없다, 얼마 못 되어 초췌하여 시들어 죽으리(人生若寄 顦頓有時)'라고 한 도연명은 다시 여기서 '운수 따라 태어나도 반드시 죽어 되돌아가는 것이 종국의 진리다(運生會歸盡 終古謂之然)'라고 다짐했다.

무에서 왔다가 무로 돌아가는 것이 인생이다. 그렇거늘 사소한 이득·명예·권력을 얻고자 서로 다투고 싸우고 죽이고 하는 일이 얼마나 부질없는 노릇인가? 뿐만이 아니다. 불로장생의 신선이 되겠다는 욕심도 허망한 짓이다.

오직 술에 취해 온갖 속세의 추잡한 생각을 말끔히 잊고 천지 자연과 홀연히 일체가 된 경지, 즉 '참에 내 몸을 맡긴[任眞]' 경지만이 바람직하다.

《장자(莊子)》〈제물론(齊物論)〉의 곽주(郭註)에 있다. '자연에 맡기고 시(是)와 비(非)를 잊는 사람은 자기 몸 안에 오직 천진(天眞)만을 있게 해야 한다(任自然而忘是非者 其體中獨任天眞而已)'.

45. 乙巳歲三月爲建威參軍使都經錢溪
을사세삼월위건위참군사도경전계

을사년에 전계를 지나며

1. 我不踐斯境 歲月好已積
　　아불천사경 세월호이적

2. 晨夕看山川 事事悉如昔
　　신석간산천 사사실여석

3. 微雨洗高林 淸飇矯雲翮
　　미우세고림 청표교운핵

4. 眷彼品物存 義風都未隔
　　권피품물존 의풍도미격

204

　　　　이 여 하 위 자　면 려 종 자 역
5. 伊余何爲者 勉勵從玆役
　　　　일 형 사 유 제　소 금 불 가 역
6. 一形似有制 素襟不可易
　　　　원 전 일 몽 상　안 득 구 이 석
7. 園田日夢想 安得久離析
　　　　종 회 재 귀 주　양 재 의 상 백
8. 終懷在歸舟 諒哉宜霜柏

내가 이곳 전계에 안온 지가, 벌써 수년이 되었으나
아침저녁 길가며 보는 산천의 모든 풍정이 옛날과 같네
부슬비 높은 숲을 산뜻하게 씻고, 맑은 바람은 구름을 날리네
정다운 눈초리로 자연 풍물 바라보니, 도의풍(道義風) 남아 있
어 마음 즐겁네
그런데 나는 무엇 때문에, 이런 벼슬에 매여 고생을 하나
비록 내 몸은 구속된 듯싶어도, 나의 본심은 변할 수가 없으며
나날이 전원(田園)을 꿈꾸거늘, 어찌 오래 떨어질 수 있으랴?
결국 내 뜻은 배타고 돌아가, 진정 서리맞은 잣나무가 되리라

(語釋) ㅇ乙巳歲(을사세)—의희(義熙) 1년(405년) 도연명의 나이 41세 때
이다. 그는 건위장군(建威將軍) 유경선(劉敬宣)의 참군(參軍)이 되
어, 이해 3월에 사신으로서 서울 건강(建康)으로 갔다. 유경선은 유
로지(劉牢之)의 아들이며 당시 강주(江州) 자사(刺史)로 심양(尋陽)
에 있었다. 도연명이 서울에 심부름 간 것은 아마 유경선의 사표를
조정에 바치러 간 것이라고도 한다. 유경선은 마침 3월에 유유(劉
裕)의 부하 유의(劉毅) 장군과 의견이 맞지 않아 강주자사를 사직
했었다. 따라서 도연명의 서울 여행은 반가운 것은 못되었다. ㅇ錢

溪(전계)-안휘성(安徽省) 장강 남쪽 귀지현(貴池縣)에 있는 도시로 심양(尋陽)에서 건강(建康)으로 가는 중간에 위치하는 길목이다. ○不踐斯境(불천사경)-이곳을 밟지 않았다. 즉 전계에 오지 않았다는 뜻. ○歲月好已積(세월호이적)-벌써 제법 많은 세월이 흘렀다. 도연명은 36세에 서울에서 고향으로 돌아왔다. 따라서 6년 동안 이곳에 오지 않았다고 할 수 있다. ○悉如昔(실여석)-길을 가며 보는 산천의 모든 풍물은 옛날이나 같다. ○淸飇(청표)-맑은 봄바람. ○矯雲翮(교운핵)-봄바람이 불어 구름을 높이 날린다는 뜻. 교(矯)는 높이 올린다. 핵(翮)은 날갯죽지. 여기서는 구름의 날개, 즉 구름. 교운핵(矯雲翮)을 새가 구름을 타고 높이 날다로 풀 수도 있다. ○眷(권)-반갑게 본다. ○品物存(품물존)-산천의 모든 풍물들이 그대로 있다. ○義風(의풍)-옛날의 도의풍(道義風). ○都未隔(도미격)-모두 다 아직 없어지지 않았다. ○從茲役(종자역)-벼슬에 얽매이다. ○一形似有制(일형사유제)-내 한 몸이 벼슬에서 구속되어 있는 듯하지만. ○素襟(소금)-본 마음, 본심, 소지(素志). ○不可易(불가역)-변할 수가 없다. ○離析(이석)-이별하여 떨어지다. ○終懷在歸舟(종회재귀주)-최종적인 생각은 돌아가는 배에 있다. 즉 배타고 고향에 돌아가고 싶다는 뜻. ○諒哉(양재)-진실로, 참으로 양(諒)은 신(信). ○宜(의)-마땅하다, 또는 당연히 그렇게 되리라. ○霜柏(상백)-서리에도 시들지 않는 잣나무.

(大意)　내가 이곳 전계(錢溪)에 발을 들여놓지 않은 지가 벌써 여러 해 되었다.(1)

서울로 가는 길에 아침저녁으로 산천을 바라다보았으나, 모든 것들이 옛날이나 같더라.(2)

부슬비가 내려 높은 숲을 산뜻하게 씻어주고, 맑은 바람이 구름을 높이 불어 올리고 있다.(3)

반가운 눈초리로 옛날의 산천 풍물을 쳐다보며, 자연 속에는 아직도 옛날의 순박한 도의풍(道義風)이 그대로 남아 있음을 기쁘게

여긴다.(4)

　헌데 나는 어찌해서, 이렇듯 벼슬에 얽매여 고생을 하고 있는 것일까?(5)

　표면적으로는 나의 몸이 벼슬에 구속되어 있는 듯이 보이겠으나, 무위자연에 돌아가고 싶다는 나의 본심에는 변함이 없다.(6)

　고향의 전원을 매일같이 몽상하고 있으니, 어찌 오래 떨어져서 있을 수가 있겠는가?(7)

　최종적인 나의 포부는 배타고 고향으로 돌아가겠다는 것이다. 참으로 나는 서리에도 굽히지 않는 잣나무같이 의당 고궁절(固窮節)을 지키겠노라.(8)

(解説)　엎치락뒤치락 비정(非情)한 쟁탈전이 지속되는 혼란한 격동기에 도연명의 벼슬살이도 어지럽게 엉키었다. 35세 때에는 유로지(劉牢之)의 참군을 지냈고, 37세에는 환현(桓玄) 밑에서 벼슬했고, 약 3년간을 어머니의 복상을 위해 쉬었던 그는 40세에는 다시 유로지의 아들 유경선(劉敬宣)의 참군이 되었다. 그러면서 그는 또한 벼슬에 오른 지 얼마 안되어 이내 벼슬을 버리고 전원으로 돌아오기도 했다.

　도연명의 이렇듯 모순에 차고 참을성 없고 혼미한 벼슬살이의 태도에 대해 후자의 평이 일치하지 않는다. 혹자는 동정하고 또 혹자는 일관성이 없고 지조가 모자란다고 가혹하게 탓하기도 한다.

　그러나 우리는 보다 넓은 견지에 서서 그의 현실적인 입장에 동정을 해야 할 것이다. 노상 희망과 빛을 찾다가 번번이 실망하고 되돌아섰던 도연명을 우리는 연민의 정을 가지고 이해해야 할 것이다.

　이 시는 어머니의 상(喪)을 벗고서 모처럼 다시 벼슬을 받아 서울 건강(建康)으로 심부름가는 길에 지은 것이다. 그리고 이 심부름은 유경선의 사표를 조정에 올리기 위한 것이었다고 한다. 따라서 기쁜 여행이 아니라, 자기도 이내 유경선과 같이 벼슬에서 물러날 각오를 하고 나섰던 길일 것이다. 사실 도연명은 그후 벼슬을 그만두었다.

46. 還舊居 옛집에 돌아와서

1. 疇昔家上京 六載去還歸
　　주 석 가 상 경　육 재 거 환 귀

2. 今日始復來 惻愴多所悲
　　금 일 시 부 래　측 창 다 소 비

3. 阡陌不移舊 邑屋或時非
　　천 맥 불 이 구　읍 옥 혹 시 비

4. 履歷周故居 鄰老罕復遺
　　이 력 주 고 거　인 로 한 부 유

5. 步步尋往迹 有處特依依
　　보 보 심 왕 적　유 처 특 의 의

6. 流幻百年中 寒暑日相推
　　유 환 백 년 중　한 서 일 상 추

7. 常恐大化盡 氣力不及衰
　　상 공 대 화 진　기 력 불 급 쇠

8. 廢置且莫念 一觴聊可揮
　　폐 치 차 막 념　일 상 요 가 휘

옛날 서울에 살다가, 6년 전에 고향으로 갔으며
이제 다시 서울에 와보니, 모든 것이 처량하고 서글프구나
밭둑길은 옛과 다름없으나, 마을의 집은 간혹 같지 않으며
옛집 주변을 두루 돌았으나, 살아 남은 이웃 영감은 없노라
발걸음 옮겨 옛추억을 더듬으며, 그 자리에 연연하였노라

백년 인생은 유전변화하며, 계절은 나날이 떠밀듯 흘러가니
아직 기력 다하지 않았거늘 혹시나 일찍 스러질까 두렵구나
부질없는 생각일랑 말고, 한잔 술로 시름을 떨쳐 내리라

(語釋) ○還舊居(환구거)―41세 때에 지은 시다. 유경선(劉敬宣)의 사표를 제출하고자 서울 건강(建康) 옛집으로 6년만에 와서 지은 것이다. ○疇昔(주석)―옛날, 전날. ○家上京(가상경)―상경(上京)은 진(晉)나라의 서울 건강(建康 : 현 南京). 가(家)는 살았다. 거(居)로 된 판본도 있다. ○六載(육재)―6년만에 다시 돌아왔다. 36세 경자(庚子)년에 서울에서 돌아오다가 바람 때문에 규림(規林)에서 길이 막혔다는 시(36, 37 참조)가 앞에 있다. ○阡陌(천맥)―밭둑길. ○邑屋(읍옥)―거리의 집들. ○履歷(이력)―이집 저집을 찾아보다 ○周(주)―두루. ○罕復遺(한부유)―그대로 남아 있는 사람이 거의 없다. ○尋往迹(심왕적)―옛날 자기가 갔던 곳을 찾아다닌다. ○特依依(특의의)―특히 옛날의 추억에 젖어 서성대며 떠나지를 못한다. ○流幻(유환)―인생은 물흐르듯 지나고 또 변한다. 유(流)는 흐른다, 환(幻)은 화(化). 즉 인생이 유전변화(流轉變化)한다는 뜻. ○寒暑日相推(한서일상추)―겨울과 여름, 즉 계절이 나날이 서로 밀듯이 바뀐다.《역경(易經)》〈계사전(繫辭傳)〉에 있다. '한서가 서로 밀고 나감으로써 1년이 된다(寒暑相推 而歲成焉).' ○常恐(상공)―언제나 겁이 난다. ○大化盡(대화진)―죽는다. 일찍 죽는다.《열자(列子)》에 있다. '인생은 처음에서 끝까지 네 단계로 크게 변한다. 즉 아이·젊은이·늙은이, 그리고 죽음이다(人生自始至終 大化有四 嬰孩也 少壯也 老耄也 死亡也)'〈천서편(天瑞篇)〉. ○不及衰(불급쇠)―아직도 기력이 쇠하지 않았는데. ○廢置(폐치)―그런 생각을 버리자. ○揮(휘)―술잔에 남은 술을 훌쩍 다 마시는 것을 휘(揮)라 한다.

(大意) 　전에 서울에서 살다가 6년 전에 서울을 떠나 고향으로 돌아갔다.(1)

그리고 오늘 비로소 다시 와보니, 모든 것이 서글프고 처량한 느낌이 든다.(2)

밭둑길은 옛날이나 다름없지만, 거리의 집들은 더러 옛모습이 아니더라.(3)

옛날에 살던 집 주변을 두루 다니며 알아보았으나, 인근의 노인으로 아직까지 살아남은 분들이 거의 없었다.(4)

옛날에 갔던 곳을 한발한발 걸어 찾았고, 특히 어떤 곳에서는 추억에 젖어 발걸음을 옮기지 못하고 서성대기도 했다.(5)

인생은 백 년 사이에 유전변화하고, 세월도 하루하루 떠밀듯 흘러간다.(6)

내가 노상 겁을 내는 것은 아직도 기력이 쇠퇴하지 않았는데 혹시나 일찍 죽지나 않을까 하는 것이다.(7)

자! 그런 걱정은 그만두고, 우선 남은 술이나 훌쩍 마시고 시름을 떨어버리자.(8)

(解說) 도연명은 소장시(少壯時)에는 가슴속에 큰 뜻[大志]을 품고 나라를 위해 높은 공을 세우고자 했다. 〈잡시(雜詩) 기오(其五)〉에서 그는 '설레이는 포부가 사해에 넘치고, 세찬 날개로 먼 하늘에 날고자 했다(猛志逸四海 騫翮思遠翥)'고 했다.

그러나 이제 두 번째로 서울, 즉 정치나 문화의 중심지에 온 도연명은 스스로 패배자임을 자인했다. 모든 것이 처량하고 서글프게 보였다. 자연은 옛날과 같았으나, 인간사회나 사람들은 같지가 않았다. 냉혹한 전란이 그렇듯이 인간과 인간사회를 무참하게 파괴했던 것이다. 패배자의 심정에 젖은 도연명은 덜컥 겁이 났다. 이러다가는 제대로 살지도 못하고 난세에 휩쓸려 죽지나 않을까?

아직 나는 기력이 다하지 않았는데! 아직도 나는 활약할 수가 있는데! 불안과 초조의 서울 여행이었다. 이런 시름은 오직 술로 풀어야 했으리라.

47. 榮木 〈一章〉 무궁화 〈1장〉

序

영목념장노야 일월추천 이부구하 총각문도
榮木念將老也 日月推遷 已復九夏 總角聞道

자수무성
自首無成.

영목은 차츰 늙어가는 나를 한탄한 시다. 해와 달이 바뀌어가고 또 다시 여름이 되었다. 나는 총각 때부터 도를 배웠으나, 늙어 백발이 된 지금에도 도를 터득하지 못했다.

채채영목 결근우자
1. **采采榮木 結根于茲**

신요기화 석이상지
2. **晨耀其華 夕已喪之**

인생약기 초췌유시
3. **人生若寄 顦顇有時**

정언공념 중심창이
4. **靜言孔念 中心悵而**

무성하게 자라난 무궁화, 이 땅에 뿌리를 내리고
아침에는 화려한 꽃을 피우나, 밤에는 벌써 시들어지네
천지간에 잠시 기우하는 인생도, 이내 때가 되면 늙고 시들고
마니

조용히 깊이 생각해보면, 가슴속이 처량해지네

語釋　◦采采榮木(채채영목)－채(采)는 무성하게 자라고 많다는 뜻. 영목(榮木)은 무궁화[木菫].　◦結根于玆(결근우자)－이 땅에 뿌리를 내리고 있다.　◦晨耀其華(신요기화)－아침에 화려하게 꽃을 피운다.　◦夕已喪之(석이상지)－저녁에는 이미 지고 만다.　◦人生若寄(인생약기)－인생도 잠시 이 천지간에 임시로 와서 들른 것과 같다. 기(寄)는 기우(寄寓)하다. 노래자(老萊子)가 말했다.　◦顦顇(초췌)－초췌(憔悴)와 같다. 노쇠하고 시들다.　◦有時(유시)－때가 되면. 즉 이내, 얼마 안가서의 뜻. 인생은 길어야 백 년이다.　◦靜言孔念(정언공념)－정(靜)은 조용히, 언(言)은 어조사, 공(孔)은 깊이, 념(念)은 생각하다.　◦悵而(창이)－서글퍼진다.

大意　　수없이 많이 무성하게 자라난 무궁화가 이 땅에 뿌리를 내리고 있다.(1)
　　아침에는 화려한 꽃을 피우지만, 저녁이면 이내 시들고 만다.(2)
　　인생도 천지간에 잠시 몸을 의지하고 있는 것이다. 얼마 못 가서 이내 늙어 시들고 만다.(3)
　　조용히 잘 생각해보면, 참으로 가슴속이 서글퍼지노라.(4)

48. 榮^영 木^목 〈二章〉 무궁화 〈2장〉

1. 采采榮木 于兹托根

채 채 영 목 우 자 탁 근

2. 繁華朝起 慨暮不存

번 화 조 기 개 모 부 존

3. 貞脆由人 禍福無門

정 취 유 인 화 복 무 문

4. 匪道曷依 匪善奚敦

비 도 갈 의 비 선 해 돈

무성하게 피어난 무궁화, 이 땅에 뿌리를 붙이고

화려한 꽃을 아침에 피우건만, 딱하게도 저녁에는 시들어 없네

내 하기에 따라 잘되고 못되노니, 화복의 문은 정해진 게 없느
니라

오직 도를 따라서 가고, 선을 힘써 이룩하여라

(語釋) ㅇ托根(탁근)—뿌리를 붙이고 있다. ㅇ慨暮不存(개모부존)—한탄스럽
게도 저녁에는 시들어 없어진다. ㅇ貞脆(정취)—정(貞)은 바르고 굳
다. 취(脆)는 연약하고 부스러지다. ㅇ由人(유인)—사람, 즉 자기에
게 달렸다. ㅇ禍福無門(화복무문)—본래부터 화를 초래하는 문이나
복을 끌어들이는 문이 정해져 있지 않다. 《좌전(左傳)》에 있다. '화
복은 문이 없다. 오직 사람이 불러들이는 것이다(禍福無門 唯人所
召)" ㅇ匪道曷依(비도갈의)—도가 아니면 어찌 좇겠느냐? 오직 도
만 의지하고 닮는다는 뜻. ㅇ匪善奚敦(비선해돈)—선이 아니면 어찌

애를 써서 하겠느냐? 돈(敦)은 면(勉)과 같은 뜻이다.

(大意)　　수없이 무성하게 자라난 무궁화가 이 땅에 뿌리를 붙이고 있다.(1)

아침에 화려한 꽃을 피우지만 한스럽게도 저녁에는 시들어 없어진다. (인생도 이렇듯이 눈 깜짝할 사이에 늙어 시들게 마련이다)(2)

그러나 그 짧은 인생이지만 내가 하기에 따라 굳고 곧게 뻗어날 수도 있고 반대로 허술하게 헝클어져 쓰러지기도 한다. 화나 복은 본래부터 숙명적으로 정해진 것이 아니다. 자기 하기에 달렸노라.(3)

그러니 사람은 오직 바른 도를 닦고, 또한 오직 선행을 힘써 행해야 하느니라.(4)

49. 榮木〈三章〉 무궁화 〈3장〉

차 여 소 자　품 자 고 루
1. 嗟予小子 稟茲固陋

조 년 기 류　업 부 증 구
2. 徂年旣流 業不增舊

지 피 불 사　안 차 일 부
3. 志彼不舍 安此日富

아 지 회 의　달 언 내 구
4. 我之懷矣 怛焉內疚

딱하게도 나는 못난 사나이, 천성을 못나고 추하게 타고났으면서
세월 흘러 나이 들어 늙었거늘, 학업은 옛보다 늘지를 못했노라
밤낮 없이 정진할 생각이면서, 안일하게 매일 술에만 취했으니

내 스스로 생각해도, 가슴 아프고 통탄스럽네

(語釋) ○嗟(차)―아아! 감탄사. ○予小子(여소자)―못난 자신. ○稟玆固陋(품자고루)―완고하고 못난 천성을 타고났다. ○徂年旣流(조년기류)―조(徂)는 가다. 즉 나이를 먹고 흘러 노경에 이르렀다. ○業不增舊(업부증구)―학업이 전보다 증진하지 못했다. ○志彼不舍(지피불사)―낮과 밤을 쉬지 않고 노력하겠다던 생각이었으나, 《순자(荀子)》에 있다. '공은 쉬지 않는 데 있다(功在不舍)'. 지(志)는 망(忘)의 오기라고 하는 주(註)도 있다. 즉 밤낮 노력하는 일을 잊고의 뜻으로 푼다. ○安此日富(안차일부)―안일하게 술만 마셨다. 《시경》에 '한번 취하면 날로 부한다(一醉日富)'란 말이 있다. 그러므로 일부(日富)를 술마시고 취한다의 뜻으로 보았다. 다른 설도 있으나, 여기서는 택하지 않았다. ○怛焉(달언)―아프다, 통탄스럽다. ○內疚(내구)―가슴아프다.

(大意) 딱하게도 못난 사나이인 나는 천성을 완고하고 추하게 타고났다.(1)

세월은 흘러 나이를 먹고 늙었거늘 학업은 예전보다 늘은 것이 하나도 없다.(2)

밤낮을 가리지 않고 노력했어야 할 것을, (그것을 잊어버리고) 오직 술만을 안일하게 마시었노라.(3)

이 일을 생각하면 내 스스로 가슴속이 아프고 통탄스럽다.(4)

50. 榮 木 〈四章〉 무궁화 〈4장〉

1. 先師遺訓 余豈云墜

2. 四十無聞 斯不足畏

3. 脂我名車 策我名驥

4. 千里雖遙 孰敢不至

공자께서 남긴 가르침을, 내 어찌 잊을까 보냐
사십줄에 이름 내지 못하면, 보잘것없다 했으니
내 좋은 수레에 기름 치고, 내 명마에 채찍질하여 가면
비록 천 리가 멀다 해도, 내 어찌 가지 못하리!

語釋　○先師遺訓(선사유훈)—공자님의 가르침.　○余豈云墜(여기운추)—내가 어찌 잊겠는가?　○四十無門(사십무문)—《논어》〈자한편(子罕篇)〉에 있다. '후배가 두렵도다. 뒤에 오는 사람이 오늘보다 못하다고 어찌 말할 수가 있을까? 또한 나이 40·50이 되어도 이름을 내지 못하면 대단치 않으니라(子曰 : 後生可畏 焉知來者之不如今也 四十五十而無聞焉 斯亦不足畏也已)'.　○脂我名車(지아명거)—나의 훌륭한 수레에 기름을 치다. 즉 다시 분발해 일어나 일하겠다는 뜻.　○策我名驥(책아명기)—나의 명마에 채찍질을 하다.　○千里雖遙(천리수요)—비록 천 리가 멀다 하더라도.

(大意)　공자님께서 남겨 주신 가르침을 내가 어찌 잊겠는가.(1)

40이 되어도 사회적으로 이름을 내지 못하면, 아무짝에도 못쓴다 했노라.(2)

나의 좋은 수레에 기름을 치고, 나의 명마에 채찍질을 하여 다시 분발하고 나서자.(3)

천 리가 멀다 해도 내가 못 가겠는가?(4)

(解說)　도연명의 나이 40세에 지은 시다. 이때, 즉 원흥(元興) 3년(404년) 3월에 환현(桓玄)은 유유(劉裕)에게 쫓기어 수도 건강(建康)에서 강릉(江陵)으로 패주했고 5월에는 피살되었다. 그리고 4월에 유경선(劉敬宣)이 건위장군(建威將軍)·강주자사(江州刺史)가 되자 도연명은 그의 참군으로 다시 벼슬에 올랐다.

〈영목(榮木)〉은 이처럼 변화무쌍한 정변 때에 지은 것으로 그의 착잡한 심정이 잘 나타나 있다. 우선 아침에 피었다 저녁에 지는 무궁화와 더불어 인생도 눈 깜짝할 사이에 늙어 시든다고 한탄했다. 그러면서 한편으로는 화복이 숙명적인 것이 아니라, 사람에 의해 좌우된다고 하여 나서서 선도(善道)를 적극적으로 가고자 했다. 특히 나이 40에 뒤떨어지면 안된다고 한 공자의 말을 인용하여 적극적으로 뛰어 달리고자 하고 있다. 즉 유경선 밑에서 벼슬을 하여 한바탕 공을 세우고 이름을 떨치고 싶은 생각이 있었을 것이다.

이 시는 환현(桓玄)의 몰락을 허망하게 개탄하는 노장적(老莊的) 심정과 새 시대에 나서서 보람있는 참여를 해보겠다는 유가적 참여의식이 엉킨 착잡한 심정을 읊은 시다. 또한 나이 40이 되면 누구나 초조하게 느껴질 때라 하겠다.

귀 조
51. 歸 鳥 〈一章〉 돌아온 새 〈1장〉

익 익 귀 조　신 거 어 림
1. 翼翼歸鳥 晨去於林

원 지 팔 표　근 게 운 잠
2. 遠之八表 近憩雲岑

화 풍 불 흡　번 핵 구 심
3. 和風不洽 翻翮求心

고 주 상 명　영 비 청 음
4. 顧儔相鳴 景庇清陰

펄펄 날아 돌아오는 새들은, 아침에 숲을 나가노라

멀리는 하늘 끝까지 날기도 하고, 가까이 구름 봉우리에 쉬기도 하노리

그러나 화풍이 미흡하여, 날개 돌리어 본고장 되찾고저

서로 짝을 보고 우짖으며, 몸을 맑은 그늘에 숨기고자 하여라

(語釋) ㅇ翼翼(익익)—줄지어 펄펄 날다. 조용히라고 풀기도 한다. ㅇ八表(팔표)—우주의 팔방 끝. ㅇ近憩(근게)—가까이 쉬다. ㅇ雲岑(운잠)—구름 봉우리. 구름 꼭대기. ㅇ洽(흡)—흡족하다. ㅇ翻翮(번핵)—날개를 돌려. ㅇ求心(구심)—본래의 마음, 뜻을 찾다. 즉 '참[眞]'된 자연으로 돌아와 은퇴하고자 한다는 뜻. ㅇ顧儔(고주)—짝을 돌아다본다. 주(儔)는 같은 무리. ㅇ景庇(영비)—영(景)은 영(影), 여기서는 몸이란 뜻. 비(庇)는 가리다, 비호한다.

218

（大意）　펄펄 날아서 돌아오는 새들은 아침에는 숲을 나갔으며.(1)

　　멀리는 하늘의 팔방 끝까지 날았고 가까이는 구름 꼭대기에서 쉬기도 했노라.(2)

　　그러나 고른 바람이 미흡하여 날개를 돌려서 내 본고장으로 돌아오고자 한 것이니라.(3)

　　짝들을 돌아보고 서로 울며 잠시 몸을 맑은 그늘에서 쉬려고 한 것이니라.(4)

52. 歸　鳥 〈二章〉　돌아온 새 〈2장〉

익 익 귀 조　재 상 재 비
1. 翼翼歸鳥　載翔載飛

수 불 회 유　견 림 정 의
2. 雖不懷游　見林情依

우 운 힐 항　상 명 이 귀
3. 遇雲頡頏　相鳴而歸

하 로 성 유　성 애 무 유
4. 遐路誠悠　性愛無遺

펄펄 날아 돌아오는 새들은, 훌쩍 날아 내닫노라

이리저리 떠돌 생각 없으니, 숲을 보면 내 집인 듯 정을 쏟고

구름 만나 아래위로 날면서, 서로 울며 내 집으로 돌아오거늘

참으로 고향길이 멀고도 아득하구나, 본성으로 좋아하는 바 잊지 않으리

(語釋) ㅇ載翔載飛(재상재비)—날고 또 난다.《시경(詩經)》에 이런 형식이 많이 보인다. ㅇ雖不懷游(수불회유)—본래 이리저리 날아다니고 싶어한 것이 아니지만, 즉 별 수 없이 떠도는 신세라. 수(雖)를 가볍게 풀이한다. ㅇ見林情依(정의)—산림을 보면 그리운 정을 붙인다. ㅇ頡頏(힐항)—날아서 오르락내리락한다.《시경》에 보인다. ㅇ遐路(하로)—먼 길. ㅇ性愛(성애)—자기의 본성으로 좋아하는 바.

(大意) 펄펄 날아서 돌아오는 새들은 훌쩍 날고 훌쩍 내닫는다.(1)

비록 이곳저곳으로 놀러가고 싶은 생각을 하는 것은 아니지만, 도중에서 숲을 보니 혹시나 내가 찾는 본고장이 아닐까 하고 반가운 마음이 든다.(2)

또 구름을 만나면 아래위로 날아 오르락내리락하며 서로 울며 본고장으로 돌아오고 있노라.(3)

정말 길이 멀고 아득하구나! 그러나 내가 본성으로 좋아하는 바를 버리지는 않겠노라.(4)

귀 조
53. 歸 鳥 〈三章〉 돌아온 새 〈3장〉

익 익 귀 조   상 림 배 회
1. 翼翼歸鳥 相林徘徊

기 사 천 로   흔 급 구 서
2. 豈思天路 欣及舊棲

수 무 석 려   중 성 매 해
3. 雖無昔侶 衆聲每諧

일 석 기 청   유 연 기 회
4. 日夕氣清 悠然其懷

펄펄 날아 돌아오는 새들은, 내 집 숲을 보고 배회하며
하늘 높이 오를 생각 버리고, 옛집에 돌아온 일 기뻐하노라
비록 옛날의 벗은 없으나, 여러 사람들과도 잘 어울리노라
밤 기운 더욱 맑으니, 가슴속이 유연해지네

(語釋) ○相林徘徊(상림배회)—본고장 내 집 숲을 보고 그 위를 배회한다.
○豈思天路(기사천로)—내 집에 돌아왔거늘 왜 높은 하늘로 갈 생
각을 할 것이냐? 안하겠다. ○欣(흔)—기쁘다. ○及舊棲(급구서)—
옛날의 집으로 돌아오다. ○衆聲每諧(중성매해)—주위의 모든 소리
가 자기와 잘 어울리는 것뿐이다. 해(諧)는 조화되다. ○日夕氣淸
(일석기청)—저녁이 되자 대기가 맑다. 〈음주(飮酒) 기오(其五)〉에
있다. '산의 기운이 밤에 더욱 좋고, 날새들이 서로 짝지어 돌아온
다. 이러한 속에 참삶의 뜻이 있노라. 무어라 할 말도 잊었노라(山
氣日夕佳 飛鳥相與還 ; 此中有眞意 欲辯已忘言)'. ○悠然其懷(유
연기회)—가슴속이 유연해진다.

(大意) 펄펄 날아서 돌아오는 새들은 마침내 옛 본고장 내 집 숲을 발견
하고 그 위를 맴돌고 있다.(1)
   이제는 다시 하늘 높이 오를 생각을 하지 않으리라! 오직 옛날의
보금자리에 돌아온 일이 기쁘기만 하구나!(2)
   비록 옛날의 벗들은 안 보이지만, 주위의 모든 소리들이 서로 어
울리고 조화를 이루노라.(3)
   저녁이면 더욱 대기가 맑으니, 가슴속도 한결 유연해지노라.(4)

54. 歸 鳥 〈四章〉 돌아온 새 〈4장〉

1. 翼翼歸鳥 戢羽寒條
익 익 귀 조 즙 우 한 조

2. 游不曠林 宿則森標
유 불 광 림 숙 직 삼 표

3. 晨風淸興 好音時交
신 풍 청 흥 호 음 시 교

4. 矰繳奚施 已倦安勞
증 교 해 시 이 권 안 로

펄펄 날아 돌아온 새는, 날개 거두고 고목 가지에 쉬노라
날아도 숲 멀리 가지 않고, 깊은 숲 가지에 앉아 잠드네
맑은 아침 바람 일면, 좋은 소리로 어울릴 뿐
주살도 이 새를 겨누지 않으니, 피곤한 몸 이제는 안락하게 풀어라

(語釋) ○戢羽(즙우)—날개를 거두고 쉰다. ○寒條(한조)—겨울의 시들은 고목의 가지. ○游不曠林(유불광림)—날아도 넓은 숲 멀리 가지는 않는다. ○宿(숙)—나무에 앉아 묵는다. ○森標(삼표)—깊은 숲, 나무 끝에 묵는다. 표(標)는 초(梢). ○矰繳(증교)—새를 잡는 주살. ○已倦(이권)—이미 피곤하다, 지쳤다. ○安勞(안로)—고생을 면하다.

(大意) 펄펄 날아서 돌아온 새들은 이제는 겨울에 시들은 고목 가지에 날개를 거두고 앉아 있다.(1)

222

이따금 날아도 넓은 숲 멀리까지 가는 일이 없고, 묵을 때도 깊은 숲 나뭇가지 끝에 앉아 잠든다.(2)

아침 바람이 맑게 불면 이따금 좋은 소리로 어울려 울기도 한다.(3)

그러므로 새를 잡으려는 사람도 이 새에 대해서는 주살을 겨누지 않는다. 이미 바깥 풍파에 지칠대로 지쳤으니, 이제는 피곤을 풀고 쉬어야 하겠노라.(4)

(解說) 이 시는 4연시로 고도의 상징적 수법을 써서 자신의 은퇴 탈속을 알리고 있다. 새는 본래 숲을 본고장으로 삼아야 한다. 그러나 뜻을 품고 아침에 숲을 떠나 우주 끝까지 날기도 했고 또 구름 마루에 쉬기도 했다. 하지만 바람이 고르지 못해 짝들과 함께 돌아와 시원하고 맑은 그늘에서 쉬고자 했다.

1장에서 그는 냉혹과 비정의 정치적 혼란과, 전란의 풍파에 발붙일 곳 없이 밀려난 자신이 제 집인 전원으로 돌아와 지친 몸을 쉬고자 함을 그렸다.

도연명이 〈귀거래사(歸去來辭)〉를 쓰고 완전히 은퇴한 것은 41세 때며 이 〈귀조(歸鳥)〉와 같다. 따라서 그는 약 20년을 '출사(出仕)'와 '은경(隱耕)' 사이를 오락가락했다. 바꾸어 말하면 29세에 강주(江州) 좨주(祭酒)가 되었다가 물러난 이래 41세에 완전히 벼슬을 단념하고 결정적으로 은퇴하기까지 그는 무척 망설이고 배회(徘徊)했던 것이다. 혹시나 그래도 자기의 뜻을 펼 수 있는 자리가 아닐까 하고 벼슬에 나갔다가 다시 실망하고 물러났던 것이다. 35세에 유로지(劉牢之)의 참군, 37세 때에는 환현(桓玄) 밑에서 벼슬, 41세에는 유경선(劉敬宣)의 참군, 그리고 다시 팽택령(彭澤令)을 마지막 벼슬로 은퇴했던 것이다.

도연명이 이렇게 벼슬길을 헤맨 이유를 표면적으로는 가난에 돌리고 있다. 그러나, 그는 어려서 육경(六經)을 공부한 유학자(儒學者)였다. 그러므로 도를 따라서 '경국제민(經國濟民)과 수기치인

(修己治人)'을 본분으로 삼은 선비이기도 했다. 뿐만 아니라, 그도 어려서는 사해(四海)로 웅비(雄飛)하려는 야망에 불타기도 했다. 그는 〈잡시(雜詩)〉에서 다음같이 읊었다.

    돌이켜 생각하면, 나는 소장시에
    세속적 쾌락이 없어도 스스로 마음속으로 즐거움을 느꼈으며,
    세찬 뜻을 품고 사해 멀리,
    날개를 펴고 높이 날고자 했노라
    (憶我少壯時 無樂自欣豫
    猛志逸四海 騫翮思遠翥)

또 그는 불우한 선비를 동정하는 부(賦) 〈감사불우부(感士不遇賦)〉에서 말했다.

    귀중하게 내세워야 할 많은 행동 중에서도
    선(善)을 실천하는 것이 가장 즐겁다.
    즉 선행(善行)은 천명을 받들어 모시고
    성인의 가르침을 따르고
    임금과 부모에게 충성과 효도를 다하고
    사회에 대해서는 신의를 지켜야 하는 것이다
    (原百行之攸賞 莫爲善之可娛.
    奉上天之成命 師聖人之遺書,
    發忠孝於君親 生信義於鄕閭)

즉 도연명이 나가서 벼슬하고자 의도한 본의는 '충효(忠孝)'와 '신의(信義)'를 실천하고자 한 것이었다. 그러나 그 당시는 너무나 사회가 혼미 속에 빠져 있었다. 아니 혼미로울 뿐만이 아니라, 자칫 잘못하면 어느 귀신의 손에 걸려 죽을지도 몰랐다. 난세에 휘말려 개죽음을 면하기 위해서도 몸을 사려야 했다. 수명보전(壽命保全)

과 명철보신(明哲保身)이 당시 선비들의 은둔풍조를 더욱 조장했다. (단, 무기력하고 지나치게 소극적인 현실도피적 은퇴를 도연명은 항상 반대했다)

〈귀조(歸鳥) 4장〉에서 그는 '증교(矰繳)'도 미치지 못하는 깊은 숲 속에 숨어 지쳐빠진 심신(心身)을 편히 쉬고자 한다고 했다. 이는 바로 〈감사불우부(感士不遇賦)〉에서 다음과 같이 읊은 심정과 같다.

잔 그물을 치자 고기들 놀라고
하늘에 큰 그물을 치자 새들 놀라듯
모든 달통한 선비들은 미리 위험을 느끼고
벼슬을 버리고 전원으로 돌아가 농사를 짓노라
(密網裁而魚駭 宏羅制而鳥驚
彼達人之善覺 乃逃祿而歸耕)

이렇게 벼슬을 버리고 돌아간 도연명은 물론 가난에 시달려야만 했다. 그러기에 그는 더욱 의식적으로 '고궁절(固窮節)'을 지키고자 했던 것이다.

이상에서 보듯 도연명의 출사도 깊은 사상에서 나왔고, 또 그의 은퇴도 심각한 경지에서 이루어졌음을 알 수가 있다.

맹자는 '막히면 내 몸 하나라도 착하게 갖고, 통하면 나서서 온 천하를 잘되게 한다(窮則獨善其身 達則兼善天下)'고 했다.

도연명은 〈귀거래사(歸去來辭)〉에서 담담하게 '구름이 허정한 마음으로 산골에서 벗어나고, 새들이 지쳐 돌아올 줄 안다(雲無心以出岫 鳥倦飛而知還)'라고 했으나, 실은 말못할 고뇌와 심각한 상처가 있었음을 알아야 하겠다.

도연명의 시에 자주 나오는 새[鳥]는 무위자연(無爲自然)의 도를 따라 푸른 하늘을 자유자재로 비상하는 '참[眞]과 자유(自由)'의 상징이다.

제 4 장

궁경躬耕 과 낙도樂道

인생이 종국에는 천도에 귀착하지만
입고 먹는 일이 삶의 바탕이며
누구나 이를 제 힘으로 해결 않고는
스스로 안락하기를 구할 수 없다
人生歸有道 衣食固其端
孰是都不營 而以求自安

오직 농사지어 먹는 가난한 살림
온 식구가 힘을 합해 밭을 가네
춘경의 괴로움은 견디겠으나
기대하던 타작 망칠까 겁이 나네
貧居衣稼穡 戮力東林隅
不言春作苦 常恐負所懷

혼탁한 난세를 버리고 은퇴(隱退)한 사람은 많았다.

그러나 은퇴가 무위도식(無爲徒食)으로 끝나서는 안된다.

도연명은 고궁절(固窮節)을 지키고 또한 몸소 밭을 갈아서 먹었다. 즉 궁경(躬耕)하며 낙도(樂道)했다. 생산적 은퇴가 중요하다. 동시에 신념으로써 선(善)과 정의(正義)의 도(道)를 지키겠다는 택선고집(擇善固執)·수사선도(守死善道)의 경지에 들었다 하겠다.

55. 詠貧士-其一 가난한 선비-제1수
영빈사

1. 萬族各有託 孤雲獨無依
만족각유탁 고운독무의

2. 曖曖空中滅 何時見餘暉
애애공중멸 하시견여휘

3. 朝霞開宿霧 衆鳥相與飛
조하개숙무 중조상여비

4. 遲遲出林翮 未夕復歸來
지지출림핵 미석복귀래

5. 量力守故轍 豈不寒與飢
양력수고철 기불한여기

6. 知音苟不存 已矣何所悲
지음구부존 이의하소비

만물은 저마다 몸 붙일 곳이 있거늘, 외로운 구름은 홀로 의지할 데 없어라

아득아득 공중에서 사라져 없어지니, 언제 여광을 남길까?

새벽 놀에 밤 안개가 걷히고, 뭇새들 짝지어 날건만

미적미적 숲을 나선 늦발이 새는, 저녁도 되기 전에 다시 되돌아오네

분수따라 옛길을 지킨 선비는, 누구나 추위와 굶주림에 시달리노라

이제 나를 알아주는 사람 없으니, 별 수 없네, 슬퍼한들 무엇

228

하라

語釋　ㅇ詠貧士(영빈사)－가난한 선비를 읊는다. 원시는 모두 7수다. 도연명은 고궁절(固窮節)을 지킨 선비였다. 따라서 그는 이들 시에서 가난에 시달리면서도 자기의 절조와 신념을 굳게 지켜나간 여러 선비들을 높이 읊었다. 그중 제1수는 서론(序論)격이라 하겠다. ㅇ萬族(만족)－모든 족속, 만물, 모든 사람. ㅇ託(탁)－의탁한다. ㅇ孤雲(고운)－외로운 한 조각의 구름. 맑은 하늘에 허심탄회(虛心坦懷)하게 떠있는 고고(孤高)한 구름을 속세에서 벗어나 초연하게 절조를 지키는 빈사(貧士)에 비겼다. ㅇ依(의)－의지한다. ㅇ曖曖(애애)－빛이 흐리거나 거리가 멀어서 잘 안 보이는 품. ㅇ空中滅(공중멸)－공중에서 사라져 없어진다. 고고한 선비는 결국 속세에서 알아주지 않게 마련이다. ㅇ餘暉(여휘)－나머지 빛, 휘(暉)는 광채. ㅇ朝霞(조하)－아침 놀. ㅇ開宿霧(개숙무)－간밤의 안개가 걷힌다, 개인다. ㅇ衆鳥(중조)－뭇새들. 이선(李善)은 모든 사람들을 비유한 것이라 주(註)했다. ㅇ遲遲(지지)－미적미적 주저하고 또 늦게 나타났다는 뜻. 다른 사람들은 약삭빠르게 나타나서 벼슬도 했으나, 도연명은 주저하고 망설이다가 마지못해서 벼슬에 올랐다. ㅇ出林翮(출림핵)－숲을 나간 새. 즉 도연명 자신을 비유했다. 핵(翮)의 원뜻은 날갯죽지. ㅇ未夕復歸來(미석복귀래)－미처 저녁도 안되어 되돌아오다. 즉 도연명은 벼슬에 나갔다가 이내 집어치우고 돌아왔다. ㅇ量力(양력)－자기의 힘을 저울질하다. 즉 자기의 본성과 본분을 헤아려 참작하다. ㅇ守故轍(수고철)－옛사람들이 걸었던 도(道)를 지킨다. 안빈낙도(安貧樂道)한다는 뜻. ㅇ知音(지음)－자기를 알아주는 사람. 춘추(春秋)시대의 백아(伯牙)는 거문고[琴]의 명수였고, 그의 벗 종자기(鐘子期)는 백아의 음악적 경지를 깊이 이해했다. 후에 종자기가 죽자 백아는 자기를 알아줄 사람이 없다 하고 거문고를 일절 타지 않았다고 한다. ㅇ已矣(이의)－끝이 났다, 할 수 없다.

大意   이 세상의 모든 물건이나 모든 사람들은 저마다 적당히 서로 어울려 살아가고 있건만, 오직 한 조각의 외로운 구름 같은 나는 전혀 의지할 것이 없구나.(1)

더욱이 구름은 아득아득 공중에서 그대로 사라져 없어지고 말 것이니, 여광(餘光)이 비쳐질 때는 언제일까?(2)

새벽 놀에 간밤의 안개가 걷히자 모든 새들이 서로들 날아갔노라.(3)

그러나 늦밥이 새는 미적미적 뒤처져 숲을 나섰고 더욱이 저녁도 되기 전에 되돌아오고 말았다.(4)

자기의 분수를 헤아려 옛날의 도(道)를 지킨 선비로서 추위와 굶주림에 시달리지 않은 사람은 하나도 없었노라.(5)

이제 나도 나를 알아주는 사람이 이 세상에 없으니 별 도리가 없지 않은가? 혼자 슬퍼해서 무엇하리요?(6)

解說   군자고궁(君子固窮)이라고 《논어(論語)》에 있다. 그리고 도연명은 고궁절(固窮節)을 끝까지 지켰으며 안빈낙도(安貧樂道)했다. 동시에 그는 〈영빈사(詠貧士)〉 7수에서 신념과 절개로서 빈곤(貧困)을 극복한 여러 선비들을 높이고 추앙(追仰)했다. 그 중에서 이 시는 총괄적이면서도 자신을 그린 것이다.

우선 그는 자신을 고운(孤雲)에 비겼다. 속세를 해탈하고 푸른 하늘에 떠있는 한 조각의 구름은 청빈한 선비의 고고(孤高)한 품을 상징하리라. 그러나 그 조각 구름은 허무하게 공중에서 사라져 없어지고 만다. 그렇듯이 청빈하고 고고한 선비가 이 세상에 빛을, 여광(餘光)을 남기지 못하고 사라져야 한다는 것은 참으로 애석하다.

한편 속세의 사람들은 날이 새면 저마다 나서서 악착같이 무엇인가를 얻으려고 분주하게 야단을 친다. 마치 새벽에 새들이 날아가듯이 '조하개숙무(朝霞開宿霧) 중조상여비(衆鳥相與飛)'라고 한 표현은 너무나 실감이 난다.

늦게나마 도연명도 가난에 몰려 부득이 벼슬살이에 나서야 했다.

즉 '지지출림핵(遲遲出林翮)'이었다. 그러나 그는 도중에서 벼슬을 버리고 전원의 집으로 돌아왔다. 자기 본성에 맞지 않아서였다. 〈귀거래사(歸去來辭)〉 서문에서 '위기교병(違己交病 : 내 본성을 어기고 벼슬살이를 하니 모든 병이 몸에 덮쳐 못견디겠다)'이라고 했다.

결국 그는 담담한 심정으로 체념(諦念)할 수밖에 없었다. 체념이 아니라 달관(達觀)이자 오도(悟道)라 하겠다. 나를 알아주는 사람이 없는 걸, 한탄한들 무엇하겠는가?

이 거
56. 移 居-其一 이사-제1수

석 욕 거 남 촌　비 위 복 기 택
1. 昔欲居南村　非爲卜其宅

문 다 소 심 인　낙 여 삭 신 석
2. 聞多素心人　樂與數晨夕

회 차 파 유 년　금 일 종 자 역
3. 懷此頗有年　今日從玆役

폐 려 하 필 광　취 족 폐 상 석
4. 敝廬何必廣　取足蔽床席

인 곡 시 시 래　항 언 담 재 석
5. 鄰曲時時來　抗言談在昔

기 문 공 흔 상　의 의 상 여 석
6. 奇文共欣賞　疑義相與析

이전부터 남촌에 살고자 했음은, 집터를 점쳐 좋기 때문이 아니고

소박하고 진실한 사람들이 많다기에, 조석으로 어울려 즐기고 자해서니라

몇 년을 벼르고 원하다가, 오늘 비로소 이사를 했노라

가난한 초가집 클 필요 없고, 잠자고 앉을 자리만으로 족하노라

노상 이웃 사람들 찾아와서, 옛일을 큰 소리로 담론하며

신기한 글을 감상하고, 의문을 서로 풀었노라

(語釋) ㅇ南村(남촌)-남쪽 마을. 실제로는 율리(栗里)라고도 하며 또는 채상(柴桑) 남쪽이라고도 한다. ㅇ卜其宅(복기택)-택지를 점치다. ㅇ素心人(소심인)-결백한 마음을 지닌 사람. 소(素)는 소박하고 진실하고 깨끗하다. 때묻지 않은 사람. ㅇ數(삭)-거듭하다. 자주. ㅇ頗有年(파유년)-퍽 오래되었다. ㅇ從玆役(종자역)-그 일을 치르었다. 즉 이사를 하게 되었다. ㅇ敝廬(폐려)-누추한 집. ㅇ取足(취족)-만족하면 된다. ㅇ蔽床席(폐상석)-폐(蔽)는 '~할 수 있는 자리' 또는 영어로 커버(cover)의 뜻. 상(床)은 잠자리, 침상. 석(席)은 앉을 자리. ㅇ鄰曲(인곡)-이웃 마을 사람. 당시 도연명은 안연년(顔延年)·단경인(段景仁)·방준(龐遵) 등과 사귀었다. ㅇ抗言(항언)-자기 소신껏 큰 소리로 담론한다. ㅇ奇文(기문)-신기한 글, 뛰어난 시(詩)·문(文). ㅇ相與析(상여석)-같이 의문을 풀다.

(大意) 이전부터 남쪽 마을로 이사를 하고 싶었다. 그곳이 집터가 좋다는 이유 때문이 아니다.(1)

그곳에서는 참되고 소박한 사람들이 많다고 하니, 아침저녁으로 함께 살면서 안빈낙도할 수 있을 것 같아서다.(2)

벌써 오래 전부터 그런 생각을 지니고 있었으나 오늘에야 비로소 이사를 하게 되었다.(3)

내가 살 누추한 집이니 굳이 넓을 필요도 없고, 누울 자리 앉을

자리만 있으면 충분하다.(4)

　　이웃 사람들이 노상 찾아와서 옛 이야기를 거리낌없이 큰 소리로 주고받으며 담소한다.(5)

　　신기한 글을 함께 감상하고 또 의문나는 뜻을 서로 풀기도 한다.(6)

⦅解說⦆　　도연명이 마지막 벼슬 팽택령(彭澤令)을 버리고 전원으로 돌아온 지 이미 3년이 지났다. 44세에 그는 수년간 벼르던 남촌(南村)으로 이사를 하게 되었다. 허나 이사오기 전에 그는 집을 화재로 태웠다. 같은 해(戊申：408년)에 쓴 〈무신년 6월에 화재를 당하다(戊申歲 六月中 遇火)〉라는 시가 있고 그 속에서 다음과 같이 읊었다.

　　화려한 벼슬살이 사퇴하고 궁색한 마을 초가집에 살았거늘
　　한여름 세찬 바람에 숲속의 집을 태우고 말았노라
　　온 집안 식구 몸둘 곳 없어 물가의 배 안에서 임시로 살았노라
　　(草廬寄窮巷　甘以辭華軒
　　正夏長風急　林室頓燒燔
　　一宅無遺宇　船舟蔭門前)

　　그가 불에 태운 집은 아마 〈귀원전거(歸園田居)〉에서 '택지 10여 묘에, 초가집 8, 9칸(方宅十餘畝 草屋八九間)'이라고 한 집일 거다. 도연명은 확고한 신념을 가지고 은퇴했다. 앞에서 든 〈우화(遇火)〉에서 그는 다음과 같이 자기의 소신을 피력했다.

　　어려서부터 세속에 빠지지 않고, 굳게 신조를 지키면서 40년을 지냈다
　　세월의 변천 따라 몸은 늙었으나, 정신만은 언제나 고고하고 여유가 있었다
　　곧고 굳은 나의 본질은 옥석보다도 더 견고하니라

(總髮抱孤介 奄出四十年
形迹憑化往 靈府長獨閑
貞剛自有質 玉石乃非堅)

사람은 '40에 미혹되지 않는다(四十不惑)'고 했다. 도연명도 이제는 안정(安定)된 전원에 귀착하여 제모습을 되찾은 것이다. 가난한 마을에서 평범한 사람들이 어울려 소박하고 참된 맑은 생활을 하고 있음을 보고 우리도 안도할 수 있다. 참고로 영역한 시를 들겠다.

Moving House

My old desire to live in the Southern Village
Was not because I had taken a fancy to the house,
But I heard it was a place of simple-minded men
With whom it were a joy to spend the morning and evenings.
Many years I had longed to settle here;
Now at last I have managed to move house.
I do not mind if my cottage is rather small
So long as there's room enough for bed and mat.
Often and often the neighbours come to see me
And with brave words discuss the things of old.
Rare writings we read together and praise;
Doubtful meanings we examine together and settle.

234

57. 移居－其二 이사－제2수

1. 春秋多佳日 登高賦新詩
춘 추 다 가 일 등 고 부 신 시

2. 過門更相呼 有酒斟酌之
과 문 경 상 호 유 주 짐 작 지

3. 農務各自歸 閒暇輒相思
농 무 각 자 귀 한 가 첩 상 사

4. 相思則披衣 言笑無厭時
상 사 즉 피 의 언 소 무 염 시

5. 此理將不勝 無爲忽去茲
차 리 장 불 승 무 위 홀 거 자

6. 衣食當須紀 力耕不吾欺
의 식 당 수 기 역 경 불 오 기

봄가을에는 좋은 날이 많으니, 오늘도 높이 올라 시를 읊노라
문앞 지나면 서로 불러들여, 술 따라 잔 권하며 마시노라
농사일 바쁠 때는 각자 밭에 가고, 한가롭게 틈이 나면 서로
생각하여
친구 생각에 이내 옷 걸치고 찾아가, 담소하되 물릴 줄을 모르
더라
이렇게 사는 도리 가장 좋거늘, 아예 이곳에서 나갈 생각 말아라
의식은 내 손으로 벌어야 하니, 애써 농사지으면 보답 있으리

(語釋) ○佳日(가일)－좋은 날. ○登高賦新詩(등고부신시)－높이 올라 새로 시를 짓는다. ○斟酌(짐작)－술을 걸러 잔에 뜬다. ○農務各自歸(농무각자귀)－농사일이 바쁠 때는 각자 밭에 가서 일한다. ○閒暇輒相思(한가첩상사)－틈이 나면 서로 생각을 한다. ○披衣(피의)－옷을 걸치고 친구를 찾아간다는 뜻. ○無厭時(무염시)－싫증날 때가 없다. ○此理(차리)－이렇게 들에 은퇴하여 농사지으며 사는 도리. 이(理)는 생활태도 또는 생리. ○將不勝(장불승)－그보다 더 좋은 것이 없다. 그야말로 좋지 않으냐? ○無爲(무위)－'～하지 마라'. ○忽去玆(홀거자)－홀쩍 이곳을 버리고 떠나다. ○衣食當須紀(의식당수기)－기(紀)는 기율, 엄격하게 다루어야 한다는 뜻. 즉 의식은 엄숙하게 내 손으로 농사지어 해결해야 한다는 뜻. 불로소득해서는 안된다. ○力耕不吾欺(역경불오기)－힘들여 농사를 지으면 반드시 보수가 있다.

(大意)　봄가을에는 더욱이 좋은 날이 많으니, 높이 산에 올라 새로 시를 읊노라.(1)

마을 사람들은 서로 문앞을 지나면 서로 불러 맞이하고 술 떠서 마시게 한다.(2)

농사일이 바쁠 때는 각자 돌아가 일을 하고, 한가롭게 틈이 나면 이내 친구들 생각을 한다.(3)

생각이 나면 즉시 옷을 걸치고 찾아가서, 옛말하면서 떠들고 웃는데 싫증날 줄 모르더라.(4)

이처럼 소박하게 사는 농촌생활의 생리가 얼마나 좋으냐? 이러한 생활을 버리고 갈 생각일랑 아예 하지 마라!(5)

입고 먹는 것은 엄숙하게 내가 스스로 일하여 얻어야 한다. 힘들여 농사지으면 반드시 보답이 있으니까!(6)

(解說)　어지러운 정치사회와 추악한 속세에서 은퇴했다고 허튼 소리 공리공론만 지껄이며 놀고 지내기만 하면 안된다. 내가 손수 농사를

236

지어 생산을 하면서 살아야 한다. 이것이 하늘의 도리다. 교활한 인간들은 자기는 일 안하고 남의 노동과 생산의 덕을 보며 불로소득하고 있으나, 이것은 천리(天理)에 어긋난다.

도연명은 엄숙하게 이 점을 지적했다. '의식당수기(衣食當須紀) 역경불오기(力耕不吾欺)'. 할 일을 다하고 틈이 나면 서로 찾아 즐기고 술마시며 놀아야 한다. 이러한 태도가 참된 은퇴생활이다.

58. 己酉歲九月九日 기유년 9월 9일

1. 靡靡秋已夕 凄凄風露交

2. 蔓草不復榮 園木空自凋

3. 清氣澄餘滓 杳然天界高

4. 哀蟬無留響 叢雁鳴雲霄

5. 萬化相尋異 人生豈不勞

6. 從古皆有沒 念之中心焦

7. 何以稱我情 濁酒且自陶

8. 千載非所知 聊以永今朝

어느덧 늦가을에 접어들었고, 바람과 이슬 엉기어 싸늘할새
무성하던 풀도 자라지 못하고, 뜰의 나무도 허망히 시드는구나
청명한 기가 먼지 말끔히 훔칠새, 가을 하늘은 끝없이 높기만
하네
애처롭던 매미는 울음 멈추고, 기러기들 구름 끝에 울며 가노라
만물이 차츰 탈 바꾸며 변화하니, 삶을 누리는 인간들 괴롭구나
자고로 모두 죽어 묻힐 것이라 생각하니 가슴속이 타는 듯하다
내 감정을 무엇으로 달래랴, 탁주라도 손수 들어 취하고저
천년 후는 알 바 아니로다, 이 아침이나 마냥 즐기리라!

(語釋) ○己酉歲(기유세)─의희(義熙) 5년(서기 409년) 도연명이 45세 때
다. ○九月九日(구월구일)─중양절(重陽節), 높은 곳에 올라가 국화
주(菊花酒)를 마시는 날. ○靡靡(미미)─완만하고 조용히 변천하는 품.
○秋已夕(추이석)─이미 만추(晚秋)가 되었다. ○凄凄(처처)─찬바람
이 세게 부는 품. ○交(교)─엉기다. ○蔓草(만초)─무성하게 자라던
풀. ○榮(영)─자라고 뻗는다. ○澄餘滓(증여재)─가을의 맑은 기(氣)
가 나머지 혼탁한 기운을 깨끗이 씻어 준다. ○杳然(묘연)─끝없이
아득하다. ○哀蟬(애선)─가을에 애달피 우는 매미. ○叢雁(총안)─
떼지어 나는 기러기. ○雲霄(운소)─구름 높이, 소(霄)는 하늘 끝.
○萬化(만화)─만물은 변화한다. ○相尋異(상심이)─모두가 다 차
츰 다르게 변한다. 상(相)은 모두가 다, 모든 것이. 심(尋)은 차츰.
○人生豈不勞(인생기불로)─만물도 차츰 다 변하거늘, 인생은 더욱
변하게 마련이다. 따라서 어찌 괴롭지 않겠는가? ○皆有沒(개유
몰)─모두가 죽어 묻힌다. ○中心焦(중심초)─가슴속이 탄다. ○稱
我情(칭아정)─나의 마음을 달랜다. 칭(稱)은 만족시키다, 평안하게
하다. ○自陶(자도)─스스로 즐긴다.

(大意)　어느덧 늦가을에 접어들었고, 세차게 부는 찬바람에 섞이어 이슬이 내린다.(1)

무성하던 풀들도 이제는 더 자라지를 않고, 뜰 앞의 나무도 허망하게 제풀에 시들어간다.(2)

맑은 가을이 티 하나 없이 청정하게 대기를 닦아주고, 하늘은 아득하게 끝없이 높다.(3)

애처롭게 울던 가을 매미 소리도 이제는 들리지 않고, 기러기떼가 높은 구름 사이로 울며 날아간다.(4)

만물이 다 변하여 차츰 모습을 바꾸듯, 인생도 변화무쌍하니 어찌 마음에 두지 않을 수 있겠는가?(5)

자고로 모든 것은 죽어서 땅에 묻히게 마련이니, 그것을 생각하니 가슴속이 타노라.(6)

무엇으로서 나의 감정을 달래주어야 하나? 잠시 탁주로나마 혼자 취해 도연하리!(7)

천년 후까지는 내 알 바 아니로다. 오직 오늘 아침 이 시간만이라도 길이 간직하며 즐기고자 하노라.(8)

(解說)　이 시를 짓기 1년 전, 의희(義熙) 4년(戊申 : 408년)에 유유(劉裕)가 양주자사(揚州刺史)·녹상서(錄尙書)의 대권을 장악했다. 그리고 이어 기유(己酉 : 409년)에는 유유가 남연(南燕)을 멸했다. 참으로 어지러운 전란과 정변이었다.

41세에 〈귀거래사(歸去來辭)〉를 쓰고 은퇴한 지 4년이 지나, 이제는 45세가 된 도연명은 담담하고 초연한 심정으로 세상을 관조(觀照)할 수가 있었다. 특히 중양절(重陽節) 9월 9일, 높이 혼자 올라 탁주를 자작하는 그는 감개무량했다.

늦가을 모든 것이 조락(凋落)하는 계절, 만물이 허무하게 시들고 차츰 죽어 땅으로 묻혀 들어가는 계절, 그러면서도 가을은 티 하나 없이 맑고 하늘은 청명하고 끝없이 높기만 하다.

영원히 아름다운 대자연! 묘연한 신비의 대자연! 그러나 인간은 대자연의 섭리 앞에 어쩔 수 없이 죽어가야 한다. 도연명도 이제는 죽음을 가까이 느껴야 할 나이다. 하긴 지난날의 인생이 너무나 고달프기도 했으리라!

'무엇으로 내 감정을 달래리(何以稱我情)'하며 탁주잔을 손수 들어 도연히 취하는 도연명! '애처롭던 매미도 울음을 멈추고, 기러기 떼 구름 끝에 울며 가노라(哀蟬無留響 叢雁鳴雲霄)'. 가을은 감상(感傷)의 계절! 외로움을 독촉하는 고독의 계절!

59. 庚戌歲九月中 於西田穫早稻
서전에서 햅쌀을 거두다

1. 人生歸有道 衣食固其端

2. 孰是都不營 而以求自安

3. 開春理常業 歲功聊可觀

4. 晨出肆微勤 日入負耒還

5. 山中饒霜露 風氣亦先寒

6. 田家豈不苦 弗獲辭此難

7. 四體誠乃疲 庶無異患干

　　　　관 탁 식 첨 하 　두 주 산 금 안
8. 盥濯息簷下　斗酒散襟顏

　　　　요 요 저 익 심 　천 재 내 상 관
9. 遙遙沮溺心　千載乃相關

　　　　단 원 상 여 차 　궁 경 비 소 탄
10. 但願常如此　躬耕非所歎

　인생이 종국에는 천도에 귀착하지만, 입고 먹는 일이 삶의 바탕이니라

　누구나 이를 제 힘으로 해결 않고, 스스로 안락하기를 구할 수 없다

　이른 봄부터 착실히 농사지어야, 가을에 수확을 바랄 수가 있으니

　아침 일찍 나가서 힘껏 일하고, 저녁에 쟁기 메고 돌아오노라

　산중이라 서리·이슬 많이 내리고, 바람도 평지보다 먼저 차가워

　농사일이 어찌 고생스럽지 않으랴, 허나 그 어려움 마다해선 아니되노라

　온몸이 몹시 피곤하여 고달파도, 우리야 환란 없기만 바랄 뿐이라

　손발 씻고 처마 밑에 쉬면서, 큰 잔술에 가슴과 낯을 펴니

　옛날에 숨어 농사짓던 장저·걸익의 정신을 천년 후의 내가 알겠노라

　언제까지 이렇듯 농사짓기 바랄 뿐, 몸소 경작하는 괴로움은 없노라

(語釋)　ㅇ庚戌歲(경술세)－진(晉) 안제(安帝) 의희(義熙) 6년(410년), 도

연명의 나이 46세 때다. 유유(劉裕)가 남연(南燕)을 치고 세력을 넓혔으며, 국내적으로는 천사도(天師道) 노순(盧循)의 폭동으로 심양(尋陽) 일대가 혼란에 빠져 있었다. 한편 환현(桓玄)의 잔당 환겸(桓謙) 등이 최후의 반란을 일으켰다가 진압되기도 했다. 도연명은 이 전란의 중심지였던 심양에 있으면서 추수를 거둬들이는 데 성공했던 것이다. ○種早稻(확조도)─올벼를 거둬들이다. ○歸有道(귀유도)─귀(歸)는 귀착한다. 유도(有道)는 바른 길. 여기서는 대자연의 섭리를 따라 농사를 지으며 사는 올바른 길. ○固(고)─물론. ○端(단)─기본적인 것, 또는 가장 앞세워야 할 것. 본(本)과 시(始)를 겸한 뜻. ○孰是都不營(숙시도불영)─누군들 의식을 모두 스스로 장만하지 않고. ○而以求自安(이이구자안)─그리고 스스로 편하기를 구하나. ○開春(개춘)─봄이 되자, 이른봄부터. ○理(리)─처리하다. 차근차근 농사를 지었다는 뜻. ○常業(상업)─농사. ○歲功(세공)─가을 타작, 추수하다. ○聊(요)─약간, 제법, 그런대로. ○肆微勤(사미근)─사(肆)는 애쓰다, 노력하다. 미근(微勤)은 작은 노동, 대단치 않은 근로. 즉 큰 힘은 아니나 힘껏 애쓰고 일한다는 뜻. ○負耒還(부뢰환)─쟁기를 메고 집으로 돌아온다. ○饒(요)─많다, 심하다. ○霜露(상로)─서리나 이슬은 농작물에 좋지 않다. ○先寒(선한)─다른 곳보다 일찍 차가워지다. ○田家豈不苦(전가기불고)─농가(農家), 농촌 생활이 어찌 고생스럽지 않겠느냐? ○弗獲(불획)─부득(不得)과 같다. '~할 수 없다'. ○辭此難(사차난)─농사짓는 어려움을 마다한다. ○四體(사체)─손발, 온몸. ○誠乃(성내)─정말로, 참으로, 몹시. ○庶(서)─원하다, 바란다. ○異患干(이환간)─이(異)는 이변(異變), 환(患)은 환란(患難), 간(干)은 닥쳐오다, 침범하다. 즉 이변이나 환란이 닥쳐와 농작물이 망쳐질까 걱정이라는 뜻. ○盥濯(관탁)─세수하다, 손발을 씻다. ○息簷下(식첨하)─처마 밑에서 쉰다. ○斗酒(두주)─두(斗)는 큰 술잔. 요새 말로 대포잔 같은 뜻. 말술. ○散襟顔(산금안)─산(散)은 풀어지다, 발산하다, 헝클어지다. 금(襟)은 가슴속. ○遙遙(요요)─아득히 멀리 옛날의 ○沮溺心(저익

심)—《논어》〈미자편(微子篇)〉에 나오는 두 사람 장저(長沮)와 걸익(桀溺). 이들은 은퇴하여 함께 짝지어 농사를 지었다. ㅇ千載乃相關(천재내상관)—그들과 천년의 거리가 있으나 역시 서로 통한다. 관(關)은 마음이 서로 묶였다는 뜻. ㅇ常如此(상여차)—변함없이 언제나 이렇게 농사를 지을 수만 있었으면 좋겠다. 전란에 휘말려 언제 농사를 못 짓게 되거나 망칠는지 모른다. ㅇ躬耕(궁경)—몸소 농사를 짓는다. ㅇ非所歎(비소탄)—한탄할 바 아니다. 아무 걱정도 되지 않는다.

(大意)　인생은 결국 천도(天道)에 귀의하게 마련이지만 우선은 의식(衣食)이 긴요한 문제다.(1)

이것을 잘 해결하지 않고는 아무도 안락하기를 바랄 수 없다.(2)

이른 봄부터 착실히 농사를 지어야 가을에 추수를 기대할 수가 있다.(3)

아침 일찍 밭에 나가 작은 힘이나마 전력을 다해서 일하고 날이 저물면 쟁기를 등에 메고 돌아온다.(4)

산중이라 평지보다 서리나 이슬이 많고 또 바람도 다른 곳보다 일찍 차가워진다.(5)

시골에서 농사를 짓는 일이 어찌 고생스럽지 않겠는가? 허나 그 어려움을 마다할 수가 없느니라.(6)

손발이나 온몸이 몹시 피곤해도, 오직 이변이나 우환에 걸려 농작물이 망치지나 않을까 걱정이며, 그런 일이 없기를 바란다.(7)

물 퍼서 손발을 씻고 처마 밑에 쉬면서 큰 잔술 마시니 가슴도 후련해지고 얼굴도 펴진다.(8)

아득한 옛날의 은자, 장저(長沮)와 걸익(桀溺)의 마음이 천년 후인 오늘의 나와 일치하는 듯하다.(9)

오직 언제까지나 변동 없이 농사를 지을 수 있기를 바랄 뿐, 내가 몸소 힘들여 경작하는 일은 걱정될 것이 없다.(10)

(解說)　앞에서 밝혔듯이 혹심한 전란의 와중에서 무사히 올해 농사를 거두어들인 도연명이 '오직 농사만 무사히 지을 수 있다면, 내 손수 경작하는 것은 아무것도 아니다(但願常如此 躬耕非所歎)'라고 진솔하게 심중을 토로했다. 싸움질하는 인간들이여, 제발 농사짓게 나를 조용히 내버려두어 달라는 심정이다.

　이미 그가 전원에 돌아와 농사를 지은 지 5년이 되었다. 이제는 농사일도 몸에 배었으리라! 허나 농사를 짓는다는 일이 무척 힘들고 고달프다는 것을 부정할 수 없다. 하지만 삶의 바탕인 의식을 손수 노력해서 해결하지 않고 어찌 안심입명(安心立命)할 수가 있으랴! 종국적으로 인생이 천도(天道)에 귀의(歸依)한다고 해도 우선 삶의 기본인 의식은 내 손으로 내 힘으로 해결해야 한다. 옛날의 은자 장저(長沮)와 걸익(桀溺)이 손수 농사를 지었던 정신을 이해할 뿐만 아니라, 몸소 실천하고 농사를 손수 지은 도연명은 위대한 생산적 은둔 시인이라 하겠다.

　도연명이 이 시를 지었던 경술(庚戌 : 410년)에 그의 벗 유유민(劉遺民)이 죽었다. 그는 도연명의 고향 채상(柴桑)의 현령을 지냈으며, 도연명이 〈화유채상(和劉柴桑)〉〈수유채상(酬劉柴桑)〉의 두 시를 지은 주인공이다. 그는 유유(劉裕) 밑에서 벼슬자리에 올랐었다. 그러므로 도연명은 〈화유채상〉에서 은근히 그의 초청을 거절하며, 자기의 농촌생활이 제법 자리가 잡혔음을 암시했다. 그리고 시 끝에서 다음과 같이 농경생활을 안 떠날 뜻을 밝혔다.

시끄럽고 불안한 세상은 세월 따라 차츰 나와는 멀어졌네
밭 갈고 베를 짜 자족하고 있으니 또 무엇을 바라겠는가?
이럭저럭 백년 후에는 몸도 이름도 다 같이 사라져 없어지리!
(栖栖世中事 歲月共相疎
耕織稱其用 過此奚所用
去去百年外 身名同翳如)

은근히 유유민에게 난세에 벼슬하고 있는 것을 탓한 것이라.

形影神 三首幷序
형 영 신

叙文

1. 貴賤賢愚 莫不營營以惜生 斯甚惑焉
귀 천 현 우　막 불 영 영 이 석 생　사 심 혹 언

2. 故極陳形影之苦 言神辨自然以釋之
고 극 진 형 영 지 고　언 신 변 자 연 이 석 지

3. 好事君子 共取其心
호 사 군 자　공 취 기 심

語釋 ○形影神(형영신) ─ 형(形)은 육신. 영(影)은 그림자 및 헛된 이름이나 명예 같은 것도 포함시킨 뜻으로 파악해도 좋다. 신(神)은 정신이나 영혼.《장자(莊子)》나《열자(列子)》에도 형과 영을 대립시킨 것이 많이 있다. 그러나 당시 불승(佛僧) 혜원(慧遠 : 334~416?)이 '불영명(佛影銘)'을 짓고 그 속에서 형·영·신을 말한 것이 크게 영향을 주었을 것이다. 혜원은 당시의 고승이며, 불교철학자로 도연명은 그와 내왕하며, 불법을 배웠을 것이다.

大意 이 세상 사람들은 귀천현우를 막론하고 누구나 다 생명을 안달스럽게 아끼고 있으나, 그것은 크게 잘못된 것이다.(1)

따라서 나는 육체와 그 그림자가 이승에서 얼마나 고생하고 있는가를 밝히고, 아울러 정신으로 하여금 '스스로 자연(自然)'의 경지를 풀어 밝히고자 했다.(2)

이런 일에 관심을 가진 분들이 나의 뜻을 알아주기 바란다.(3)

60. 形贈影 _{형 증 영} 몸이 그림자에게

1. 天地長不沒 山川無改時
   _{천 지 장 불 몰 산 천 무 개 시}

2. 草木得常理 霜露榮悴之
   _{초 목 득 상 리 상 로 영 췌 지}

3. 謂人最靈智 獨復不如茲
   _{위 인 최 영 지 독 부 불 여 자}

4. 適見在世中 奄去靡歸期
   _{적 견 재 세 중 엄 거 미 귀 기}

5. 奚覺無一人 親識豈相思
   _{해 각 무 일 인 친 식 기 상 사}

6. 但餘平生物 擧目情悽洏
   _{단 여 평 생 물 거 목 정 처 이}

7. 我無騰化術 必爾不復疑
   _{아 무 등 화 술 필 이 불 부 의}

8. 願君取吾言 得酒莫苟辭
   _{원 군 취 오 언 득 주 막 구 사}

하늘과 땅은 영원히 존재하고, 산과 강물도 바뀌지 않으며
초목들도 하늘의 도리를 따라, 서리에 시들고 이슬에 되살아난다
오직 만물의 영장인 사람만은, 그들같이 영생도 소생도 못하더라
어쩌다 이 세상에 태어났는가 하면, 이내 죽어 사라져 돌아오

246

지 않더라

한 사람 없어진 것을 남들이 어찌 알랴, 친지들도 얼마 후에는 그를 잊게 되리라

오직 생시에 쓰던 유물만이 남으니, 보는 사람 슬퍼서 눈물 흘리네

나는 신선되어 하늘에 오를 재간 없으니, 필경 죽으면 그 꼴이 되리

그림자여, 자네도 내 말을 이해하고, 술잔 들고 사양말고 훌쩍 마시게!

語釋 ○形贈影(형증영)─육신이 그림자에게 보내는 시. ○沒(몰)─천지는 없어지지 않는다. ○無改時(무개시)─산이나 강도 모습을 바꾸는 때가 없다. 언제나 같은 산과 강으로 있다는 뜻. ○常理(상리)─영원히 변치 않는 원리, 즉 자연의 섭리. ○榮悴之(영췌지)─초목들이 피었다 시들었다 하는 것은 서리나 이슬 같은 기후 때문에 영향을 받는 것이다. ○獨復不如玆(독부불여자)─오직 사람만이 한 번 죽으면 다시 되살아나지 못한다. 부(復)는 별 뜻이 없다. 강조의 뜻을 나타내는 조사. 불여자(不如玆)는 시들었다 되살아나는 초목, 또는 천지같이 장구하지 못하다는 뜻. ○適見(적견)─적(適)은 잠시 또는 때마침. 견(見)은 이 세상에 보이다. ○奄(엄)─홀쩍. ○靡歸期(미귀기)─다시 돌아오지 않는다. ○奚覺(해각)─누가 알 것이냐? 또는 어찌 알 것이냐? ○無一人(무일인)─한 사람이 죽은 것을. ○親識豈相思(친식기상사)─친척이나 친구들도 어찌 두고두고 죽은 사람을 생각하랴? ○平生物(평생물)─사람은 죽고 그가 평소에 쓰던 물건만이 남는다는 뜻. ○情悽洏(정처이)─유물을 보면 처절한 느낌이 든다. 이(洏)는 눈물이 흐른다. ○騰化術(등화술)─하늘에 올라가 신선이 되는 기술. ○必爾(필이)─반드시. 이(爾)는 연(然)과 같다.

⊙**大意**　천지는 영원히 있고, 산천도 바뀌질 않는다.(1)

초목은 자연의 섭리를 터득하여 서리나 이슬과 더불어 피어나기도 하고 시들기도 한다.(2)

그러나 만물의 영장이라고 하는 사람만은 그들같이 영원히 있지도 않고 또 시들었다가 다시 피어나는 일도 없다.(3)

어쩌다 우연히 이 세상에 태어났는가 하면, 이내 죽어 사라지고 다시는 오지 못하며, (4)

이 세상에서 한 사람쯤 죽어 없어졌다 해도 아무도 그것을 알아주지 않을 뿐더러 일가친척들도 별로 생각을 해주지 않을 것이다.(5)

죽은 후에는 그가 생전에 쓰던 유물만이 남고, 보는 사람으로 하여금 서글퍼 눈물을 흘리게 할 것이다.(6)

신선이 되어 하늘에 올라갈 재주가 없는 나도 필경은 그와 똑같이 되고 말 것이다.(7)

그림자! 자네도 내 말 뜻을 잘 이해하고, 술이나 사양말고 들게!(8)

⊙**解說**　형[形 : 肉身]이 그림자[影]에게 한 말이다. 천지산천(天地山川)은 영원히 제 모습대로 있고, 심지어 초목들까지도 시들었다가 또 되살아나는데 만물의 영장(靈長)이라고 하는 인간은 잠시 이 세상에 왔다가 이내 죽어 사라지면 그만, 다시는 돌아오지 못한다. 그뿐만이 아니다. 사람은 언제나 자기 혼자 외롭게 죽어야 한다. 아무도 알아주지 않고, 또 친지들도 이내 잊고 만다. 이렇듯 절대적, 절망인 죽음을 등지고 사는 우리 인간의 몸은 너무나 외롭고 허망한 것! 그러니 나에게 붙어다니는 자네, 그림자도 나와 같이 술이나 들게!

그림자[影]는 음영(陰影)만이 아니다. 검은 그림자는 물체에 빛이 비친 뒷면에 생기는 것이다. 그렇다면 물체에 빛이 비침으로써 눈에 보이는 것, 즉 영상(影像)도 같은 그림자라 하겠다. 그리고 또 인간에게 명예나 이름 같은 것도 몸에 따라 있기도 하고 없기도 하는 그림자라 하겠다. 결국 이 모든 것들은 몸과 더불어 있다가 사라지는 것들이다.

〈기유세 9월 9일(己酉歲九月九日)〉에서도 그는 '옛부터 누구나 다 죽거늘, 생각하니 속이 타는 듯. 내 시름 무엇으로 풀리요! 탁주나 들고 취하리(從古皆有沒 念之中心焦 何以稱我情 濁酒且自陶)'라 했다.

영 답 형
61. 影答形 그림자가 몸에게

존 생 불 가 언 위 생 매 고 졸
1. 存生不可言 衛生每苦拙

성 원 유 곤 화 막 연 자 도 절
2. 誠願游崑華 邈然茲道絶

여 자 상 우 래 미 상 이 비 열
3. 與子相遇來 未嘗異悲悦

게 음 약 잠 괴 지 일 종 불 별
4. 憩蔭若暫乖 止日終不別

차 동 기 난 상 암 이 구 시 멸
5. 此同旣難常 黯爾俱時滅

신 몰 명 역 진 염 지 오 정 열
6. 身沒名亦盡 念之五情熱

입 선 유 유 애 호 위 부 자 갈
7. 立善有遺愛 胡爲不自竭

주 운 능 소 우 방 차 거 불 열
8. 酒云能消憂 方此詎不劣

불로장생은 말도 안되고, 살기조차 힘겨워 고생이라

곤륜산과 화산에서 신선되고 싶으나, 터무니없이 아득하고 길도 없노라

그대와 서로 만나 짝이 되어, 언제나 슬픔과 기쁨 함께했으며

그늘에 쉴 때는 헤어진 듯해도, 햇볕에 나와선 끝까지 짝했노라

그러나 영원히 함께 있기 어렵고, 때와 더불어 서로가 어둠에 묻히리

몸 죽으면 이름도 없어지리니, 오장육부가 타는 듯하다

오직 입선(立善)만이 후세에 남고 사랑받으니, 온갖 힘 기울여 행하지 않으려나?

술이 수심 없애준다 해도, 그보다는 못할 것일세!

語釋 ○存生(존생)−생명을 보존하다. 장생불로(長生不老)와 같은 뜻이다. ○不可言(불가언)−말할 수 없다, 믿을 수 없다, 문제가 되지 않는다. ○衛生(위생)−삶을 지키다. 현실적으로 살아 나가다. ○苦拙(고졸)−생계유지에 옹졸하여 고생을 한다. ○崑華(곤화)−곤륜산(崑崙山)이나 화산(華山). 신선(神仙)이 산다고 한다. ○邈然(막연)−아득하다, 터무니없다. ○與子(여자)−자네, 그대. 그림자가 몸에게 한 말. ○未嘗異(미상이)−줄곧 함께 했다. ○悲悅(비열)−슬픔이나 기쁨. ○憩蔭(게음)−그늘에 쉰다. ○若暫乖(약잠괴)−잠시 떨어진 듯하다. ○止日(지일)−양지에 머물다, 햇빛 속에 있다. ○難常(난상)−상(常)은 영원히 변치 않는다. 즉 영원히 함께 있기가 어렵다는 뜻. ○黯爾(암이)−암담하다, 어둡다, 검다. 이(爾)는 연(然). ○有遺愛(유유애)−착한 일을 하면 후세에도 길이 남고 사랑을 받는다. ○胡爲(호위)−어찌 ~하리요? 호(胡)는 하(何)와 같다. ○自竭(자갈)−최선을 다하다. ○方此(방차)−그것과 비교하다. 즉 선행을 하는 것[立善]과 비교하다. ○詎(거)−어찌. ○不劣(불열)−떨어지지 않느냐?

(大意)　　장생불로한다는 것은 말도 안되며, 오직 생계를 유지하는 데도 재주가 없어 쩔쩔매며 고생을 하고 있다.(1)

생각이야 신선이 되어 곤륜산이나 화산 속에 가 살고 싶지만, 그것도 막연한 공상이고 그런 곳에 도달할 수 있는 길은 없다.(2)

그대 즉 몸과 나, 그림자가 서로 만나서 어울린 이래 한 번도 슬픔이나 기쁨을 달리한 때가 없었지.(3)

그늘에 쉴 때에는 잠시 서로 떨어진 듯해도 다시 햇볕에 나오면 끝까지 헤어지지 않고 붙어 있었노라.(4)

그러나 우리가 함께 있는 것도 영원한 것은 아니고, 때와 더불어 어둠의 죽음 속에 둘이 다같이 엎어지고 말 것일세.(5)

몸이 죽어 없어지면 이름도 없어질 것이니 생각하면 가슴속이 뜨겁게 타는 느낌일세!(6)

오직 착한 일을 하는 것만은 후세에 길이 남아 사랑을 받는다고 하니, 어찌 전력을 기울여 해볼 만하지 않은가?(7)

술이 걱정을 지워준다고는 하지만 착한 일을 하는 것에 비하면 뒤질 것일세!(8)

(解說)　　그림자가 몸에게 한 말이다. 몸이나 그림자는 다 같이 영원히 있을 수 없다. 또 이름도 몸과 더불어 없어지게 마련이다. 그러나 착한 일을 하는 것[立善]만은 후세에 길이 남아 사람들에게 사랑을 받는다. 그러니 힘껏 입선을 해라. 술도 설움을 해소시켜 준다고 하나 입선보다는 못하다고 충고를 했다. 《순자(荀子)》에 있다. '착한 일을 하는 자에게는 하늘이 복을 내려 보답하고, 악한 일을 하는 자에게는 화를 내린다(爲善者　天報之以福；爲不善者　天報之以禍)'. 또 《상서(尙書)》에도 '천도는 선에게는 복을 주고, 잘못에게는 화를 내린다(天道福善　禍淫)'고 했다. 입선(立善)은 역경(易經)의 적선(積善)이다. 천도(天道)는 영원히 만물을 '생육화성(生育化成)' 하는 절대선의 도리다. 단 여기서 말하는 입선은 좁은 의미의 적선이다.

62. 神 釋 <small>신 석</small> 정신의 해탈

1. 大鈞無私力 萬理自森著
   <small>대 균 무 사 력　만 리 자 삼 저</small>

2. 人爲三才中 豈不以我故
   <small>인 위 삼 재 중　기 불 이 아 고</small>

3. 與君雖異物 生而相依附
   <small>여 군 수 이 물　생 이 상 의 부</small>

4. 結託善惡同 安得不相語
   <small>결 탁 선 악 동　안 득 불 상 어</small>

5. 三皇大聖人 今復在何處
   <small>삼 황 대 성 인　금 부 재 하 처</small>

6. 彭祖愛永年 欲留不得住
   <small>팽 조 애 영 년　욕 류 부 득 주</small>

7. 老少同一死 賢愚無復數
   <small>노 소 동 일 사　현 우 무 부 수</small>

8. 日醉或能忘 將非促齡具
   <small>일 취 혹 능 망　장 비 촉 령 구</small>

9. 立善常所欣 誰當爲汝譽
   <small>입 선 상 소 흔　수 당 위 여 예</small>

10. 甚念傷吾生 正宜委運去
    <small>심 념 상 오 생　정 의 위 운 거</small>

11. 縱浪大化中 不喜亦不懼
    <small>종 랑 대 화 중　불 희 역 불 구</small>

252

응 진 변 수 진 무 부 독 다 려

12. 應盡便須盡 無復獨多慮

하늘의 조화는 사사롭지 않고, 원리는 만물에 엄연히 나타난다

사람이 삼재(三才) 속에 끼어든 것도, 내가 있으므로 해서가 아니겠는가?

비록 그대들과는 다른 존재이지만, 나면서 함께 의지하고 붙어 살면서

결탁하여 선과 악을 같이했거늘, 어찌 한마디 안할 수 있겠는가?

복희·신농·황제의 세 성제(聖帝)도, 지금 어느 곳에도 계시지 않으며

불로장생을 자랑하던 팽조도, 결국 죽어 살아 남지 못했노라

사람은 늙으나 젊으나 죽게 마련, 슬기롭다 어리석다 가릴 수도 없네

몸이 말하듯 취하면 잊는다 하나, 술 자체가 생명을 다치는 것

그림자는 착한 일이 기쁘다 하나, 누가 그대를 위해 칭찬을 해 줄 건가?

안스런 생각은 도리어 삶을 해치네, 마땅히 대자연의 운세에 맡겨야지

생생화성의 조화 속에 일체가 되면, 인간적인 기쁨 슬픔도 없을 것일세

쓰러져야 할 생명 어서 보내게, 혼자 미망에 빠져 걱정하지 말고!

(語釋) ㅇ神釋(신석)—정신이 해탈하다. 석(釋)은 풀다, 판단하다. ㅇ大鈞

(대균)−하늘, 조물주. ○無私力(무사력)−자기만을 위해 힘을 쓰지 않는다. 사력(私力)은 힘이나 역량을 이기주의적으로 행사한다는 뜻. 《예기(禮記)》에 있다. ‘하늘이나 땅, 해나 달은 절대로 사사롭게 있지 않다(天無私覆 地無私載 日月無私照)’. 하늘[天]은 지공무사(至公無私)하며, 말없이 만물을 ‘생(生)·육(育)·화(化)·성(成)’하고 또 영원히 운행·섭리한다. 《논어(論語)》에서 공자가 말했다. ‘하늘은 말이 없다. 그러면서도 사시를 운행하고, 만물을 낳아 키운다(天何言哉 四時行焉 萬物生焉 天何焉哉)’. 이러한 경지가 바로 지성무식(至誠無息)이고 지성은 ‘하늘의 도[天之道]’이기도 하다. ○萬理(만리)−하늘이 만물을 다스리는 도리, 또는 만물에게 하늘이 준 도리. 이(理)는 법칙, 이치, 더 나아가서는 본성(本性). ○自森著(자삼저)−저마다 스스로 엄연하게 나타난다. 삼(森)은 엄연하다, 현저하다. 저(著)는 밝게 나타나다. 삼저(森著)를 현저하게 나타나다로 풀어도 좋다. ○三才(삼재)−하늘[天]·땅[地]·사람[人]을 삼재라 한다. 모든 창조와 진화는 이 셋이 힘을 합해서 이루어진다. 하늘의 원리[道]가 땅에서 형태[德·得]로 나타나게 마련이고, 이러한 천·지간의 연결을 사람이 해야 한다. 즉 씨를 땅에 뿌리면 자라서 열매를 맺을 것이다. 그러나 씨를 뿌리고 가꾸는 일은 사람이 해야 한다(《朱子語類》에 있다). ○豈不以我故(기불이아고)−어찌 나(즉 神) 때문이 아니겠는가? 사람이 천·지·인 삼재(三才) 속에 끼게·된 것은 신(神 : 즉 精神이나 心靈)이 있기 때문이다. 《서경(書經)》에 있다. ‘천지는 만물의 부모이고, 사람은 만물의 영이다(惟天地萬物每母 惟人萬物之靈).’ ○相依附(상의부)−서로 의지하고 함께 있었다. ○結託善惡同(결탁선악동)−결탁하여 선과 악을 함께 해왔다. 신이 형과 영에게 하는 말. ○安得不相語(안득불상어)−어찌 한마디 하지 않을 수가 있겠는가? ○三皇(삼황)−복희(伏羲)·신농(神農)·황제(黃帝)를 말하며 신화적 존재로서 이상적 성제(聖帝)로 친다. 복희·여와(女媧)·신농을 삼황이라 꼽기도 한다. ○彭祖(팽조)−요(堯)임금 때부터 등용되어 순(舜)임금·우(禹 : 夏나라)임

금을 거쳐 은(殷)나라 말기까지 살았다고 한다. 약 8백 년을 불로장생(不老長生)했다고 전한다. ○愛永年(애영년)—불로불사(不老不死)를 원했다. 애(愛)를 원하다로 풀었다. ○欲留(욕류)—이 세상에 남아서 살기를 바라다. ○無復數(무부수)—다시 헤아릴 필요가 없다. 수(數)는 구별한다는 뜻도 포함된다. ○日醉惑能忘(일취혹능망)—매일같이 취해 있으면 혹 잊을 수 있을 것이다. 일(日)은 낮에, 눈 뜨고 있을 때의 뜻도 있다. ○將非(장비)—바야흐로 ~가 아니겠는가? ○促齡具(촉령구)—수명을 단축시키는 깃. 즉 술은 건강을 해쳐 더 빨리 죽게 한다는 뜻. ○所欣(소흔)—남에게 환영을 받다. 즉 선행은 언제나 사람들에게 칭찬을 받는다. ○誰當爲汝譽(수당위여예)—누가 자네를 위해 칭찬해 줄 것인가? ○甚念(심념)—지나치게 생각하면 삶〔生〕에 해롭다. ○正宜(정의)—마땅히 ~하는 게 옳다. ○委運去(위운거)—대운(大運), 즉 하늘이나 자연의 운세에 맡긴다. ○縱浪(종랑)—종(縱)은 마냥, 마음대로, 랑(浪)은 출렁인다. '우주 대자연의 변화〔大化〕'에 몸을 온통 내맡기고 그 변화의 물결에 따라 출렁인다는 뜻. 즉 자연과 일체가 되어 변천진화(變遷進化)한다는 뜻. 이것은 《역경(易經)》에서 말하는 생생화성(生生化成)의 경지다. ○不喜亦不懼(불희역불구)—천지 만물과 일체가 되면 기쁠 것도 슬플 것도 없다. 더 나아가서는 '생(生)과 사(死)'도 동일시(同一視)하게 된다. ○應盡便須盡(응진변수진)—응당 쓰러져야 할 삶이라면 어서 빨리 쓰러지게 하라는 뜻. 어차피 죽을 사람이 안 죽겠다고 안달을 떠는 것은 인간의 미망(迷妄)이다. ○無復獨多慮(무부독다려)—다시는 혼자서 안달하고 걱정하지 말아라.

⦿ **大意**　천지 만물을 창조하고 섭리하는 하늘〔天〕은 모든 조화의 힘을 사사롭게 쓰지 않으며, 또한 하늘의 원리〔天理〕가 만사만물(萬事萬物)에 스스로 엄연하게 나타나게 마련이다.(1)
　사람이 천(天)·지(地)·인(人), 삼재(三才) 중에 끼게 된 것도 결국은 하늘의 원리를 이어받은 정신인 내가 있기 때문이 아니겠는

가?(2)

나(즉 정신)는 비록 그대들(몸과 그림자)과는 다른 존재이지만, 역시 태어날 때부터 함께 의지하고 같이 있었으며(3)

그대들과 결탁하여 선(善)·악(惡)을 함께 해온 사이이니 한마디 안 할 수가 없네!(4)

복희·신농·황제 세 분은 더없이 위대한 성인이라고 하지만 그분들도 지금은 아무 곳에도 계시지 않네.(5)

또 8백 년을 살았다는 팽조(彭祖)도 불로불사(不老不死)를 원했지만 결국 그도 살아 남지 못하고 죽고 말았지!(6)

결국 사람은 늙은이나 젊은이나 한결같이 다 죽게 마련이고, 현명한 자나 어리석은 자도 가릴 것 없이 다 가게 마련이다.(7)

몸[形]이 말하듯 노상 술에 취해 있으면 혹 괴로움을 잊을 수도 있을 것이지만, 술 자체가 생명을 줄이는 나쁜 것이 아니겠는가!(8)

또 그림자[影]가 말하듯, 착한 일을 하면 언제나 남들이 좋아한다고 하지만, 누가 자네를 위해서 칭찬을 해줄 것인가?(9)

그대들이여! 지나치게 애쓰고 생각하면 도리어 삶을 해칠 것일세! 모름지기 천지 대자연의 운세에 모든 것을 내맡기게!(10)

생생화성(生生化成)이란 대조화(大造化)의 물결을 타면, 기뻐할 것도 슬퍼할 것도 없는 것일세!(11)

그러니 이승에 살면서 생명에 미련을 갖지 말고 응당 스러져야 할 것은 빨리 보내 스러지게 하게! 공연히 혼자 안달하고 걱정하지 말고!(12)

(解說) 마지막으로 신(神:精神 또는 心靈)이 몸[形]과 그림자[影]에게 결론적으로 매듭을 지어 말했다.

'하늘은 대공무사(大公無私)하다. 천지 만물은 모두가 천리(天理)를 따라 생생화성(生生化成)하게 마련이다. 하늘의 대조화의 원리(原理)를 터득하고 하늘과 땅 사이에서 대덕(大德)인 생(生:즉 삶의 창조와 발전)에 인간이 참여할 수 있는 것도 바로 하늘이 인간에게 내려준 나[神·性]의 덕택이다.

 그러니 현실적 현상세계에 집착하고 안달을 떨지 말고 영원하고 끝없는 대자연의 조화(造化)에 귀일(歸一)하여라. 그때에는 기쁨도 슬픔도 없고 또 삶[生]과 죽음[死]도 초월하여 영원한 참삶[眞 生]을 누릴 수가 있을 것이다. 이 시는 도연명의 시중에서 매우 중요한 것이다. 특히 도연명의 정신적 갈등을 그린 것이다. 즉 유교 도교 및 불교의 사상적 대립을 풀려고 시도한 것이다. 그러나 도연 명도 해답을 얻지 못한 채로 갈등 모순을 그대로 그렸을 뿐이다. 이 와 같이 어려운 사상을 서양 사람이 어떻게 풀었을까?

Substance, Shadow, and Spirit

High and low, wise and simple, all busily hoard up the moments of life.

How greatly they err! Therefore I have to the uttermost exposed the bitterness both of Substance and Shadow, and have made Spirit show how, by following Nature, we may dissolve this bitterness.

Substance Speaks to Shadow:

Heaven and Earth exist for ever;
Mountains and rivers never change.
But herbs and trees in perpetual rotation
Are renovated and withered by the dews and frosts;
And Man the wise, Man the divine—
Shall he alone escape this law?
Fortuitously appearing for a moment in the World
He suddenly departs, never to return.

Who will notice there is one person less?
His friends and relations will not give him a thought.
Only when they chance on the things h used
Day in and day out, do their spirits sink for a while.
Me no magical arts can save ;
Of that I am certain and cannot ever doubt.
I beg you listen to this advice一
When you get wine, be sure to drink it.

Shadow replies:

There is no way to preserve life;
Drugs of Immortality are instruments of folly.
I would gladly wander in Paradise.
But it is far away and there is no road.
Since the day that I was joined to you
We have shared all our joys and pains.
While you rested in the shade, I left you a while;
But till the end we shall be together.
Our joint existence is impermanent;
Sadly together we shall slip away.
That when the body decays Fame should also go
Is a thought unendurable, burning the heart.
Let us strive and labour while yet we may
To do some deed that men will praise.
Wine may in truth dispel our sorrow,
But how compare it with lasting Fame ?

Spirit expounds:

God can only set in motion,
He cannot control the things he has made.
Man, the second of the Three Orders,
Owes his precedence to Me.
Though I am different from you.
We were born involved in one another;
Nor by any means can we escape
The intimate sharing of good and ill.
The Three Emperors were saintly men,
Yet to-day—where are they?
P'êng ※ lived to a great age.
Yet he went at last, when he longed to stay.
And late or soon, all go;
Wise and simple have no reprieve.
Wine may bring forgetfulness,
But does it not hasten old-age?
If you set your heart on noble deeds,
How do you know that any will praise you?
By all this thinking you do Me injury;
You had better go where Fate leads—
Drift on the Stream of Infinite Flux,
Without joy, without fear;
When you must go—then go,
And made as little fuss as you can.

※ The Chinese Methuselah.

63. 示周續之祖企謝景夷三郞 주속지 등 세 사람에게

1. 負痾頹簷下 終日無一欣
2. 藥石有時間 念我意中人
3. 相去不尋常 道路邈何因
4. 周生述孔業 祖謝響然臻
5. 道喪向千載 今朝復斯聞
6. 馬隊非講肆 校書亦已勤
7. 老夫有所愛 思與爾爲鄰
8. 願言誨諸者 從我潁水濱

병든 나는 허물어진 처마 밑에서, 온종일 즐거움 하나도 없네
약으로 치유하는 틈틈이, 오직 그대들만이 그립구려!
서로 멀리 떨어져 있고, 길도 아득히 멀어 찾지 못하네
주군이 공자의 글을 강하고, 조기와 사경이 함께 어울린다지
도를 잃은 지 천년이 된 오늘 바른 글을 다시 듣게 되었군

강당 아닌 마구간에서 강학하고, 경서 교감에도 애쓴다지
늙은이 진정으로 바라는 바, 그대들과 이웃되어 살고저 하니
원컨대 내 말 듣고, 나따라 영수 가로 오게나!

語釋 ○周續之(주속지)—당시의 학자로, 도연명·유유민(劉遺民)과 함께 심양삼은(尋陽三隱)이라 칭송했다. 그러나 주속지는 벼슬을 했고 더욱이 당시의 실권자 유유(劉裕)의 아들에게 글을 가르치기도 했다. 그래서 도연명이 불만을 표시한 일도 있었다. ○祖企(조기)·謝景夷(사경이)—자세히 알 수 없으나 도연명의 후배격인 선비일 것이다. ○三郎(삼랑)—주속지·조기·사경이 등 세 사람. 이들은 모두 찬탈자인 유유 밑에서 학자로 벼슬살이를 했으며, 예(禮)를 강(講)하고 글을 지었다. ○負痾(부아)—병들어, 병고에 시달리고 있다. ○頹簷下(퇴첨하)—허물어진 처마 밑에서 신음하고 있다는 뜻. ○無一欣(무일흔)—기쁜 일이 하나도 없다. ○藥石(약석)—약, 약제 또는 병을 치료한다는 뜻으로도 쓰인다. ○有時間(유시간)—간(間)은 한(閑)으로 읽어도 좋다. 한가할 때. ○念(염)—생각한다. ○我意中人(아의중인)—내 가슴속에 있는 사람. 즉 내가 그대들을 생각한다는 뜻. ○不尋常(불심상)—가깝지 않다. 심(尋)은 8척(尺), 상(常)은 그 두 배. 심상(尋常)은 지척(咫尺)과 같은 뜻. ○邈何因(막하인)—아득하고 멀어서 갈 방도가 없다. 인(因)은 의지하다. ○周生述孔業(주생술공업)—주속지가 공자의 학문을 강술한다. ○祖謝(조사)—조기와 사경이 두 사람. ○響然(향연)—향응(響應)하다, 호응하다. ○臻(진)—이르다[至], 모여 오다. ○向千載(향천재)—바야흐로 천 년이 되려고 한다. ○今朝復斯聞(금조부사문)—오늘 아침에야 다시 사문(斯文)이 부활했음을 알겠다. 사(斯)를 '이곳'으로 풀어도 무방하다. ○馬隊(마대)—마구간, 말간, 말을 키우는 곳. ○講肆(강사)—강당, 교실, 학문을 강하는 곳. ○校書亦已勤(교서역이근)—또한 열심히 책도 교감했다. ○老夫(노부)—도연명 자신. ○有所愛(유소애)—절실히 바란다. ~하고 싶다. ○與爾爲鄰(여이위린)—그대들

과 이웃이 되어 함께 살고 싶다. ㅇ願言(원언)-제발, 청컨대. 언(言)은 어조사(語助辭). ㅇ誨(회)-깨우쳐 주겠다, 가르치다. ㅇ穎水濱(영수빈)-영수(穎水)의 물가. 옛날의 은자(隱者) 허유(許由)는 요(堯)임금이 천하를 물려주려고 하자 영수 북쪽 기산(箕山)으로 은퇴하여 스스로 농사를 지었고 또 후에 요임금이 그를 구주(九州)의 장으로 삼겠다고 하자 그런 말은 듣기조차 싫다 하여 영수의 강물로 귀를 씻었다고 한다.

<big>(大意)</big>　허물어진 오막살이집에서 병에 신음하는 나에게 하나도 즐거운 일이란 없네.(1)

약 먹으며 신병을 치료하는 틈틈이 그리운 그대들의 생각을 할 뿐일세.(2)

그대들은 멀리 떨어져 있으며 길조차 아득하여 찾아갈 수도 없네.(3)

주군(周君) 자네가 공자의 학문을 강술한다 하고, 조기와 사경이가 호응하여 모였다더군!(4)

공자가 가르친 도가 쇠퇴한 지 근 천 년이 되어갈 무렵 그대들이 다시 일으킨다는 소식을 오늘 아침에 들으니 기쁘기 이를 데 없네.(5)

그러나 그대들은 학문의 강당이라 할 수 없는 마구간에서 글을 강하고 또 책들도 교감하느라 애를 쓰고 있다더군!(6)

늙은 내가 간절히 바라는 것은, 그대들과 이웃이 되어 가까이 지내고 싶네.(7)

내 그대들에게 이르노니, 제발 나를 따라 옛날 허유(許由)가 귀를 씻었다고 하던 영수(穎水) 가로 오게나!(8)

<big>(解說)</big>　이 시는 도연명이 52세 때 지은 것이다. 즉 의희(義熙) 12년(丙辰 : 416년) 강주자사(江州刺史) 단소(檀韶)의 청을 받고 주속지(周續之)가 후진 학자인 조기(祖企)·사경이(謝景夷)와 같이 성북(城

北)에서 예(禮)를 강하고 책을 교감했다. 그런데 이들이 거처하던 숙소가 마구간 가까이 있었고, 더욱이 강주자사 단소는 유유(劉裕)의 부하였으므로 도연명이 그들에게 그만두고 은퇴하라는 뜻을 시로써 전한 것이다.

유유는 깡패 출신으로 일찍이 도연명이 벼슬했던 유로지(劉牢之)의 부장이었다. 그러나 당시에는 둘도 없는 실력자였으며, 그로부터 4년 후인 경신(庚申 : 420)년에는 진(晉)나라의 제위를 찬탈했던 것이다. 도연명은 일찍이 유로지 밑에 유유와 같이 있었으므로, 그의 인간됨을 잘 알고 있었고, 또 앞을 내다보고 있었을 것이다. 그러므로 도연명은 자신이 유유 밑에서 벼슬을 안한 것은 물론, 이렇게 남들에게도 무도한 사람, 무력 깡패 밑에서 벼슬하는 것을 그만두라고 충고했던 것이다.

우리는 이 시를 통해서 새삼 도연명의 단호한 은퇴사상과 실천의 높은 경지를 깊이 이해할 수가 있다. 특히 주속지 등에게 '그대들에게 이르노니, 나를 따라 영수 가로 오게(願言誨諸子 從我潁水濱)' 하고 타이른 것은 바로 '나라에 도가 있으면 나서서 벼슬하되, 도가 없으면 물러나 은퇴하라(邦有道則見, 邦無道則退)'는 공자의 가르침을 실천하라고 권한 것이다.

〈독사술 9장(讀史述九章)〉 중에 있는 〈노이유(魯二儒)〉에서 도연명은 정절(貞節)을 지킨 유학자를 다음같이 읊기도 했다.

나라가 바뀌고 때가 변해도 거리낌없이 나서서 누구에게나 벼슬을 하는 어용학자의 견지에서 볼 때, 이른바 시속세류(時俗世流)에 잘 어울리지 못하는 선비는 바보 같을 것이다.

그러나 의연하게 정절을 지킨 노나라의 빛나는 두 학자, 즉 맹자와 순자가 있었으며, 이들은 뛰어난 사람이다.

그러나 세상이 혼란하고, 그들의 덕풍이 백 년도 지속되지 못하고, 진(秦)나라처럼 법치(法治)를 편 것은, 바로 《시경(詩經)》·《서경(書經)》의 경지를 모독한 것이다.

그리하여 한(漢)나라 고조(高祖)가 천하를 통일하고 예악을 정하려 하자 다른 모든 선비들은 호응했으나, 오직 두 사람만은 은퇴하여 누더기를 입고 살았다

(易代隨時 迷變則愚

介介若人 特爲貞夫

德不百年 汙我詩書

逝然不顧 被褐幽居)

이 두 사람이 누군지는 잘 알려져 있지 않다. 그러나 당시 즉석에서 30여명이 호응하여 한 고조에게 붙어 벼슬을 했는데도 유독 두 사람만이 자리를 차고 나왔다고 하는 것은 여간 어려운 일이 아니다. 이를 본 숙손통(叔孫通)은 시대의 변천을 모르는 어리석은 자라며 웃었다고 한다. 도연명은 도리어 숙손통의 태도를 멸시하고 있는 것이다.

(參考) 같은 〈독사술 9장(讀史述九章)〉에서 도연명은 백이(伯夷)·숙제(叔齊)를 다음과 같이 높였다.

고죽국(孤竹國)의 왕자 두 형제가 서로 임금자리를 양보하고, 멀리 주(周) 문왕(文王)을 찾아갔다.

그러나 문왕은 죽고, 아들 무왕(武王)이 천명을 빙자하고 은나라를 치고 주나라를 세우자, 백이·숙제는 무왕을 불효불충이라 힐난하고,

산 속에 들어가 고사리를 따먹으며, 기개 높은 시를 읊으며, 삼황오제(三皇五帝) 시대를 그리워했으니,

그들의 뛰어난 충절은 오늘의 유약한 선비들을 겁주고 떨게 하리라

(二子讓國 相將海隅

天人革命 絕景窮去

采薇高歌　慨想黃虞
貞風凌俗　爰感儒夫)　〈夷齊〉

병진세팔월중어하손전사확
64. 丙辰歲八月中於下潠田舍穫
병진년 하손에서 추수하며

빈거의가색　육력동림외
1. 貧居依稼穡　戮力東林隈

불언춘작고　상공부소회
2. 不言春作苦　常恐負所懷

사전권유추　기성여아해
3. 司田眷有秋　寄聲與我諧

기자환초포　속대후명계
4. 飢者歡初飽　束帶候鳴鷄

양즙월평호　범수청학회
5. 楊檝越平湖　汎隨清壑廻

울울황산리　원성한차애
6. 鬱鬱荒山裏　猿聲閑且哀

비풍애정야　임조희신개
7. 悲風愛靜夜　林鳥喜晨開

일여작차래　삼사성화퇴
8. 日余作此來　三四星火頹

자년서이로　기사미운괴
9. 姿年逝已老　其事未云乖

10. 遙謝荷篠翁 聊得從君栖
요 사 하 조 옹 요 득 종 군 서

오직 농사짓고 먹는 가난한 살림, 온 식구가 힘을 합해 밭을 가네

춘경의 괴로움은 견디겠으나, 기대하던 타작 망칠까 두렵네

농사 감독관이 추곡 익은 것 보고, 희롱조로 풍작이라 내게 말했으나

굶주리던 나도 포식할 기쁨에 넘쳐, 의관 갖추고 닭 울기만 기다리네

노를 젓고 잔잔한 호수를 건너, 출렁출렁 맑은 계곡 따라 돌면

울창한 숲 우거진 깊은 산중에, 원숭이 울음 애처롭고 한적하고

거세고 슬픈 바람 불 때는 고요한 밤을 그리워했고, 숲속 새들처럼 새벽이 트면 기뻐했노라

내가 은퇴하여 농사지은 지, 이미 20년의 세월이 지났으며

몸이나 나이는 이미 늙었으나, 나의 뜻만은 변함이 없네

아득히 하조옹 바라보고 감사하니, 그대 덕택에 내가 물러나 쉬노라

(語釋) ㅇ丙辰(병진)—의희(義熙) 20년(도연명 52세 : 416년)으로 유유(劉裕)가 북벌(北伐)하여 10월에는 낙양(洛陽)을 함락시키고, 위세를 떨쳤다. 그러나 도연명은 그를 싫어했고 오직 은둔과 농경생활만을 지키고 있었다. ㅇ下潠(하손)—지명. 자세히는 알 수 없으나 아마 율리(栗里)에 있었을 것이라고 한다. 혹은 손(潠)을 물 많은 논이란 뜻으로 풀기도 한다. ㅇ依稼穡(의가색)—농사를 짓고 산다. 가(稼)는 곡식을 심다, 색(穡)은 거두어들이다. ㅇ戮力(육력)—여러 사람

의 힘을 합쳐서, 《양운전(楊惲傳)》에 있다. '몸소 처자를 거느리고 총동원하여 농사를 지었다(身率妻子 戮力耕桑)'. ○隈(외)—모퉁이. ○春作苦(춘작고)—봄철 농사가 고생스럽다고 말하지 않겠다는 뜻. 춘경을 하는 고생은 괜찮다. ○負所懷(부소회)—기대가 어긋날까 걱정이 된다. 즉 가을 타작이 망쳐지지 않을까 겁이 난다. ○司田(사전)—농사일을 주관하는 관리. ○眷有秋(권유추)—추곡이 잘된 것을 보다. 추(秋)는 가을농사. ○諧(해)—어울리다, 놀리다, 희롱하다, 농담하다. ○飢者歡初飽(기자환초포)—오래 굶주리던 지가 이제 비로소 배불리 먹게 된 것을 기뻐한다. 농사짓는 사람의 입장. ○束帶候鳴鷄(속대후명계)—의관을 갖추고 날이 밝아 닭 울기를 기다린다. 도연명 자신이 어서 날 밝기를 기다린다고 풀 수도 있고 또는 사전(司田)이 전세(田稅)를 거두기 위해 준비하고 기다린다로 풀 수도 있다. ○楊檝(양즙)—노를 젓고. 즙(檝)은 즙(楫). ○汎隨(범수)—출렁대는 맑은 계곡을 따라. ○鬱鬱(울울)—울창하고 무성한. ○作此來(작차래)—시골에 은퇴한 이래. ○三四星火頹(삼사성화퇴)—3 4는 12, 성화(星火)는 화성(火星), 퇴(頹)는 떨어졌다. 도연명이 〈귀거래사(歸去來辭)〉를 짓고 은퇴한 때가 41세로 이 시를 지을 때로부터 약 12년 전이다. ○姿年(자년)—모습이나 나이, 몸과 연령. ○逝已老(서이로)—이미 늙었다. ○其事未云乖(기사미운괴)—은퇴해서 농사를 짓겠다는 결심은 아직도 변함이 없다. 괴(乖)는 괴리, 떨어지다, 어긋나다. ○荷蓧翁(하조옹)—《논어(論語)》〈미자편(微子篇)〉에 나오는 은자. 그는 지팡이에, 대 삼태기를 걸어 등에 메고 농사를 지었다. 〈계묘세시춘회고전사(癸卯歲始春懷古田舍)〉에도 있다. ○聊得(요득)—잠시나마 ~할 수 있었다. 요(聊)는 '어찌했든 간에'로 풀어도 좋다. ○從君栖(종군서)—그대를 따라 은퇴하였다. 서(栖)는 멈추어 쉬다.

(大意) 가난한 나는 오직 농사를 지어야 먹고 살 수가 있다. 그러므로 온 식구가 다 총동원하여 동쪽 숲 모퉁이의 밭을 갈다.(1)

봄에 밭갈이하는 고생은 불평하지 않겠노라! 그러나 항상 가을의 수확이 혹 기대에 어긋나지나 않을까 겁이 난다.(2)

농작물 감독관이 추곡을 보고 농담하듯 잘 되었다고 말을 해주었다.(3)

그러나 노상 굶주리던 나로서는 이제야 배불리 먹을 수 있구나 하는 기대와 더불어 기쁜 마음에 날 밝기 전부터 타작에 나설 준비를 갖추고 어서 닭이 울기를 기다리고 있다.(4)

타작을 위해 배를 타고 노를 젓고 잔잔한 호수를 건너, 다시 출렁출렁 맑은 계곡의 흐름을 따라 돌아간다.(5)

숲이 울창하게 우거진 깊은 산중에는 한적하게 원숭이들이 애처롭게 울고들 있다.(6)

거세고 슬픈 바람이 불면 고요한 밤을 그리워했고, 숲에서 잠자던 새들처럼 새벽이 되면 기뻐했노라.(7)

내가 이렇듯 은퇴하여 농사를 지으며 산 지가 벌써 12년이나 되었노라.(8)

그간 나의 몰골이나 나이는 이미 늙어 쇠퇴했으나, 나의 초지(初志)인 은퇴의 뜻은 변함이 없다.(9)

아득히 먼 하조옹(荷蓧翁)에게 감사를 드리겠다! 그대를 좇아 이렇듯 내가 멀리 물러나 쉬고 있으니까!(10)

解說 도(道)를 잃은 혼란한 세상에서 은퇴하여 몸소 농사를 지으며 사는 자신에 만족하고 있다. 물론 농사짓는 일이 힘겹기는 하다. 또 기대한 대로 거두어들여질지 어떨지 항상 걱정이 되기도 한다(不言春作苦 常恐負所懷). 그러나 속세의 거친 바람에 지친 도연명은 고요한 밤이 그리웠고, 또 숲에서 어둠을 지샌 그는 빛나는 새벽이 기뻤다. 그러기에 그는 자연에 돌아온 것이다. 이러한 심정을 그는 '비풍애정야(悲風愛靜夜) 임조희신개(林鳥喜晨開)'라는 아름다운 상징으로 표현했다. 심벌리즘(Symbolism)의 극치다.

이제 도연명의 은퇴사상은 굳은 신념으로 응결되어, 흔들리지 않는 삶과 생산의 길을 달리게 되었다. 은퇴가 현실도피나 태만과 연결되면 안된다. 은퇴는 선의(善意)의 생산과 맺어져야 한다.

65. 詠荊軻 영형가

1. 燕丹善養士 志在報强嬴
   연단선양사 지재보강영

2. 招集百夫良 歲暮得荊卿
   소집백부량 세모득형경

3. 君子死知己 提劍出燕京
   군자사지기 제검출연경

4. 素驥鳴廣陌 慷慨送我行
   소기명광맥 강개송아행

5. 雄髮指危冠 猛氣衝長纓
   웅발지위관 맹기충장영

6. 飮餞易水上 四座列群英
   음전역수상 사좌열군영

7. 漸離擊悲筑 宋意唱高聲
   점리격비축 송의창고성

8. 蕭蕭哀風逝 澹澹寒波生
   소소애풍서 담담한파생

9. 商音更流涕 羽奏壯士驚
   상음갱유체 우주장사경

10. 心知去不歸 且有後世名
    심지거불귀 차유후세명

등 거 하 시 고 　비 개 입 진 정
11. 登車何時顧 飛蓋入秦庭

능 려 월 만 리 　위 이 과 천 성
12. 凌厲越萬里 逶迤過千城

도 궁 사 자 지 　호 주 정 정 영
13. 圖窮事自至 豪主正怔營

석 재 검 술 소 　기 공 수 불 성
14. 惜哉劒術疎 奇功遂不成

기 인 수 이 몰 　천 재 유 여 정
15. 其人雖已歿 千載有餘情

연나라 태자 단(丹)은 인재를 길러, 강한 진나라를 쳐 보복하고자 했다

뛰어난 장사들을 모으던 그는, 마침내 형가라는 영웅을 얻었다

군자는 지기를 위해 목숨을 바친다, 형가는 칼 차고 연나라를 떠났노라

흰 말은 큰 길에서 울부짖고, 사람들 비장하게 전송을 했다

곤두선 머리칼은 관을 치켜받쳤고, 사나운 기상은 갓끈을 불어 날렸다

이수 강가에서 송별연을 여니, 사방에 영웅들 떼지어 앉았고

고점리는 비참하게 축을 튕기고, 송의는 높은 소리로 노래를 하는데

소소히 애달픈 바람 불어 스치고, 맑은 강에 출렁이는 파도가 차노라

격한 상조(商調)에 더욱 눈물 흘리고, 웅장한 우조(羽調)에 장사들 격동하여라

한번 가면 다시 못 돌아오리, 오직 후세에 이름을 남기고저

수레에 오른 그는 돌아볼 틈도 없이, 진나라 대궐 향해 날듯이 달렸노라

만리 길을 똑바로 뛰었고, 수천 도성을 모두 지났노라

지도 속에 칼을 숨겨 일을 벌이니, 진왕이 기겁하여 놀라 도망쳐

칼솜씨 생소하여 아깝게도, 기발한 공을 세우지 못하였노라

비록 형가는 이미 가고 없으나, 천년 지난 오늘에도 뜻이 전하네

語釋 ㅇ荊軻(형가)─전국(戰國)시대의 협객(俠客)이다. 연(燕)나라의 태자 단(丹)의 청탁을 받고 진왕(秦王 : 후에 진시황이 됨)을 죽이려다 실패하고 도리어 처참하게 진나라 대궐 안에서 죽었다. 형가는 출발에 앞서, 진왕에게 죄를 짓고 연나라에 망명중이던 번어기(樊於期)라는 장군에게 제안을 했다. "당신의 목을 가지고 가면 진왕이 좋아서 나를 만나 줄 것이오. 그렇게 되면 내가 진왕에게 접근할 수 있고 따라서 그를 죽이고 복수를 하겠소." 이에 번어기는 스스로 자결하여 목을 가지고 가게 했다. 형가는 그의 목과 함께 연나라의 지도를 가지고 갔다. 두루마리로 된 지도 속에는 비수를 감추었다. 그리하여 기쁘게 형가를 맞이한 진왕이 두루마리 지도를 펴 보고 점차로 두루마리가 다 풀리게 되자 형가가 지도 끝에 숨겼던 비수를 잡고 진왕을 쳤으나, 머리털 하나 사이로 빗나가 진왕의 옷소매만을 잘랐으며, 이어 둥근 기둥을 잡고 도는 진왕을 계속 쫓았으나 역시 뜻을 이루지 못하고 오히려 형가는 진왕의 칼에 부상을 입었다. 그러자 형가는 비수를 날렸다. 그것도 구리 기둥[銅柱]에 맞았으므로 그는 속수무책인 채 진나라 병사들에게 찔리고 베어 무참한 최후를 마쳤다. 《사기(史記)》 〈자객열전(刺客列傳)〉에 있다. ㅇ燕丹(연단)─연나라(현 河北省 北部에 있었다)의 태자(太子) 단(丹). 일찍이 조(趙)에 인질로 있을 때 마침 조나라에서 태어난 진왕 정(政)과 어울려 놀았다. 그러나 진왕 정은 진나라에서 왕위에 오르자

도리어 단을 진나라의 인질로 삼고 무례하게 대했다. 이에 단은 원한을 품고 연으로 도망쳐 되돌아와 진왕에게 복수를 하고자 기회를 엿보며 많은 인재를 양성했다. ㅇ善養士(선양사)―열심히 인재나 협객들을 키웠다. ㅇ强嬴(강영)―강한 진나라, 진나라 임금의 성이 영(嬴)이었다. ㅇ百夫良(백부량)―뛰어난 인물. ㅇ歲暮(세모)―연말, 여기서는 늦으막하게, 또는 드디어. ㅇ君子死知己(군자사지기)―군자는 나를 알아주는 사람을 위해서 목숨을 바친다. '남자는 지기자를 위해 죽고, 여자는 사랑해 주는 임을 위해 아름답게 가꾼다(士爲知己者死 女爲說己者容).'《史記》〈刺客列傳〉). ㅇ提劍(제검)―칼을 차고. ㅇ出燕京(출연경)―연나라 서울을 출발하다. ㅇ素驥(소기)―형가가 탄 흰 말. 소(素)는 희다. 기(驥)는 세차고 잘 뛰는 말. 형가는 흰옷을 입고 백마를 타고 떠났다. ㅇ廣陌(광맥)―넓은 길. ㅇ慷慨送我行(강개송아행)―형가를 전송하는 사람들은 모두가 의분(義憤)에 넘쳤다. 강개(慷慨)는 비장한 정의감에 넘친다. ㅇ雄髮指危冠(웅발지위관)―세차게 치솟은 머리카락이 높이 머리 위에 쓴 관을 치켜들어 올릴 듯하다. '장사들의 눈이 날카롭게 빛나고 머리털이 관모를 치켜올렸다(士皆瞋目 髮盡指冠).'《史記》〈刺客列傳〉). ㅇ猛氣衝長纓(맹기충장영)―형가와 그 일행의 사나운 기세에 긴 갓끈이 하늘 위를 치솟듯이 날린다. ㅇ飮餞(음전)―전송의 술잔을 마신다. ㅇ易水(이수)―연(燕)나라 남쪽에 있는 강. ㅇ群英(군영)―많은 영웅들. ㅇ漸離(점리)―형가의 벗으로 일찍부터 의기가 투합했던 사람이었다. 성은 고(高). 후에 그는 진시황(秦始皇) 앞에서 축(筑)을 연주하다가 악기에 숨겼던 납덩이를 던져 진시황을 죽이려다가 실패하고 역시 그 자리에서 비참하게 죽었다. ㅇ擊悲筑(격비축)―이수 강가에서 형가를 작별하는 잔치를 벌인 장소에서 고점리가 비참하게 축(筑：악기)을 연주했다. ㅇ宋意(송의)―사람 이름. 형가를 전송하여 노래를 불렀다. 《사기》 열전에는 보이지 않고 《회남자(淮南子)》〈태족훈(泰族訓)〉에 보인다. ㅇ蕭蕭哀風逝(소소애풍서)―쓸쓸하고 애달픈 바람이 불어 스친다. '바람은 쓸쓸히 불고 이수의 물이 차다. 장사는 한번 가면 다시 안 돌아오리라(風蕭蕭兮易水寒, 壯士一去不復還).'(《史記》〈刺客列傳〉). ○澹澹(담담)—차고 맑다. ○商音(상음)—중국의 음악은 궁(宮)·상(商)·각(角)·치(徵)·우(羽)를 기본, 오음이라 한다. 이중 상은 서쪽의 금성(金星)을 상징하며 빠르고 격한 음조다. 우(羽)는 북쪽의 수성(水星)을 상징하며 용맹하고 장엄하다. ○更流涕(갱유체)—격한 상조(商調)의 음악이 더욱 눈물을 흘리고 울게 한다. ○羽奏壯士驚(우주장사경)—고점리(高漸離)가 축(筑)을 타고 송의(宋意)가 노래를 부르는데 그 음악이 웅장한 우조(羽調)가 연주되자 장사들의 가슴속이 더욱 용맹하게 뛰고 설레였다. ○去不歸(거불귀)—일단 가면 살아서 못 돌아오는 줄 알고 또 그런 각오가 되어 있다. ○且有後世名(차유후세명)—그러나 후세에는 이름을 남길 것이다. ○登車何時顧(등거하시고)—형가는 수레에 오르자 뒤도 안 돌아보고 갔다. '어시형가취거이거(於是荊軻就車而去) 종이불고(終已不顧) 수지진(遂至秦)'이라고 있다. ○飛蓋(비개)—개(蓋)는 수레 위를 덮는 차일, 비(飛)는 날리다. 즉 맹렬한 속도로 수레를 달려 진나라 대궐 안으로 들어갔다는 뜻. ○秦庭(진정)—진의 조정. ○凌厲(능려)—세차게 뛰어넘듯이 전진한다. ○逶迤(위이)—구불구불 길게 끌며 간다. ○過千城(과천성)—많은 거리를 지나가다. 성(城)은 도성. ○圖窮事自至(도궁사자지)—형가는 두루마리 지도를 다 펴자 그 속에 숨겼던 칼을 가지고 진왕을 베고자 했다. ○豪主(호주)—진나라 왕. ○正(정)—바야흐로, 사뭇. ○怔營(정영)—놀라며 떨다. ○劍術疎(검술소)—칼솜씨가 서툴렀다. 노(魯)나라 구천(句踐)이 형가가 진왕을 죽이려다 실패했다는 말을 듣고 말했다. "칼솜씨를 익히지 못한 것이 애석하다(惜其不講於刺劍之術也)." ○奇功(기공)—기발한 공.

大意 연(燕)나라 태자 단(丹)은 평소부터 모든 인재들을 잘 돌봐주었으며, 그의 뜻은 포악한 진(秦)나라를 꺾어 보복하고자 했다.(1)

뛰어난 장사들을 두루 찾고 발탁하던 그는 마침내 세모에 형가라

는 협객을 얻게 되었다.(2)

군자는 자기를 알아주는 사람을 위해 목숨을 바친다고 했거늘, 형가도 연나라 태자 단을 위해 칼을 들고 진나라 왕을 치고자 연나라 서울을 출발했다.(3)

형가 일행이 탄 흰말은 큰길에서 우짖고, 모든 사람들은 비장한 심정으로 그들을 전송했다.(4)

영웅들의 곤두선 머리카락이 우뚝 솟은 관을 더욱 높이 치켜올렸으며, 세찬 기백은 긴 갓끈을 불어 날릴 듯했다.(5)

이들 장사들은 국경 부근을 흐르는 이수 강물가에서 이별의 술을 마셨으며, 그 송별연에는 많은 영웅들이 둘러앉아 있었다.(6)

형가의 벗 고점리(高漸離)가 비참하게 축(筑)을 튕겼고, 그에 맞추어 송의(宋意)가 높은 소리로 노래를 불렀다.(7)

애처로운 바람이 소소히 불어 스치고, 이수의 맑고 찬 물이 출렁이며 흘렀다.(8)

비창한 상조(商調)의 음악은 모든 사람들을 더욱 울렸고, 장엄한 우조(羽調)의 가락은 장사들을 더욱 격동시켰다.(9)

일단 이곳을 떠나면 다시는 살아서 돌아오지 못할 것이다. 그러기에 후세에 이름이라도 남겨야 하겠다고 굳게 다지는 형가였다.(10)

그는 수레에 오르자 뒤돌아다 볼 겨를도 없었다. 수레 위에 덮은 차개를 날리며 똑바로 진나라 대궐을 향해 달리었다.(11)

세차게 수만 리 길을 한숨에 달렸고, 구불어진 긴 길을 따라 수천의 도성을 지났다.(12)

마침내 형가는 진왕 앞에서 두루마리 지도를 다 펴서, 끝에 숨겼던 칼을 잡고 진왕을 찌르러 덤비었다. 이에 강대국 진나라의 왕도 기겁을 하고 놀라 도망을 쳤다.(13)

다만 아깝게도 검술이 생소하여, 진왕을 죽이지 못함으로써 기발한 공을 세우지 못했다.(14)

그리고 형가도 이미 죽었다. 허나 그의 뜻은 천년 후 오늘날까지

남아 전해지고 있다.(15)

解說　은일(隱逸)의 시인 도연명을 담담한 심정으로 한적만을 즐긴 사람이라고 단정하기 쉽다. 그러나 도연명의 가슴에는 노상 정의(正義)의 불길이 활활 타고 있었다. 어지럽도록 정변을 거듭하는 난세에 노상 이기는 힘은 악덕(惡德)이었다. 이에 도연명은 여러 시에서 악을 미워하고 선의 승리를 바라고 있었다. 비록 실패를 했으나, 폭군 진시황을 일찍이 없애고자 나섰던 장사 형가(荊軻)를 높이고, 그와 같은 정의한이 나와서 어지러운 세상에 밝은 빛을 밝히기를 바랐을 것이다.

　주자(朱子)도 《어류(語類)》에서 〈영형가(詠荊軻)〉를 도연명의 본색을 나타낸 시라 했고, 양계초(梁啓超)도 '도연명이 자못 열혈(熱血)에 타는 사람임을 알아야 하겠다. 그를 오직 싸늘한 염세자로만 보아서는 잘못이다'라고 했다.

參考　도연명은 〈독사술 9장(讀史述九章)〉에서 학문과 문장에 뛰어난 굴원(屈原)과 가의(賈誼)를 다음과 같이 읊었다.

　굴원과 가의는 다 덕행과 학문을 높이 닦았으며, 때를 만나면 이바지하려고 했다.
　주나라의 시조 직(稷)과 은나라의 시조 설(契)같이 되고자 했노라.
　그러나 애석하게도 세상 사람의 의심을 받는 바 되어
　굴원은 정첨윤(鄭詹尹)을 만난 다음 글을 지었고, 가의는 붕부(鵩賦)를 지어 그들의 뜻과 이름을 후세에 남겼다.
　(進德脩業　將以及時
　如彼稷契　孰不願之
　嗟乎二賢　逢世多疑
　候詹寫志　感鵩獻詩)　〈屈賈〉

66. 讀山海經 _{독산해경} 산해경을 읽고

1. 孟夏草木長 _{맹하초목장} 　繞屋樹扶疏 _{요옥수부소}

2. 衆鳥欣有託 _{중조흔유탁} 　吾亦愛吾廬 _{오역애오려}

3. 旣耕亦已種 _{기경역이종} 　時還讀我書 _{시환독아서}

4. 窮巷隔深轍 _{궁항격심철} 　頗回故人車 _{파회고인거}

5. 歡言酌春酒 _{환언작춘주} 　摘我圓中蔬 _{적아원중소}

6. 微雨從東來 _{미우종동래} 　好風與之俱 _{호풍여지구}

7. 汎覽周王傳 _{범람주왕전} 　流觀山海圖 _{유관산해도}

8. 俯仰終宇宙 _{부앙종우주} 　不樂復何如 _{불락부하여}

초여름이라 초목들이 자라고, 집 둘레의 수목이 무성하여라
새들은 깃들 곳을 찾아 즐겁고, 나 또한 농막에 돌아와 좋더라
우선 밭을 갈아 씨를 뿌리고, 집에 돌아와 책을 들추어 본다.
후미진 곳에 벼슬아치 발길 멀지만, 친한 벗들 수레 돌려 찾아
오네

반기며 봄 술 걸러 잔을 나누며, 뜰 안의 채소 뽑아 대접할새

부슬비 동쪽에서 내려오자, 훈훈한 바람도 함께 일어라

주(周)나라 임금의 행적을 훑어 읽고,《산해경》의 그림을 두루 본다

아래위로 고개 돌려 우주를 꿰뚫으니, 그 또한 어찌 즐겁지 않으리요!

(語釋) ㅇ山海經(산해경)―한(漢)나라 전부터 전해오는 중국 태고 때의 지리(地理)·풍물(風物)을 광범하게 적은 책이다. 당시 진(晉)의 곽박(郭璞)이 주를 한 책이 많이 읽혔다. 그 속에는 기괴한 사람, 신선, 동식물 등도 있어 신화나 전설의 근원을 이루는 책이기도 하다. 자연과 인간이 혼연일체가 되어 살던 기록이라, 인간속세에 피곤을 느낀 도연명이 이를 보며 그 속에 그려진 소박한 세상을 동경하여 시를 지은 것이다. 전부 13수가 있으나, 여기서는 총론적인 제1수만을 풀었다. ㅇ孟夏(맹하)―초여름, 음력 4월. 여름을 셋으로 나눠서 맹하·중하(仲夏)·계하(季夏)라고 한다. ㅇ繞屋(요옥)―집을 둘러싸고. ㅇ扶疏(부소)―수목이 우거진 모양. ㅇ有託(유탁)―의지할 곳이 있다. ㅇ廬(려)―농막. ㅇ窮巷(궁항)―후미진 마을. 궁(窮)은 궁핍하다, 가난하다, 좁다는 뜻. ㅇ隔深轍(격심철)―격(隔)은 거리가 멀다. 관계가 없다. 심철(深轍)은 깊은 수레자국. 옛날 초(楚)나라의 은자(隱者) 접여(接輿)의 집에 초왕이 사신을 시켜 수레에 많은 글을 실어보내고 출사하라고 청했다. 접여는 이를 거절하고 수레를 돌려보냈으나, 문 앞에 수레바퀴 자국이 깊이 파졌다고 한다(《韓詩外傳》). ㅇ頗(파)―퍽 많이. ㅇ回故人車(회고인거)―친한 벗이 수레를 돌려서 찾아온다. ㅇ摘(적)―밭에서 키운 채소를 따서. ㅇ汎覽(범람)―넓게 본다. 책을 다 훑어본다. ㅇ周王傳(주왕전)―주(周)의 목왕(穆王)이 팔준마(八駿馬)를 타고 유력하여 서왕모(西王母)와 곤륜산(崑崙山)에서 만났다는 이야기를 적은 〈목천자전(穆天子傳)〉이 있다. ㅇ流

觀(유관)—쭉 흐르듯이 본다. ㅇ山海圖(산해도)—《산해경》의 내용을 그림으로 설명한 것. 진나라 곽박(郭璞)의 《산해경도찬(山海經圖讚)》이 있었으며, 오늘날에는 필완(畢浣)이 교주한 《산해경도설(山海經圖說)》이 있다. ㅇ俯仰(부앙)—고개를 내려보고 다시 올려보다. 즉 책을 아래위로 훑어본다. ㅇ終宇宙(종우주)—종(終)은 다 본다, 또는 두루 다 돈다. 우(宇)는 공간, 주(宙)는 시간.

(大意)　초여름이 되자 초목들이 자라고 내 집 둘레에 있는 수목들도 무성하게 되었다.(1)

　　모든 새들은 숲속에 집을 짓고 즐거운 듯한데 나 또한 전원의 농막에 돌아와 사니 좋더라.(2)

　　밭을 갈아 씨를 뿌리고 모든 밭일을 우선 마치고 난 후, 나는 이따금 간직한 책들을 집어 읽는다.(3)

　　가난한 마을에 깊이 묻혀 사니까 출사를 권하는 사신이나 예물을 실은 수레와는 거리가 멀다. 그러나 친한 벗들은 수레를 일부러 내 집으로 돌려 무척 많이 찾아온다.(4)

　　즐겁게 이야기하며 봄에 담가두었던 술을 내어 함께 마시고, 내 집 밭에서 나온 채소를 안주로 대접한다.(5)

　　부슬비가 동쪽에서 내리자, 훈훈한 바람이 뒤따라 불어올 때.(6)

　　주 목천자의 이야기를 훑어 읽기도 하고 또 《산해경》의 그림을 두루 펴 보기도 한다.(7)

　　책을 아래위로 훑어보면 삽시간에 우주를 다 돈 것이나 다름없으니, 이 어찌 또 기쁘지 않겠는가?(8)

(解說)　정치적 권력투쟁이나 처참한 전란은 아집(我執)에서 나오는 것이다. 내 욕심을 위해 남의 것을 뺏고자 하거나, 내 주장만을 옳다 하고 남에게 강요함으로써 서로 싸우게 되는 것이다. 이는 하늘같이 넓지도 못하고 또 무위자연의 도리도 아니다. 그기에 도연명은 말년에 철저히 정치사회에서 발을 씻었다. 그리고 오직 농촌에서 농사

를 지으며 소박한 자연 속에 묻혀 살았다.

그러나 그는 결코 좁은 우물 속에 틀어박혀 산 것이 아니었다. 그는 책을 읽으면서 시간적으로나 공간적으로나 우주(宇宙)를 마냥 두루 섭렵하며 살았다. 여기에 그의 위대성이 있다. 그는 몸소 농사를 지어 생산을 했다.

'천지의 대덕은 생이다(天地之大德曰生)'. 그리고 책을 통해 우주(宇宙 : 공간과 시간)를 두루 꿰뚫었다. 즉 참다운 자유의 대도(大道)를 걸었다 하겠다.

参考 〈독산해경십삼수(讀山海經十三首)〉 중에서 시구를 몇 개 뽑아 풀이하겠다.

펄럭펄럭 세 마리의 청조가 날고 있다, 그 깃털 빛이 기이하고 아름답다.

아침에는 서왕모의 심부름하고, 밤에는 삼위산에 돌아와 쉬노라.

나도 그 새들에게 부탁하여 서왕모에게 청을 하리라.

이 세상에 살면서 더 바랄 것이 없고, 오직 술과 더불어 오래 살고 싶노라.

(翩翩三靑鳥　毛色奇可憐

朝爲王母使　暮歸三危山

我欲因此鳥　具向王母言

在世無所須　惟酒與長年)　〈其五〉

자고로 사람은 다 죽게 마련이며, 그 아무도 신령이 되어 장수하는 자 없노라.

(그러나, 《산해경》에 나오는 교경국(交脛國)에 사는 혹인들은) 죽지 않고 늙지도 않고 만년을 한결같이 장수한다고 한다.

나도 그들이 마시는 적수의 샘물을 마시고, 그들의 먹는 원구

의 농작물을 양식으로 하면,

하늘의 해와 달과 별들을 오가면서 장수하고 죽지 않으리라.

(自古皆有沒 何人得靈長

不死復不老 萬歲如平常

赤泉給我飮 員丘足我糧

方與三辰游 壽考豈渠央) 〈其八〉

桃花源詩 幷叙
도 화 원 시

叙文

① 晉太元中 武陵人捕魚爲業 緣溪行 忘路之遠近
진 태 원 중　　무 릉 인 포 어 위 업　　연 계 행　　망 로 지 원 근

忽逢桃花林.
홀 봉 도 화 림

② 夾岸數百步 中無雜樹 芳草鮮美 落英繽紛.
협 안 수 백 보　　중 무 잡 수　　방 초 선 미　　낙 영 빈 분

③ 漁人甚異之 復前行 欲窮其林. 林盡水源便得一
어 인 심 이 지　　부 전 행　　욕 궁 기 림　　임 진 수 원 편 득 일

山. 山有小口 髣髴若有光. 便舍船從口入.
산　　산 유 소 구　　방 불 약 유 광　　편 사 선 종 구 입

④ 初極狹 纔通入. 復行數十步 豁然開朗.
초 극 협　　재 통 입　　부 행 수 십 보　　활 연 개 랑

⑤ 土地平曠 屋舍儼然 有良田美池桑竹之屬. 阡陌
토 지 평 광　　옥 사 엄 연　　유 량 전 미 지 상 죽 지 속　　천 맥

交通 鷄犬相聞. 其中往來種作男女衣著 悉如外

人 黃髮垂髫 並怡然自樂.

⑥ 見漁人 乃大驚 問所從來. 具答之 便要還家 設

酒殺鷄作食. 村中聞有此人 咸來問訊.

⑦ 自云:先世避秦大亂 率妻子邑人來此絶境不復

出焉 遂與外人間隔. 問今世何世 乃不知有漢

無論 魏晉. 此人一爲具言 所聞皆歎惋.

⑧ 餘人各復延至其家 皆出酒食.

停數日 辭去.

此中人語云:不足爲外人道也.

⑨ 旣出 得其船 便扶向路 處處誌之.

及郡下 詣太守 說如此.

⑩ 太守卽遣人隨其往 尋向所誌 遂迷不復得路.

남 양 유 자 기　고 상 사 야　문 지　흔 연 친 왕　미 과 심

⑪ 南陽劉子驥 高尚士也. 聞之 欣然親往. 未果 尋

병 종　후 수 무 문 진 자

病終. 後遂無問津者.

① 진나라 태원 연간에, 무릉 사람으로 고기잡이를 업으로 삼고 있는 사람이 있었다. 하루는 배를 타고 물길을 따라 얼마나 멀리 왔는지도 모를 무렵, 홀연 복숭아꽃 숲이 눈앞에 나타났다.

② 강을 끼고 양쪽 언덕 수백 보 길이가 온통 복숭아 나무숲이며, 다른 잡목은 하나도 없었다. 또한 향기로운 풀들이 싱싱하고 아름답게 자랐고, 복숭아 꽃잎이 펄펄 바람에 날려 떨어지고 있었다.

③ 어부는 기이하게 여기고 계속 배를 앞으로 몰아, 복숭아 숲 끝에 무엇이 있는지 알고자 했다. 숲은 강 상류에서 끝나고, 그곳에 산이 있었으며, 산에는 작은 동굴이 있고 그 속으로 희미하게 빛이 보였다. 어부는 즉시 배에서 내려 동굴 속으로 들어갔다.

④ 동굴은 처음에는 몹시 좁아 간신히 사람이 통과할 수 있었으나, 수십 보를 더 가자 갑자기 탁 트이고 넓어졌다.

⑤ 앞을 보니, 토지가 평평하니 넓고, 집들이 정연하게 섰으며, 기름진 논밭과 아름다운 연못, 뽕나무와 대나무 숲이 우거져 있었다. 사방으로 길이 트였고 닭과 개 우는 소리가 들려왔다. 이 마을에서 왔다갔다하며 농사를 짓는 남녀의 옷차림은 다른 고장 사람들과 꼭 같았으며, 노인이나 어린아이나 다들 즐거운 듯 안락하게 보였다.

⑥ 그들은 어부를 보자 크게 놀라며 어디서 왔느냐고 물었다. 어부가 자세히 대답하자, 그들은 집으로 데리고 가서 술을 내고

닭을 잡아서 대접을 했다. 마을 사람들도 어부가 왔다는 말을 듣고 모두 와서 저마다 물었다.

⑦ 집주인이 말했다. "우리 선조가 진나라 때의 난을 피해 처자와 마을 사람을 이끌고 이 절경으로 와 다시 나가지 않았으므로 결국 바깥 세상 사람들과 단절됐습니다."

그리고 지금은 어느 때냐고 묻는 것을 보니 그들은 (그 사이에) 한나라가 있었다는 것은 물론 그 뒤로 위나라, 진나라가 있었다는 사실도 모르는 모양이었다.

어부가 그 동안의 지나간 역사를 하나하나 자세히 이야기해 주자 모두들 놀라며 감탄했다.

⑧ 다른 사람들도 저마다 어부를 자기 집으로 초대해 가서 술과 밥을 대접했다.

어부는 며칠을 묵은 후 작별하고 떠났다. 그 마을 사람이 말했다. "바깥 세상 사람들에게 말하지 마십시오."

⑨ 어부는 마을을 벗어 나와 배를 얻어 타고 돌아오는 길에 여러 군데 표식을 했으며, 다시 자기가 사는 읍에 돌아와 태수를 찾아보고 그대로 보고를 했다.

⑩ 태수는 즉시 사람을 파견하여 어부가 해놓은 표지를 따라 찾아가게 했으나, 결국 길을 잃고 도화원으로 통하는 길을 찾지 못했다.

⑪ 남양의 유자기는 고결한 은사였다. 그 소리를 듣고 기꺼이 몸소 나섰다. 그러나 목적을 달성 못하고 병들어 죽었다. 그후로는 뱃길을 찾는 사람이 다시는 없었다.

(語釋) ○桃花源(도화원)－도연명이 가공적으로 그린 유토피아[理想鄕]이다. 무위자연(無爲自然)의 소박한 생활 속에서 인위적인 정치의 구속이나 인간 역사의 변천도 느끼지 못하는 꿈같은 마을을 도화원이

라 이름지었다. ㅇ晉太元中(진태원중)－동진(東晉) 효무제(孝武帝)의
태원(太元) 연대(376~396년). ㅇ武陵(무릉)－동정호(洞庭湖) 서쪽
에 있으며, 오늘 그곳에 도원현(桃源縣)이 있다. ㅇ落英繽紛(낙영
빈분)－떨어지는 꽃잎이 휘날리는 품. ㅇ髣髴(방불)－어렴풋이. ㅇ舍
船(사선)－배를 버리다, 사(舍)는 사(捨). ㅇ纔(재)－겨우, 간신히. ㅇ豁
然開朗(활연개랑)－활짝 넓게 펼쳐진다. ㅇ儼然(엄연)－집들이 우뚝
하고 정연하게 늘어서 있다. ㅇ阡陌(천맥)－천(阡)은 남북의 길, 맥
(陌)은 동서의 길. ㅇ鷄犬相聞(계견상문)－《노자(老子)》에 있다. '닭
과 개가 서로 울어댄다(鷄犬之聲相聞)(《老子》八十章)'. 이것이 이
상적인 소국과민(小國寡民)의 마을 모습이다. ㅇ悉如外人(실여외
인)－실(悉)은 다, 모두. 여(如)는 같다. 외인(外人)은 도화원(桃花
源) 이외의 고장에 사는 사람. 즉 어부 같은 현실 세계에 사는 사람.
ㅇ黃髮(황발)－노인을 말한다. ㅇ垂髫(수초)－어린아이, 초(髫)는 더벅
머리. ㅇ怡然(이연)－즐거운 모양. ㅇ歎惋(탄완)－마음으로 감탄한다.
ㅇ劉子驥(유자기)－《진서(晉書)》〈은일전(隱逸傳)〉에 보인다.

도 화 원 시
67. 桃花源詩 도화원의 시

영 씨 란 천 기 　현 자 피 기 세
1. 贏氏亂天紀 賢者避其世

황 기 지 상 산 　이 인 역 운 서
2. 黃綺之商山 伊人亦云逝

왕 적 침 부 인 　내 경 수 무 폐
3. 往迹浸復湮 來逕遂蕪廢

상 명 사 농 경 　일 입 종 소 게
4. 相命肆農耕 日入從所憩

상 죽 수 여 음　숙 직 수 시 예
5. 桑竹垂餘蔭　菽稷隨時藝

춘 잠 수 장 사　추 숙 미 왕 세
6. 春蠶收長絲　秋熟靡王稅

황 로 애 교 통　계 견 호 명 폐
7. 荒路曖交通　鷄犬互鳴吠

조 두 유 고 법　의 상 무 신 제
8. 俎豆猶古法　衣裳無新製

동 유 종 행 가　반 백 환 유 예
9. 童孺縱行歌　斑白歡游詣

초 영 식 절 화　목 쇠 지 풍 려
10. 草榮識節和　木衰知風厲

수 무 기 력 지　사 시 자 성 세
11. 雖無紀歷志　四時自成歲

이 연 유 여 락　우 하 노 지 혜
12. 怡然有餘樂　于何勞智慧

기 종 은 오 백　일 조 창 신 계
13. 奇蹤隱五百　一朝敞神界

순 박 기 이 원　선 부 환 유 폐
14. 淳薄旣異源　旋復還幽蔽

차 문 유 방 사　언 측 진 효 외
15. 借問游方士　焉測塵囂外

원 언 섭 경 풍　고 거 심 오 계
16. 願言躡輕風　高擧尋吾契

진나라 임금이 천도(天道)를 어지럽히고 천하를 잡자, 현명한
선비들이 세상에서 몸을 숨겼노라

(그때에) 네 사람의 현인들이 상산으로 가서 숨었으니, 이들 (도화원에 사는 사람들의 선조들도) 역시 이곳으로 피해 왔다고 한다.

그들이 은신해 갔던 발자국도 묻혀 지워졌고, 도화원으로 오던 길도 황폐해 버렸노라

은둔한 사람들은 서로 도와 농사에 힘들이고, 해가 지면 편하게 쉬었으니

뽕과 대나무가 무성하여 그늘이 짙고, 콩과 기장 때를 따라 심고 키우노라

봄에는 누에 쳐서 비단실 거두고, 가을에는 추수해도 세금 안 바치노라

황폐한 길이 희미하게 틔였고, 닭과 개가 서로 우짖고 있노라

제사도 여전히 옛법대로이고, 옷도 새 형식을 따르지 않았노라

어린아이들은 제멋대로 길에서 노래하고, 백발 노인들은 즐겁게 오가며 서로 찾는다

풀 자라니 온화한 봄철인 줄 알겠고, 나무 시들자 바람이 찬 겨울임을 알겠노라

비록 달력 같은 기록은 없어도, 사계절 변천으로 1년을 알 수 있노라

기쁜 낯으로 마냥 즐겁게 살거늘, 굳이 간교한 꾀나 재간을 피지도 않노라

기이한 별세계가 자취를 감춘 지 5백 년만에, 우연히 신비하게 나타났으나

순박한 도원경과 야박한 속세가 서로 맞지 않아, 이내 다시 신비 속에 덮이었노라

286

잠시 속세에 떠도는 사람에게 묻겠노라, 먼지와 소음 없는 신
비경을 알기나 하나?

바라건대 사뿐히 바람을 타고, 높이 올라가 나의 이상경을 찾
아보리라

語釋 ○嬴氏(영씨)―진(秦)나라 황제의 성씨, 진시황은 성이 영(嬴), 이름
이 정(政)이다. ○天紀(천기)―하늘의 질서, 법도, 즉 천도. ○黃綺
(황기)―진의 폭정을 피해 상산(商山)으로 몸을 숨긴 사람이 넷이
다. 즉 하황공(夏黃公)·기리계(綺里季)·동원공(東園公)·각리선
생(角里先生). 이들을 상산사호(商山四皓)라고 부른다. ○之商山(지
상산)―상산으로 가다. 상산은 현 섬서성(陝西省)에 있는 산. ○伊
人(이인)―이 사람들. 즉 도화원(桃花源)에 사는 사람들의 선조들도.
○亦云逝(역운서)―역시 (진시황의 포악을 피해) 멀리 가서 숨었다
고 한다. ○往迹(왕적)―그들이 간 발자취. ○浸(침)―점차로, 차차.
○復湮(부인)―세월과 더불어 거듭 인멸하다. 묻혀 없어지다. ○來
逕(내경)―도화원으로 왔던 길. ○蕪廢(무폐)―황폐하다. ○相命(상
명)―서로 도와주다. 또는 격려하다. ○肆(사)―힘들여 일하다, 애쓰
다, 노력하다. ○日入從所憩(일입종소게)―해가 지면 각자 제집에서
쉰다. 〈격양가(擊壤歌)〉에 있다. '해가 뜨면 일하고, 해가 지면 쉰다
(日出而作 日入而息)'. ○垂餘蔭(수여음)―그늘을 흠뻑 드리우고
있다. ○菽稷(숙직)―숙(菽)은 콩, 직(稷)은 메기장. ○藝(예)―심고
키운다, 재배한다. ○荒路(황로)―황폐하고 풀에 덮인 길. ○曖(애)―
아득하다, 흐리다. ○俎豆(조두)―제기(祭器)와 제기를 받치는 대. 여
기서는 제사지내는 법이 옛날과 같다는 뜻. ○童孺(동유)―어린아이
들, 유(孺)는 젖먹이. ○縱行歌(종행가)―제멋대로 다니면서 노래를
한다. ○斑白(반백)―머리가 흰 노인. ○歡游詣(환유예)―즐거운 낯
으로 왔다갔다하며 서로 방문한다. ○草榮(초영)―풀이 잘 자라다.
○節和(절화)―계절이 고르다. 즉 봄철이 되었다는 뜻. ○風厲(풍
려)―바람이 세다. 즉 겨울이 되었다는 뜻. ○紀歷志(기력지)―기

(紀)는 세(歲), 기력(紀歷)은 달력. 지(志)는 책, 기록. ○怡然(이연)―즐겁고 기쁘다. ○于何(우하)―어떠한 일에 있어도, 우(于)는 어(於). ○勞智慧(노지혜)―고생스럽게 잔재주나 꾀를 부리지 않는다. 앞의 하(何)와 아울러 간교한 짓을 하지 않는다는 뜻.《노자(老子)》에 있다. '지혜를 부림으로써 큰 사기가 있게 마련이다(智慧出有大僞)'. ○奇蹤(기종)―도화원의 기이한 존재와 자취. ○隱五百(은오백)―약 5백 년간 알려지지 않았다. 진(秦)에서 진(晉) 태원(太元) 연대까지 약 6백 년이다. ○一朝(일조)―하루아침에 갑자기. ○敞(창)―밝게 나타나다, 열리고 알려지다. ○神界(신계)―신비로운 세계, 즉 도화원. ○淳薄(순박)―순(淳)은 맑고 순박하다. 즉 도화원에서는 인정이 순박하다. 박(薄)은 바깥 세상에서는 인정이 야박하다. ○旣異源(기이원)―원래 근본 뿌리가 다르다. ○旋(선)―이내, 즉시. ○幽蔽(유폐)―깊이 가리워졌다. ○借問(차문)―잠시 묻겠다. ○游方士(유방사)―속세에 살고 있는 사람. 방(方)은 구속이나 격식. 즉 구속 많은 진세에 얽매여 오락가락하는 사람들의 뜻. ○焉測(언측)―어찌 생각이나 할 수 있겠느냐? ○塵囂外(진효외)―먼지와 소음의 속세 밖에 있는 신비로운 세상. ○躡(섭)―밟는다. ○吾契(오계)―나와 짝이 맞는 것, 즉 이상에 맞는 도원경(桃源境)을 찾고 싶다는 뜻.

(大意) 진나라 황제 영씨가 포악한 짓을 하여 하늘의 질서를 문란하게 했으므로 현명한 사람들이 세상에서 몸을 숨겼다.(1)

상산(商山)의 사호(四皓)인 하황공(夏黃公)과 기리계(綺里季)도 상산으로 가서 몸을 숨겼고, 도화원에 사는 그들도 역시 그때 이곳으로 왔다고 한다.(2)

그들이 은퇴하러 갔던 발자국도 점차로 묻혀 없어지고, 또 도화원으로 왔던 길도 결국은 황폐하여 찾을 수가 없게 되었다. (이렇게 하여 외부 세계와 단절되었다)(3)

그들은 서로 독려하고 도(道)와 농사에 힘을 쓰고, 날이 저물면

저마다 편히 잠자고 쉰다.(4)

뽕과 대나무가 무성하여 그늘을 짙게 드리우고 있으며, 마을 사람들은 철따라 콩과 메기장을 심는다.(5)

춘잠으로 명주실을 마냥 뽑고, 가을에 추수를 해도, 세금을 바치지 않는다.(6)

풀에 덮여 황폐한 길이 있는둥 마는둥 희미하게 틔었고, (사람들의 왕래가 잦지 않기에) 마을에서는 개와 닭이 서로 우짖고 있다.(7)

제사 지내는 법도가 옛날 그대로며, 옷도 새로운 형식을 따른 것이 없다.(8)

어린아이들은 제멋대로 다니며 노래를 하고, 백발의 노인들은 즐거운 듯이 서로 찾아다닌다.(9)

풀이 잘 자라는 것을 보고 봄이 되었음을 알고, 또 나무가 시들자 바람이 찬 겨울이 되었음을 아노라.(10)

달력 같은 기록이 없어도, 사람들은 사계절의 변천으로 스스로 한 해가 지났음을 알 수가 있다.(11)

사람들은 노상 기쁜 낯으로 남아 돌아갈 만큼 마냥 안락하게 지내고 있으며, 또 만사에 간교한 잔재주나 꾀를 고생스럽게 부리는 일도 없다.(12)

기적적인 도화원이 5백 년이나 나타나지 않고 있다가, 하루아침에 그 신비로운 경지가 세상에 알려졌다.(13)

그러나 도원경과 외계는 원래가 인정의 순박과 야박의 차이가 있고 서로 통할 수가 없는 까닭으로, 그 신비는 이내 다시 그윽한 곳으로 깊이 숨어 알 수 없게 되었다.(14)

. 잠시 구속 많은 속세에서 오락가락하는 선비들에게 묻노니, 그대들은 먼지나 소음이 많은 이 속세 밖에 그렇듯이 신비로운 세상이 있다는 것을 상상이나 할 수가 있겠는지 ?(15)

바라건대 가벼운 바람을 타고 높이 올라 나에게 맞는 이상향(理想鄕)을 찾고자 한다.(16)

(解說) 〈도화원기(桃花源記)〉는 〈귀거래사(歸去來辭)〉와 같이 잘 알려진 명문이다.

간교한 꾀나 농간은 물론 모든 인간적 지혜의 산물과도 동떨어져 사는 소박한 도원경(桃源境)의 사람들을 흠모하는 일종의 픽션(fiction)이다. 그곳에서는 오직 자연과 더불어 살고 순박한 인정 속에 서로가 기쁜 마음으로 안락을 누리고 있다.

정치도 전쟁도 역사의 변천도 없는 신비로운 경지다. 본시 인간들은 쥐뿔만한 지혜와 무력을 가졌기에 공연히 자연에서 떨어져 이기적(利己的), 자의적(恣意的) 술책을 농하여 세상을 먼지와 소음 속에 더럽히고 있는 것이다. 그리고 속세에 젖은 인간에게는 신비롭고 순박한 이상향, 도원경이 내내 안 보일 것이다.

이 글과 시는 오늘의 인간에게도 암시해 주는 바가 많다. 아무리 인간이 과학적인 업적을 이룩했다 해도 그것은 어디까지나 자연의 법칙을 활용해서 얻어진 것이지, 인간이 작위로 만든 것이 아니다. 자연법칙은 절대선(絶對善)인 천도(天道)의 일부이다. 따라서 오늘의 과학도 천도 밖에서 이루어지는 것이 아니라, 결국 천도를 따르고 활용함으로써 발전하고 있는 것이다.

그런데 동물적인 이기적인 욕심에 눈이 먼 정치는 재물과 인력과 과학을 무력화하고 자연을 파괴하고 남을 살상하고, 자기네의 탐욕을 채우는 데 골몰하고 있다.

이보다 더 하늘을 모독하고 과학을 악용할 수는 없다. 그러므로 맹자는 '하늘과 하늘의 도리를 따르는 사람을 살아 남고, 하늘과 하늘의 도리를 어기는 자는 망한다(順天者存 逆天者亡)'고 했다.

인위적 간교한 말과 술책을 버리고, 자연으로 돌아가고, 절대선의 천도를 따라야 한다. 인류는 자연 밖에서 사는 것이 아니라, 자연 속에서 삶을 누리고 역사 문화를 발전시킬 수 있다.

무력은 오래가지 않는다. '하늘의 질서[天紀]'를 흐트리고 무력으로 천하를 통일한 진(秦)은 10여년만에 멸망했다. 오늘의 인류도 무위자연(無爲自然)의 순박한 도를 따라야 한다.

제 5 장

만년의 울분

포악무도한 고국을 뒤로 하고 조선으로 간 기자의
가슴속은 착잡하여 걸음도 지지부진했으리라.
하물며, 나라가 바뀌고 듣고 보는 만물이 고국인
은나라와 같지 않노라.
애처롭다, 기자여, 그대의 가슴속이 어찌 편하겠느냐?
그대가 지은 교동의 노래는 애절하고 슬프기 한이 없구나
去鄉之感 猶有遲遲 矧伊代謝 觸物皆非
哀哀箕子 云胡能夷 狡童之歌 悽矣其悲

* 제5장은 보충으로 덧붙인 것이다.
  그러므로 체제가 다른 장과는 다르다.

악덕하고 음흉한 군벌 유유(劉裕)가 동진(東晉)의 공제(恭帝)를 유폐하고, 나라를 찬탈하고 국호를 송(宋)이라고 한 때가 420년, 도연명의 나이 56세 때였다. 그 이듬해인 421년에는 유유가 공제를 독살했다. 그리고 다음해, 422년에는 악덕한 유유가 나이 67세로 죽고, 아들이 임금자리에 올라 소제(少帝)라 했다. 이와 같은 격변기에 도연명은 어떻게 처세하고 또 시를 읊었을까?

노 이 유
68. 魯二儒 노나라의 두 학자

역 대 수 시　미 변 즉 우
1. 易代隨時 迷變則愚
개 개 약 인　특 위 정 부
2. 介介若人 特爲貞夫
덕 불 백 년　오 아 시 서
3. 德不百年 汙我詩書
서 연 불 고　피 갈 유 거
4. 逝然不顧 被褐幽居

　　나라와 때가 바뀌면 즉시 출사하는 어용학자들은, 변화를 망설이고 머뭇거리는 사람을 어리석다고 할 것이다

　　그러나 남달리 뛰어나고 빛나는 사람이나, 특출하게 절개를 지키는 곧은 사람은 말한다

　　새 왕조가 덕을 세운 지 백년도 못되었는데, 나가서 참여하고 녹을 받는 것은 우리 유가의 경전인 《시경》·《서경》을 모독하는 짓이다

　　그리고 멀리 떠나 뒤도 돌아보지 않고, 거친 베옷을 걸치고 숨어 살더라

(語釋)　○易代隨時(역대수시)—나라가 바뀌자, 즉시 시세를 따라 출사하는 어용학자들은. ○迷變則愚(미변즉우)—변화를 망설이고 머뭇거리는 사람을 어리석다고 한다. ○介介若人(개개약인)—남달리 뛰어나고

빛나는 사람이나. ○特爲貞夫(특위정부)−특출하게 절개를 지키는 곧은 사람은 (생각하고 말한다). ○德不百年(덕불백년)−(새 왕조가) 덕을 세운 지 백년도 못되었는데 (나서서 참여하고 작록을 받는 것은). ○汙我詩書(오아시서)−우리들 유가의 경전인 《시경》·《서경》을 모독하는 짓이다. ○逝然不顧(서연불고)−멀리 떠나고 뒤도 돌아보지 않고. ○被褐幽居(피갈유거)−거친 베옷을 걸치고 숨어 살더라.

(參考) 노이유(魯二儒)는 한 고조(漢高祖) 때의 벼슬하기를 거절했던 무명의 두 유학자다. 한 고조가 천하를 무력으로 통일하자, 숙손통(叔孫通)이 유학자로 하여금 예악(禮樂)을 정해야 천하를 안정시킬 수 있다고 헌책(獻策)했다. 이에 유학자를 소집하자, 30여명의 유생들이 모여들었다. 그러나 두 사람은 "천하를 무력으로 통일하고, 죽은 사람들의 장례도 치르지 않은 마당에, 예악(禮樂)을 제정하는 것은 시기상조다. 군주가 덕을 백년 이상 행한 다음에 예악으로 덕정(德政)을 펴야 한다. 지금 유학자들이 무력 통치자에게 협력하는 것은 성현(聖賢)의 도를 모독하는 것이다."라고 말했다. 이에 숙손통은 그들을 시대의 변천을 모르는 어리석은 자라고 비웃었다.(《史記》〈叔孫通列傳〉)

도연명은 유유(劉裕)가 동진을 찬탈하고, 공제(恭帝)를 독살하자, 크게 분개했다. 원래 도원명은 나이 35세 때(399년, 安帝 隆安 3년)에, 손온(孫溫)의 농민 봉기를 진압한 장군 유로지(劉牢之) 밑에서 참군(參軍)을 지냈다. 당시 유유도 같은 참군으로 있었다. 그러므로 이미 그때부터 도연명은 유유가 음흉하고 악덕한 자라는 것을 잘 알고 있었다. 402년 환현(桓玄)이 동진의 안제(安帝)를 유폐하고 나라를 찬탈하고 국호를 초(楚)라고 개명한 지 2년 후, 즉 404년에 유유가 환현을 공격하고, 도성 건강(建康)을 점령하고, 환현을 죽이고, 동진 안제를 복위(復位)케 했다. 그후 유유와 그의 아들들은 무력으로 독점하고, 세력을 강화했으며 마침내, 418년에는 안제를 죽이고 공제를 내세웠다가, 420년에는 유유가 제위에 오르고, 이듬해에는 공제도 독살했다. 이에 분개한 도연명은 격한 어조로 시를 썼다.

69. 怨詩楚調 示龐主簿 鄧治中 방주부와 등치중에게 주는 시
원시초조 시방주부 등치중

1. 天道幽且遠 鬼神茫昧然
천도유차원 귀신망매연

2. 結髮念善事 僶俛六九年
결발염선사 민면육구년

3. 弱冠逢世阻 始室喪其偏
약관봉세조 시실상기편

4. 炎火屢焚如 螟蜮恣中田
염화루분여 명역자중전

5. 風雨縱橫至 收斂不盈廛
풍우종횡지 수렴불영전

6. 夏日長抱飢 寒夜無被眠
하일장포기 한야무피면

7. 造夕思鷄鳴 及晨願鳥遷
조석사계명 급신원조천

8. 在己何怨天 離憂悽目前
재기하원천 이우처목전

9. 吁嗟身後名 於我若浮煙
우차신후명 어아약부연

10. 慷慨獨悲歌 鐘期信爲賢
강 개 독 비 가　종 기 신 위 현

난세에는 천도마저 흐리고 멀리 있는 듯, 귀신들도 있는지 없는지 망연하기만 하다

머리를 땋고 소년이 된 이후 나는 착한 일만을 염원했으며, 54세가 되도록 열심히 노력하였노라

어려서부터 험난한 세상에서 고생을 했고, 가정을 꾸민 지 얼마 안되는 20세에 아내를 잃었노라

여러 차례 집이 화재에 소실되었고, 논밭에는 벌레가 들끓어 피해가 극심했노라

풍우가 종횡으로 불고 쏟아져, 농사를 망쳤으며, 가을곡식을 거두어들여도 한사람 양식에도 부족했노라

기나긴 여름에는 노상 굶주린 배를 안고, 찬 겨울밤에는 덮고 잘 이불도 없었노라

저녁이 되면 닭이 울고 날 밝기를 고대했고, 새벽이 되면 날이 어두워 새들이 돌아오기를 바랐노라

모든 잘못은 나에게 있으니 어찌 하늘을 원망하랴? 그러나 닥쳐오는 근심과 걱정이 너무나 처참하게 눈앞에 나타나노라

아, 죽은 다음에 이름이 난들 무엇하랴? 지금의 나에게는 뜬 연기 같으니라

너무나 감개무량해서 혼자 슬프게 노래를 했노라, 백아(伯牙)의 심중을 알아준 종자기(鐘子期)는 참으로 현명한 사람이었노라

語釋 ㅇ怨詩楚調(원시초조)－굴원(屈原)의 《초사》조의 격한 어조의 원망하는 시. ㅇ龐主簿(방주부)－성은 방(龐), 이름은 준(遵)이다. 도연

명과는 같은 고향 출신이라고 한다. 그는 당시 왕홍(王弘)의 주부(主簿)였다. 주부는 문서를 처리하는 관리다. 왕홍은 유유 밑에 있는 고관 대작이며, 당시는 사도(司徒)였다. ㅇ鄧治中(등치중)―성이 등(鄧), 치중(治中)은 관청의 보좌관. 자세히 알 수 없다. ㅇ天道幽且遠(천도유차원)―(난세에는) 천도마저 흐리고 멀리 있는 듯하고. ㅇ鬼神茫昧然(귀신망매연)―(자손이나 사람들을 지켜준다는 선조나 성현들의) 영혼들도 있는지 없는지 망연하기만 하다. ㅇ結髮念善事(결발염선사)―머리를 땋고 소년이 된 이후, 나는 착한 일만을 염원했으며. ㅇ僶俛六九年(민면육구년)―그간 54세가 되도록 열심히 노력하였노라. ㅇ弱冠逢世阻(약관봉세조)―어려서부터 전란과 기근에 시달리는 험난한 세상 속에서 고생을 했고. ㅇ始室喪其偏(시실상기편)―장가들고 가정을 꾸민 지 얼마 안되는 20세경에, 한쪽 짝인 아내를 잃었노라. ㅇ炎火屢焚如(염화루분여)―여러 차례 집이 화재에 소실되었다. ㅇ螟蜮恣中田(명역자중전)―논밭에 벌레가 들끓어, 피해가 심했다. 명(螟)은 마디충, 역(蜮)은 물여우. ㅇ風雨縱橫至(풍우종횡지)―풍우가 종횡으로 불고 쏟아져, 농사를 망쳤다. ㅇ收斂不盈廛(수렴불영전)―가을에 곡식을 거두어들여도 한 사람 양식에도 부족했다. 전(廛)은 가게. 여기서는 한 사람이 사는 집 살림, 즉 1인분의 식량의 뜻. ㅇ夏日長抱飢(하일장포기)―기나긴 여름에는 노상 굶주린 배를 안고. ㅇ寒夜無被眠(한야무피면)―찬 겨울밤에는 덮고 잘 이불도 없었다. ㅇ造夕思鷄鳴(조석사계명)―저녁이 되면 어서 닭이 울고 날 밝기를 고대했고. ㅇ及晨願鳥遷(급신원조천)―새벽이 되면 어서 날이 어두워 새들이 돌아오기를 바랐다. ㅇ在己何怨天(재기하원천)―내가 고생하는 책임은 나에게 있다, 어찌 하늘을 원망하랴? 원망할 생각은 없다. ㅇ離憂悽目前(이우처목전)―그러나 닥쳐오는 근심과 걱정이 너무나 처참하게 눈앞에 나타난다. 이(離)는 이(罹)와 같다. 근심, 걸리다. ㅇ吁嗟身後名(우차신후명)―우차(吁嗟)는 감탄사. 아, 죽은 다음에 이름이 난들 무엇하랴. ㅇ於我若浮煙(어아약부연)―지금의 나에게는 죽은 다음의 명성은 뜬 연기

같으니라. ○慷慨獨悲歌(강개독비가)－너무나 감개무량해서, 혼자 슬프게 노래를 했노라. ○鐘期信爲賢(종기신위현)－백아(伯牙)의 심중을 알아준 종자기(鐘子期)는 참으로 현명한 사람이었노라.

（参考）　도연명의 시는 전반적으로 차분하고 평정(平靜)한 게 특색이다. 〈귀원전거(歸園田居)〉에서 '어려서부터 저속하고 시끄러운 속세에 어울리지 않고, 본성적으로 조용한 산을 좋아했다(少無適俗韻 性本愛丘山)'라고 했듯이, 그의 성품이 탈속(脫俗)하고, 정아(靜雅)했기 때문이다. 동시에 그 시대가 극심한 난세로 많은 문인·학자들이 포악한 군벌에게 무참히 살육되었으므로 명철보신(明哲保身)하기 위해서는 말을 삼가야 했던 것이다.

　　그러나 유유(劉裕)가 임금을 살해하고 나라를 찬탈하자, 도연명은 이름마저 잠(潛)이라고 고치고, 분개했다. 그리고 굴원(屈原)의 《초사》의 곡조를 본받은 〈원시초조(怨詩楚調)〉를 썼다. 도연명은 시 첫머리에서 '오늘 같은 난세에는 천도마저 흐리고 멀리 사라진 듯하고, 귀신도 있는지 없는지 망연하다(天道幽且遠, 鬼神茫昧然)'라고 실망했다. 그리고 도연명은 벗 방주부(龐主簿)와 등치중(鄧治中)에게 자기가 난세에 얼마나 고생을 하고 빈곤에 시달리고 있는지를 하소연하는 시를 써 보였다.

　　그리고 끝에서 '백아(伯牙)'의 거문고 소리를 듣고, 그의 마음속을 알아주었던 종자기(鐘子期)를 현인이라고 높이며, 은근히 그들도 도연명의 처지와 생각을 잘 이해해 주기를 바랐던 것이다. 무엇을 어떻게 알아달라고 했을까? 그들은 하급관리이고 도연명은 그들의 상관인 왕홍(王弘)의 유혹을 물리친 바 있었다. 그러므로 도연명이 그들에게 바란 것은 '평생을 가난하게 살고 고생을 해도 고궁절(固窮節)을 지켜라. 악한 자에게 협력하지 말기'를 바랐던 것이다. 또 그는 '현실로 당하는 고생은 참으로 처참하다(離憂悽目前)' '그 길이 바른 길이니깐 고생을 무릅쓰고 따르고 있다. 또 사후의 이름을 내기 위한 것도 아니다'라고 했다. 《위서(魏書)》 식화지(食貨志)에

'진(晉) 말기에는 전란 기근에 많은 사람이 죽고, 백 중 열 다섯만이 살아남았다'는 기록이 있다.

70. 停雲〈一章〉 정운〈1장〉

序

停雲思親友也 鐏湛新醪 園列初榮 願言不從
歎息彌襟.

정운은 친구를 생각하는 시다. 술항아리에는 새로 담근 막걸리가 가득 차있고 정원에는 초목들이 줄지어 싱싱하게 자라고 꽃을 피고 있다. 새삼 벗들 생각이 간절하나, 함께 앉아 마실 수 없으므로 가슴속에 한숨이 넘치노라.

語釋 ○停雲(정운)―한 곳에 뭉쳐 있는 구름. ○鐏(준)―술항아리, 술통 준(樽)과 같다. ○湛(담)―가득 깊이 괴어 있음. ○新醪(신료)―새로 담근 막걸리. ○園列(원렬)―정원에 초목이 늘어져 자라고 있다. ○初榮(초영)―새봄을 맞이하고 싱싱하게 자라나다, 혹은 꽃들이 피어나다. ○願言(원언)―원(願)은 생각한다, 언(言)은 《시경》에 많이 쓰이는 어조사, 언(焉)과 같다. 원언을 '친구들에게 와서 함께 마시자고 말하고 싶으나'로 풀어도 된다. ○不從(부종)―그렇게 할 수가 없다. ○歎息彌襟(탄식미금)―탄식이 더욱 가슴속에 넘친다. 미금(彌襟)을 끝없이 오래 탄식함으로 풀기도 한다.

애 애 정 운　몽 몽 시 우

1. 靄靄停雲　濛濛時雨

팔 표 동 혼　평 로 이 조

2. 八表同昏　平路伊阻

정 기 동 헌　춘 료 독 무

3. 靜寄東軒　春醪獨撫

양 붕 유 막　소 수 연 저

4. 良朋悠邈　搔首延佇

봄 하늘에 구름이 뭉게뭉게 피어올라 뭉치고, 봄비가 부슬부슬 축축이 내린다

하늘땅이 온통 어두컴컴하고, 평소의 평탄한 길이 다 막혀 오갈 수 없노라

홀로 조용히 동헌에 기대앉아서, 봄에 새로 담근 막걸리 술독을 어루만지며,

아득히 멀리 있는 좋은 벗들을 생각하며, 머리를 긁으며 서성거리노라(차마 혼자서는 술을 마실 수 없어, 미적미적한다는 뜻)

語釋　ㅇ靄靄停雲(애애정운)－구름이 뭉게뭉게 피어올라 뭉치고. ㅇ濛濛時雨(몽몽시우)－부슬부슬 봄비가 축축이 내린다. ㅇ八表同昏(팔표동혼)－하늘땅이 온통 어두컴컴하다. 팔표(八表)는 사방(四方)과 사유(四維), 사방은 '동서남북', 사유는 '동북·동남, 서북·서남'. ㅇ平路伊阻(평로이조)－평탄한 길이 다 막혀, 오갈 수 없다. ㅇ靜寄東軒(정기동헌)－조용히 동헌에 기대앉아서. ㅇ春醪獨撫(춘료독무)－봄에 담근 막걸리 술독을 혼자 어루만지며. ㅇ良朋悠邈(양붕유막)－아득히 멀리 있는 좋은 벗들을 생각하며. ㅇ搔首延佇(소수연저)－머리를 긁으며, 미적미적 서성대다, 연저(延佇)는 주저(躊躇)와 같다.

71. 停 雲 〈二章〉 정운 〈2장〉
정 운

1. 停雲靄靄 時雨濛濛
정운애애 시우몽몽

2. 八表同昏 平陸成江
팔표동혼 평륙성강

3. 有酒有酒 閒飲東窗
유주유주 한음동창

4. 願言懷人 舟車靡從
원언회인 주거미종

구름이 뭉게뭉게 피어올라 뭉치고, 봄비가 부슬부슬 축축이 내린다

하늘땅이 온통 어두컴컴하고, 평상시의 육지가 온통 강으로 변했노라

술, 술뿐이로다, 나는 동창 앞에서 홀로 하염없이 술만 마시노라

멀리 있는 그리운 친구에게 함께 마시자고 말하고 싶으나, 배도 수레도 타고 갈 수가 없노라

(語釋) ㅇ停雲靄靄(정운애애)—구름이 뭉게뭉게 피어올라 뭉치고. ㅇ時雨濛濛(시우몽몽)—봄비가 부슬부슬 축축이 내린다. 제1장과 같으나, 주어 술어를 전도했다. ㅇ八表同昏(팔표동혼)—하늘땅이 온통 어두컴컴하고. ㅇ平陸成江(평륙성강)—평상시의 육지가 온통 강으로 변

했다. ○有酒有酒(유주유주)-술, 술뿐이로다. 유(有)는 '있다는 뜻'
의 동사가 아니고, '오직, 다만의 뜻'을 나타내는 접두 허사(接頭虛
詞). ○間飮東窓(한음동창)-동창 앞에서 홀로 하염없이 술만 마신
다. ○願言懷人(원언회인)-멀리 있는 그리운 친구에게 (함께 마시
자고) 말하고 싶으나. ○舟車靡從(주거미종)-배도 수레도 타고 갈
수가 없노라.

72. 停 雲 〈三章〉 정운 〈3장〉

동원지수   지조재영
1. 東園之樹 枝條再榮

경용신호   이초여정
2. 競用新好 以招余情

인역유언   일월우정
3. 人亦有言 日月于征

안득촉석   설피평생
4. 安得促席 説彼平生

봄을 맞이한 동원의 나무, 그 가지들이 다시 자라 뻗어나고 있
으며

서로 다투듯이 새로 돋아난 잎사귀와 아름다운 꽃으로, 나의
흥취를 당기고 있다

옛사람이 역시 말한 바 있노라, 낮과 밤이 엇갈리며 세월이 쉬

지 않고 흘러간다고

어찌하면 벗들과 함께 한자리에 촘촘히 모여 앉아, 술 마시며 지난날의 이야기를 할까?

(語釋) ○東園之樹(동원지수)—봄을 맞이한 동원의 나무. ○枝條再榮(지조 재영)—가지들이 다시 자라고 있다. ○競用新好(경용신호)—서로 다투듯이 새로 돋아난 잎사귀와 아름다운 꽃으로. ○以招余情(이초여 정)—나의 흥취를 당기고 있다. ○人亦有言(인역유언)—사람들이 말한 바 있다. ○日月于征(일월우정)—낮과 밤이 엇갈리며, 세월이 쉬지 않고 흘러간다. ○安得促席(안득촉석)—어찌하면 벗들과 함께 한자리에 촘촘히 모여 앉아 (술 마시며). ○說彼平生(설피평생)—지난날의 이야기를 서로 할까?

정 운
73. 停 雲 〈四章〉 정운 〈4장〉

편 편 비 조　식 아 정 가
1. 翩翩飛鳥　息我庭柯

염 핵 한 지　호 성 상 화
2. 歛翮閒止　好聲相和

기 무 타 인　염 자 실 다
3. 豈無他人　念子實多

원 언 불 획　포 한 여 하
4. 願言不獲　抱恨如何

새들이 펄럭펄럭 날아와서, 우리집 정원 나무에 앉아 쉬노라

날개를 거두고 한가하게 앉아서, 아름다운 소리로 서로 어울리고 있노라

어찌 다른 사람이 없겠는가? 특히 그대에 대한 생각이 실로 많이 나노라

벗과 함께 술 마시고 싶으나 이루어지지 않으니, 그 포한을 어떻게 하랴?

語釋 ○翩翩飛鳥(편편비조)—펄럭펄럭 날새들이, 편(翩)은 날다. ○息我庭柯(식아정가)—우리집 정원 나무에 앉아 쉰다, 가(柯)는 나뭇가지. ○斂翮閒止(염핵한지)—날개를 거두고 한가하게 앉아서, 염(斂)은 거두다. 핵(翮)은 깃촉. ○好聲相和(호성상화)—아름다운 소리로 서로 어울리고 있다. ○豈無他人(기무타인)—왜 다른 사람이 없겠는가? ○念子實多(염자실다)—특히 그대에 대한 생각이 실로 많이 나노라. ○願言不獲(원언불획)—벗과 함께 술 마시고 싶으나, 이루어지지 않으니. ○抱恨如何(포한여하)—그 포한을 어떻게 하랴?

參考 《시경(詩經)》의 사언체(四言體)의 시로, 부(賦)의 서술을 바탕으로, 간접적으로 흥(興)을 돋았다. 즉 표면적으로는 봄철의 풍정을 그렸으나, 이면에서는 멀리 떠나간 벗을 그리고 아쉬워하고 있다. 나누어 설명하겠다.

　제1장 : '구름이 뭉게뭉게 피어올라 뭉치고, 부슬부슬 봄비가 축축이 내린다(靄靄停雲 濛濛時雨)' 그래서 '하늘땅이 온통 어두컴컴하고 평탄한 길이 다 막혀 오갈 수 없다(八表同昏 平路伊阻)' 이것은 유유(劉裕)가 임금을 살해하고 나라를 찬탈하여, 천하가 암흑에 잠겼으며, 한편 많은 친구가 그에게 붙어 벼슬을 함으로써, 자기와 서로 왕래할 수 없게 되었다는 것을 상징한다. 그래서, 도연명은 '홀로 동헌에 기대고(靜寄東軒)' '봄에 담근 막걸리 술독을 혼자 어루만지며(春醪獨撫)' '아득히 멀리 있는 좋은 벗들을 생각하며, 머리

를 긁으며 미적미적 서성대고 있다(良朋悠邈 搔首延佇)'.

제2장 : '구름이 뭉게뭉게 피어올라 뭉치고, 봄비가 부슬부슬 축축이 내린다(停雲靄靄 時雨濛濛)' '하늘땅이 온통 어두컴컴하고, 평상시의 육지가 온통 강으로 변했다(八表同昏 平陸成江)' 즉 천하가 어둠과 혼란하게 되었다. 그래서 도연명은 '술만을 동창 앞에서 홀로 하염없이 마신다(有酒有酒 閒飮東窗)' '멀리 있는 그리운 친구에게 함께 마시자고 말하고 싶으나, 배도 수레도 타고 갈 수가 없노라(願言懷人 舟車靡從)'.

제3장 : '봄을 맞이한 동원의 나무는 가지들이 다시 자라고 있으며(東園之樹 枝條再榮)' '서로 다투듯이 새로 돋아난 잎사귀와 아름다운 꽃으로, 나의 흥취를 당기고 있다(競用新好 以招余情)' 즉 나보고 나와서 참여하라고 유혹을 하고 있다. 한편 '세월이 흘러간다고 말하기도 한다(人亦有言 日月于征)'.

그러나 나는 절대로 나가지 않겠다. '도리어 어떻게 하면 그들 벗들을 불러 되돌아오게 하고, 한자리에 촘촘히 모여 앉아 함께 마시며, 옛이야기를 나눌까?(安得促席 說彼平生)'

제4장 : '무위자연(無爲自然)의 도를 따라 사는 새들을 보라. 때 묻지 않은 새들은 펄럭펄럭 날아서 우리집 정원 나무에 앉아 쉬고 있다(翩翩飛鳥 息我庭柯)' '날개를 거두고 한가하게 앉아서, 아름다운 소리로 서로 어울리고 있다(斂翮閒止 好聲相和)' '왜 다른 사람이 없겠는가? 특히 그대에 대한 생각이 실로 많이 나노라(豈無他人 念子實多)' '길을 잃고 악덕한 자 밑에서 욕을 보는 자네를 불러 함께 술 마시고 싶으나, 그럴 수 없으니, 나의 사무친 한을 어떻게 풀랴?(願言不獲 抱恨如何)'.

만물이 소생하고 싱싱하게 자라고 꽃 피는 봄철에, 악덕한 정권에 매여 어둠의 길을 가는 벗들을 어떻게 하면, 돌아오게 할 수 있을까? 무위자연의 도를 따라, 함께 봄술을 마시며, 즐겁게 담소하며 유연자약(悠然自若)할 수 있을까? 이 시는 상징적 의미가 많다.

한편 정운(停雲) 4장을 통해 우리는 도연명의 고향 여산(廬山)의 서남쪽, 파양호(鄱陽湖) 서북쪽에 있는 시상(柴桑)의 풍경을 엿볼 수 있다.

제1장에서는 '애애정운(靄靄停雲) 몽몽시우(濛濛時雨)', 제2장에서는 '정운애애(停雲靄靄) 시우몽몽(時雨濛濛)'이라 했다. 즉 '구름이 뭉게뭉게 피어올라 뭉치고, 부슬부슬 봄비가 축축이 내린다'는 뜻이다. 즉 도연명의 고향은 큰 산 밑이며, 동시에 큰 호수(湖水) 가이기 때문에, 1년 내내 구름과 비가 많은 축축하고 비옥한 땅이며, 따라서 농사를 지으며, 편하게 잘살 수 있는 고장이었다.

그곳에서는 저멀리 여산을 바라보며 유연자약할 수 있는 이상향이기도 했다. 그곳이 바로 〈음주(飲酒)〉에서 '채국동리하(采菊東籬下) 유연견남산(悠然見南山) 산기일석가(山氣日夕佳) 비조상여환(飛鳥相與還) 차중유진의(此中有眞意) 욕변이망언(欲辨已忘言)'한 곳이다.

그런데, 우매한 통치계급과 악독한 군벌들 때문에 산하가 유린되고 백성들이 도탄에 빠져야 했다. 그래서 도연명은 분만했던 것이다.

74. 擬古-其二 의고-제2수

1. 辭家夙嚴駕 當往至無終 (사가숙엄가 당왕지무종)
2. 問君今何行 非商復非戎 (문군금하행 비상부비융)
3. 聞有田子泰 節義爲士雄 (문유전자태 절의위사웅)

사 인 구 이 사　향 리 습 기 풍
4. 斯人久已死　鄉里習其風

생 유 고 세 명　기 몰 득 무 궁
5. 生有高世名　旣沒得無窮

불 학 광 치 자　직 재 백 년 중
6. 不學狂馳子　直在百年中

집을 뒤로하고 새벽에 엄숙하게 말을 몰고 갔으니, 마땅히 무종에 도달하리라

그대는 지금 어디로 가는가, 그는 대답하노라. 내가 가는 곳은 은(殷)나라의 상구(商丘)도 아니고 또 위(衛)나라의 도읍 융(戎)도 아니다

듣건대 전자태라는 사람이 있으며, 그의 절조와 의리가 열사(烈士)들의 으뜸이라 하더라

그 사람은 이미 죽고 오래되었으나, 그가 살던 고향에는 아직도 그의 고결한 기풍이 깊이 남아있다 하더라

살아서는 세상에 이름을 높이 떨치고, 죽어 땅에 묻혀서는 절의를 무궁하게 전하노라

그러니 미친놈처럼 이곳저곳 뛰어다니면서 벼슬하는 짓을 배우지 말아라, 그렇게 추잡하게 벼슬하고 녹을 먹어도 고작 백년 뿐이다(죽으면 악명을 영원히 남기리라)

(語釋) ㅇ擬古(의고)―옛날의 시체(詩體)나 시의(詩意)를 모방해서 쓴 시. 전부 9수가 있다. ㅇ辭家(사가)―집을 하직하고. ㅇ夙(숙)―새벽 일찍. ㅇ嚴駕(엄가)―엄숙하게 수레나 말을 몰고 간다. ㅇ當往至無終(당왕지무종)―마땅히 무종에 도달하리라. 무종(無終)은 지명, 진

(秦)나라의 무종현(無終縣). ㅇ問君今何行(문군금하행)—그대에게 묻노라, 지금 어디로 가는가? ㅇ非商(비상)—(내가 가는 곳은) 상구(商丘)도 아니다. 탕왕(湯王)이 세운 은(殷)나라의 도읍이 상구에 있었다. ㅇ復(부)—또, 역시. ㅇ非戎(비융)—융(戎)도 아니다. 융은 춘추시대 위(衛)나라의 도읍. ㅇ聞有田子泰(문유전자태)—듣건대, 전자태라는 사람이 있으며. ㅇ節義爲士雄(절의위사웅)—그의 절조와 의리가 모든 열사(烈士)들의 으뜸이라 하더라. ㅇ斯人久已死(사인구이사)—그 사람은 이미 죽고 오래되었으나. ㅇ鄕里習其風(향리습기풍)—그가 살던 고향에는 아직도 그의 고결한 기풍이 깊게 뿌리내리고, 남아 있다. ㅇ生有高世名(생유고세명)—살아서는 세상에 이름을 높이 떨치고. ㅇ旣沒得無窮(기몰득무궁)—죽고 땅에 묻힌 다음에는 그의 절의가 무궁하게 전한다. ㅇ不學狂馳子(불학광치자)—그러니, 미친놈처럼 이곳저곳 뛰어다니면서, 벼슬하는 짓을 배우거나 따르지 말아라. ㅇ直在百年中(직재백년중)—(그렇게 추잡하게 벼슬하고 녹을 먹어도) 백년뿐이다.(죽으면 영원히 악명을 들으리라)

参考 　전자태(田子泰)는 삼국(三國)시대의 열사(烈士)다. 동탁(董卓)이 헌제(獻帝)를 장안으로 옮겨 유폐하자, 유주(幽州)의 목(牧) 유우(劉虞)의 밀사로서, 위험을 무릅쓰고 간도(間道)를 타고 가서 헌제에게 유우의 밀서를 전했다. 이에 임금이 벼슬을 내렸으나, 그는 고사(固辭)했다. 그리고 헌제의 밀지를 받고 돌아왔다.

　그러나, 유우는 이미 공손찬(公孫瓚)에게 죽었다. 이에, 전자태는 유우의 무덤에 가서 통곡을 하고, 행방을 감추고, 한참 뒤에는 자기 고향인 북평(北平) 서무종산(徐無終山) 깊이 들어가서 농사를 지었다.

　이때 많은 사람들이 그를 따라서 산속에 들어가 함께 농사를 지었으므로, 그곳이 별유천지(別有天地)가 되었다. 도연명은 전자태의 절의를 높이는 동시에, 그가 마을사람과 함께 은거한 곳을 소재로 〈도화원기(桃花源記)〉를 지었을 것이다.

당시 유유(劉裕)만이 악덕한 것이 아니었다. 그의 셋째아들 유의륭(劉義隆)은 더 음흉하고 악독했다. 유유가 죽고, 그의 첫째아들이 뒤를 이어, 송(宋)나라의 임금이 되고 소제(少帝)라 했다. 그런 지 1년이 되자, 유의륭은 자기 형 소제와 둘째아들 유의진(劉義眞), 두 형을 살해하고, 자리에 올라 문제(文帝)가 되었다. 이때가 424년, 도연명 나이 60세 때였다.

그리고 문제는 자기의 공신, 서섬지(徐羨之)·부량(傅亮)·사회(謝晦) 등을 죽이고, 또 자기의 형 유의진에게 발탁되었던 사령운(謝靈運)도 죽였다. 이렇게 험악한 때였으므로, 도연명은 스스로도 몸조심 말조심을 했으며, 아울러 친한 벗들로 유송(劉宋)에 출사한 양송령(羊松齡)·은경인(殷景仁)·주속지(周續之)들에게도 악한 정치에 참여하지 말고, 물러나 명철보신하라고 말했던 것이다.

특히 주속지는 당대의 탁월한 유학자였다. 그러므로 군벌들이 강제로 학문을 가르치게 했다. 그래서, 유유의 세자로, 도성 건강(建康)을 다스리고 있던 유의부(劉義符) 밑에서 학문을 강하고 서적을 편찬한 일이 있었다. 그때 쓴 시 〈시주속지조기 사경이 삼랑(示周續之祖企謝景夷 三郎)〉에서 도연명은 말했다. '늙은 내가 사랑하는 그대들과 이웃하고 싶다. 그래서 깨우치고 말하노라, 나를 따라 영수 강물가로 오너라(老夫有所愛 思與爾爲隣 願言誨諸子 從我 穎水濱).'

당시 도연명은 마음속으로는 형가(荊軻)나 전자태(田子泰) 같은 열사가 나오기를 바랐을 것이다. 그러나, 극심한 난세에 자신의 생명을 보전하기 위해서는 신중해야 했다. 그래서 굶주림과 헐벗음을 마다 않고 고궁절(固窮節)을 지키고자 한 것이다.

75. 擬古—其四 의고—제4수

1. 超超百尺樓 分明望四荒
   <small>초초백척루 분명망사황</small>

2. 暮作歸雲宅 朝爲飛鳥堂
   <small>모작귀운택 조위비조당</small>

3. 山河滿目中 平原獨茫茫
   <small>산하만목중 평원독망망</small>

4. 古時功名士 慷慨爭此場
   <small>고시공명사 강개쟁차장</small>

5. 一旦百歲後 相與還北邙
   <small>일단백세후 상여환북망</small>

6. 松柏爲人伐 高墳互低昂
   <small>송백위인벌 고분호저앙</small>

7. 頹基無遺主 游魂在何方
   <small>퇴기무유주 유혼재하방</small>

8. 榮華誠足貴 亦復可憐傷
   <small>영화성족귀 역부가련상</small>

멀리 백 척 높이 올라 내려다보니, 분명히 사방이 황폐했노라

날 저물면 구름이 하늘에서 돌아와 쉬는 곳이고, 아침에는 새들이 하늘을 향해 날아가는 집터로 변했노라

눈에는 산과 강만이 보이고, 들판도 황량하고 망연하기만 하노라

저 산하 평원에서 옛날의 공명을 다투는 야욕에 찬 군벌들이, 서로 기를 돋고 분개하면서 다투고 싸웠으나

날이 바뀌고 세월이 흘러 백년이 된 오늘에는, 그들 모두가 너나없이 함께 북망산에 돌아와 묻혔노라

고결한 절개를 상징하는 송백나무들도 사람에게 잘렸고, 오직 높게 돋은 많은 무덤들만이 높고 낮게 엇갈려 서있노라

무덤의 터가 퇴락했으며 돌보아줄 후손들도 없는 모양이니, 망자의 뜬 영혼이 어디로 가서 자리를 잡으랴?

저속한 사람들은 부귀만이 참으로 귀중한 것이라고 높이지만, 그들이나 생전에 부귀를 누린 사람들이나 다같이 가련하고 불쌍하게 되었구나.

語釋 ○迢迢百尺樓(초초백척루) ─ 백 척 높은 산에 올라, 멀리 들판을 내려다본다. 초(迢)는 멀다, 아득하다. ○分明望四荒(분명망사황) ─ 분명히 사방의 들판은 황폐했노라. ○暮作歸雲宅(모작귀운택) ─ (황폐한 들판은 곧) 날 저물면 구름이 하늘에서 돌아와 쉬는 곳이고. ○朝爲飛鳥堂(조위비조당) ─ 아침에는 새들이 하늘을 향해 날아가는 보금자리다. ○山河滿目中(산하만목중) ─ (높이 내려다보는 내 눈에는) 오직 산과 강만이 보이고. ○平原獨茫茫(평원독망망) ─ 들판도 다만 황량하고 망연하기만 하다. ○古時功名士(고시공명사) ─ (저 산하 평원에서) 옛날의 공명을 세우려는 야욕에 넘치는 군벌들이. ○慷慨爭此場(강개쟁차장) ─ 기를 돋고 분개하면서, 서로 영토를 다투고 싸웠을 것이다. ○一旦百歲後(일단백세후) ─ 그러나, 날이 바뀌고 세월이 흘러, 백 년 뒤인 오늘에는 (그들 모두가). ○相與還北邙(상여환북망) ─ 너나없이 다함께 북망산에 돌아와 묻혔으며. ○松柏爲人伐(송백위인벌) ─ 고결한 절개를 상징하는 송백나무들도 사람에게 잘렸으며. ○高墳互低昂(고분호저앙) ─ 높게 돋은 많은 무덤들이

312

높고 낮게 엇갈려 서있을 뿐이다. ○頹基無遺主(퇴기무유주)－무덤의 기대가 퇴락했으니, 돌보아줄 후손들도 없는 모양이니. ○游魂在何方(유혼재하방)－망자의 뜬 영혼이 어디로 가서 자리를 잡으랴? ○榮華誠足貴(영화성족귀)－저속한 사람들은 부귀만이 참으로 귀중한 것이라고 높이지만. ○亦復可憐傷(역부가련상)－(그들이나, 살아 생전에 부귀를 누린 사람들이나) 다같이 가련하고 불쌍하게 되었구나.

(參考)　도연명의 사상은 복잡하면서도 위대했다. 우선 그는 성실한 유학도(儒學徒)로서, '어질고 슬기로운 성군(聖君)이 나와서 덕치(德治)를 펴고, 그 밑에서 학문과 덕행을 갖춘 군자들이 참여하여, 만백성이 잘사는 대동(大同)의 이상세계(理想世界) 창건'을 갈망했다. 그러므로 그는 기회있을 때마다 고난의 현실참여를 시도했다.

그러나 현실, 특히 정치세계가 너무나 무도하고 혼란했다. 음흉하고 악덕한 군벌들이 타락하고 무능한 왕족들을 무참히 살해하고 나라를 찬탈하는 일이 비일비재했으며, 이에 천지가 어둠에 잠기고, 국토가 황폐하고 백성들이 도탄에 빠졌다. 그러므로 정도(正道)의 지식인들이 끼어들 자리가 없었으며, 몸을 숨기고 명철보신(明哲保身)했다. 도연명도 은퇴를 하되, 죽림칠현(竹林七賢)들처럼, 현담공론(玄談空論)을 일삼지 않고, 스스로 농경하며 먹고살았다. 이점에서 도연명은 무위자연(無爲自然)의 도가사상(道家思想)을 생산적으로 활용하고 따랐다고 하겠다.

한편 도연명은 '제행무상(諸行無常)'의 불교 사상을 바탕으로, '누구나 북망산(北邙山)에 가서 흙으로 화할 것을 왜 순간적인 명리를 탐하고, 또 아귀다툼을 하느냐?'라고 이 시에서 한탄했다.

한마디로 도연명은 우주적 시각으로 현실세계를 내다본 시인이다. 우(宇)는 공간이고, 주(宙)는 시간이다. 그러므로 '우주적'이란 곧 공간과 시간을 통합한 하늘의 도리, 즉 천도(天道)를 기준으로 했다는 뜻이다. 동시에 물질세계와 정신세계를 통합했다는 뜻이기도 하다.

76. 擬古^{의고}-其八 의고-제8수

1. 少時壯且厲 撫劍獨行遊 ^{소시장차려 무검독행유}

2. 誰言行遊近 張掖至幽州 ^{수언행유근 장액지유주}

3. 飢食首陽薇 渴飲易水流 ^{기식수양미 갈음이수류}

4. 不見相知人 惟見古時邱 ^{불견상지인 유견고시구}

5. 路邊兩高墳 伯牙與莊周 ^{노변양고분 백아여장주}

6. 此士難再得 吾行欲何求 ^{차사난재득 오행욕하구}

나는 어려서 세차고 또 기상이 격렬했으며, 칼을 어루만지며 혼자서 북방 여러 곳을 두루 돌았다

혹 내가 가까운 곳만을 여행했을 거라고 말할지 모르나, 나는 장액이나 유주까지 갔었다

굶주리면 백이 숙제처럼 수양산에 가서 고사리 따서 먹고, 목마르면 형가처럼 이수의 강물을 마셨다

그러나 어디에서도 나를 알아줄 사람을 만나지 못하고, 다만 옛날의 고결했던 사람의 무덤을 볼 뿐이었다

　길 양쪽에 우뚝 높이 돋아올린 두 개의 무덤이 있었으니, 하나는 백아의 무덤이고, 다른 하나는 장주의 무덤이었다
　이들 같은 고결한 선비가 다시없으니, 나는 장차 어디로 가서 누구를 찾고 뜻을 펴랴?

語釋 ㅇ少時壯且厲(소시장차려)—나는 어려서 세차고 또한 기개가 사나웠다. ㅇ撫劍獨行遊(무검독행유)—칼을 어루만지며, 혼자서 북방 여러 곳을 두루 돌았다. ㅇ誰言行遊近(수언행유근)—혹 내가 가까운 곳만을 여행했을 거라고 말할지 모르나 (안 그렇다). ㅇ張掖至幽州(장액지유주)—나는 장액(張掖)이나 유주(幽州)까지 갔었다. 장액은 현 감숙성(甘肅省) 감주(甘州), 유주는 현 북경(北京)과 심양(瀋陽) 일대. ㅇ飢食首陽薇(기식수양미)—굶주리면 백이 숙제처럼 수양산에 가서 고사리 따서 먹고, 대의명분과 절개를 높이고 지켰다. ㅇ渴飲易水流(갈음이수류)—목마르면 형가(荊軻)처럼 이수(易水)의 강물을 마셨다. 악덕한 자를 치려는 정의의 기개를 높이고 비분강개했다는 뜻. ㅇ不見相知人(불견상지인)—나를 알아줄 사람을 만나지 못했다. ㅇ惟見古時邱(유견고시구)—다만 옛날의 고결했던 사람들의 무덤을 볼 뿐이었다. ㅇ路邊兩高墳(노변양고분)—길 양쪽에 우뚝 높이 돋아올린 두 개의 무덤이 있었다. ㅇ伯牙與莊周(백아여장주)—그 하나는 백아(伯牙)의 무덤이고, 다른 하나는 장주(莊周)의 무덤이다. 백아는 자기를 알아주는 종자기(鐘子期)가 죽은 다음에 거문고를 타지 않았다. 장주는 자기의 벗 혜자(惠子)가 죽자 말을 안했다. 즉 참다운 지음(知音)·지기(知己)가 없으면, 언행(言行)을 삼갔다는 뜻. ㅇ此士難再得(차사난재득)—이들같이 고결한 선비가 다시는 없다(요사이는 대의명분을 잃고, 악덕한 권력에 붙어 벼슬하는 자가 많다는 뜻). ㅇ吾行欲何求(오행욕하구)—나는 장차 어디로 가서 누구를 찾고, 뜻을 펴랴?

參考 　도연명은 어려서 수기치인(修己治人)하고 경세제민(經世濟民)하

려는 유가적 포부를 품고 제국을 돌았다. 그러나 알아줄 사람을 만나지 못했던 것이다. 이 시를 통해 어린 시절의 도연명의 고매한 포부와 세찬 기상을 엿볼 수 있다.

'소시장차려(少時壯且厲) 무검독행유(撫劍獨行遊)' : 나는 어려서 세차고 또한 기개가 사나웠다. 칼을 어루만지며, 혼자서 북방 여러 곳을 두루 돌았다.

'장액지유주(張掖至幽州)' : 나는 장액이나 유주까지 갔었다. 즉 장강 남쪽에서 중국의 북쪽인 감숙성(甘肅省) 감주(甘州), 혹은 북경(北京)과 심양(瀋陽) 일대까지 칼을 차고 유력했던 것이다.

'기식수양미(飢食首陽薇) 갈음이수류(渴飮易水流)' : 굶주리면 백이 숙제처럼 수양산에 가서 고사리 따서 먹고, 대의명분과 절개를 높이고 지켰으며, 목마르면 형가(荊軻)처럼 이수(易水)의 강물을 마셨다. 즉 악덕한 자를 치려는 정의의 기개를 높이고 비분강개하며, 천하를 두루 유력했던 것이다.

그러나 지기(知己)를 만나지 못하고 죽은 옛사람만을 추모했던 것이다.

'불견상지인(不見相知人) 유견고시구(惟見古時邱)' : 나를 알아줄 사람을 만나지 못하고, 다만 옛날의 고결했던 사람들의 무덤을 볼 뿐이었다.

'노변양고분(路邊兩高墳) 백아여장주(伯牙與莊周)' : 길 양쪽에 우뚝 높이 돋아올린 두 개의 무덤이 있었으니, 그 하나는 백아(伯牙)의 무덤이고, 다른 하나는 장주(莊周)의 무덤이다. 백아는 자기를 알아주는 종자기(鐘子期)가 죽은 다음에 거문고를 타지 않았다. 장주는 자기의 벗 혜자(惠子)가 죽은 다음에, 말을 안했다. 즉 참다운 지음(知音)·지기(知己)가 없으면, 언행(言行)을 삼갔다는 뜻.

'차사난재득(此士難再得) 오행욕하구(吾行欲何求)' : 이들같이 고결한 선비가 다시는 없으며, 요사이는 대의명분을 잃고, 악덕한 권력에 붙어 벼슬하는 자가 많으니, 나는 장차 어디로 가서 누구를 찾고, 뜻을 펴랴고 한탄했다.

77. 擬古 － 其九　의고 － 제9수

의 고

1. 種桑長江邊 三年望當採
   종 상 장 강 변　삼 년 망 당 채

2. 枝條始欲茂 忽値山河改
   지 조 시 욕 무　홀 치 산 하 개

3. 柯葉自摧折 根株浮滄海
   가 엽 자 최 절　근 주 부 창 해

4. 春蠶旣無食 寒衣欲誰待
   춘 잠 기 무 식　한 의 욕 수 대

5. 本不植高原 今日復何悔
   본 불 식 고 원　금 일 부 하 회

　뽕나무를 장강 언저리에 심었으니, 3년이면 당연히 뽕잎을 딸 가망이 있었다

　가지가 자라고 뽕잎이 돋아 바야흐로 무성하게 될 무렵에, 홀연히 전란과 찬탈이 발생하여 국토와 산하가 뒤바뀌어

　가지와 뽕잎들이 제물로 꺾이고 시들고, 나무뿌리와 그루터기가 푸른 바다에 떠서 나부끼게 되었노라

　그러므로 봄누에를 먹여 키우지 못했으니, 겨울에 입을 옷을 누구에게 기대하랴?

　본시 높은 언덕에 나무를 심지 않았으니, 이제와서 다시 무엇을 후회하랴?

(語釋) ○種桑長江邊(종상장강변)－뽕나무를 장강 언저리에 심었다. 즉 동진(東晉) 나라가 장강 부근에 터를 잡았다는 뜻이 숨어 있다. ○三年望當採(삼년망당채)－3년이면 당연히 뽕잎을 딸 가망이 있다. ○枝條始欲茂(지조시욕무)－가지가 자라고 뽕잎이 돋아 바야흐로 무성하게 될 무렵에. ○忽値山河改(홀치산하개)－홀연히 (전란과 찬탈이 발생하여) 국토와 산하가 뒤바뀌었다. ○柯葉自摧折(가엽자최절)－가지와 뽕잎들이 제물로 꺾이고 시들었으며. ○根株浮滄海(근주부창해)－나무뿌리와 그루터기가 푸른 바다에 떠서 나부끼고 있다. ○春蠶旣無食(춘잠기무식)－이미, 봄누에를 먹이어 키우지 못했으니. ○寒衣欲誰待(한의욕수대)－겨울에 입을 옷을 누구에게 기대하랴? ○本不植高原(본불식고원)－본시 높은 언덕에 나무를 심지 않았으니, 즉 나라의 바탕을 높이 든든하게 세우지 않았다는 뜻. ○今日復何悔(금일부하회)－이제와서 다시 무엇을 후회하랴?

(參考) '종상장강변(種桑長江邊) 삼년망당채(三年望當採)': 뽕나무를 장강 일대에 심고, 3년이면 당연히 뽕잎을 딸 것이라고 기대했다. 즉 동진(東晉)이 북에서 밀려 남쪽에 옮겨와 장강 가, 건강(建康)에 도읍을 잡았으며, 얼마 후에는 안정되리라고 희망했다는 뜻. 좁게는 원흥(元興) 3년(404년)에 유유(劉裕)가 환현(桓玄)을 격파하고 건강을 되찾았으며, 이듬해에 안제(安帝)가 건강에 환도했다. 그래서 얼마 후에는 나라가 다시 안정될 거라고 기대했다는 뜻.

이 시를 도연명이 환현의 좌절을 애석하게 여긴 것이라는 설도 있다.

'지조시욕무(枝條始欲茂) 홀치산하개(忽値山河改)': 가지가 자라고 뽕잎이 돋아 바야흐로 무성하게 될 무렵에, 홀연히 국토와 산하가 뒤바뀌었다. 즉 의희(義熙) 14년(418년) 안제가 피살되자, 유유가 공제(恭帝)를 세웠다. 그리고 2년 후(420년)에는 유유가 공제를 유폐하고 스스로 임금이 되고 국호를 송(宋)이라 고쳤다.

'가엽자최절(柯葉自摧折) 근주부창해(根株浮滄海)': 가지와 뽕잎들이 제물로 꺾이고 시들었으며, 나무뿌리와 그루터기가 푸른 바다에 떠서 나부끼게 되었다. 즉 동진 나라가 송두리째 망했다는 뜻.

'춘잠기무식(春蠶旣無食) 한의욕수대(寒衣欲誰待)': 이미 봄누에를 먹이어 키우지 못했으니, 겨울에 입을 옷을 누구에게 기대하랴? 그간 계속된 전란과 국가 찬탈 및 기근에 시달려, 백성들은 생업을 잃고 떠돌았으니, 어떻게 생계를 꾸리나?

'본불식고원(本不植高原) 금일부하회(今日復何悔)': 본시 높은 언덕에 나무를 심지 않았으니, 즉 나라의 바탕을 높이 든든하게 세우지 않았으니, 이제와서 다시 무엇을 후회하랴?

〈의고(擬古)〉 제6에서 도연명은 격렬하게 의분을 토로했다. '세상 말 듣기에 염증이 났으니, 벗하여 임치에 가겠다. 직하에는 말할 사람 많으니, 그들에게 가서 나의 의문을 풀리라(厭聞世上語 結友到臨淄 稷下多談士 指彼決吾疑)'.

결국 도연명은 현실을 실망하고 역사적으로 자기같이 모순과 고난 속에서, 고궁절을 잘 지킨 옛날의 선비들을 찾았던 것이다. 그는 〈영빈사(詠貧士)〉 7수를 지었다. 다음에 그 중 4수를 풀이하겠다.

영 빈 사
78. 詠貧士-其二 가난한 선비-제2수

처 려 세 운 모　　옹 갈 폭 전 헌
1. 悽厲歲云暮　擁褐曝前軒

남 포 무 유 수　　고 조 영 북 원
2. 南圃無遺秀　枯條盈北園

경 호 절 여 력　　규 조 불 견 연
3. 傾壺絕餘瀝　闚竈不見煙

시 서 색 좌 외   일 측 불 황 연
4. 詩書塞座外　日昃不遑研

한 거 비 진 액   절 유 온 견 언
5. 閒居非陳阨　竊有慍見言

하 이 위 오 회   뇌 고 다 차 현
6. 何以慰吾懷　賴古多此賢

　심히 처량하고 구슬픈 세모, 세월이 어언간 저물려 하거늘, 나는 굵은 베옷을 입고 추녀 앞에서 햇빛을 쪼이고 있노라

　남쪽 밭에는 남아있는 채소도 없고, 북쪽 정원은 마냥 시들고 적막하기만 하노라

　술병을 기울여도 찌꺼기 방울조차 없으며, 부엌을 기웃거려도 불씨나 연기가 안 보이노라

　시와 글씨 혹은 서적이 자리 밖으로 가득 차있으나, 해가 이내 기울고 어두워지니 한가하게 연구할 틈이 없노라

　나는 한가하게 살면서도 이렇게 궁핍하고 고생을 하노라, 공자가 진(陳)과 채(蔡)나라 국경에서 폭도들에게 포위되고 양식이 떨어진 것과 다르니라. 이에 나도 모르게 노여움이 밖으로 나타나노라

　무엇으로 이 스산한 마음속을 위로하랴? 다행히도 옛날에도 이같이 고생한 많은 성현들이 있었으니, 그들을 본받고 따르리라

語釋　ㅇ悽厲歲云暮(처려세운모)─심히 처량하고 구슬픈 세모에, 처(悽)는 처량하다, 여(厲)는 심히 괴롭다. 세운모(歲云暮)는 세월이 어언간 저물려 한다. 운(云)=언(焉). ㅇ擁褐曝前軒(옹갈폭전헌)─굵은 베옷을 입고 추녀 앞에서 햇빛을 쪼이고 있다. 폭(曝)은 쬐다. ㅇ南

圃無遺秀(남포무유수)―남쪽 밭에는 남아있는 채소도 없고, 포(圃)는 밭. ㅇ枯條盈北園(고조영북원)―북쪽 정원은 마냥 시들고 적막하기만 하다. 영(盈)은 차다. ㅇ傾壺絶餘瀝(경호절여력)―술병을 기울여도 찌꺼기 방울조차 없다. 호(壺)는 병, 역(瀝)은 거르다. ㅇ闚竈不見煙(규조불견연)―부엌을 기웃거려도, 불씨나 연기가 안 보인다. 규(闚)는 엿보다, 조(竈)는 부엌. ㅇ詩書塞座外(시서색좌외)―시와 글씨 혹은 서적이 자리 밖으로 가득 차있으나, 색(塞)은 막히다. ㅇ日昃不遑研(일측불황연)―해가 이내 기울고 어두워지니, 한가하게 연구하고 연마할 틈이 없다. 측(昃)은 기울다, 황(遑)은 겨를. ㅇ閒居非陳阨(한거비진액)―나는 한가하게 살면서도 이렇게 궁핍하고 고생을 한다. 옛날의 공자가 진(陳)과 채(蔡)나라 국경에서 폭도들에게 포위되고 양식이 떨어진 것과 다르다. 액(阨)는 좁다. ㅇ竊有慍見言(절유온견언)―나도 모르게 노여움이 밖으로 나타난다. 절(竊)은 몰래, 온(慍)은 성내다. ㅇ何以慰吾懷(하이위오회)―무엇으로 이 스산한 가슴을 위로하랴? ㅇ賴古多此賢(뇌고다차현)―옛날에도 이같이 고생한 많은 성현들이 있었으니, 그들을 본받고 따르리로다. 뢰(賴)는 의뢰하다.

참고

'처려세운모(悽厲歲云暮) 옹갈폭전헌(擁褐曝前軒)': 세월이 어언간 저물려 하니, 더욱 처량하고 구슬픈 생각이 든다. 그런데도 가난한 나는 굵은 베옷을 입고 추녀 앞에서 햇빛을 쪼이고 있다. 세모에는 가난한 살림이 한층 서글프고 처량하게 느껴지는 법이다.

'남포무유수(南圃無遺秀) 고조영북원(枯條盈北園)': 남쪽 밭에는 남아있는 채소도 없고, 북쪽 정원에의 나무들도 다 시들고 떨어져, 삭막하기만 하다. 집안 살림만이 아니라, 주변의 정경도 소조하기만 하다.

'경호절여력(傾壺絶餘瀝) 규조불견연(闚竈不見煙)': 술병을 기울여도 찌꺼기 방울조차 안 떨어지고, 부엌을 기웃거려도 불씨가 없으니, 실연기조차 안 보이노라. 생활이 더없이 궁핍하다.

'시서색좌외(詩書塞座外)　일측불황연(日昃不遑硏)' : 시와　글씨 혹은 서적이 자리 밖으로 가득 차있으나, 겨울의 짧은 해가 이내 기울고 어두워지니, 한가하게 연구할 틈이 없노라. 너무 가난하기 때문에, 책 읽고 사색할 여유조차 없게 마련이다.

'한거비진액(閒居非陳阨)　절유온견언(竊有慍見言)' : 나는 평상시 아무 일 없이, 살면서도 이렇게 궁핍하노라. 옛날의 공자가 진(陳)과 채(蔡)나라 국경에서 폭도들에게 포위되고 양식이 떨어진 것과는 사정이 다르다. 이에 나도 모르게 노여움이 밖으로 나타나노라. 가난의 도가 지나치니, 군자의 체면도 유지하기가 어렵게 된다.

'하이위오회(何以慰吾懷)　뇌고다차현(賴古多此賢)' : 무엇으로 이 스산한 가슴속을 위로하랴? 다행히 옛날에도 이같이 고생한 많은 성현들이 있었으니, 그들을 본받고 따르리로다. 그래도 옛사람과 더불어 고궁절(固窮節)을 굳게 지키리라.

영빈사
79. 詠貧士 –其三　가난한 선비 –제3수

영 수 로 대 삭　흔 연 방 탄 금
1. 榮叟老帶索　欣然方彈琴

원 생 납 결 리　청 가 창 상 음
2. 原生納決履　清歌暢商音

중 화 거 아 구　빈 사 세 상 심
3. 重華去我久　貧士世相尋

폐 금 불 엄 주　여 갱 상 핍 짐
4. 敝襟不掩肘　藜羹常乏斟

기 망 습 경 구　구 득 비 소 흠
5. 豈忘襲輕裘　苟得非所欽

322

사 야 도 능 변　내 불 견 오 심
6. 賜也徒能辯 乃不見吾心

영계기는 늙도록 새끼띠를 두르고, 항상 즐거운 듯이 거문고를 타고 있었다

공자의 제자 원헌은 헐고 구멍난 신을 걸치고, 맑은 소리로 쨍쨍 울리게 노래를 불렀다

순임금은 나에게는 너무 멀리 있으나, 역사적으로 많았던 가난한 선비를 내가 따르고 본받을 수 있다

그들은 옷이 헐고 해져서 팔꿈치를 가리지 못했고, 명아주국도 노상 마실 수가 없었노라

가난한 선비라고 어찌 가벼운 가죽옷 입는 것을 몰랐으랴? 간특한 재물은 좋아하지 않았기 때문이라

자공은 공연한 말을 잘했으나, 나같이 가난한 선비의 고결한 정신세계를 모르고 한 말이니라

(語釋)　ㅇ榮叟老帶索(영수로대삭)―영수(榮叟)는 《열자(列子)》에 나오는 영계기(榮啓期). 그는 늙도록 새끼띠를 두르고.　ㅇ欣然方彈琴(흔연방탄금)―즐거운 듯이 거문고를 노상 타고 있었다.　ㅇ原生納決履(원생납결리)―원생은 공자의 제자 원헌(原憲). 원헌이 헐고 닳아서 구멍이 난 신을 걸치고　ㅇ淸歌暢商音(청가창상음)―맑은 소리로 쨍쨍 울리게 노래를 불렀다. 창(暢)은 펴다, 상음(商音)은 금석(金石) 악기에서 울리는 고음(高音).　ㅇ重華去我久(중화거아구)―중화(重華)는 순(舜)임금의 이름. 순임금은 나에게는 너무 멀리 있다.　ㅇ貧士世相尋(빈사세상심)―가난한 선비는 언제나 내가 따르고 본받을 수 있다. 세(世)는 어느 때에나, 어떤 세상에서나, 상심(相尋)은 서로 찾고 사귀다. 즉 영계기나 원헌 같은 가난한 선비를 내가

따르고 사귄다는 뜻. ○敝襟不掩肘(폐금불엄주)—옷이 헐고 해져서 팔꿈치를 가리지 못한다. 폐(敝)는 해지다, 금(襟)은 옷깃, 엄(掩)은 가리다, 주(肘)는 팔꿈치. ○藜羹常乏斟(여갱상핍짐)—명아주국도 노상 마실 수가 없다. 여(藜)는 명아주, 갱(羹)은 국, 짐(斟)은 마시다. ○豈忘襲輕裘(기망습경구)—(그들 가난한 선비들도) 어찌 값나가는 가벼운 가죽옷을 입는 것이 좋은 줄 모르겠는가? 습(襲)은 엄습하다, 구(裘)는 가죽옷. ○苟得非所欽(구득비소흠)—바르지 않게 얻은 재물은 좋아하는 바가 아니다. 구득(苟得)은 정당하지 않고 사악하게 얻은 재물, 흠(欽)은 공경하다. ○賜也徒能辯(사야도능변)—자공(子貢)은 공연히 말만 잘한다. 자공은 가난보다 경제적으로 잘살아야 한다고 주장했으나. ○乃不見吾心(내불견오심)—그런 주장은 나같이 가난한 선비의 고결한 정신세계를 모르고 한 말이다.

參考　　영계기(榮啓期)는 《열자(列子)》에 나오는 가난한 은둔자다. 사슴 가죽 옷을 걸치고, 새끼띠를 두르고 태산(泰山) 밑에서 거문고를 타며 즐거운 듯이 노래를 부르고 있었다. 우연히 곁을 가던 공자(孔子)가 그를 보고 물었다.

“영감은 무엇이 좋아서 그렇게 즐겁게 노래를 부르시오?”

그러자 영계기가 대답해 말했다.

“즐겁고 말고요. 하늘이 낳은 만물 중, 사람을 만물의 영장으로 칩니다. 내가 바로 사람으로 태어났으니, 그 아니 즐겁겠소. 다음으로 사람 중에서도 하늘편인 남자로 태어났으니, 또한 즐겁지 않겠소. 세 번째로 이 세상에 태어나 몇 년 못살고 요절하는 사람도 많은데, 나는 백 살 가까이 수를 누리고 있으니, 그 아니 즐겁겠소. 가난은 군자의 상태(常態)이고, 죽음은 삶의 종점(終點)이오. 정상에 처해서 종착을 기다리니 그 아니 즐겁겠소”

공자의 제자 원헌(原憲)의 고사가 《장자(莊子)》에 보인다. 대략 다음과 같다. 노(魯)나라의 원헌은 한 칸 남짓한 오막집에 살고 있었다. 지붕에는 풀이 자라고, 비가 오면 줄줄 새는 누추한 방이건만 원헌은 그 속에서 태연하게 거문고를 타며 노래를 부르고 있었다.

하루는 같은 공자의 제자로 부유하게 사는 자공(子貢)이, 호사한 옷차림으로 그의 움막을 찾아왔다. 이에 원헌은 나무껍질로 만든 관을 쓰고, 명아주 지팡이를 짚고, 헐어 떨어진 신을 끌고 맞이했다. 빈곤에 쪼들린 원헌을 보고 자공이 인사 겸 위로의 말을 했다.

"노형, 그간 고초가 심하여, 몹시 초췌하셨소."

그러자 원헌이 태연하게 말했다.

"나는 '재물이 없는 상태를 가난이라 하고, 배운 것을 실천하지 않는 상태를 초췌라 한다'고 듣고 알고 있소. 나는 가난할지언정, 초췌하지는 않소."

이에 자공이 낯을 붉히고 송구해하자, 원헌이 그를 위로하는 듯이 말했다.

"세상에는 명성을 얻으려고 날뛰고 패를 나누고 당파를 꾸며서 서로 권력을 다투고 쟁취하려는 자들이 많소. 또 학문을 남에게 보이고 벼슬을 얻기 위해 하거나, 한편 나 자신의 이득을 위해서 남을 교육하는 경우도 많소. 또 말을 듣기 좋게 하고, 외모를 사치스럽게 꾸미는 사람이 많은데, 이들 모두가 인의(仁義)를 해치는 짓거리요. 그래서 나는 가난을 감수하고 있소."

80. 詠貧士-其四 가난한 선비-제4수
영빈사

1. 安貧守賤者 自古有黔婁
안빈수천자 자고유검루

2. 好爵吾不榮 厚饋吾不酬
호작오불영 후궤오불수

3. 一旦壽命盡 敝服仍不周
일단수명진 폐복잉부주

4. 豈不知其極 非道故無憂
기부지기극 비도고무우

5. 從來將千載 未復見斯儔
종래장천재 미부견사주

6. 朝與仁義生 夕死復何求
조여인의생 석사부하구

가난해도 안락하고 천하게 살아도 도를 지키는 사람들 중, 자고로 가장 높이는 사람이 바로 검루다

그는 높은 작위를 내려도 영광으로 생각하지 않았고, 임금이 막대한 재물을 주고 등용하려 해도 응하지 않았다

하루아침에 주어진 수명을 다 살고 그가 죽었으나, (평생을 가난하게 산 그에게는) 헐고 떨어진 옷이나마 그의 시신을 두루 가릴 수 없었다

그가 어찌 지극히 가난하다는 것을 몰랐으랴? 그러나 도에

어긋남을 알고 벼슬이나 재물을 받지 않았으므로, 그래서 가난하
게 살아도 근심 걱정하지 않았던 것이다

　그로부터 바야흐로 천 년이 되려고 하지만, 아직 그와 같은 사
람을 보지 못했노라

　아침에 일어나 평생토록 인의(仁義)를 따르고 살았으니, 저녁
에 죽어도 더 바랄 것이 없었으리라

（語釋）　o安貧守賤者(안빈수천자)―가난해도 안락하고 천하게 살아도 도를
지키는 사람.　o自古有黔婁(자고유검루)―자고로 검루라는 사람이
있었다.　o好爵吾不榮(호작오불영)―높은 벼슬도 영광으로 생각
하지 않고, 오(吾)는 여기서는 검루 자신.　o厚饋吾不酬(후궤오불
수)―많은 예물을 주어도, 그는 응하지 않았다. 궤(饋)는 먹이다, 수
(酬)는 갚다.　o一旦壽命盡(일단수명진)―하루아침에 그의 수명이
다했다, 즉 그가 죽었다.　o敝服仍不周(폐복잉부주)―헐고 떨어진
옷조차 (그의 시신을) 두루 가릴 수 없었다. 폐(敝)는 해지다.　o豈
不知其極(기부지기극)―어찌 지극히 가난하다는 것을 몰랐으랴?　o
非道故無憂(비도고무우)―도에 어긋남을 알고, (벼슬이나 재물을
받지 않았으므로) 그래서 (가난하게 살아도) 근심 걱정하지 않은
것이다.　o從來將千載(종래장천재)―그로부터 바야흐로 천 년이
되려고 하지만.　o未復見斯儔(미부견사주)―아직 그와 같은 사람
을 보지 못했다. 儔(짝 주).　o朝與仁義生(조여인의생)―아침에 일
어나 하루종일을 인의(仁義)를 따라 산다면.　o夕死復何求(석사부
하구)―저녁에 죽어도 더 바랄 것이 없다.

（參考）　유향(劉向)이 쓴 《열녀전(烈女傳)》에 검루(黔婁)의 아내에 대한
고사가 있다. 검루도 노(魯)나라 사람이다.
　그가 사망하자 증자(曾子)가 조문하고 검루의 부인에게
　"시호(諡號)를 무어라고 지랴?"

라고 묻자, 그의 부인이 말했다.

"시호를 강(康)이라 지세요."

증자가 말했다.

"선생이 살아계실 때, 식량이 없어, 배불리 들지도 못하고, 옷이 없어, 제대로 몸을 가리지도 못하고, 죽은 지금에는 수족을 거둘 수의도 없거늘, 무엇이 흡족하고 즐거웠다고 시호를 강(康)이라 지시오?"

그러자, 그의 부인이 말했다.

"전에 임금이 선생에게 재상 자리를 주고 나라를 다스리라고 했으나, 선생은 마다했습니다. 그것은 선생이 재상 이상으로 고귀하기 때문이었습니다. 또 전에 임금이 곡식 30종(鐘)을 하사했으나, 선생은 사양하고 받지 않았습니다. 이는 선생에게 그 이상 가는 재물이 있었기 때문입니다. 또 선생은 천하에서 가장 맛없다고 하는 하치 음식을 감미(甘味)로 드셨고, 가장 천한 자리에서 안락하게 사셨고, 빈천을 겁내지 않고, 부귀를 바라지 아니했으며, 오직 인의(仁義)를 높이고 지키고 안락하게 사셨으니, 선생의 시호를 그 아니 강(康)이라 하지 않겠습니까?"

81. 詠貧士 - 其七 가난한 선비 - 제7수
영빈사

1. 昔有黃子廉 彈冠佐名州
   석유황자렴 탄관좌명주

2. 一朝辭吏歸 淸貧若難儔
   일조사리귀 청빈약난주

3. 年飢感仁妻 泣涕向我流
   연기감인처 읍체향아류

장 부 수 유 지 　 고 위 아 녀 우
4. 丈夫雖有志　固爲兒女憂

혜 손 일 오 탄 　 전 증 경 막 수
5. 惠孫一晤歎　腆贈竟莫酬

수 운 고 궁 난 　 막 재 차 전 수
6. 誰云固窮難　邈哉此前修

　　옛날에 황자렴이란 사람이 있었다, 집안에 걸어둔 관의 먼지를 털고 출사하고 지방의 태수가 되었다

　　그러나 하루아침에 사직하고 집으로 돌아왔으며, 전에 더없이 청빈했으므로 가난하게 살아야 했다

　　일년 내내 기근에 시달리면서도 잘 참고 견디는 어진 아내에게 마음으로 감사하면서도, 아무도 모르게 자기 자신을 향해 눈물을 흘리며 울었노라

　　대장부 비록 높은 지조와 굳은 뜻을 가졌다 해도, 마땅히 고생하는 아이들과 아내 때문에 걱정을 하게 마련이다

　　고생하는 어린 손자를 보고도 한탄을 해야 하고, 남의 호의나 후덕에도 결국 보답하지 못함을 가슴 아프게 여기노라

　　누구나 고궁절을 지키기 어렵다고 말하노라, 나도 옛날의 황자렴 같은 훌륭한 사람을 본받고 따르기에는 너무 멀고 막연하구나

(語釋)　ㅇ昔有黃子廉(석유황자렴)－옛날에 황자렴(黃子廉)이란 사람이 있었다. 황자렴은 한(漢)대의 사람으로, 일시 남양(南陽)의 태수(太守)를 지냈으나, 이내 벼슬을 그만두고 물러났다. 도연명은 그를 내세워 자기의 어려운 처지를 하소연했다. ㅇ彈冠佐名州(탄관좌명

주)−관의 먼지를 털고 출사하고 명주(名州)를 도왔다. 명주는 남양(南陽)인지 확실하지 않음. ○一朝辭吏歸(일조사리귀)−하루아침에 사직하고 자기 집으로 돌아왔다. ○淸貧若難儔(청빈약난주)−그는 벼슬자리에 있을 때 청빈했으며, 아무도 그를 따를 사람이 없었다. ○年飢感仁妻(연기감인처)−한 해를 기근에 시달리면서도, 잘 참고 견딘 어진 아내에게 마음으로 감사하면서도. ○泣涕向我流(읍체향아류)−아무도 모르게 자신을 향해 눈물을 흘리며 울었다. ○丈夫雖有志(장부수유지)−대장부 비록 높은 지조와 굳은 뜻을 가졌다 해도. ○固爲兒女憂(고위아녀우)−의당히 가난에 시달리고 고생하는 아이들과 아내 때문에 걱정을 하게 마련이다. ○惠孫一晤歎(혜손일오탄)−(고생하는) 어린 손자를 보고 한탄을 한다. 혜(惠)는 온순하다, 오(晤)는 마주 보다. ○腆贈竟莫酬(전증경막수)−남의 호의나 후덕에도 결국 보답하지 못한다. 전(腆)은 두텁다. ○誰云固窮難(수운고궁난)−누구나 다 고궁절을 지키기가 어렵다고 말한다. ○邈哉此前修(막재차전수)−옛날의 황자렴 같은 훌륭한 사람을 내가 본받고 따르기에는 너무 멀고 막연하구나. 막(邈)은 멀다.

(參考)　도연명은 무도한 난세를 한탄만 하고 끝나기에는 그의 참여의식이 강했다. 그러나, 참여는 고사하고 자기를 알아줄 벗들조차 별로 없었다. 사람들은 약하다. 악한 세상에서도 나가서 벼슬을 하고, 먹고살아야 한다.

　한동안 도연명은 현실참여를 하고, 조금이나마 나라에 도움을 주고 백성을 구제하려고 했었다, 그러나, 악덕 군벌들 밑에서는 현실 참여는 곧 악덕을 조장하는 일이었다. 그래서 만년의 도연명은 격렬하게 분만하고, 울분을 터뜨렸다. 그리고 역사적으로 고궁절(固窮節)을 지킨 선비들을 회상하고 흠모하면서, 자신도 역사적으로 바르게 사는 인간이 되려고 했던 것이다.

제 **6** 장

생生과 사死의 자화상

태어나면 반드시 죽게 마련
저마다 수명대로 살다 가노라
有生必有死
早終非命促

한번 죽어 이승의 문을 떠나면
영원한 어둠의 끝없는 땅으로 돌아가노라
一朝出門去
歸來夜未央

도연명은 잠시 들렀던 객사를 떠나
본연의 집으로 영원히 돌아가겠노라
陶子將辭逆旅之館
永歸於本宅

생전의 모습을 〈오류선생전(五柳先生傳)〉이라 손수 쓴 전기에 실었고, 또 죽은 후의 넋풀이를 〈만가시(挽歌詩)〉 및 〈자제문(自祭文)〉에서 털어놓았다.

대체로 그는 자신의 삶을 안빈낙도(安貧樂道)한 것으로 크게 뉘우치지 않았다. 또 죽더라도 이름없이 흙에 묻히고 흙에 동화하겠다고 다짐했다. 삶과 죽음에 초연한 도연명이었다. 그러나, 그는 〈자제문〉 끝에서 토로했다. '참으로 살기 역겨웠던 삶이었다! 죽음의 세계는 어떨는지(人生實艱! 死如之如!)'

역시 그는 약한 인간이었다. 그러기에 그의 시는 약한 우리에게 감동을 줄 수 있을 것이다.

82. 五柳先生傳 오류선생 이야기

오 류 선 생 전

선생 부지하허인야 역불상기성자
① 先生 不知何許人也 亦不詳其姓字.

택변유오류수 인이위호언
② 宅邊有五柳樹 因以爲號焉.

한정소언 불모영리 호독서 불구심해 매유회의
③ 閑靖少言 不慕榮利 好讀書 不求甚解 每有會意

편흔연망식
便欣然忘食.

성기주 가빈불능상득 친구지기여차 혹치주이
④ 性嗜酒 家貧不能常得. 親舊知其如此 或置酒而

초지 조음첩진 기재필취 기취이퇴 증불인정
招之. 造飮輒盡 期在必醉. 旣醉而退 曾不吝情

거류
去留.

환도소연 불폐풍일 단갈천결 단표누공 안여
⑤ 環堵蕭然 不蔽風日. 短褐穿結 簞瓢屢空 晏如

야
也.

상저문장이자오 파시기지 망회득실 이차자종
⑥ 常著文章以自娛 頗示己志 忘懷得失 以此自終.

⑦ 贊曰 黔婁有言 不戚戚於貧賤 不汲汲於富貴

極其言 玆若人之儔乎.

酣觴賦詩 以樂其志 無懷氏之民歟 葛天氏之民

歟

① 오류선생은 어떠한 출신인지 또 그의 성이나 이름이 무엇인지도 잘 알 수 없다.

② 그의 집 곁에 다섯 그루의 버드나무가 있었으므로 그렇게 호를 지어 불렀다.

③ 선생의 성품은 한적하고 평화롭고 말이 적었으며, 명예나 이득을 추구하지 않았다. 책읽기를 좋아했으나 지나치게 따지거나 집착하지 않았으며, 자기 마음에 일치하는 글을 대하면 즐거워서 끼니를 잊고 탐독하였다.

④ 타고날 때부터 술을 좋아했으나, 집이 가난하여 언제나 마실 수가 없었다. 그런 사정을 안 친구가 혹 술상을 마련하고 그를 청했다. 그럴 때면 가서 서슴지 않고 훌쩍 마셨으며, 마시면 반드시 취하고저 했다. 그러나 취한 후에는 선뜻 물러났다. 절대로 자리를 뜨거나 묵거나 하는 데 미련하게 굴지 않았다.

⑤ 선생의 좁은 집은 텅 비어 쓸쓸했으며 또 바람이나 햇빛도 제대로 막고 가릴 수 없을 만큼 허술했다. 선생은 짧고 거친 베옷을 누덕누덕 기워 입고 있었으며, 밥그릇이나 표주박조차 자주

비어 먹을 것 마실 것이 없었지만 그래도 태연하게 지냈다.

⑥ 노상 시나 글을 지어 스스로 즐기고 있었다. 오직 자기의 뜻을 표현했을 뿐, 득실(得失) 같은 것은 관심에 두지 않았다. 선생은 그러한 태도로 살다가 스스로의 생을 마쳤다.

⑦ 찬에 이르노라. 검루의 처가 빈천도 근심하지 않고 부귀에도 급급하지 않는다고 한 말은 바로 선생 같은 분을 두고 한 것이리라.

선생은 술에 도연하여 시를 짓는 것으로써 마음을 즐기고 살았으니, 태고 때의 무위자연에 살았던 무회씨나 갈천씨의 백성이라 하겠노라.

(語釋) ○五柳先生傳(오류선생전) - 도연명이 자기 스스로를 가공적인 인물로 그려서 쓴 전기다. 표면적으로는 해학적 필치로 쓴 것 같으나 그 속에 자신의 담담한 심정과 술 좋아하는 기호 및 생활태도가 잘 그려져 있다. 집 언저리에 버드나무 다섯 그루가 있어 오류선생이라 했다. ○不知何許人(부지하허인) - 하허인(何許人)은 어디의 사람, 혹은 어떠한 내력의 사람. ○亦不詳(역불상) - 또한 자세히 모른다. 일부러 모른다고 한 것이다. ○閑靖(한정) - 여유가 있고, 조용하다. 한적하고 안락하다. ○不慕榮利(불모영리) - 출세하겠다, 또는 이득을 보겠다는 생각을 갖고 있지 않다. ○不求甚解(불구심해) - 책을 읽을 때 지나치게 따지거나 이론적으로 집착하지 않는다. 당시 일반적으로 지식인들은 지나치게 공리공론(空理空論)을 가지고 서로 논쟁을 일삼는 번쇄철학(煩瑣哲學)에 빠졌었다. ○會意(회의) - 뜻을 마음속으로 터득한다. ○欣然(흔연) - 즐거워한다. 기뻐한다. ○性嗜酒(성기주) - 천성으로 술을 좋아했다. 술 좋아한 것은 천성이다. ○不能常得(불능상득) - 집이 가난하여 언제나 술을 먹을 수가 없었다. ○置酒(치주) - 술상을 마련하다. ○造飮輒盡(조음첩진) - 조(造)는 초청한 사람 집에 가다. 첩(輒)은 이내, 즉시. 진(盡)은 다 마신다. ○期

在必醉(기재필취)—기(期)는 기한다, 반드시 취하고자 했다. 반드시 취할 때까지 마셨다는 뜻. ○旣醉而退(기취이퇴)—일단 취하면 돌아갔다. ○曾(증)—언제나. ○不吝情去留(불인정거류)—떠나거나 머무르는 데 미련을 갖지 않았다. ○環堵(환도)—작은 집, 또는 거실. ○蕭然(소연)—쓸쓸하고 조용하다. 가난하므로 장식품이 없어 허정하다는 뜻. ○不蔽風日(불폐풍일)—집이 실하지 못해 바람이나 햇빛도 제대로 잘 막고 가리지 못한다. ○短褐(단갈)—짧고 굵은 베옷. ○穿結(천결)—떨어신 데를 기웠다. ○簞瓢屢空(단표누공)—밥그릇이나 물그릇조차 자주 빈다. 단(簞)은 대로 만든 밥그릇. 표(瓢)는 표주박. 《논어(論語)》〈옹야편(雍也篇)〉에 '일단사일표음(一簞食一瓢飮)'이라고 있다. ○晏如(안여)—먹을 것 마실 것이 없어도 태연하다. ○常著文章(상저문장)—노상 시나 글을 짓는다. ○頗示己志(파시기지)—오직 자기의 뜻이나 정신을 표시하다. 파(頗)는 대단하다, 많다의 뜻도 있다. ○忘懷得失(망회득실)—글을 써서 득을 보겠다, 또는 손해를 볼 것이다 하는 관심을 갖지 않는다. ○贊(찬)—전기문 끝에 붙여서 주인공을 칭찬하는 글, 보통 운문으로 쓰여진다. ○黔婁(검루)—유향(劉向)의 《열녀전(烈女傳)》과 《통지(通志)》에 보인다. 춘추(春秋)시대 제(齊)나라의 은사(隱士) 검루(黔婁)가 죽었다. 원래 청렴결백하고 벼슬살이를 하지 않은 그의 집이 너무나 가난하여 그의 시체는 누더기가 걸쳐진 대로고 또 그 위에 덮은 헝겊 조각도 짧아서 발도 가리지 못했다. 그 집으로 문상을 간 증자(曾子)가 헝겊을 비스듬히 돌려서 손발을 덮으려고 하자, 검루의 부인이 말했다. "고인은 바른 것〔正〕을 좋아했으므로 헝겊을 모〔斜〕로 하는 것은 사(邪)라 좋지 않습니다." 또 "고인은 빈천을 겁내지 않았고 부귀도 바라지 않았습니다."라고. ○汲汲(급급)—안달스럽게 얻으려고 한다. ○極其言(극기언)—그 말의 뜻을 종합해서 묶는다. ○儔(주)—무리, 사람. ○酣觴(감상)—술에 도연히 취하고 즐긴다. ○無懷氏之民(무회씨지민)·葛天氏之民(갈천씨지민)—무회씨(無懷氏)·갈천씨(葛天氏)는 다 태고 때의 제왕의 호다. 무위자연과 소박

순진한 때의 백성을 뜻한다.

(解說)　도연명의 전기는 《송서(宋書)》〈은일전(隱逸傳)〉, 《진서(晉書)》〈은일전〉, 《남사(南史)》〈은일전〉 등에 있으며, 또 소명태자(昭明太子) 소통(蕭統)이 쓴 것도 있다. 그러나 이들은 모두 후세에 남이 쓴 것으로 도연명이 직접 자기 손으로 죽기 전에 쓴 〈오류선생전(五柳先生傳)〉만큼 참될 수가 없다고 하겠다.

이 글에서 도연명은 자화상을 그리되 남을 그리는 듯 객관적이며 또한 해학적으로 자신을 묘사했다. 그러나 그 속에 자신의 '참모습'이 정확하게 그려졌음을 부정할 수가 없으리라.

우선 인간은 어디서 왔다가 어디로 가는지 모르는 존재다. 오직 이 현세에 잠시 기우하고 있을 뿐이다. 그러기에 출신도 이름도 알 필요가 없다며 그는 밝히지 않았으리라. 이것은 노자(老子)가 '실체(實體)'인 도(道)에다 이름을 붙이지 않은 태도와 같다.

오직 오류선생이라 한 그는 어떻게 살다가 갔을까?

속세의 영리(營利)를 구하지 않았다. 호학(好學)하고 기주(嗜酒)했다. 안빈낙도(安貧樂道)하며 좋은 글을 지어 자기의 뜻을 풀었다.

한마디로 무위자연(無爲自然)에서 소박하게 살았다. 즉 임진(任眞)했던 것이다.

(參考)　당(唐) 대의 백낙천(白樂天)은 도연명의 고향 시상(柴桑)의 율리(栗里)에 있는 옛집을 방문하고 다음과 같이 읊었다.

나는 그대보다 늦게 태어나,
서로 오백 년의 간격이 있으나,
그대의 오류전을 읽으면,
언제나 눈에 보이는 듯, 마음이 뛰노라.
(我生君之後 相去五百年
每讀五柳傳 目想心拳拳)

338

자손은 비록 두드러진 사람 없으나,
일족이 아직도 남아 살고 있으므로,
도씨를 만날 때마다
마음으로 그리워지노라.
(子孫雖無聞　族氏猶未遷
每逢姓陶人　使我心依然)

83. 乞食 걸식

1. 飢來驅我去　不知竟何之
　기래구아거　부지경하지
2. 行行至斯里　叩門拙言辭
　행행지사리　고문졸언사
3. 主人解余意　遺贈豈虛來
　주인해여의　유증기허래
4. 談諧終日夕　觴至輒傾杯
　담해종일석　상지첩경배
5. 情欣新知歡　言詠遂賦詩
　정흔신지환　언영수부시
6. 感子漂母惠　愧我非韓才
　감자표모혜　괴아비한재
7. 銜戢知何謝　冥報以相貽
　함즙지하사　명보이상이

굶주림에 몰리어 나왔으나, 어디로 갈까 망설였노라

미적미적 이곳까지 와, 문을 두드렸으나 말을 못하거늘
주인 내 뜻을 알아차리고, 베풀어주니 헛걸음이 아니었네
어울려 이야기하다 날이 저물어, 술상 받고 잔 기울여 취하노라
새로 지기 얻듯 즐거움에 넘쳐, 마침내 시를 지어 읊었노라
표모의 은혜 사무치건만, 한비(韓非)의 재량 없어 창피하여라
깊이 감사하나, 어찌 보답을 하랴? 저승에서나 보답하리리

(語釋)　o乞食(걸식)－빌어서 먹다. 진짜로 걸식한 것은 아니고, 시제(詩題)를 과장해서 쓴 것이다.　o驅(구)－몰다. 여기서는 굶주림에 몰리어 가다의 뜻.　o竟(경)－결국, 끝내.　o何之(하지)－어디로 가나?　o行行(행행)－가고 또 가고 내키지 않는 걸음으로 주춤주춤 간다는 뜻도 포함되어 있다.　o斯里(사리)－이 마을.　o叩門(고문)－문을 두드리다.　o拙言辭(졸언사)－창피해서 말도 하지 못하고, 망설이며 더듬다.　o解余意(해여의)－나의 심중을 이해하다.　o遺贈(유증)－베풀어주다.　o豈虛來(기허래)－어찌 헛되게 왔을까? 즉 허탕이 아니었다는 뜻이다.　o談諧(담해)－이야기하고 서로 어울린다.　o觴(상)－술, 술잔.　o輒(첩)－이내.　o情欣(정흔)－마음속으로 기뻐하다.　o新知歡(신지환)－새로 사귄 사람, 즉 지기(知己)을 반긴다.　o言詠(언영)－소리내어 읊는다.　o賦詩(부시)－시를 짓는다.　o感子(감자)－그대의 고마움에 감동한다.　o漂母惠(표모혜)－빨래하던 아낙의 은혜. 한(漢)의 한신(韓信)이 젊어서 표랑할 때 빨래하던 아낙이 밥을 주었다. 후에 한신은 재상이 되어 그 아낙을 찾아 천금을 주어 보답했다(《史記》〈淮陰侯列傳〉).　o愧(괴)－부끄럽다, 창피하다.　o銜戢(함즙)－함(銜)은 가슴에 간직해 둔다. 즙(戢)은 거두어 넣다. 즉 고마움을 깊이 감사한다.　o知何謝(지하사)－어떻게 감사해야 할지 모르겠다는 뜻.　o冥報(명보)－저승에서 보답하다.　o相貽(상이)－그대에게 보내주겠다.

(大意)　굶주림에 몰리어 집을 나섰는데, 결국 어디로 가야할지 알 수가 없다.(1)

터덜터덜 이 마을까지 와서, 어느 집의 문을 두드렸으나 창피하여 말을 잘 할 수가 없었다.(2)

다행히 주인이 나의 심중을 잘 이해하고 베풀어 주었으므로, 결국 헛되게 온 것이 아니게 되었다.(3)

주인과 어울려 이야기를 하다가 날이 저물었고, 술이 나오자 이내 잔을 기울여서 마셨다.(4)

지기(知己)를 새로 얻은 기쁨에 마냥 흥겨워, 소리내어 읊으며 시를 지었다.(5)

주인의 호의가 옛날 한신을 도와주었던 빨래하는 아낙의 은혜같이 고맙기는 하지만, 부끄럽게도 나는 한신같이 뛰어난 인재가 못되어 보답하지 못할 것이니 송구스럽노라.(6)

고마움을 가슴속에 깊이 느끼고 있지만 어떻게 사은해야 할지 모르겠노라! 죽어 저승에서나 은혜에 보답하여 갚고자 하노라.(7)

(解說)　고직(古直)은 '걸식(乞食)'은 실제로 밥을 구걸한 것이 아니고, 일자리 즉 현령(縣令)을 구하러 갔을 때의 시라고 했다. 그때에 알지 못하던 사람을 새로 사귀고 그에게 부탁을 하고 또 은혜를 입은 일을 과장되게 '걸식'이라는 제목을 쓴 시일 것이다.

'주인이 뜻을 알아주었다(主人解余意)' '어울려 이야기하다가 밤이 되었다(談諧終日夕)' '술이 들어오자 이내 잔 기울여 취하다(觴至輒傾杯)' '새로 지기를 만난 기쁨에 흥겨워 시를 읊었다(情欣新知歡 言詠遂賦詩)' 등의 구절은 담담하고 자연스럽다. 허나, 고마움에 대하여 저승에서라도 보답하겠다는 심정은 처량하다. '기래구아거(飢來驅我去)'를 렴(廉), '고문졸언사(叩門拙言辭)'를 치(恥), '주인해여의(主人解余意)'를 충(忠), '명보이상이(冥報以相貽)'를 후(厚)라고 평하기도 한다.

參考 '전에, 회음 출신 한신은 가난하였고, 도성 밖에서 낚시를 하고 있었다. 이때에, 빨래꾼 부인이 한신이 굶주리고 있는 것을 보고, 밥을 주었다. 이에 한신이 장차 은혜에 크게 보답하리라고 말하자, 부인이 성을 내며 말했다. 대장부가 제 손으로 먹지 못하여, 왕손이 불쌍해서 밥을 준 것이다. 누가 보답을 바라느냐? (初淮陰韓信 家貧釣城下 有漂母見信飢 飯信. 信曰吾必厚報母 母怒曰 大丈夫不能自食 吾哀王孫而進食 豈望報乎)'

84. 責子 자식을 책함

백발피양빈 기부불부실
1. 白髮被兩鬢 肌膚不復實

수유오남아 총불호지필
2. 雖有五男兒 總不好紙筆

아서이이팔 나타고무필
3. 阿舒已二八 懶惰故無匹

아선행지학 이불애문술
4. 阿宣行志學 而不愛文術

옹단년십삼 불식육여칠
5. 雍端年十三 不識六與七

통자수구령 단멱이여율
6. 通子垂九齡 但覓梨與栗

천운구여차 차진배중물
7. 天運苟如此 且進杯中物

백발이 양쪽 뺨을 덮었고, 살결도 전같이 실하지 못하다

비록 아들놈이 다섯이기는 하나, 한결같이 글공부를 싫어하네

서(舒)란 놈은 벌써 열여섯 살이건만, 둘도 없는 게으름뱅이고

선(宣)이란 놈은 곧 열다섯이건만, 학문 배우기를 마다하고

옹(雍)과 단(端)은 동갑으로 열세 살이건만, 여섯과 일곱도 분
간 못하고

통(通)이란 놈은 아홉 살이 가까웠건만, 노상 배나 밤만을 찾
아 먹노라

하늘이 내린 자식운이 이러하니, 나야 술이나 들고 마냥 취하
리라

(語釋) ㅇ被兩鬢(피양빈)―양쪽 뺨을 덮다. 빈(鬢)은 살쩍. 이 시는 36세
경에 지었을 것이며, 그렇다면 백발이 성성하다는 표현은 혹 과장된
것이 아닐지? 어쩌면 왕요(王瑤)가 말한 대로 44세 때에 지은 것
이면 또 모르겠다. ㅇ五男兒(오남아)―도연명은 다섯 아들이 있었
다. 본명은 '엄(儼)·사(俟)·분(份)·일(佚)·동(佟)'으로, 이 시에
나오는 이름은 아명(兒名)일 것이다. ㅇ阿舒(아서)―아(阿)는 이름
앞에 붙이는 애칭이다. 아이나 여자 이름에 붙인다. ㅇ二八(이팔)―
16세. ㅇ懶惰(나타)―게으르다. ㅇ故無匹(고무필)―고(故)는 고(固)
와 같은 뜻. 정말로, 틀림없이. 무필(無匹)은 짝이 없다, 둘도 없다.
ㅇ行志學(행지학)―바야흐로 15세가 되려고 한다. 《논어(論語)》에
있다. '오십유오이지어학(吾十有五而志於學)'. ㅇ雍端(옹단)―둘이 동
갑이다. 쌍둥인지 혹은 소실의 아들인지 분명치 않다. ㅇ通子(통자)―
통이란 놈. ㅇ垂(수)―드리운다. 되려고 한다. ㅇ覓(멱)―찾는다. ㅇ天
運(천운)―하늘이 자기에게 내려준 자식에 대한 운명, 자식운. ㅇ杯
中物(배중물)―잔 안의 물건, 즉 술.

大意　백발이 양쪽 살쩍을 덮고, 피부도 전같이 실하지 못하다.(1)

　　비록 사내아이가 다섯이나 있으나, 모두들 글 배우기를 싫어한다.(2)

　　서(舒)란 놈은 열여섯 살인데 둘도 없는 게으름뱅이다.(3)

　　선(宣)이란 놈은 곧 열다섯 살이 되려고 하지만 글에는 관심이 없다.(4)

　　옹(雍)과 단(端) 두 아이는 열세 살 동갑으로 둘이 다 여섯과 일곱도 분간 못할 만큼 둔하다.(5)

　　통(通)이란 놈은 나이 아홉 살이 되려고 하는데도 오직 배나 밤 같은 군것질만 찾는다.(6)

　　하늘이 내려준 자식운이 이러하거늘(심각히 생각하여 무엇할 것이냐?) 우선 술이나 들어 마시자!(7)

解說　난세에 처해 불우했던 도연명은 노상 가족에 대한 자상한 애정과 동정을 베풀었다. 부모형제를 두루 사랑했고 또 처자를 극진히 생각했다.

　　이 시도 〈자식을 책함(責子)〉이라고 되어 있으나 실은 '유머러스'하게 귀여운 자식들, 천진난만한 자식들을 그리고 있는 것이다.

　　소박하고 꾸밈없는 자식들 틈에 끼어 술을 마시는 그는 참으로 '무위자연(無爲自然)'의 선경(仙境)에서 도연히 취해 유유자적(悠悠自適)했다고 말할 수 있으리라!

　　두보(杜甫)가 〈견흥(遣興)〉이란 시에서 '아들의 슬기와 어리석음을 왜 걱정하고 따지는가(有子賢與愚 何其掛懷抱)?'라며 속세를 버렸다는 도연명은 '아직 달도(達道)하지 못한 것이 아니냐?'고 한 것은 견해의 차이라 하겠다.

參考　도연명은 〈명자(命子) 십장(十章)〉에서 자식들을 훈계했다. 그는 우리 조상은 요(堯)·순(舜)·우(禹)의 공을 세웠고, 은주(殷周)에서도 높은 벼슬을 했다고 자랑을 했다. 그후 한(漢)대에는 선조 도

사(陶舍), 도청(陶靑)이 이름을 높였다. 진(晉)대에는 도간(陶侃)이 대사마(大司馬)에 올라 혁혁한 공을 세운 다음에는 물러나 돌아왔다. '공수사귀 임총불특(功遂辭歸 臨寵不忒)'이라 적었다.

그런데 '나는 덕이 없고 우둔하여 선조 앞에 창피하다'. 이제 너희들이 분발해서 선조의 공업을 이어야 하겠다고 바란다마는 그러하지 못하니 별수 없고 딱하구나(夙興夜寐, 願爾斯才, 爾之不才 亦已焉哉)'. 이렇게 자식들을 훈계한 시가 있다.

85. 止 酒 (지 주) 술을 끊으리

1. 居止次城邑 逍遙自閒止
   거 지 차 성 읍 소 요 자 한 지

2. 坐止高蔭下 步止蓽門裏
   좌 지 고 음 하 보 지 필 문 리

3. 好味止園葵 大懽止稚子
   호 미 지 원 규 대 환 지 치 자

4. 平生不止酒 止酒情無喜
   평 생 부 지 주 지 주 정 무 희

5. 暮止不安寢 晨止不能起
   모 지 불 안 침 신 지 불 능 기

6. 日日欲止之 營衛止不理
   일 일 욕 지 지 영 위 지 불 리

7. 徒知止不樂 未知止利己
   도 지 지 불 락 미 지 지 이 기

시각지위선 금조진지의
8. 始覺止爲善 今朝眞止矣

종차일지거 장지부상사
9. 從此一止去 將止扶桑涘

청안지숙용 해지천만사
10. 淸顔止宿容 奚止千萬祀

사는 집은 마을 안에 있으나, 소요하며 한적하게 사노라

높은 나무 그늘에 앉아 쉬고, 사립문안 가난한 집안에 거닐며

해바라기 씨 좋아서 먹고, 어린 자식을 몹시 사랑하노라

평생 술을 들고 즐겼으니, 술이 없으면 기쁨도 없고

저녁에 안 마시면 잠 못자고, 아침에 안 마시면 깨지 못하니

매일같이 술 끊으려 했으나, 건강 상태가 고르지 못했노라

안 마시면 즐겁지 않은 줄은 알겠으나, 안 마시는 것이 몸에
이로운 줄은 모르겠노라

그런 내가 술 끊는 것이 좋다고 깨닫고, 오늘 아침에 진정으로
술을 끊었으니,

이제부터는 줄곧 술을 끊고 안 마시면서, 동해 바다 부상(扶
桑) 물가에 가서

신선처럼 맑고 싱싱한 얼굴로, 천년 이상을 살리로다

語釋 ○止酒(지주)—'술을 끊는다'고 한 이 시는 일종의 풍자와 해학의
시다. 진정으로 술을 끊겠다는 심정으로 지은 것이 아니다. 시구
(詩句)마다 반드시 지(止)자를 꼭 하나씩 넣었다. 매구에 있는
'지(止)'는 그 뜻이 여러 가지로 쓰였다. ○居止(거지)—거처, 주
거, 머물러〔止〕 살다. ○次城邑(차성읍)—성읍에 두다, 차(次)는 묵

다[宿]의 뜻, 여기서는 '~에 산다'는 뜻. ○逍遙(소요)−거닐다, 산보하다. ○閒止(한지)−한적하게 살다. 이때의 지(止)는 조용히 멈추어 있다는 뜻. ○坐止高陰下(좌지고음하)−높은 나무 그늘 아래 앉아서 쉬다[止]. ○步止蓽門里(보지필문리)−싸리나무로 엮은 가난한 집안에서 거닐고 오가다. ○好味(호미)−맛있게 먹는 것. ○止(지)−오직. ○園葵(원규)−해바라기. 해바라기는 늘 태양을 향하고 있으므로 충성과 이상을 좇는 상징으로 《회남자(淮南子)》나 육기(陸機)의 시에 보였다. ○大懽止稚子(대환지치자)−큰 기쁨은 오직[止=只] 어린 자식들뿐이로다. ○平生不止酒(평생부지주)−평생 술을 안 끊고 마셨으며, 지(止)는 멈추다, 끊다. ○止酒情無喜(지주정무희)−술을 안 마시면 마음이 즐겁지 않다. ○暮止(모지)−밤에 술을 마시지 못하면, 지(止)는 지주(止酒)의 뜻. ○不安寢(불안침)−잠자리가 편치 않고. ○晨止(신지)−아침에 안 마시면. ○不能起(불능기)−(몸이 찌뿌드드하여) 일어날 수가 없다. ○日日欲止之(일일욕지지)−나날이 오늘은 술을 안 마시겠다고 하지만. ○營衛止不理(영위지불리)−혈액순환, 건강상태, 생리가 멈추는 듯하고 잘 풀리지 않는다. 불리(不理)는 불순(不順)과 같다. ○徒知(도지)−오직 알겠다. ○止不樂(지불락)−술을 끊으면 즐겁지 못하다. ○未知止利己(미지지이기)−술을 끊으면 자기에게 이롭다는 것을 모르겠다. ○從此一止去(종차일지거)−이제부터 줄곧 술을 안 마시고, 지(止)는 금주(禁酒), 거(去)는 추향동사(趨向動詞). ○將止扶桑涘(장지부상사)−장차 동쪽 태양이 떠 솟는 부상 물가에 가서, 지(止)=지(之 : 가다), 사(涘)는 물가. ○淸顔止宿容(청안지숙용)−신선처럼 맑고 시원한 얼굴에 언제까지나 변치 않는 생생한 모습으로, 지(止)는 변치않는 상태로. ○奚止千萬祀(해지천만사)−어찌 천만 년만 살겠느냐, 사(祀)는 연(年)의 뜻. 천년 만년 제사 받으며 오래 살리라. 즉 술 안마시면 죽어 제사 받는 신령이 될 것이라는 뜻.

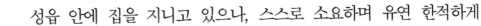 大意　　성읍 안에 집을 지니고 있으나, 스스로 소요하며 유연 한적하게

살고 있다.(1)

　높은 나무 그늘에 앉아 쉬고, 사립문 초라한 집 안에 거닐고 있다.(2)

　해바라기의 맛을 즐기고, 어린 자식들과 즐거움을 나눈다.(3)

　평생 술을 끊지 않고 마셨으므로, 새삼 술을 안 마시면 기분이 즐겁지 못하노라.(4)

　밤에 술을 안 마시면 편히 잠잘 수가 없고, 아침에 술을 마시지 않으면 벌떡 일어날 수가 없다.(5)

　매일같이 술을 끊어야지 하고 생각을 하지만 막상 끊으면 건강상태가 제대로 돌아가지 않노라.(6)

　결국 내가 아는 한, 술 안 마시면 즐겁지 않다는 것만 알지, 금주가 몸에 이롭다는 것은 모르겠노라.(7)

　가령 비로소 끊는 것이 좋다는 것을 깨닫고 오늘 아침에 진짜로 끊었다고 하자.(8)

　(그 순간 나는 신령이 되어) 바로 신선들이 사는 부상의 나라 물가에 가서 살 것이며,(9)

　신령의 맑은 얼굴로 영생을 할 것이니, 어찌 천년 만년만 제사를 받고 살겠느냐.(10)

(解說)　술을 중심한 자화상(自畵像)이다. 코믹하게 그린 시지만 그 속에는 참된 도연명의 세계와 철학이 엿보인다. 혼탁한 진세(塵世)에서 계속 술을 마시며 유연하게 살겠다. 안 마시고 죽어 신령이 되어 오래 살고 싶지 않다고 했다. '삶의 자아(自我)'를 높이 외친 시라 하겠다.

　제1구절은 바로 〈음주(飮酒) 기오(其五)〉의 '사람 속에 묻혀 살지만(結廬在人境) 마음이 한적하니 사는 곳도 조용하고 외지다(心遠地自偏)'와 통한다. 그리고 '높은 그늘에 앉고, 가난한 집에 거닐었다'(2구절)고 한 것이나 '해바라기와 아이들을 좋아했다'(3구절)고 한 것은 그의 고고(孤高)한 고궁절(固窮節)과 궁경(躬耕)·자족(自

足)의 평민생활, 즉 안빈낙도(安貧樂道)의 경지를 말한 것이다.

그러나 그도 늙었다. 노쇠한 그는 이제 술도 더 마실 기력이 없게 되었다. 죽음을 예측하고 〈만가시(挽歌詩)〉를 지었던 그는 이렇게 〈술을 끊겠다(止酒)〉는 시도 지었던 것이다. 술을 끊는다는 것은 바로 그에게는 죽어 하직하는 날이다. 고생이 많았던 이승에서 떠나 저 동해 끝에 있다는 신선(神仙)의 나라 부상(扶桑)에 가서 영원히 맑은 얼굴[淸顔]로 살리라! 삶과 죽음이 교차하는 착잡한 심정을 술을 테마로 읊은 시다. 술 마시는 것이 곧 그에게는 삶의 보람이었다.

86. 挽歌詩 - 其一   만가 - 제1수
만 가 시

유 생 필 유 사 조 종 비 명 촉
1. 有生必有死 早終非命促

작 모 동 위 인 금 단 재 귀 록
2. 昨暮同爲人 今旦在鬼錄

혼 기 산 하 지 고 형 기 공 목
3. 魂氣散何之 枯形寄空木

교 아 색 부 제 양 우 부 아 곡
4. 嬌兒索父啼 良友撫我哭

득 실 불 복 지 시 비 안 능 각
5. 得失不復知 是非安能覺

천 추 만 세 후 수 지 영 여 욕
6. 千秋萬歲後 誰知榮與辱

단 한 재 세 시 음 주 부 득 족
7. 但恨在世時 飮酒不得足

태어나면 반드시 죽게 마련, 빨리 가는 것도 제 운명이니라
엊저녁엔 같은 사람이었으나, 오늘 아침엔 명부(冥府)에 이름 있더라
혼기는 흩어져 어디로 가나, 시체는 텅빈 관 속에 드네
아이들 아버지 찾아 울고, 벗들은 나를 쓸며 통곡하네
이제는 다시 득실 따지지 않고, 시비도 아는 척하지 않노라
천년 만년 후에는 누구도, 잘살았다 못살았다 알지 못하리
오직 살아 생전의 한은, 마냥 술 마시지 못한 것일 뿐일세

(語釋) ○挽歌詩(만가시) — 도연명이 자기가 죽은 후에 부를 노래를 미리 시로 지었다. 만가(挽歌)는 상여를 끌고 가며 부르는 노래. ○早終(조종) — 일찍 죽다. ○非命促(비명촉) — 수명이 단축된 것이라 할 수 없다는 뜻. 즉 수명은 천명으로 정해진 것이니까, 일찍 죽는 사람은 애당초에 짧은 수명을 타고난 것이지, 오래 살 것을 덜 살고 일찍 죽었다고 할 수 없다는 뜻. ○今旦(금단) — 오늘 아침. ○在鬼錄(재귀록) — 죽어 귀신 명부에 들어 있다. 명부(冥府)에 이름이 올랐다. ○魂氣散何之(혼기산하지) — 혼과 기가 흩어져 어디로 가나? 사람은 하늘로부터 혼(魂)을 받고, 땅으로부터는 몸을 받은 이중적(二重的) 존재다. 그러나 죽으면 혼은 다시 하늘로 올라가고, 몸은 다시 땅으로 돌아간다. 혼기(魂氣)를 무형의 정신이나 넋으로 풀기도 한다. 그러나 혼(魂)과 기(氣)를 넋과 몸으로 풀 수도 있다. ○枯形(고형) — 마르고 썩은 육체. ○寄空木(기공목) — 텅빈 관에 맡겨진다. ○索父啼(색부제) — 아버지를 찾으며 운다. ○得失(득실) — 생전에 한 행동이 옳았는가 잘못되었는가는 아랑곳없다는 뜻. ○千秋(천추) — 천년.

（大意） 삶이 있으면 반드시 죽음이 있게 마련이다. 일찍 죽는 것도 명이 짧아서 그런 것이지 더 살 것을 덜 살고 수명을 단축시킨 것이라고 볼 수는 없다.(1)

엊저녁까지도 같이 살아 있던 사람이었으나, 오늘 아침에는 죽어서 귀신들 틈에 이름이 올랐노라.(2)

죽은 나의 혼과 몸이 어디로 갈 것인지? 메마른 시체가 관에 맡겨지노라.(3)

어린아이는 죽은 아비를 찾아 울고, 친한 벗들은 죽은 나를 쓸어 만지며 통곡을 한다.(4)

생전의 잘잘못을 다시는 따지지 않고, 또 옳고 그른 것도 알지 못하노라.(5)

천년 만년 후에는 생전에 영화를 누렸는지 고생을 하다가 죽었는지 누가 알 것이냐?(6)

오직 생전에 한스러웠던 것은 술을 마냥 못 마신 일이니라.(7)

（解說） 인간은 반드시 죽어, 흙으로 돌아가게 마련이다. 《예기(禮記)》〈제의편(祭義篇)〉에 있다. '모든 사람은 반드시 죽고, 죽으면 흙으로 돌아간다. 이를 귀신이라 한다(衆生必死 死必歸土 此之謂鬼)'.

한편 사람은 저마다 하늘이 내려준 수명이 있다. 그러므로 백년을 사나, 50년을 사나 다 타고난 수명에 따르는 것이다. 누구나 저마다 제 수명을 살다가 죽는 것이니깐, 더 살 것을 일찍 갔다고 말할 수가 없다. 이를 도연명은 '비명촉(非命促)'이라고 했다.

그러나 현실세계에서의 사별(死別)은 애처롭고 애통하다. 아비를 잃은 자식들이 울고, 벗을 잃은 친구들이 통곡을 한다. 허나 그것도 한때다. 시간이 흐르면 모든 것이 망각 속에서 사라지게 마련이다. 득실·시비·영욕(榮辱) 등이 문제가 되지 않는다. 그렇다면 이승에서, 왜 그러한 허무한 것들을 위해 안달을 떨어야 하나?

그러므로 달통한 도연명은 현실과 속세를 해탈하고 유연히 살았다. 그 점에서는 아쉽지 않으리라! 다만 가난해서 술을 마냥 못 마

신 것은 죽어서도 유감이 될 것이라고 인간적인 미련을 솔직하게
토로했다. 이와 같은 모순이 도연명 문학의 특색이기도 한다.

(參考) 《예기(禮記)》〈교특생(郊特牲)〉에 '혼과 기는 하늘로 돌아가고,
형체와 백은 땅으로 돌아간다(魂氣歸於天 形魄鬼於地)'라고 있다.
　　또《예기》〈단궁편 하(檀弓篇 下)〉에 연릉계자(延陵季子)의 말
이 있다. '사람이 죽으면, 뼈와 살은 흙으로 돌아가며, 그것이 본성
이다. 한편 혼과 기는 안 가는 곳이 없다(骨肉歸復於土命也 若魂
氣則無不之也)'.

만 가 시
87. 挽歌詩-其二　　만가-제2수

　　　　　재 석 무 주 음　금 단 담 공 상
1. 在昔無酒飮　今但湛空觴

　　　　　춘 료 생 부 의　하 시 갱 능 상
2. 春醪生浮蟻　何時更能嘗

　　　　　효 안 영 아 전　친 구 곡 아 방
3. 肴案盈我前　親舊哭我傍

　　　　　욕 어 구 무 음　욕 시 안 무 광
4. 欲語口無音　欲視眼無光

　　　　　석 재 고 당 침　금 숙 황 초 향
5. 昔在高堂寢　今宿荒草鄕

　　　　　일 조 출 문 거　귀 래 야 미 앙
6. 一朝出門去　歸來夜未央

전에는 술이 없어서 못 마셨거늘, 이제는 공연히 술이 잔에 넘치네

봄 술 막걸리 쌀알이 떴으나, 언제 다시 마실 수가 있으랴

안주 수북한 상을 내 앞에 두고, 벗들 곡하며 내 곁에서 우네

말을 하려 해도 소리가 안 나오고, 눈떠 보려 해도 빛이 없네

전에는 높은 집에 누워 잤으나, 이제는 황폐한 풀밭에 묻혔노라

일단 죽어 이승에서 나가면, 끝없는 밤 어둠 속으로 가노라

(語釋) ㅇ在昔(재석)—내가 살아 있었던 옛날에는 마실 술이 없었다. ㅇ湛空觴(담공상)—지금 죽은 나의 제상에는 공연히 마시지도 못할 술이 잔 가득히 차있다. 담(湛)은 고여 있다. ㅇ春醪(춘료)—봄에 담근 술. ㅇ浮蟻(부의)—술 위에 뜬 거품이나 누룩 혹은 밥쌀. ㅇ何時更能嘗(하시갱능상)—언제나 다시 마실 수가 있을까? 다시는 이승에 살아서 술마실수가 없다는 뜻. ㅇ肴案(효안)—안주를 괸 상. ㅇ盈(영)—가득 차다, 수북하다. ㅇ昔在高堂寢(석재고당침)—살아서는 높은 집에 누워서 잠을 잤으나. ㅇ今宿(금숙)—죽은 지금에는 풀밭에 묻혀 있다. ㅇ一朝出門去(일조출문거)—일단 문을 나서면, 즉 일단 죽어서 이승을 떠나면. ㅇ歸來夜未央(귀래야미앙)—죽어서 끝없는 어둠의 밤 속으로 돌아가노라. 미앙(未央)은 끝이 없다, 무한하다.

(大意) 전에 살았을 때는 마실 술이 없었거늘, 죽은 지금에는 쓸모 없는 술이 듬뿍 잔에 넘치고 있다.(1)

봄의 술이라, 쌀알이 동동 떠 맛이 좋겠거늘 다시 살아나 마실 수가 없구나.(2)

안주를 듬뿍 괸 제상을 내 앞에 놓고, 친구들은 내 곁에서 곡을

하고 있으며,(3)

나는 말을 하려고 해도 소리가 나지 않고 눈을 떠보려고 해도 빛이 들지 않는다.(4)

살아서는 높이 집에 누워 잤으나, 이제는 황폐한 풀밭에 묻혀 있노라.(5)

일단 죽어서 세상을 떠나면 이렇듯 끝없는 어두운 밤 속을 헤매게 마련이노라.(6)

解說 죽음을 본연으로 보고 삶을 임시로 기우(寄寓)하는 것이라고 초연했던 도연명이었다(〈自祭文〉 참조). 그러나 역시 인간의 감정으로서 죽음은 영원한 어둠, 끝없는 밤같이 답답하게 느껴지리라! 또 제상에 놓여진 단 술과 안주가 생전에 있었더라면 얼마나 좋았을까? 출상(出喪) 전에 죽은 그는 아쉬워하고 있다. 너무나 솔직한 심정을 토로하고 있는 도연명은 대자연의 섭리 앞에 어쩔 수 없이 약한 인간임을 토로한 것이다.

만 가 시
88. 挽歌詩-其三 만가-제3수

황초하망망 백양역소소
1. 荒草何茫茫 白楊亦蕭蕭

엄상구월중 송아출원교
2. 嚴霜九月中 送我出遠郊

사면무인거 고분정초요
3. 四面無人居 高墳正嶕嶢

마위앙천명 풍위자소조
4. 馬爲仰天鳴 風爲自蕭條

유 실 일 이 폐　천 년 불 복 조

5. 幽室一已閉　千年不復朝

천 년 불 복 조　현 달 무 내 하

6. 千年不復朝　賢達無奈何

향 래 상 송 인　각 자 환 기 가

7. 向來相送人　各自還其家

친 척 혹 여 비　타 인 역 이 가

8. 親戚或餘悲　他人亦已歌

사 거 하 소 도　탁 체 동 산 아

9. 死去何所道　託體同山阿

　황폐한 풀이 어지럽게 우거졌고, 백양목도 또한 외로운 듯 섰노라

　엄한 서리 차가운 9월에 사람들은, 나의 상여를 교외 멀리 메고 왔으며,

　사방에는 사람의 집 없고, 높은 무덤들이 우뚝우뚝 있을 뿐

　말도 하늘 우러러 울고, 바람도 쓸쓸히 불어오네

　무덤 구멍 한 번 닫히면, 영원히 아침 다시 못 보리라

　영원히 아침 다시 못 보는 것, 현인이나 달인도 어찌할 수 없어라

　전에 나를 전송해 준 사람들, 저마다 집으로 돌아가고

　간혹 친척이 거듭 슬퍼하고, 남들이 다시 만가를 불러주나

　죽은 나는 말도 못하고, 몸은 산에 묻힌 채, 흙이 되리라

(語釋)　○茫茫(망망)─풀이 거칠게 엉키어 우거졌다.　○蕭蕭(소소)─조용하고 쓸쓸하다.　○送我出遠郊(송아출원교)─사람들이 나를 장사지내려

멀리 교외까지 전송해 나왔다. ○高墳(고분)─높은 분묘. ○嶕嶢(초요)─우뚝우뚝 솟아 있다. ○蕭條(소조)─서글프고 쓸쓸하게 바람이 분다. ○幽室(유실)─묘혈(墓穴), 무덤 속. ○一已閉(일이폐)─일단 닫혀지면. ○賢達無奈何(현달무내하)─현인이건 달통한 사람이건 어찌할 수가 없다. ○向來(향래)─아까, 전까지. ○死去何所道(사거하소도)─이미 죽어간 내가 무어라 말하겠는가? 할 말이 없다는 뜻. ○託體同山阿(탁체동산아)─몸을 맡기어 산의 흙과 똑같이 변해 버리리라.

(大意) 거친 풀들이 마구 자라 엉키었고, 백양나무도 쓸쓸하게 서있다.(1)

서리 덮인 9월에 사람들은 나의 상여를 멀리 교외까지 전송해 나왔다.(2)

사면에는 인가라고는 하나도 없고, 오직 높은 무덤만이 우뚝우뚝 솟아 있을 뿐이다.(3)

말도 하늘을 쳐다보며 울고, 바람도 제물에 서글프게 분다.(4)

무덤을 일단 덮으면 천년이고 만년이고 영원히 다시는 아침을 맞이할 수가 없을 것이다.(5)

영원히 다시는 아침을 맞이하지 못하리니, 현명한 사람이나 달통한 사람이나 누구도 어쩔 수가 없느니라.(6)

여지껏 나를 전송해 준 사람들도 이제는 저마다 자기 집으로 돌아가며,(7)

친척들이 혹 다시 슬퍼해 주고, 남들도 다시 만가를 불러주기도 하노라.(8)

허나 이미 죽은 나는 무어라 말할 수가 없다. 오직 몸을 흙에 맡기어 저 산과 함께 동화하고 말리라.(9)

(解說) 죽은 나는 마지막으로 장지를 향하고 바야흐로 무덤 속에 묻히게 될 것이다. '말들도 하늘을 쳐다보고 울고, 바람도 스스로 서글픈

듯하다(馬爲仰天鳴 風爲自蕭條)'.

무덤에 일단 묻히면 그만이다. 천년이고 만년이고 앞으로는 영원히 다시 아침의 햇빛을 맞이할 수가 없다. 생전의 현인이나 달통한 사람들이 모두 잘난 체했어도 별 도리가 없다.

매장이 끝나면 사람들은 각자 흩어져 제집으로 간다. 죽은 나를 영겁의 절망과 어둠 속에 놓아두고, 혹 어떤 친척이나 남이 다시 한번 슬퍼해 주고 거듭 만가를 불러주기는 할 것이지만, 결국 그들도 가고 말 것이다. 그러나 이미 죽은 나는 그들에게 하소연할 수도 없다. 별 도리 없이 흙에 묻혀 흙으로 동화(同化)할 수밖에 ──.

자 제 문
89. 自祭文   자제문

세 유 정 묘   율 중 무 역
1. 歲惟丁卯 律中無射

천 한 야 장   풍 기 소 삭
2. 天寒夜長 風氣蕭索

홍 안 우 왕   초 목 황 락
3. 鴻雁于往 草木黃落

도 자 장 사   역 려 지 관   영 귀 어 본 택
4. 陶子將辭 逆旅之館 永歸於本宅

때는 정묘(丁卯 : 서기 427년), 율려(律呂) 또는 무역(無射)에 해당하는 9월이다.

하늘이 차고 어두운 밤이 긴 가을철, 바람과 기운이 삭막하고 쓸쓸하기만 하다.

큰 기러기들이 날아가고, 초목들도 노랗게 시들어 떨어진다.

또 아무개는 임시로 몸 담았던 객사에서 물러나 바야흐로 영원한 본연의 집으로 되돌아가고자 한다.

語釋 ㅇ自祭文(자제문)−도연명이 죽기 전에 자기 손으로 지은 제문이다. 아마 마지막 작품일 것이며, 문집에도 뒤에 수록되어 있다. ㅇ歲惟丁卯(세유정묘)−때는 정묘년이다. 유(惟)는 어조사다. 정묘(丁卯)는 도연명이 63세(427년)로 세상을 뜨던 해다. 동진(東晉)을 찬탈한 유유(劉裕)가 죽고, 그의 아들 유의영(劉義榮)이 송(宋) 문제(文帝)로 행세한 원가(元嘉) 4년이 된다. ㅇ律中無射(율중무역)−옛날에는 악률(樂律)을 양(陽)과 음(陰)으로 나누어, 양에 속하는 것을 율(律), 음에 속하는 것을 여(呂)라 했다. 무역(無射)은 양에 속하는 율의 여섯 번째로 계절로는 음력 9월, 즉 가을에 해당한다. ㅇ蕭索(소삭)−쓸쓸하고 삭막하다. ㅇ陶子(도자)−도연명 자신을 말한다. 자(子)는 아무개 또는 선생으로 풀어도 좋다. ㅇ將辭(장사)−장차 물러나려고 한다. 사(辭)는 사퇴, 하직하다. ㅇ逆旅(역려)−여관, 객사(客舍). 사람은 무(無)에서 와서 잠시 현상세계인 유(有)의 세계에 머물다가 다시 무로 돌아간다. 따라서 무의 세계를 영원한 본연(本然)으로 보고, 이승에 살았을 때를 잠시 동안 기우(寄寓)한 객사(客舍), 즉 여관으로 본다. ㅇ永歸於本宅(영귀어본택)−영원히 본가(本家)로 돌아가려고 한다. 생전(生前)이나 사후(死後)가 무(無)의 실재이다. 이승의 삶은 일시적으로 기(氣)가 응집한 뜬구름에 불과하다. 구름이 흩어져, 다시 본연의 푸른 하늘로 되돌아가 듯이, 잠시의 삶을 해탈하고 본연으로 돌아가려고 한다.

고 인 처 기　상 비　동 조 행 어　금 석
5. 故人悽其　相悲　同祖行於　今夕

수 이 가 소　천 이 청 작
6. 羞以嘉蔬　薦以淸酌

후 안 이 명　영 음 유 막　오 호 애 재
7. 候顔已冥　聆音愈漠　嗚呼哀哉

　　정든 사람들이 처절하게 슬퍼하며, 오늘 밤 길 떠나는 나를 위
해 제사를 지내고자 한다.
　　제상에는 생전에 내가 그렇게도 좋아하던 쌀밥과 맑은 술이
술잔에 가득 고여 있다.
　　그러나 나의 얼굴은 이미 죽어서 검푸르게 되었고, 말을 들으
려 해도 말 못하는 나는 망막히 침묵만을 지키고 있다. 아! 서글
프구나!

(語釋)　ㅇ故人悽其相悲(고인처기상비)―내가 운명했다는 부고를 받고, 옛
친구들이 달려와서 처절하게 나의 죽음을 슬퍼하고 있다. ㅇ同祖
行於今夕(동조행어금석)―모든 사람이 함께 떠나가는 나의 제사
를 오늘 밤에 지내고 있다. ㅇ羞(수)―음식을 바쳐 올리다. ㅇ嘉蔬
(가소)―쌀밥. ㅇ薦(천)―권해 올리다. ㅇ淸酌(청작)―맑은 술, 술
잔. 쌀밥과 술은 도연명이 생전에 실컷 먹고 마시지 못한 것들이다.
ㅇ候顔已冥(후안이명)―그들이 들여다보는 나의 얼굴은 이미 죽어
서 검어졌다. ㅇ聆音愈漠(영음유막)―그들이 나에게 말을 걸고 나
의 말소리를 듣고자 하나 (나는 말을 못하니) 더욱 아득할 뿐이다.
영(聆)은 듣다.

<ruby>망<rt>茫</rt></ruby> <ruby>망<rt>茫</rt></ruby> <ruby>대<rt>大</rt></ruby> <ruby>괴<rt>塊</rt></ruby>　<ruby>유<rt>悠</rt></ruby> <ruby>유<rt>悠</rt></ruby> <ruby>고<rt>高</rt></ruby> <ruby>민<rt>旻</rt></ruby>

8. 茫茫大塊　悠悠高旻

　　시 생 만 물　여 득 위 인
9. 是生萬物　余得爲人

　　자 여 위 인　봉 운 지 빈
10. 自余爲人　逢運之貧

　　단 표 누 경　치 격 동 진
11. 簞瓢屢罄　絺綌冬陳

　　함 환 곡 급　행 가 부 신
12. 含歡谷汲　行歌負薪

　　예 예 시 문　사 아 소 신
13. 翳翳柴門　事我宵晨

끝없이 넓은 땅과 아득하고 영원한 높은 하늘!

하늘과 땅이 만물을 낳았거늘, 나는 만물 중에서도 가장 귀한 사람으로 태어날 수가 있었다.

사람으로 태어난 이래 줄곧 가난뱅이 운수에 사로잡히어,

한 그릇의 밥이나 한 바가지의 마실 것조차 자주 떨어졌고, 또 겨울에도 베옷을 걸치고 떨어야 했다.

좁고 험한 산골에 묻혀 살며 손수 골짜기에 내려가 물 떠 마시고, 또 몸소 나무를 등에 지고 길을 걸으며 즐겁게 노래하고 읊으며 안빈낙도했노라.

뿐만이 아니라 굳은 신념으로써 은퇴하여 남 모르는 미미한 존재로 가난한 사립문 안에 홀로 아침 저녁을 유유자적하며 지냈노라.

(語釋) ○茫茫大塊(망망대괴)—끝없이 큰 땅. ○悠悠高旻(유유고민)—아득하고 높은 하늘. ○是生萬物(시생만물)—하늘과 땅이 만물을 낳았다. ○余得爲人(여득위인)—그런데, 나는 사람으로 태어날 수 있었다. 《열자(列子)》에 있다. 영계기(榮啓期)라는 90된 노인이 동물의 털가죽을 뒤집어쓰고 새끼로 띠를 매고 가난에 쪼들리면서도 희희낙락 거문고를 타고 있었다. 태산(泰山) 가에서 이를 본 공자(孔子)가 "무엇이 그렇게도 기쁘냐?"고 묻자, 그는 말했다. "만물 중에서 가장 귀한 인간으로 태어났으니 기쁘고, 인간 중에서도 높이 치는 남자로 태어났으니 기쁘고, 또 태어나서 90세가 되도록 살았으니 어찌 기쁘지 않으리요! 가난쯤이야 아무것도 아니오!" ○逢運之貧(봉운지빈)—가난한 운을 타고났다. 운이 가난하게 태어났다. ○簞瓢屢罄(단표누경)—단(簞)은 대나무로 만든 밥그릇, 표(瓢)는 표주박. 즉 한 그릇의 밥이나 한 바가지의 물도 자주 결핍했다는 뜻. 경(罄)은 고갈되다, 끊어지다. 안회(顔回)는 '일단사일표음(一簞食一瓢飮)'으로 만족하고 '불개기락(不改其樂)'했다. ○絺綌(치격)—치(絺)는 가는 갈포, 격(綌)은 굵은 갈포. ○冬陳(동진)—겨울에 깔고 자다. 따뜻한 솜옷이나 이불이 없어 겨울에도 베옷으로 떨며 지냈다. ○含歡谷汲(함환곡급)—즐거운 기분으로 골짜기에서 물을 뜬다. 《한서(漢書)》〈지리지(地理誌)〉에 보면 '땅이 협소하고 험한 산 속에서 살며 골짜기의 물을 떠 먹다(土狹而嶮山居汲谷)'라고 있다. 즉 옹색하게 살면서도 안빈낙도(安貧樂道)했으니까 즐겁다는 뜻. ○行歌負薪(행가부신)—《한서》에 있다. 주매신(朱買臣)이 '길을 가면서 혼자 노래하며 무덤 사이로 나무를 지고 갔다(朱買臣獨行歌道中負墓薪間)'. ○翳翳柴門(예예시문)—예예(翳翳)는 희미하고 아득하다. 시문(柴門)은 사립문. 즉 보잘것없이 가난한 초가집에서, 미미한 존재로 남 모르게 숨어살았다는 뜻. ○事我宵晨(사아소신)—그러하게 아침저녁으로 살았다.

14. 春秋代謝 有務中園
춘 추 대 사　유 무 중 원

15. 載耘載耔 廼育廼繁
재 운 재 자　내 육 내 번

16. 欣以素牘 和以七絃
흔 이 소 독　화 이 칠 현

17. 冬曝其日 夏濯其泉
동 포 기 일　하 탁 기 천

18. 勤靡餘勞 心有常閒
근 미 여 로　심 유 상 한

19. 樂天委分 以至百年
낙 천 위 분　이 지 백 년

봄과 가을이 서로 바뀌는 계절 따라 논밭에서 부지런히 농사를 지었으며,

김도 매고 밭도 갈고 하여 농작물을 키우고 번식시켜 거두어 들였노라.

낮에 농사를 짓고 한가할 때는 책이나 글로써 마음을 즐기고, 또한 거문고를 타며 마음을 화락하게 풀었다.

겨울에는 태양을 받아 몸을 녹이고 여름에는 샘물에 시원히 목욕을 하며 자연과 어울려 살았노라.

전력을 기울여 부지런히 노동했으므로 항상 마음이 한가로웠다. 또 안분지족하고 천도를 즐기며 어언 백년을 살았노라.

語釋 ○春秋代謝(춘추대사)─봄과 가을이 바뀌어 간다. 즉 계절따라 농사를 지었다. ○有務中園(有務中園)─전원(田園)에서 힘들여 경작하고, 애써서 농사를 지었다는 뜻. ○載耘載耔(재운재자)─재(載)는

어조사, 운(耘)이나 자(耔)는 김매다. ㅇ迺育迺繁(내육내번)-내(迺)는 어조사, 내(乃)와 같다. 그러므로 농작물이 잘 자라고 번식했다. ㅇ欣以素牘(흔이소독)-소(素)는 때묻지 않았다. 독(牘)은 글, 책. 흔(欣)은 즐긴다. 책을 읽거나 또는 시문을 지으며 즐긴다. ㅇ和以七絃(화이칠현)-거문고를 타면서 화락(和樂)한다. 옛날 군자의 벗은 서(書)와 악(樂)이었다. 도연명은 스스로 농사를 지어먹었다. 그러나 농사만 짓는 토박이 농사꾼이 아니라, 책 읽고 풍류를 즐기는 학문과 덕성이 높은 군자였다. ㅇ冬曝(동포)-겨울에는 포근한 햇빛을 쬔다. ㅇ夏濯(하탁)-여름에는 샘물에 목욕한다. ㅇ勤(근)-부지런히 농사를 짓는다. ㅇ靡餘勞(미여로)-남는 힘이 없다. 즉 온갖 힘을 다 해서 농사를 짓는다, 최선을 다 한다. ㅇ心有常閒(심유상한)-마음이 언제나 한가롭다. ㅇ樂天委分(낙천위분)-천도를 즐기고 자기 분수에 몸을 맡긴다. 무위자연(無爲自然)에 살았다. 인간적인 간교(奸狡)한 꾀를 부리지 않고 소박진실(素朴眞實)하게 살았다. 안분지족(安分知足) 또는 안빈낙도(安貧樂道)했다는 뜻. ㅇ以至百年(이지백년)-한 평생을 지냈다, 거의 백년을 살았다.

유 차 백 년　　부 인 애 지
20. 惟此百年　夫人愛之

구 피 무 성　　개 일 석 시
21. 懼彼無成　愒日惜時

존 위 세 진　　몰 역 견 사
22. 存爲世珍　沒亦見思

차 아 독 매　　증 시 이 자
23. 嗟我獨邁　曾是異玆

사람들은 잠시 기우(寄寓)하고 있는 이승에서의 약 백 년도 못 되는 삶에만 애착을 느끼고 있다.

백 년의 수명을 다 살지 못할까 겁을 내고 하루라도 더 살고
자 욕심을 부리고 한시라도 더 얻고자 아까워하고 있다.

이 세상에 살아서는 남에게 존경받기를 갈망하고, 또 죽어서
도 여러 사람에게 잊혀지지 않고 추모되기를 바라고 있다.

아! 그러나 나만은 홀로 고매하게 평생을 속인들과는 다르게
살았다.

(語釋) ○惟此百年(유차백년)―유(惟)는 오직, 또는 생각하건대로 풀 수 있
다. 사람이 이승에 살고 있는 백년 동안에도. ○夫人愛之(부인애
지)―무릇 사람들은 그 백년의 삶, 즉 임시로 기우하고 있는 현실적
인생에만 집착하고, (본연을 잊고) 있다. ○懼彼無成(구피무성)―그
래서, 잠시 왔다가 가는 이승이것만, 그 속에서 세속적 성공을 하지
못할 것을 겁을 내고. ○愒日惜時(개일석시)―날을 탐내고, 시간을
아끼면서, 욕구를 채우려고 안달을 하고 있다. 개(愒)는 탐내다, 욕
심부리다. ○存爲世珍(존위세진)―이 세상에 살아서는 세상 사람들
에게 칭찬받고 존대받고자 한다. ○沒亦見思(몰역견사)―죽어도 역
시 남에게 추모되기를 바란다. ○嗟(차)―아! 감탄사. ○我獨邁(아
독매)―나는 홀로 고매(高邁)하게 살았다. ○曾是(증시)―전에, 또
는 줄곧, 평생토록. ○異玆(이자)―그런 속인들과는 달랐다.

　　　총 비 기 영　　날 기 오 치
24. 寵非己榮　涅豈吾緇

　　　졸 올 궁 려　　감 음 부 시
25. 捽兀窮廬　酣飮賦詩

　　　식 운 지 명　　주 능 망 권
26. 識運知命　疇能罔眷

　　　여 금 사 화　　가 이 무 한
27. 余今斯化　可以無恨

수 섭 백 령　신 모 비 돈
28. **壽涉百齡 身慕肥遁**

종 로 득 종　해 부 소 연
29. **從老得終 奚復所戀**

　　속세의 명리영달(名利榮達)은 나의 본질적인 영광이 아니었고 또 속세의 악덕(惡德)에 나는 검게 물들어 타락하지도 않았다.

　　나는 고고하고 의연한 태도로 궁색한 오막살이집에 묻혀 마냥 마시고 마음껏 시를 지었노라.

　　세상의 모든 사람들은 운명이 무엇인지 알고 있으면서도 막상 죽게 되면 미련을 가지고 뒤를 돌아다본다.

　　그러나 나는 이제 죽어 흙으로 화함에 있어, 그들같이 한탄하지 않고 원망도 않고 태연할 수가 있다.

　　천수도 백 살 가까이 누렸고, 또 몸도 마냥 은퇴하여 자유롭게 살았다.

　　살만큼 살고 늙어서 죽었거늘, 또 무엇을 미련쩍게 여기겠느냐?

(語釋)　○籠(총)―남들이 주는 사랑, 정치적 세속적 명예나 이득이나 권세. ○非己榮(비기영)―나의 본질적 영광이 아니다. ○涅豈吾緇(날기오치)―날(涅)은 진흙 속의 흙먼지나 때. 치(緇)는 검게 물들이다. 즉 속세의 악(惡)이 어찌 나를 더럽힐 수가 있겠느냐? 나는 속세에 의해 타락하지 않는다는 뜻. ○捽兀(졸올)―우뚝 솟아나다. 초연하고 고답하게, 고고(孤高)하고 의연(毅然)한 기상으로. 졸올을 수졸(守拙)로 푸는 설도 있다. ○窮廬(궁려)―가난한 오막살이에 살면서. ○酣飮賦詩(감음부시)―마냥 마시고 시를 짓는다. 무도하고 악덕한 무력통치자나 세도가들의 유혹이나 예물도 물리치고 가난하게 살면서 술마시고 시를 읊으며 사노라. ○識運知命(식운지명)―그러나,

모든 사람들은, (자기도 포함해서) 운세와 수명을 하늘이 내려주는 것이라고 알고 있으면서, (막상, 죽음 앞에서 지난날을 돌아보지 않는 사람이 없느니라) 주(疇)는 누구, 어느 사람이나 다의 뜻, 망권(罔眷)은 돌아보지 않는다. 평소에는 천운(天運), 천명(天命)이라고 말하지만, 임종 앞에서는 모든 사람이 삶을 뒤돌아 본다. 미련과 모순을 해탈하기 어렵다. ㅇ余今斯化(여금사화)-이제 내가 죽어서 흙으로 화함에 있어. ㅇ可以無恨(가이무한)-나는 (남들과 달리) 한이 없다. ㅇ壽涉百齡(수섭백령)-수명이 백살 가까이 왔다, 즉 나이 백살 가까이까지 살았다는 뜻. 섭(涉)은 건너가다. ㅇ身慕肥遁(신모비둔)-나는 은둔을 바랐으며, 사실 충분하게 은둔생활을 했다. 비둔(肥遁)은 《역경(易經)》의 돈괘(遯卦)에 있는 말로 깊이 은둔한다는 뜻. ㅇ從老得終(종로득종)-나는 자연의 섭리를 따라서, 노쇠하고 다시 삶의 끝인 죽음을 맞이하니. ㅇ奚復所戀(해부소련)-그러니, 다시 무슨 미련이 있으랴, 아무런 미련도 없다. 하늘이 내려준 수명을 다하고 죽거는 아무런 미련도 없다.

30. 寒暑逾邁 亡旣異存
　　　한 서 유 매　망 기 이 존

31. 外因晨來 良友宵奔
　　　외 인 신 래　양 우 소 분

32. 葬之中野 以安其魂
　　　장 지 중 야　이 안 기 혼

33. 宵宵我行 蕭蕭墓門
　　　요 요 아 행　소 소 묘 문

34. 奢侈宋臣 儉笑王孫
　　　사 치 송 신　검 소 왕 손

35. 廓兮已滅 慨焉已遐
　　　곽 혜 이 멸　개 언 이 하

36. <ruby>不<rt>불</rt></ruby><ruby>封<rt>봉</rt></ruby><ruby>不<rt>불</rt></ruby><ruby>樹<rt>수</rt></ruby> <ruby>日<rt>일</rt></ruby><ruby>月<rt>월</rt></ruby><ruby>遂<rt>수</rt></ruby><ruby>過<rt>과</rt></ruby>

37. <ruby>匪<rt>비</rt></ruby><ruby>貴<rt>귀</rt></ruby><ruby>前<rt>전</rt></ruby><ruby>譽<rt>예</rt></ruby> <ruby>孰<rt>숙</rt></ruby><ruby>重<rt>중</rt></ruby><ruby>後<rt>후</rt></ruby><ruby>歌<rt>가</rt></ruby>

38. <ruby>人<rt>인</rt></ruby><ruby>生<rt>생</rt></ruby><ruby>實<rt>실</rt></ruby><ruby>難<rt>난</rt></ruby> <ruby>死<rt>사</rt></ruby><ruby>如<rt>여</rt></ruby><ruby>之<rt>지</rt></ruby><ruby>何<rt>하</rt></ruby>

39. <ruby>嗚<rt>오</rt></ruby><ruby>呼<rt>호</rt></ruby><ruby>哀<rt>애</rt></ruby><ruby>哉<rt>재</rt></ruby>

내가 숨을 거두고 더욱 시간이 흐르자, 죽은 나와 살아 있는 자들과의 단절이 더욱 뚜렷해진다.

그리고 멀리 사는 인척들도 아침에 오고, 나의 친한 벗들도 밤에 달려올 것이다.

드디어 나는 들 한복판에 묻히어 넋을 가라앉히게 된다.

허나 죽은 내가 가는 길은 너무나 어둡고 답답하고, 내가 묻힌 무덤 속은 너무나 고요하고 쓸쓸하다.

나의 장례는 송나라의 환퇴(桓魋)같이 지나치게 사치스럽지도 않고, 반대로 한나라의 양왕손(楊王孫)같이 극단적으로 인색하지도 않게 치러라. 나는 평범하게 자연으로 돌아가리라.

흙으로 돌아간 나는 결국은 흙이 되어 없어져 아무것도 없는 공(空)으로 화하고, 또 사람들 기억에서도 멀어져 아득하게 되고 말 것이다.

내 무덤에는 봉토도 안할 것이며 비석도 세우지 않은 채로 세월과 더불어 쓰러지게 하리라.

생전에도 잠시 기우한 속세의 명예 같은 것을 높이 여기지 않았거늘, 그 속세의 행적을 적어 높이고 노래할 사람이 누가 있겠는가?

돌이켜 생각하니, 나는 참 어려운 삶을 치르었다! 헌데 이제 부터 사후의 세계는 또 어떨는지?

아! 애달프구나!

(語釋) ㅇ寒暑逾邁(한서유매)—세월이 더욱 흘러 지나간다. ㅇ亡旣異存(망기이존)—죽은 나는 이미 살아 있는 사람과는 같지 않다. ㅇ外因(외인)—밖에 사는 인척들. ㅇ晨來(신래)—아침에 온다. ㅇ宵(소)—저녁. ㅇ奔(분)—객지에 있는 사람이 장례를 치르고자 제 집으로 달려 온다는 뜻. ㅇ葬之中野(장지중야)—나의 시신을 들 한복판에 묻는다. ㅇ以安其魂(이안기혼)—그래서 나의 넋을 달랜다. ㅇ杳杳我行 (요요아행)—죽어서 가는 명부의 길을 어둡고 답답하다, 아무것도 안 보인다. ㅇ蕭蕭墓門(소소묘문)—무덤의 문턱을 쓸쓸하고 고요하다. ㅇ奢侈宋臣(사치송신)—송나라의 신하 환퇴(桓魋)가 자기가 묻힐 호사스러운 돌관[石棺]을 3년 이상이나 세월을 들여 만들었다. 도연명은 그런 사치는 하지 않겠다는 뜻으로 썼다. ㅇ儉笑王孫(검소왕손)—한(漢)의 양왕손(楊王孫)은 자식에게 자기가 죽거든 알몸으로 땅에 묻으라고 일렀다. 양왕손은 몸이 흙에서 나온 것이니, 죽어 알몸으로 묻혀야 원래대로 환원된다는 생각에서 그랬다. 그러나 사람들은 너무 검약(儉約)했다고 웃으며 욕했다. 도연명은 그렇게 검약하게도 하지 말라는 뜻으로 썼다. ㅇ廓兮已滅(곽혜이멸)—휑하니 모든 것이 스러져 없어지고. ㅇ慨焉以遐(개언이하)—한탄스럽게도 모든 것이 멀리 사라졌다. 하(遐)는 아득하다, 멀어지다. ㅇ不封不樹(불봉불수)—무덤에 봉토(封土)도 하지 않고 또 비석 따위도 세우지 않겠다. ㅇ日月遂過(일월수과)—일월과 더불어 모든 것을 지나치게 하다. ㅇ匪(비)—비(非), 불(不), 안하다. ㅇ前譽(전예)—생전의 명예. 즉 허무한 속세의 명예도 돌보거나 높이지 않았거늘, 어찌 죽은 후에 그 생전의 공덕이나 행적을 높이 노래할 것이냐? ㅇ人生實難

(인생실난)-사람 살기가 참으로 어려웠다. 도연명은 너무나 고생스럽게 살았다. ○死如之何(사여지하)-죽음의 세계는 어떠할지. 속세의 명예와 이욕(利慾)를 해탈하고, 죽음을 본연이라고 인생을 달관한 도연명이었다. 그러나, 미지의 세계, 죽음에 대한 불안감을 감추지 못하고 한 마디 했다. ○嗚呼哀哉(오호애재)-아아, 슬프다.

(解說) 제문은 본인이 죽은 다음에 남이 지어주는 글이다. 그러나 도연명은 스스로 자기의 제문을 지었다. 자기의 죽음을 의식하고 그 죽음 앞에 어떠한 자세를 취한다는 것은 오늘의 실존 문학에서 흔히 볼 수가 있다.

그러나 도연명은 이미 1천5백 년 전에 냉철하게 자신의 죽음과 대결했다. 우선 그는 죽음을 본연의 실재로 보았다. 따라서 삶은 잠시 현상계에 몸담은 기우(寄寓)라고 믿었다. '참삶[眞生]'은 영원한 죽음의 세계이고, 현상계는 '역려(逆旅)'다. 나그네가 객지에서 묵었다가 일을 다 보고 떠나듯, 사람들도 길어야 백 년 잠시 이승에 들렀다가 다시 본집[本宅]으로 돌아간다. '도자장사역려지관(陶子將辭逆旅之館) 영귀어본택(永歸於本宅)'.

여기서 그는 속세(俗世)·역려(逆旅)라고 하는 현실세계에 있었던 때를 회상한다. 모든 사람은 속세를 영원한 곳으로 착각하고 오직 이승의 삶을 탐내고 또 나아가서는 이승의 명리영달(名利榮達)을 얻고자 아귀다툼을 한다. 그러나 도연명은 그렇지 않았다. 그는 현세와 속세에 초연(超然)했고, 신념으로써 은둔했다. 그리고 자연과 더불어 유유자적하고 글과 음악을 즐기며 안빈낙도했다. 이 점에서 그는 후회가 없다. 그는 만족하고 자랑스럽게 자기의 일생을 회상했다.

'힘껏 일했으니, 마음이 노상 한가로웠고, 안빈낙도하며 백 년을 살았다(勤靡餘勞 心有常閒, 樂天委分 以至百年)'고 그는 제문에 썼다. 또 '속세의 명리는 참다운 나의 명예가 아니다(寵非己榮)' '나는 악덕의 속세에 타락하지 않았다(涅豈吾緇)'고 자랑스럽게 적었다.

그리고 다시 죽은 후의 자기를 생각했다. 남들은 죽은 후에도 생전의 욕심에서 벗어나지 못하고, 장사를 호사스럽게, 또는 지나칠 정도로 인색하게 한다. 이것은 모두가 인간적 자의(恣意)에서 나온 작위(作爲)다. 도연명은 자연스럽게 하고자 했다. 또 죽으면 스러지고 차츰 잊혀지게 마련이다. 그것을 억지로 비석을 세운다, 노래를 지어 부른다, 또는 무덤을 높게 돋운다 해서 후세에 길이 알리고 남기고자 한다. 그러나 도연명은 그런 것에도 초연할 수가 있었다. '생전에도 속세의 명리영달에 집착하지 않고 또 그것들을 높이지 아니했거늘, 죽어서는 더욱 그런 속세의 행적을 내세우지 않을 것이다(匪貴前譽 孰重後歌)'라고 했다.

그러나 도연명도 역시 사람이었다. 인생을 보고 느끼고 삶을 겪은 그대로 적는 시인이었다. 더욱이 모순을 모순대로 털어놓는 문학가였다.

그는 끝에서 한마디 털어놓았다. '살기 힘들었던 나의 삶이었다! 앞으로 맞는 죽음의 세상은 어떨는지(人生實難 死如之何)?'

우리는 솔직히 이 끝말에서 약한 인간! 역시 죽음 앞에서 겁을 낼 수밖에 없는 인간의 절규와 공포를 공감하리라. 이처럼 도연명은 약한 인간적 시인이었다.

연 보(年譜)

황 제	기년(紀年) 간지(干支)	서력	연령	도연명의 사적	역사적 사항
애제 (哀帝) 진(晉)	흥령 3 (興寧) 을축 (乙丑)	365	1	도연명 강주(江州) 심양(潯陽) 시상리(柴桑里)에서 출생. 자는 원량(元亮), 송대(宋代)에 이름을 잠(潛), 자를 연명이라 했다. 조족(祖族)에는 도간(陶侃)과 맹가(孟嘉)가 알려졌다. 조부 도대(陶岱)는 태수를 지냈으나, 부대(父代)에는 집안이 몰락했다. 생모는 맹가(孟嘉)의 딸. 소년시절에 유가(儒家)의 교육을 받았다. 본래부터 천성이 한적(閑適)했고 서금(書琴)을 좋아했다.	전연(前燕)이 낙양(洛陽) 함락. 같은 시대의 문인(文人)·학자로는 다음과 같은 인물들이 있었다. 왕희지(王羲之)·대규(戴逵)·고개지(顧愷之)·종병(宗炳)·곽박(郭璞)·손작(孫綽)·허순(許詢)·원굉(袁宏)·사영운(謝靈運)·사혜련(謝惠連)·안연지(顏延之)·포조(鮑照)·지둔(支遁)·혜원(慧遠)·구마라습(鳩摩羅什)·배송지(裴松之)·유의경(劉義慶) 등
폐제 (廢帝)	대화 1 (大和) 병인 (丙寅)	366	2		대화(大和) 4년(369) 환온(桓溫) 전연(前燕) 토벌 실패, 환현(桓玄) 출생.

황 제	기년(紀年) 간지(干支)	서력	연령	도연명의 사적	역사적 사항
간문제 (簡文 帝)	함안 1 (咸安) 신미 (辛未)	371	7		환온 폐제(廢帝)를 폐하고 간문제(簡文 帝)를 올리다.
효무제 (孝武 帝)	영강 1 (寧康) 계유 (癸酉)	373	9		환온 몰(沒, 62세). 사안(謝安)·왕탄지 (王坦之) 효무제(孝 武帝)를 옹립.
	태원 1 (太元) 병자 (丙子)	376	12	서모(庶母 : 妹의 生 母) 졸(卒).	태원 4년(379) 왕희 지(王羲之) 몰(沒). 태원 8년(383) 비수 (淝水)의 결전에서 부 견(苻堅)이 승리.
	태원 9 (太元)	384	20	이때에 부친 졸(卒). 전란과 재화(災禍) 흉 년(凶年)으로 가계가 궁했다. 결혼 후 상처 (喪妻)하고, 후처를 취했다. 아들이 5명 (儼·俟·份·佚· 佟)	안연지(顔延之) 출생.
	태원 10 (太元) 을유 (乙酉)	385	21		사안(謝安) 졸(卒), 사영운(謝靈運) 출생, 부견 몰(沒). 진(晉) 왕실과 사족(士族)이 쇠미하고 군벌세력 대 두(擡頭).

황 제	기년(紀年) 간지(干支)	서력	연령	도연명의 사적	역사적 사항
	태원 11 (太元) 병술 (丙戌)	386	22	〈명자(命子)〉	혜원(慧遠) 여산(廬山)에 입산, 동림사(東林寺)에 살다. 그 후에 백련사(白連社)를 결성.
	태원 18 (太元) 계사 (癸巳)	393	29	강주(江州) 좨주(祭酒)가 되었으나 이내 사임, 다시 강주 주부(主簿)로 초청되었으나 불응. 〈걸식(乞食)〉(?)	
	태원 19 (太元) 갑오 (甲午)	394	30	〈화곽주부(和郭主簿)〉(33, 34세의 작품?)	태원 21년(396) 효무제 피살.
	융안 1 (隆安) 정유 (丁酉)	397	33		융안 2년(398) 왕공(王恭)·은중감(殷仲堪)·환현(桓玄) 등이 반란을 일으켰으나, 왕공의 부하 유로지(劉牢之)가 배반하여 조정측에 가담함으로써 좌절(挫折). 유로지 북부군단을 장악.
	융안 3 (隆安) 기해	399	35	진군장군(鎭軍將軍) 유로지의 참군(參軍)으로 경구(京口)에 부	환현 형주자사(荊州刺史)가 되다. 환현 형주자사(荊州

황 제	기년(紀年) 간지(干支)	서력	연령	도연명의 사적	역사적 사항
	(己亥)			임. 〈시작진군참군경곡아작(始作鎭軍參軍經曲阿作)〉	刺史)가 되다. 10월, 천사도(天師道) 무리 손은(孫恩) 등의 농민 봉기, 유로지가 이들을 진압, 부하 유유(劉裕)가 공을 세우고 나타나다.
	융안 4 (隆安) 경자 (庚子)	400	36	5월 건강(建康)에서 귀향. 〈경자세오월중종도환조풍어규림(庚子歲五月中從都還阻風於規林)〉	5월, 손은 다시 회계(會稽)에 침공. 11월, 유로지 이들을 격퇴.
	융안 5 (隆安) 신축 (辛丑)	401	37	환현의 막하로 출사(出仕), 강릉에 부임. 휴가를 얻어 귀향, 7월 강릉에 귀임했다가 11월에 실모(實母) 맹씨(孟氏)가 사망하자 다시 심양으로 와서 3년간 복상(服喪). 〈신축세칠월부가환강릉야행도구(辛丑歲七月赴假還江陵夜行塗口)〉	6월, 손은 건강(建康)을 위협, 유로지의 부하 유유가 격퇴. 환현 동진(東晉)의 3분지 2를 장악.
	원흥 1 (元興) 임인	402	38	모친 상중(喪中), 전원에서 은퇴생활.	유유에 격퇴된 손은 자살. 3월 환현 반기를 들고 진(晉)의 수도 건

황　제	기년(紀年) 간지(干支)	서력	연령	도연명의 사적	역사적 사항
	(壬寅)				강에 입성. 유로지 자살.
	원흥　2 (元興) 계묘 (癸卯)	403	39	〈계묘세시춘회고전사(癸卯歲始春懷古田舍)〉〈권농(勸農)〉(?)〈계묘세십이월중작여종제경원(癸卯歲十二月中作與從弟敬遠)〉	12월, 환현 제위(帝位)에 오르고 국호를 초(楚)라 개칭, 진안제(晉安帝)를 심양에 유폐.
	원흥　3 (元興) 갑진 (甲辰)	404	40	건위장군(建威將軍) 유경선(劉敬宣)이 강주자사(江州刺史)로 심양에 오자 도연명은 그의 참군이 되었다. 〈영목(榮木)〉〈연우독음(連雨獨飮)〉〈의고(擬古) 구(九)〉	2월, 유유가 환현을 치고, 3월에는 건강을 점령하고, 5월에는 환현을 죽이다.
	의희　1 (義熙) 을사 (乙巳)	405	41	유경선의 참군이 되어 건강으로 사행(使行), 귀향하고 은퇴했다가 가을에 팽택령(彭澤令)이 되었다. 그러나 이내 누이의 죽음을 기화로 사임했다.	

황 제	기년(紀年) 간지(干支)	서력	연령	도연명의 사적	역사적 사항
				〈을사세삼월위건위 참군사도경전계(乙巳 歲三月爲建威參軍 使都經錢溪)〉〈환구 거(還舊居)〉〈귀거 래사(歸去來辭)〉〈음 주(飮酒) 이십수(二 十首)〉〈귀조(歸鳥)〉 〈귀원전거(歸園田 居)〉(?)〈오류선생전 (五柳先生傳)〉(?)	
	의희 4 (義熙) 무신 (戊申)	408	44	6월, 집에 불이 나 선 중(船中)에서 잠시 살 았다. 9월경 남촌(南 村)으로 이사했다. 〈무신세유월중우화(戊 申歲六月中遇火)〉 〈이거(移居)〉	
	의희 5 (義熙) 기유 (己酉)	409	45	〈기유세구월구일(己 酉歲九月九日)〉	
	의희 6 (義熙) 경술 (庚戌)	410	46	〈경술세구월중어서 전확조도(庚戌歲九 月中於西田穫早稻)〉	유유 북벌하여 남연 (南燕)을 멸하다.

황 제	기년(紀年) 간지(干支)	서력	연령	도연명의 사적	역사적 사항
	의희 7 (義熙) 신해 (辛亥)	411	47	〈여은진안별(與殷晉安別)〉〈제종제경(祭從弟敬)〉〈형영신(形影神)〉(50세 전후에 지음)〈잡시(雜詩)〉	
	의희 12 (義熙) 병진 (丙辰)	416	52	〈시주속지조기사경이삼랑(示周續之祖企謝景夷三郎)〉 〈병진세팔월중어하손전사확(丙辰歲八月中於下潠田舍穫)〉	의희 13년 유유 북벌, 낙양을 함락시키다.
	의희 14 (義熙) 무오 (戊午)	418	54	〈원시초조시방주부등치중(怨詩楚調示龐主簿鄧治中)〉〈세모화장상시(歲暮和張常侍)〉〈도화원기(桃花源記)〉(?)	유유 안제(安帝)를 죽이고 공제(恭帝)를 세우다. 왕홍(王弘) 강주자사가 되다.
공제 (恭帝)	원희 1 (元熙) 기미 (己未)	419	55	저작랑(著作郎)으로 불렀으나 사퇴.	
무제 (武帝) 송(宋)	영초 1 (永初) 경신 (庚申)	420	56	〈독사술구장(讀史述九章)〉(?)	유유 제위를 찬탈, 진 공제(晉恭帝)를 유폐, 국호를 송(宋)이라 했다.
	영초 2 (永初)	421	57	〈유사천(遊斜川)〉 〈영삼량(詠三良)〉	

황 제	기년(紀年) 간지(干支)	서력	연령	도연명의 사적	역사적 사항
	신유 (辛酉)	4		〈술주(述酒)〉 〈영형가(詠荊軻)〉 〈어왕무군좌송객(於 王撫軍座送客)〉	
	영초 3 (永初) 임술 (壬戌)	422	58		유유 몰(沒, 67세)
소제 (少帝)	경평 1 (景平) 계해 (癸亥)	423	59	〈답방참군(答龐參 軍)〉〈정운(停雲)〉 (?)	
문제 (文帝)	원가 1 (元嘉) 갑자 (甲子)	424	60	안연지와 재회	5월, 서선지(徐羨之) 등이 소제(少帝)를 폐 하고 문제(文帝)를 세 우다. 6월, 소제를 시 (弑)하다.
	원가 3 (元嘉) 병인 (丙寅)	426	62	강주자사 단도제(檀 道濟)의 출사 권유를 거절하고 예물을 돌 려보내다.	
	원가 4 (元嘉) 정묘 (丁卯)	427	63	심양군 시상에서 서 거. 〈만가시(挽歌詩)〉 〈자제문(自祭文)〉	안연지 〈도징사뇌(陶 徵士誄)〉

〈부 록〉

위진(魏晉) 시대의 전란(戰亂)

삼국(三國, 229~265)―위(魏), 오(吳), 촉(蜀). 역사적으로는 조조(曹操)의
　위(魏)가 천하를 잡았다. 5제(帝) 46년
서진(西晉, 265~317)―낙양(洛陽)에 도읍, 4제 52년
동진(東晉, 317~420)―건강(建康)에 도읍, 19제 103년
유송(劉宋, 429~479)―유유(劉裕)가 찬탈한 나라, 8제 59년

　이렇게 전란과 정변이 빈번한 때에, 문인들이 얼마나 보신(保身)하고 또
처세(處世)하기 어려웠는지 쉽게 알 수 있다.
　완적(阮籍)―'하늘처럼 큰 그물이 사방에 걸렸으므로, 상하 사방을 날던
　　날개를 접고 펼 수가 없다(天網彌四野　六翮掩不舒)' '생명을 기약할
　　수 없고, 조석으로 걱정하노라(生命無期度　朝夕有不虞)' 〈詠懷〉
　유곤(劉琨)―'충성과 신의가 도리어 죄를 받고, 한 무제 같은 자들은 밝음
　　을 보지 못하노라(忠信反獲罪　漢武不見明)' 〈扶風歌〉
　사조(謝朓)―'항상 송골매와 새매의 공격을 겁내고, 때를 맞은 국화가 엄
　　동설한처럼 시드노라(常恐鷹隼擊　時菊委嚴霜)' 〈暫使下都……〉

　도연명이 살던 동진(東晉)시대의 전란의 개략을 기술하면 다음과 같다.

북방의 이민족과의 싸움 :
　(1) 부견(苻堅)의 침략을 격퇴한 비수(淝水)의 전투(383~384)
　(2) 모용연(慕容燕)에 대한 북벌(409~410)
　(3) 요진(姚秦)에 대한 북벌(416~418)

동진의 내란과 찬탈 :

 (1) 왕공(王恭)과 은중감(殷仲堪)이 동진의 왕을 성토함(397)

 (2) 왕공(王恭), 유해(庾楷), 은중감, 환현(桓玄), 양전기(楊佺期) 등이 연합하여 실권을 쥐고 있는 회계왕(會稽王) 사마도자(司馬道子)와 그의 아들 원현(元顯)을 치려고 했다. 그러나 유로지(劉牢之)가 배반함으로써 패하고 왕공이 죽었다(398)

 (3) 환현이 은중감, 양전기를 멸했다(399)

 (4) 손온(孫溫)을 중심으로 한 농민 반란(399~402)

 (5) 환현이 형주(荊州)에서 기병하고, 건강(建康)에 입성하고, 사마도자와 아들 원현을 살해하고(402), 스스로 제위에 올라 나라를 찬탈했다(403)

 (6) 유유(劉裕), 유의(劉毅) 등이 무력으로 환현을 토벌함(404~405)

 (7) 초종(譙縱)이 모거(毛璩)를 죽이고, 촉(蜀)을 점유하자, 동진이 여러 차례 파병했으나, 토벌하지 못함(405~408)

 (8) 손온의 잔당 노순(盧循)이 다시 일어나, 도성을 위협했다. 그러나, 유유와 두혜도(杜慧度)에게 격멸되었다(419~411)

 (9) 유유가 사곤(謝琨), 유번(劉藩)을 살해하고, 형주을 점령하자, 유의 (劉毅)가 자살했다. 또 제갈장민(諸葛長民), 여민(黎民) 형제를 살해했다(413)

 (10) 유유가 주령석(朱齡石)을 시켜 초종을 멸했다(412~413)

 (11) 유유가 동진 왕실의 잔여 세력을 제거하기 위하여, 사마휴지(司馬 休之), 노종지(盧宗之)를 살해했다(415)

 (12) 유유 북벌(416~417)

 (13) 동진의 안제(安帝) 피살되자, 유유가 공제(恭帝)를 세우다(418)

 (14) 유유가 마침내 나라를 찬탈하고, 스스로 제위에 올라, 국호를 송 (宋)이라 고침(429)

 (15) 공제를 독살함(421)

 (16) 유유 나이 67세로 죽자, 첫 아들 소제(少帝)가 뒤를 이었다(422)

 (17) 셋째 아들 유의륭(劉義隆)이 형들을 죽이고 문제(文帝)가 됨(424)

(18) 유송(劉宋)의 공신이었던 서선지(徐羨之)는 자살하고, 부량(傅亮)은 피살되고, 사회(謝晦)는 반란하다 실패하고 죽었다(426)

(19) 도연명 나이 62세, 강주자사(江州刺使) 단도제(檀道濟)가 보내준 식량과 고기를 되돌려보내고, 출사를 거절함(426)

(20) 전국에 역병이 번지고, 도연명 63세로 사망. 친한 벗 안연지(顏延之)가 〈도징사뢰(陶徵士誄)〉를 씀(427)

색　인(索引)

382

384

386

388

[ㅇ]

394

400

[ㅌ]

[ㅍ]

404